感谢
甘肃省高校人文社科重点研究基地陇东南民间文艺研究中心经费支持

陇东南民间文艺研究丛书

陇东南民间遗散诗碑辑释

邵郁 ◎ 著

中国社会科学出版社

图书在版编目（CIP）数据

陇东南民间遗散诗碑辑释／邵郁著．—北京：中国社会科学出版社，2016.7

ISBN 978-7-5161-8094-5

Ⅰ.①陇… Ⅱ.①邵… Ⅲ.①古典诗歌—诗集—中国 Ⅳ.①I222

中国版本图书馆 CIP 数据核字（2016）第 084252 号

出 版 人	赵剑英
责任编辑	张　林
特约编辑	金　泓
责任校对	高建春
责任印制	戴　宽

出　　版	中国社会科学出版社
社　　址	北京鼓楼西大街甲 158 号
邮　　编	100720
网　　址	http：//www.csspw.cn
发 行 部	010-84083685
门 市 部	010-84029450
经　　销	新华书店及其他书店

印　　刷	北京君升印刷有限公司
装　　订	廊坊市广阳区广增装订厂
版　　次	2016 年 7 月第 1 版
印　　次	2016 年 7 月第 1 次印刷

开　　本	710×1000　1/16
印　　张	27.5
字　　数	439 千字
定　　价	99.00 元

凡购买中国社会科学出版社图书，如有质量问题请与本社营销中心联系调换
电话：010-84083683
版权所有　侵权必究

在大山丛林中发现的路政碑 　　　　　　作者在寺院中拓碑

作者在陇南礼县祁山堡拓碑

作者收藏的旧拓片一　　　　　　　　作者收藏的古拓片二

2013 年冬在寺院抄碑文

在山巅古道发现的交通碑

可爱朴实的当地向导

历时四小时的艰险寻碑路

在道士塔前抄录碑文

总　序

郭昭第

中国是一个地形多样、地貌形态丰富的国家，各个地域的文化景观存在较大差异。"在区域文化类型的丰富性上，中国在世界上是首屈一指的，形成了一块块色彩丰富的、具有独特的环境板块"，[1] 孕育了不同风貌的地域文化，如燕赵、齐鲁、吴越、荆楚、巴蜀、关中等地域文化已广为人知。中国文学一上路便和地理环境有着千丝万缕的联系，《诗经》十五国风其实就是不同地域先民的艺术实践，《楚辞》也如宋人黄伯思所谓是"书楚语，作楚声，纪楚地，名楚物"。民间文艺同时还是民族优秀传统文化传承体系的有机组成部分，对维持和传承社会的基本价值观念、思维方式和生活习惯有着极其重要的作用，而且这种作用愈是在商品经济和大众传媒并不发达的传统文明时代愈是发挥着不可替代的作用。但这一作用越是在现代文明时代越益严重地受到商品经济和大众传媒的深刻影响而面临日渐削弱的趋势，甚至可能在某种意义上导致民族传统记忆的整体遗忘和全面缺失的危险。所以民间文艺在现代文明时代实际上面临着比历史上任何时代都更为严峻的抢救、发掘、整理、保护和传承的任务。

郑振铎指出："有一个重要的原动力，催促我们的文学向前发展不止的，那便是民间文学的发展"，这种文学"也随了地域的不同而各有不同的式样与风格"[2]。陇东南地区处于青藏高原、内蒙古高原、黄土高原三

---

[1] 杨义：《文学地理学的渊源与视境》，《文学评论》2012年第4期。
[2] 郑振铎：《插图本中国文学史》（第1册），作家出版社1957年版，第11页。

大高原的结合地带，经过远古时期大地湾、马家窑、师赵村、西山坪人的活动，尤其是经过春秋时期早期周人、秦人的开发，在汉唐时期以其丰富的物质文明和中西交流、多民族文化融合的无与伦比的优势成为众多文明、文化的荟萃之地。自远古迄今，先后有戎、氐、羌、月氏、羯、吐蕃、匈奴、鲜卑、党项、契丹、吐谷浑、回、裕固、保安、东乡、土族、汉族等众多民族在这块大地上栖息。东西方文化、农耕文明与游牧文明的相互融合互渗，既为陇东南地域文化的发展持续输入新的养料，又使陇东南民间文艺在不断接受异质养料的过程中呈现出独特的审美内涵，成为中国文艺不可或缺、不能代替的重要组成部分之一。

  遗憾的是，除《诗经》收集了部分陇东南民歌之外，后来的《乐府诗集》等典籍很少关注这一地区的民间文艺，使陇东南民间文艺逐渐淡出中国文艺版图。其实陇东南地区有着丰富、独特的民间文艺和非物质文化遗产，如天水太昊伏羲祭典、庆阳香包绣制、庆阳华亭曲子戏、天水清水道教音乐、天水武山旋鼓、天水秦安小曲、平凉泾川西王母信俗、平凉庄浪霫童铁枝和福鼎沙埕铁枝、庆阳剪纸、天水秦州雕漆技艺、陇南西和乞巧节、天水秦安女娲祭典、天水张家川花儿、陇南文县白马人池哥昼、陇南武都高山戏、天水丝毯织造技艺等均列入国家级非物质文化遗产名录。我们相信这还只是陇东南民间非物质文化遗产中的极少部分，更多非物质文化遗产还有待陇东南当地学者进一步发掘和整理。虽然地处陇东南当地的学者有着得天独厚的地缘优势，但相当一部分学者由于对当地民间文艺资源和非物质文化遗产缺乏认识，以致丧失了进一步发掘、整理和研究的能力。也正是因为目前该领域的田野调查和研究工作尚未全面开展，使得陇东南数以千计的民间文艺资源和非物质文化遗产尚未彰显出独特的价值和意义。作为地处陇东南地区的地方高校的教师和学者责无旁贷有着抢救、发掘、整理、保护和传承的神圣使命。

  鉴于此，天水师范学院依托文艺学省级重点学科和中央财政支持地方高校发展专项资金项目，于2013年12月经甘肃省教育厅批准建立甘肃省高校人文社会科学重点研究基地陇东南民间文艺研究中心。该中心瞄准民间文艺学科前沿，立足陇东南民间文艺，主动适应甘肃华夏文明传承创新区建设需要，经过2008年以来文艺学校级重点学科和近年来省级重点学科建设的长期学术积淀和充分论证，逐渐凝练形成了陇东南民间文艺学与智慧美学研究、陇东南民间文学与红色文化研究、陇东南民间艺术与审美文化研究三个方向。秉持创新理念、求实精神和科学严谨的态度，提倡研究者立足各自的研究领域和研究特长，勤奋砥砺、反复研磨、锤炼再三，做到文献资料真实可靠、理论创新圆通自如，努力以学人的良知换取经久不衰的文化效益。经过学校领导的大力支持和学术梯队的共同努力，计划于2015年由陇东南民间文艺研究中心主任郭昭第教授主编出版陇东南民间文艺研究丛书（第1辑）和《西北民间文艺研究》（陇东南集刊）第1辑。

拟出版的陇东南民间文艺研究丛书（第1辑），包括郭昭第《陇东南民间抒情学：陇东南民歌的民间抒情性格》、霍志军《陇东南民间文艺与社会生活》、邵郁《陇东南民间诗碑辑释》、余永红《陇南白马藏族美术文化研究》、张玉平《陇东南民间美术研究》、杜新平、范琳琳《陇东南民间说唱音乐研究》等6部学术专著。主要从文艺学、美学、民俗学、人类学、民族学、社会学、宗教学、语言学、考古学、地理学、历史学等学科角度系统研究陇东南民间文化，涉及民间文学、民间艺术、民间审美文化、民俗文化等方面，旨在研究和传承陇东南地域特色民间文化和民族优秀传统文化，打造具有国际视野、中国气派、甘肃陇东南地域特色的民间文化研究精品，进一步促进甘肃华夏文明传承创新区建设。各书作者均是从事陇东南民间文艺研究的骨干，其中既有多年来从事陇东南民间文艺研究的知名学者，又有近年来涌现出的青年学者。这些成果，接着陇东南地区的"地气"、带着新鲜的"露珠"、有着鲜明的特色，无疑是近年来我校陇东南民间文艺研究新成果、新进展的一次集中展示。

本"丛书"出版之际，正值甘肃省"华夏文明传承创新区"和"丝绸之路经济带"建设之时。甘肃省"华夏文明传承创新区"将重点建设以始祖文化为核心的陇东南文化历史区、以敦煌文化为核心的河西走廊文化生态区和以黄河文化为核心的兰州都市圈文化产业区。其中，陇东南文化历史区将着重围绕始祖文化、大地湾文化、先秦文化、道教文化、农耕和民俗文化、红色文化等，重点发展文化旅游、文化创意、民俗农耕文化展示、红色旅游、演艺会展、工艺美术品制造等产业。形成以天水为中心，以始祖文化为重点，以再现农耕和民俗文化为手段，以文化旅游为载体，以文化产业为支撑的保护传承和创新发展体系。打造全球华人祭祖圣地天水、生态陇南、养生平凉、民俗庆阳等特色文化品牌。甘肃省"华夏文明传承创新区"和"丝绸之路经济带"战略的实施，为高校和地方经济社会文化发展的深度融合提供了契机，也为陇东南民间文艺研究中心的发展指明了方向。我们期待学界的指导、批评和指正，以推动陇东南民间文艺研究不断深入，不断产出新的高质量成果。

我们力图在深入研究陇东南民间文艺研究的基础上，进一步做好以下几个方面的工作：一是为高校文化艺术类学生文化创意策划和设计提供实习实训基地和创意作品产业化平台；二是进行陇东南民间文化资源普查、民间文化遗产数字化处理及保护研究、地域特色文化产业发展规划、陇东南民间旅游文化产品、民间工艺美术产品开发、民间日用产品开发及民间文化创意产品开发等；三是提供演艺娱乐、文化旅游、工艺美术、网络服务、数字媒体、三维动漫、新媒体广告等文化创意和设计服务，进行微小文化企业顶层设计和骨干文化企业培育，支持文化企业与影视、数字出版、互联网，乃至科技、金融、旅游的融合发展；四是提供国家和地方文化产业政策咨询、互联网增值服务、互联网广告、大数据应用、社会服务等相关产业的整合与全产业链大文化产业发展顶层设计，及民族优秀传统文化和地域特色文化产业师资培训等。

我们有理由相信，只要围绕学校区域性、应用型、教学型办学定位，积极响应国家"一带一路"战略，主动融入国家关中－天水经济区建设战略和甘肃华夏文明传承创新区建设战略，本着"立足地方、融入地方、服务地方、回报地方"的原则，加大与陇东南国营和民营文化企业尤其重点产业的对接，鼓励和支持研究人员深入企业行业承担并完成重大科研课题、区域文化产业发展规划和文化产业开发项目，提高应用和服务地方经济社会发展的能力，就一定能够产生一批高水平的、能代表陇东南地域特色文化的研究成果，就一定能够建成陇东南民间文艺学学术信息资料中心、陇东南民间文艺数据库、陇东南民间审美文化博物馆、陇东南民间文化创意策划实验室，乃至陇东南文化创意产业园，建成学生创业实训基地、原创作品产业化基地，及地域特色文化产业孵化基地和民族优秀传统文化传承创新基地，就一定能够把陇东南民间文艺研究中心建成面向市场需求，区域特色鲜明，能为学生提供实习基地、创造就业机会，促进地方经济社会发展的融传承、创新、创业为一体的人文社科重点研究基地。

2015 年 6 月 6 日

凡 例

1. "陇"即甘肃省的简称，本书所涉及"陇东南"地域区划指甘肃庆阳、平凉、天水、陇南四市及其所属的31个县区。

2. 本书所辑录陇东南诗碑，以原碑为第一手资料。原碑健在者，以原碑为准录入文字，繁体、异体字照录；原碑已佚者，以志书及参考文献为准。

3. 原碑文字模糊不清、难认辨认或志书记载不详的均以"□"表示。

4. 原碑文字模糊不清、难认或泐失的，据其他文献或据上下文意补入的以［ ］标出。

5. 碑文部分以原碑文字为准，故全书有繁体、异体、简体并存的情况。

6. 《老杜秦州杂诗碑》以诗碑原文为底本，个别字词校以文渊阁四库全书本《集千家注杜工部诗集》，漫漶不清文字则以四库本为准。

7. 全书每通诗碑由碑文、撰者、注释、释文、图片五部分组成（由于原碑佚失或记载不详等原因造成部分诗碑没有图片附录），部分碑刻只有原碑拓片为据；因原碑残损等原因，部分图片不够清晰。

8. 本书注释部分重在考释诗碑中意思偏颇之词及专属地名、人名等，以便疏通文意。

9. 本书释文部分重在考察诗碑的存佚刊刻及流布等情况。部分诗碑原文、撰者与志书或其他文献文字有出入的，在释文部分予以校勘，不再单独出校勘记。

10. 本书以历史纪年为序排列，均以诗碑原碑题记或文献资料为据。

目 录

一 唐代 …………………………………………（1）
题黄花驿 ………………………………………（1）

二 宋代 …………………………………………（3）
柴元谨题留诗刻 ………………………………（3）
独石山诗碣一 …………………………………（5）
李师中麦积山诗刻 ……………………………（7）
独石山诗碣二 …………………………………（9）
寺坪诗碣 ………………………………………（11）
玉绳泉摩崖题诗 ………………………………（14）
宋代石笋铭三篇 ………………………………（15）
秀石亭诗刻 ……………………………………（19）
南宋万钟诗碑 …………………………………（22）
万象洞偶成诗刻 ………………………………（23）
水泉寺诗碑 ……………………………………（26）

三 元代 …………………………………………（29）
大元崖石镇东岳庙之记 ………………………（29）
道流四面碑祖师五篇秘语诗刻 ………………（40）
题石吉连墓 ……………………………………（50）

— 1 —

四 明代 ……………………………………………………… (52)

鹅池铭碑 ……………………………………………… (52)

曹唐游仙诗画碑 ……………………………………… (53)

慈阴寺石笋诗刻 ……………………………………… (57)

御制大崇教寺汉藏文碑 ……………………………… (59)

重修兴教寺记碑 ……………………………………… (67)

老杜秦州杂诗碑 ……………………………………… (69)

兴谷寺钟记 …………………………………………… (110)

水泉寺诗碑 …………………………………………… (112)

西蜀熊载汝熙游万象洞诗碑 ………………………… (115)

游万象洞 ……………………………………………… (117)

遮阳山芸叟洞题诗 …………………………………… (120)

鹅池铭碑 ……………………………………………… (122)

春日谒杜少陵祠 ……………………………………… (126)

遮阳山巡按御史方远宜题诗 ………………………… (128)

《鹅池即事》碑 ……………………………………… (130)

刘璜《诗八首并跋》 ………………………………… (132)

独秀石歌 ……………………………………………… (137)

独秀石诗刻 …………………………………………… (141)

号古庵杨处士墓碑题诗 ……………………………… (144)

甘酒石颂 ……………………………………………… (146)

邵庄晓行 ……………………………………………… (153)

杨贤《成县五言律一首》 …………………………… (156)

谒杜工部祠七言律一首 ……………………………… (159)

刘尚礼《谒少陵祠二首》 …………………………… (161)

甄敬诗碑 ……………………………………………… (163)

冯惟讷诗刻 …………………………………………… (167)

甘茹诗碑 ……………………………………………… (171)

胡安诗碑 ……………………………………………… (175)

泾川王母宫明镜止水碑 ……………………………… (178)

鹅池落成喜赋古风碑 ………………………………… (180)

目　录

　　王谟诗碑 ·· (185)
　　石窟寺题咏 ·· (187)
　　咏柔远八景诗碑 ·· (192)
　　张应登白水峡摩崖诗刻 ································ (193)
　　弹筝峡诗刻 ·· (199)
　　劝世心命歌木刻 ·· (201)
　　岳飞北伐诗碑 ··· (204)
　　谒伏羲庙诗碑 ··· (209)
　　春日谒杜少陵祠 ·· (213)
　　重修金莲洞记碑额诗刻 ································ (216)
　　谒太昊宫诗碑 ··· (220)
　　石泉洞题诗 ·· (226)

五　清代 ·· (231)

　　河西道署诗刻 ··· (231)
　　《庆阳寓中》诗刻 ·· (235)
　　杜子美先生像赞 ·· (237)
　　武全文诗碑 ·· (239)
　　范发愚诗碑 ·· (243)
　　钟玉秀诗碑 ·· (245)
　　罗森诗碑 ·· (246)
　　补岩大师偈语 ··· (250)
　　盐官铁钟铭 ·· (254)
　　成县官店筑路碑诗句 ··································· (256)
　　李瑛诗碑 ·· (257)
　　《秦州谒杜少陵祠》诗碑 ······························ (260)
　　林毓俊诗碑 ·· (262)
　　汤其昌诗碑 ·· (264)
　　郡署咏怀古迹诗碑 ······································ (267)
　　韩范祠诗刻 ·· (274)
　　元善诗碑 ·· (276)

— 3 —

重修梓潼帝君祠并建碑亭记	(278)
恩师刘老夫子赞并塔铭	(281)
旌表七品寿民王公碑记	(284)
新寺逸园诗	(289)
古槐诗刻三	(296)
林之望乞假养疴留别鸣鹤园二首并跋	(299)
左宗棠《周公祠碑》	(301)
左宗棠题书崆峒碑	(303)
武都万象洞叶恩沛《游万象洞》四律诗碑	(305)
李炳麟《七言诗四首并跋》	(308)
旭谷诗碑	(312)
槐树关革除关卡陋规碑	(313)
善昌诗碑一	(315)
善昌诗碑二	(317)
善昌诗碑三	(319)
叶正蓁《登崆峒山二首》诗碑	(321)
题壁	(323)
太昊宫诗碑	(325)

六 民国

罗湘琳碑	(329)
留别庆阳父老诗石刻	(331)
香水洞刘朝陞摩壁刻石	(335)
汪若南诗画碑	(340)
南台	(345)
谒崆峒广成墓诗碑	(346)
抗日阵亡将士纪念序碑赞诗	(351)
陶自强题记	(352)
游南谷瀑布歌诗刻	(354)
天水麦积山西窟万佛洞铭并序	(357)
南郭烈士纪念塔碑联赞诗	(362)

目 录

附录 ……………………………………………………………（364）
    陇东南铜镜铭文诗 …………………………………………（364）
    陇东南民间灯壁诗刻 ………………………………………（370）
    万象洞碑刻题诗 ……………………………………………（372）
    麦积山题留诗 ………………………………………………（385）
    张果老登真洞题留诗刻 ……………………………………（388）
    《嘉峪关碣记》诗刻 …………………………………………（392）
    《嘉峪关漫记》诗碑 …………………………………………（396）
    武安会众信官军赞序 ………………………………………（404）
    登嘉峪关并序碑 ……………………………………………（406）
    遮阳山镌诗石题诗 …………………………………………（413）
    北沟寺明清家具木刻诗 ……………………………………（416）

参考书目 ………………………………………………………（418）

后记 ……………………………………………………………（421）

唐　代

题黄花驿

唐懿宗大中十三年（859年）

【题诗文】

题黄花驿①
孤城迢迢②蜀路③长，鸟鸣山馆客思乡。
更看绝顶④烟霞外，数树岩花照夕阳。

【撰者】

薛逢，生卒不详，字陶臣，蒲州河东（今山西永济市）人，诗人。唐武宗会昌元年（841年）辛酉科进士，为一甲第三名（探花）。历任侍御史、尚书郎等职。因恃才傲物，议论激切，屡忤权贵，故仕途不顺。《全唐诗》收录其诗一卷。《旧唐书》卷一百九十，《新唐书》二百零三皆有传。薛逢《上白相公启》云："如某者，关中士族，海内穷人。幼遭悯凶，壮知传导。南穷海裔，北济河源。勤苦一经，恓惶三纪。家门板荡，亡惠子之五车；风树哀缠，痛虞邱之三失。加与于元昆抱瘵，孀妹无家。同气六人，半归泉壤。"由此可知薛逢出生，幼时多不幸，靠自己足衣食，苦读书经，终学有所成。

【注释】

①黄花驿：在今甘肃省两当县的鸟鸣山上，唐武德元年建置。

②迢迢：遥远。

③蜀路：依文意指通往四川省的道路。

④绝顶：绝高的山顶，这里写鸟鸣山之高。

【释文】

　　唐懿宗大中十三年（859年），薛逢入蜀出任从四品下阶的成都府少尹。此诗正是他途经两当住宿黄花驿时的题壁诗。诗中表达诗人复杂的心情，既有对仕途渺茫的惆怅，也有对家乡的思念之情，同时又对自己的前程有着淡淡迷茫的期盼。

　　两当位居甘肃省东南部，地处西秦岭南坡，是通往陇右关中，南下四川、北上秦州的交通要冲，史料记载已有一千五百多年的历史，素称"秦陇之捍蔽，巴蜀之襟喉。"历来为兵家必争之地。黄花驿古址位于今两当县秦岭南麓境内的鸟鸣山附近，是通往关中平原古陈仓道途经之地，西连古阴平道、北接天水，南经金牛道到成都，东南通古褒斜道至汉中再经古米仓道到巴中。这里群山连绵，奇峰突兀，江河纵横，万谷分流，青山葱郁。虽然通往各地的道路崎岖，交通艰难，但由于驿站特殊的地理位置和朝廷边防的需要，往来军旅和商贾行人却不断，唐朝是黄花驿历史上最繁荣的时期。

二

宋　代

柴元谨题留诗刻

宋嘉祐五年（1060年）

【刻文】

清明后一日记，嘉祐庚子岁春

　　岩峣①高阁回崖临，下瞰仇池②远望心。
　　不见明岐嘉瑞凤③，乱山空锁白云深。

大理寺卿柴士元谨，凤凰寺留题

【撰者】

柴士元，生平事迹不详。宋嘉祐年间为大理寺卿。

【注释】

①岩峣：山高峻貌。曹植《九愁赋》："践蹊隧之危阻，登岩峣之高岑。"

②仇池：地名，位于甘肃省东南部的陇南市西和县城南四十五公里处。《水经注》记载仇池山："上有平田百顷，煮土成盐，因以百顷为号。山上丰水源，所谓清泉涌沸，润气上流者也"。《宋书·氏胡传》："仇池地方百顷，因以百顷为号，四面斗绝，高平地方二十余里，羊肠蟠道，三十六回。"唐杜甫《秦州杂诗》之十一："万古仇池穴，潜通小有天。"西晋元康六年（296年），杨茂搜创立前仇池国。东晋太和六年（371年），前仇池国灭亡。前秦建元十九年（东晋太元八年，383年），杨定恢复的仇池政权被称为后仇池国。南朝宋元嘉十九年（442年），后仇池国覆灭。

③瑞凤：凤凰，古代传说是吉祥的禽兽。《国语·周语上》："周之兴

也，鹓䳇鸣于岐山。"韦昭注："鹓䳇（传说中的五凤之一），凤之别名。"岐山，在今陕西省岐山县北。相传周古公亶父迁此而兴。

【释文】

此诗刻存于甘肃陇南成县凤凰山北麓睡佛寺峭壁上。"柴元谨题留诗刻"刻于庚子即宋仁宗嘉祐五年（1060年），字径三厘米。据史料载，凤凰山睡佛寺建于汉代，称凤凰山寺，唐之后更名为大云寺，俗称睡佛寺。南宋王象之编撰的《舆地纪胜》曾记载："大云寺石碑，在成州凤凰山上，去州七里，创始莫考，殿后崖上存刻字云：汉永平十二年。"永平十二年即东汉明帝永平十二年（69年）。又《元一统志》记载：汉永平十二年重修凤凰山寺。

凤凰山睡佛寺崖壁上有汉、唐、宋、明诸朝官吏题记，如游师雄（陕西转运判官，提点秦凤路刑狱）"元祐二年正月九日武功游师雄登凤凰山寺"摩崖题记；宋代陕西副使蒋之奇题记："辛酉五月二十六日蒋之奇登大云寺"等。唐乾元二年（759年）杜甫居住在凤凰山下的凤凰村，作《同谷七歌》与《凤凰台》《寄赞上人》等，《木皮岭》中诗句有："首路栗亭西，尚想凤凰村。"由此可见，凤凰山寺很早就是游览佳境。

图1 柴元谨题留诗刻（拓片）

二 宋代

独石山诗碣一

宋嘉祐五年（1060年）

【碑文】

  吏役①驰驱②石火③间，偶逢佳景便偷闲④。
  无人会我登临兴，千万山中独石山⑤。

嘉祐庚子仲春望八日转运使尚书郎陈公题
将利县县令宋招勒石

【撰者】

陈公，生卒年月、事迹不详，曾官转运使尚书郎。

【注释】

①吏役：官府中的胥吏和差役。唐白居易《病假中南亭闲望》诗："欹枕不视事，两日门掩关。始知吏役身，不病不得闲。"

②驰驱：策马疾驰；奔走；效力。《孟子注疏》卷六上："吾为之范我驰驱，终日不获一，为之诡遇，一朝而获十。"

③石火：石头撞击时发出的一闪即逝的火花。多用来比喻时间，消逝很快。清赵翼《衰态》诗："灯前敲石火，饭后问朝餐。"

④偷闲：挤出空闲的时间。唐白居易《岁假内命酒赠周判官萧协律》诗："闻健此时相劝醉，偷闲何处共寻春。"这里指欣赏美景。

⑤独石山：指陇南康县独石山。

【释文】

诗碑原存于甘肃陇南康县平洛镇中寨村独石山大蟒寺（今古寺已毁），现存甘肃陇南康县文化馆。据张维《陇右金石录》民国三十二年（1943年）版记载，"独石山诗碣"诗刻在康县北，末题"嘉祐庚子仲春望八日转运使尚书郎陈公题，将利县县令宋招勒石"。《全宋诗》未收此诗，可补入。

独石山位于陇南康县县城以北四十公里的平洛镇中寨村，山上有大蟒寺。今中寨村尚存古代遗址多处，有唐代置平洛驿，宋代时被废，明洪武初又复置，清康熙六年迁小川。此处还有嘉庆二十五年（1820年）立碑一通，为圆首长方形，碑通高1.4米，宽0.76米，厚0.25米。碑额题："官清民安"，左、右有分刻"蒙皇恩庶民咸庆，被圣泽万世承休"。首题"署阶州直隶州正堂加五级记录五次"碑文为楷书，180字左右，内容概为"废除以前收取军饷的制度，新立规定制度"，碑末题"嘉庆二十五年正月吉日"。

陇南康县地处甘肃东南边陲，东连陕西，南接四川，西连甘南，北靠天水，为甘肃南下东出之要冲。有"秦陇锁钥"和"甘川门户"之称，古乃兵家必争之地。此地有驿站三处，即兰皋驿，为西汉时置，据孙述舜《康县要览》民国三十七年（1948年）版记载："兰皋驿，在康县东北75公里之大兰（南）驿，汉唐时置驿，今废。"兰皋即今大南峪。为陇南最早的驿站。平洛驿，为唐代置。将利驿，唐代陇右道辖武州将利县置驿，即今成县镡河乡将利村。

图2　中寨村"官清民安"碑（原碑）

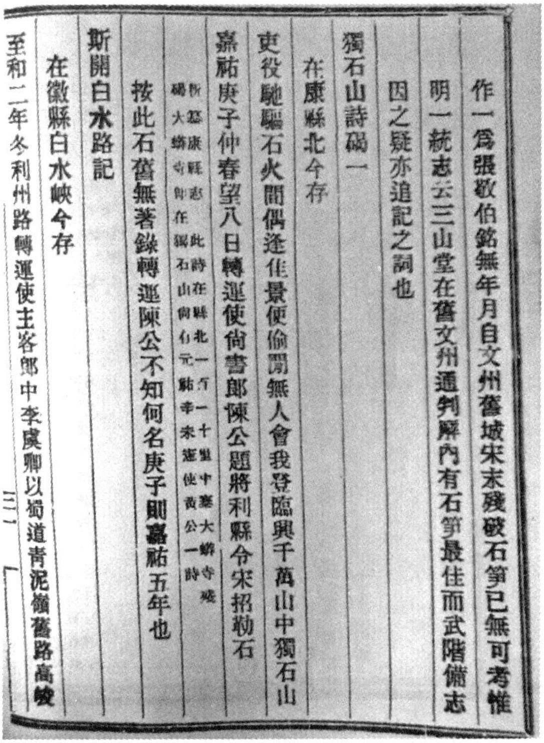
作一爲張敬伯銘無年月自文州舊城宋末殘破石筍已無可考惟
明一統志云三山堂在舊文州通判廨內有石筍最佳而武階備志
因之疑亦追記之詞也
獨石山詩碣一
在康縣北今存
吏役馳驅石火間偶逢佳景便偷閒無人會我登臨興千萬山中獨石山
嘉祐庚子仲春望八日轉運使尙書郎陳公題將利縣令宋招勒石
右錄康縣志此詩在縣北一百一十里中寨大蟒寺破
碣大蟒寺即在獨石山尙有元祐辛未運使黃公一詩
按此石舊無著錄轉運陳公不知何名庚子則嘉祐五年也
斯開白水路記
在徽縣白水峽今存
至和二年冬利州路轉運使主客郎中李虞卿以蜀道青泥嶺舊路高峻

图 3　独石山诗碣一（词条书影）

李师中麦积山诗刻

宋熙宁三年（1070 年）

【碑文】

留题二首试之

路人青松翠霭[1]间，斜阳倒影下溪湾。
此中猿鹤休相顾[2]，谢传[3]东归自有山。
大抵[4]襟怀要自然，圣贤事业[5]本悠闲。
东山不负苍生望，更有何人继谢安[6]？

陈留李师中罢使，与传君暄、陈君琪、庞君元直、吕君大忠游遂宿，弟纯中，男称伉侍行。

熙宁三年六月二十四日□，令吴安规供职事□。

【撰者】

李师中（1013—1078年），字诚之，楚丘（今山东曹县）人，宋代词人。后徙居郓城。十五岁被皇帝封为"事言时政"，后中进士。官至提点广西刑狱，摄帅事。熙宁初，历任河东转运使、秦州知州、舒州知州、瀛州知州。后为吕惠卿所排，贬和州团练副使安置。元丰元年（1078年）去世。《宋史》《东都事略》有传。著有《珠溪诗集》，词存《菩萨蛮》一首。

【注释】

①霭：云气、烟雾。

②相顾：相视、互看。

③谢传：谢太传，谢安。

④大抵：大多、多半。胸襟：胸怀、心胸。自然：自若、不拘束。

⑤事业：政事、事务。《荀子·君道》："故明主有私人以金石珠玉，无私人以官职事业。"

⑥谢安：（320—385年）浙江绍兴人，东晋名士、政治家、军事家、宰相，历任吴兴太守、侍中兼吏部尚书兼中护军、尚书仆射兼领吏部加后将军、扬州刺史兼中书监兼录尚书事、都督五州、幽州之燕国诸军事兼假节、太保兼都督十五州军事兼卫将军。淡泊名利，最初做官不久便辞职，之后隐居东山。常与王羲之、孙绰等游山玩水，寄情山水，四十余岁乃东山再起，后官至宰相，成功挫败桓温篡位。在淝水之战中，以八万兵力以少胜多，致使前秦大败，为战事频发的东晋赢得了和平。战后功名太盛，招杀身之祸，往广陵避祸，死后追封太传兼庐陵郡公。世称谢太传、谢安石、谢相、谢公。

【释文】

李师中诗刻位于天水市麦积山东崖门口通往千佛廊的石斛梯壁面（168号崖阁），题刻为竖排九行，字体二十厘米见方，行楷，字迹已模糊。诗刻是原天章阁待制、河东转运使李师中罢使后，与传暄、陈琪、庞元直、吕大忠等，同游麦积山时所作。熙宁初年，李师中为秦州知州，由此诗可知李师中对自己的仕途充满茫然，对当前世态颇有牢骚，带有怀才不遇之意。如"谢传东归自有山""更有何人继谢安"。熙宁三年李师中七佛阁刻诗为最早有纪年的名人题诗刻石。

熙宁初年，李师中任秦州知州。据《宋史》卷三三二载：熙宁初，拜天章阁待制，河东都转运使。西人入寇，以师中知秦州，诏赐以班超传。师中亦以持重总大体自处。前此多屯重兵于境，寇至则战，婴其锐锋，而内无以遏其入。师中简善守者列塞上，而使善战者中居，令诸城曰：即寇至，坚壁固守；须其去，出战士尾袭之。"约束既熟，常以取胜。

独石山诗碣二

宋元祐辛未（1091年）

【碑文】

　　依山临水好楼台，日照林扉昼不开。
　　只少惠施①裁丽句②，窗中飞出碧云来。

元祐辛未四月十五日宪使黄公题
将利县县尉兼主簿解安
将利县令刘晋立石

【撰者】

黄公，生卒年、事迹不详，宋元祐辛未（1091年）为宪使。

【注释】

①惠施：恩惠、布施、施恩。《吴子·料敌》："上爱其下，惠施流布。"

②丽句：对偶的句子，华美的句子。南朝梁刘勰《文心雕龙·丽辞》："丽句与深采并流，偶意共逸韵俱发。"

【释文】

"独石山诗碣二"现存于甘肃陇南康县文化馆。据民国三十二年（1943年）版张维《陇右金石录》载"独石山诗碣二"词条，诗刻在康

— 9 —

县北，末题"元祐辛未四月十五日宪使黄公题，将利县县尉兼主簿解安，将利县县令刘晋立石"。"独石山诗碣二"原在康县平洛镇中寨村独石山大蟒寺，现古寺已毁。寺中原有宋代诗碑二方，是康县境内发现的最早的石碑，分别刻有宋代转运使尚书郎陈公和宪使黄公七绝二首，其对研究宋代康县文化有一定价值。

"将利"为古县名。北周由安育县改名，治所在今甘肃陇南市武都区东南，隋、唐为武州治。五代后唐长兴三年（932年）东移二百余里，在今甘肃康县西北境。安史之乱后地废入吐蕃。大中时复置，景福后属阶州。元至元七年（1270年）入阶州。民国二十五年（1636年）版吕钟祥《新纂康县县志》载："将利故郡，兰皋旧镇。山川云远，屯戍星罗。外则控制羌戎，内则保障秦陇。孔明据之以伐魏，吴璘缘之以御川。实秦陇之咽喉，为甘南之要镇。"

图4 独石山诗碣（原碑）

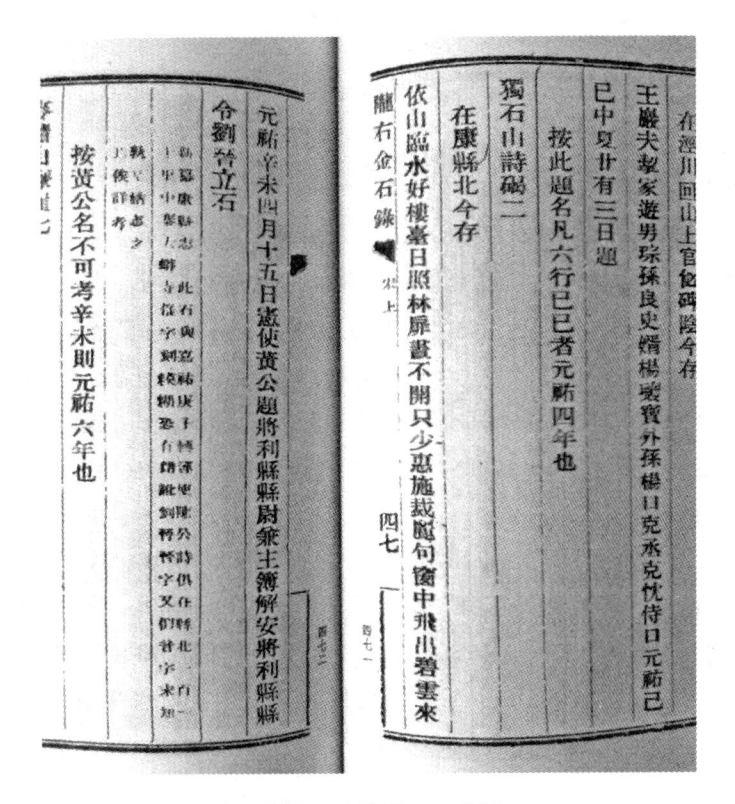

图5 独石山诗碣二（书影）

寺坪诗碣

北宋崇宁年间（1102—1106年）

【碑文】

　　西按①逾千里，重过水洛城。
　　昔年歌舞地，今日死生情。
　　旧吏犹能识，新街旋问名②。
　　百年叨使者③，颜厚见边氓。
　　皇城副使泾源路□□□□知德顺军兼知洛水监军□□□□……

【撰者】

佚名。

【注释】

①按：考查、研求。

②街：即街官，古时巡街的官。《新唐书》卷四十九上："左右街使，掌分察六街，徼巡凡城门坊角有武候铺，卫士骥骑分守大城门。"旋问：转动，回、归，不久，表示与各方来往或来往于各处之间询问。

③叨使者：指贪婪而怠于事的官吏。颜厚：不好意思。边氓：亦作"边甿""边萌"，即边民。《史记·三王世家》："荤粥氏虐老兽心，侵犯寇盗，加以奸巧边甿。"颜师古注："甿，庶人。"

【释文】

据张维《陇右金石录》载，碑在甘肃静宁洛水城，今佚。清宣统《甘肃通志》："寺坪诗碣在静宁州。咸丰初，农民于洛水城南郭寺取土掘得。宋崇宁时诗碣，末署'皇城副使泾源路□□□□知德顺军兼知洛水监军'，余皆剥落不可识，诗曰：'西按逾千里，重过水洛城。昔年歌舞地，今日死生情。旧吏犹能识，新街旋问名。百年叨使者，颜厚见边氓。'"

静宁洛水城即今甘肃庄浪东南。德顺军是北宋时期陇右设立的军事要塞。宋仁宗庆历中期以渭州陇干城置德顺军，复置陇干县。金升为州。元初并治平、水洛城并入陇干后复省，陇干改为静宁州。陇干城，又作笼干城、笼竿城、陇竿。从北宋大中祥符四年（1011年）奏请，到祥符七年（1014年）十二月筑城，再到陇干县建立共79年，址在宁夏隆德县。陇干县（金统治时一度称陇平），北宋元祐八年（1093年）置，到元大德八年（1304年）陇干县入德顺州，共211年，址在今甘肃静宁县。

宋太宗于太平兴国四年（979年）举兵北伐，统一了北方。但雄踞于陕甘北部边境的西夏政权与宋王朝南北对峙，始终威胁着宋朝的北方边境。地处边境的静宁，其军事战略地位极为重要。真宗大中祥符四年（1011年），渭州知州曹玮在陇山外之陇干川修筑陇干城（今隆德县城），时为抵御西夏的军事要塞。仁宗庆历三年（1043年），泾源路安抚使王尧臣奏准，以山外（指今六盘山）通边、静边、隆德、得胜四寨建为德顺军，以陇干城为军治。哲宗元祐八年（1093 年），置陇干县于外底堡（今静宁县城），并将德顺军治移陇干县，军、县同治一城。高宗绍兴元年（1131 年）金人南侵，整个中国北部包括静宁在内被金人控制。金世宗大定年间，改静边寨为静边县。金熙宗皇统二年（1142 年），又改德顺军为顺州，隶熙秦路。金世宗大定二十七年（1187 年），改德顺州，隶凤翔路，升格后的德顺州，领有陇干、威戎、治平、水洛、隆德、通边六县，其中前三县在今静宁县境，后三县在今隆德、庄浪境内。

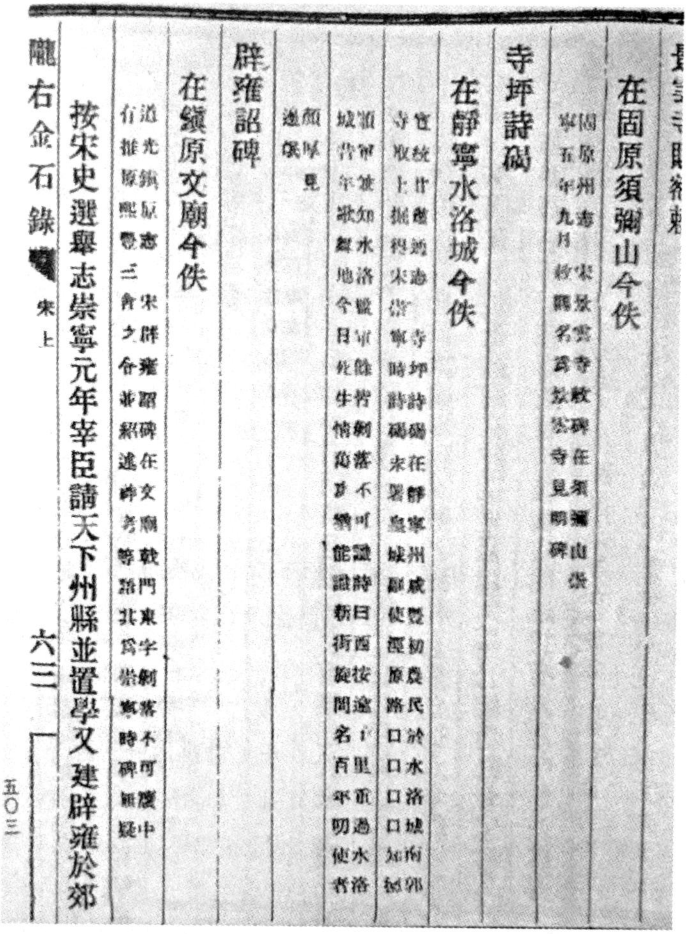
在固原須彌山今佚
寺坪詩碣
在靜寧水洛城今佚
辟雍詔碑
在鎮原文廟今佚
按宋史選舉志崇寧元年宰臣請天下州縣並置學又建辟雍於郊
隴右金石錄 宋上
六三
五〇三

图 6 寺坪诗碣（辞条书影）

玉绳泉摩崖题诗

北宋年间（960—1127年）

【碑文】

万丈潭①边万丈山，山根一窦②落飞泉。
玉绳③自我题崖石，留作人间美事传。

【撰者】

俞陟，生平记载不详。

【注释】

①万丈潭：在甘肃陇南凤凰山下飞龙峡中。距陇南成县东南七里，相传这里曾有龙自潭飞出。杜甫诗云："龙依稀水蟠，窟厌万丈内。"南宋祝穆《方舆胜览》："万丈潭，在同谷县东南七里，旧经昔有黑龙自潭飞出。"

②窦：孔、洞。

③玉绳：玉绳泉。飞龙峡旁，万丈潭之上，水自岩出，飞落如玉绳一样。

【释文】

玉绳泉摩崖刻石原在甘肃陇南成县东南之飞龙峡万丈潭西侧，杜诗"玉绳回断绝"即此处。现存拓本，原摩崖今已不见，据称，该摩崖毁于"文革"。该诗也见黄泳《成县新志》。

清乾隆六年黄泳修撰《成县新志》记载："子美草堂在飞龙峡口，山带水环，霞飞雾落，清丽可人。唐乾元中子美避难居此，作草亭，有同谷七歌及凤凰台诸诗，后人感其高风，即其址立祠祀之。"张维《陇右金石录》称此处摩崖刻石有三处。一处是南宋绍定三年（1230年）郭镒所题"章贡郭镒文重以制幕来城同谷，偕郡守常山李冲子和丞资中杨约仲博阅视龙峡守关之备，因谒杜少陵祠，观万丈潭。绍定三年七月乙卯"。第二处刻石是宋代诗人俞陟诗一首。第三处是峡谷后岩壁清道光四年（1824年）所刻的"潭云崖石"四个大字。

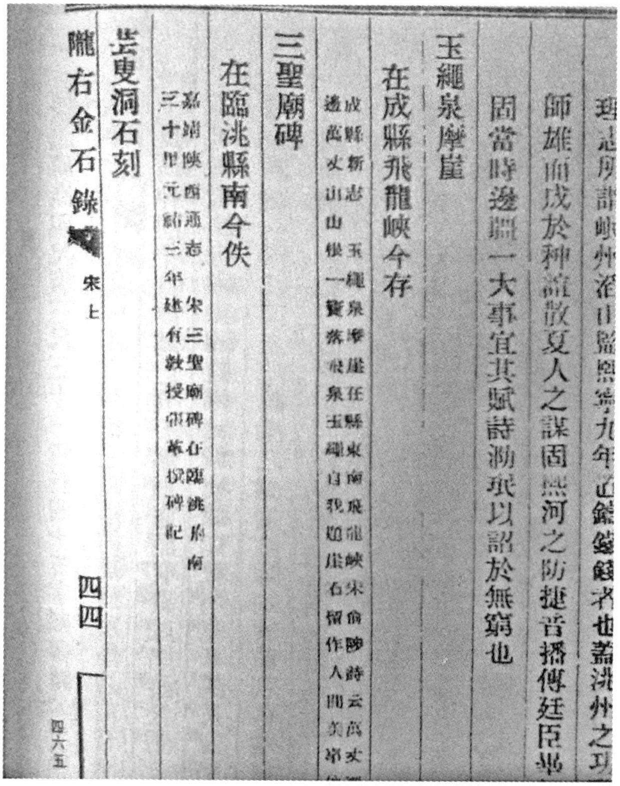
理志所謂岷州滔山臨熙寧九年置鑄錢監者也蓋洮州之功
師雄而成於种諤散夏人之謀固熙河之防捷音播傳廷臣畢
固當時邊圉一大事宜其賦詩勒珉以詔於無窮也
玉繩泉摩崖
在成縣飛龍峽今存
成縣新志玉繩泉摩崖在縣東南飛龍峽宋俞陟詩云萬丈透萬丈山山樓一簣寒飛泉玉繩自我題崖石留作人間美事
三聖廟碑
在臨洮縣南今佚
嘉靖陝西通志宋三聖廟碑在臨洮府南三十里元祐三年建有教授張恭撰碑記
耆叟洞石刻
隴右金石錄　宋七　四四
四六五

图7　《陇右金石录》玉绳泉摩崖（词条书影）

宋代石笋铭三篇

北宋年间（960—1127年）

【刻文】

石笋铭

其一（南甲题）

太极[①]之初，有物浑融[②]，乾坤开辟，万象来钟[③]。

巍峨崔嵬[④]，有石其锋，先天而璧[⑤]，造化[⑥]为工。

散落人间，盘礴苍穹⑦，烟濛雾渝⑧，时焉未逢。
日月重明，遇我梁公⑨，移置左隅，朝夕友从。
忠肝义胆，坚刚与同，前乎千古，莫比其隆。
后乎万世，孰追其踪，天长地久，永克其终。

其二（何彦齐题）

坚正挺持，久脱砂碛⑩。左右惟命⑪，所守不易。
藏锋敛芒，作镇西极⑫。倚天⑬之剑，露颖之锥。
湮没既久，拂拭者谁。紫须将军，左提右撕。
翦灭⑭妖氛，唯石是资。

其三（张敬伯题）

方其操瘠，其质历芒。赤倚天碧，鸣匣⑮外嗟。
郁抑⑯有此，君相拂拭⑰。

【撰者】

南甲；何彦齐；张敬伯。三人生平事迹均不详，有待进一步考证。

【注释】

①太极：古代哲学家称最原始的混沌之气。谓太极运动而分化出阴阳，由阴阳而产生四时变化，继而出现各种自然现象，是宇宙万物之原。《易·系辞上》："易有太极，是生两仪，两仪生四象，四象生八卦。"孔颖达疏："太极谓天地未分之前，元气混而为一，即是太初、太一也。"

②浑融：浑合、融合。谓融会不显露。宋罗大经《鹤林玉露》卷六："其立意措辞，贵浑融有味。"

③万象：宇宙间一切事物或景象。钟：集中。

④崔嵬：显赫、盛大。

⑤璧：平圆形中间有孔的玉，古代在典礼时用作礼器，亦可作饰物；又美玉的通称。

⑥造化：自然界的创造者，亦指自然。《庄子·大宗师》："今一以天地为大炉，以造化为大冶，恶乎往而不可哉？"

⑦盘礴：亦作"槃薄"，盘踞地上。《晋书·五行志中》："洛阳宫西

宜秋里石生地中，始高三尺，如香炉形，后如伛人，槃薄不可掘。"苍穹：苍天。《梁书·邵陵王纶传》："唯应剖心尝胆，泣血枕戈，感誓苍穹，凭灵宗祀，书谋夕计，共思康复。"

⑧瀹：深渊、漩涡。

⑨梁公：指唐名臣狄仁杰。狄死后追封梁国公，故称。此处比喻为梁国公。

⑩砂碛：沙漠、沙滩。

⑪惟命：听从命令。

⑫西极：指大宛国。《汉书·礼乐志》："天马徕，从西极，涉流沙，九夷服。"

⑬倚天：靠着天，形容极高。宋韩元吉《霜天晓角·题采石蛾眉亭》词："倚天绝色壁，直下江千尺。"

⑭翦灭：消灭。《左传·成公二年》："余姑翦灭此而后朝食。"

⑮鸣匣：剑鸣匣，本意是宝剑在剑匣中发出响声，期待有回应的声音。此处是希望得到之意。

⑯郁抑：阻遏、忧愤郁结、忧懑压抑。

⑰拂拭：掸拂、揩擦。亦有提拔，赏识之意。唐符载《祭樊司空文》："呜呼！载本诸生，器识屡愚，猥辱拂拭，化珉为瑜。"

【释文】

此三篇宋代《石笋铭》现存留不详。辑自民国张维《陇右金石录》及《光绪重修文县志》。《陇右金石录》载：

石笋铭二，在文县城，今佚，正文为"坚正挺持，久脱砂碛。左右惟命，所守不易。藏锋敛芒，作镇西极。倚天之剑，露颖之锥。湮没既久，拂拭者谁。紫须将军，左提右撕。翦灭妖氛，唯石是资。又，方其操瘠，其质历芒。赤倚天碧，鸣匣外嗟。郁抑有此，君相拂拭。"《文县志》中记载，石笋铭二为崇宁九年（此处记载有误，北宋崇宁（1102—1106年）是宋徽宗赵佶的第二个年号，共经历五年）何彦齐记（见图）。按文县石笋凡有三铭一为南甲铭已录，一为彦齐记铭即"坚正挺持"以下五十六字，一为张敬伯铭未载年月即"方其操瘠"以下二十四字，疑敬伯亦宋人也。

在甘肃陇南文县上城原有一高大的独石，形状如笋，为一处奇观，旁立有碑石三方，即宋嘉祐改元年间文州太守梁公门下士南甲，宋人何彦齐、张敬伯刻石。但此后由于战乱等原因，石笋和碑石都已消失不见。这三篇石笋铭为不同作者所写，从不同角度对石笋进行咏赞，书写其非凡来历、公正不阿、藏锋敛芒的自爱与作者郁抑的内心情感。咏物而各有侧重，借物抒怀，以物咏志，从石笋的物理属性、功用作用出发，联想到人间世事，写出人生哲理性的短语，用于劝勉和自警。

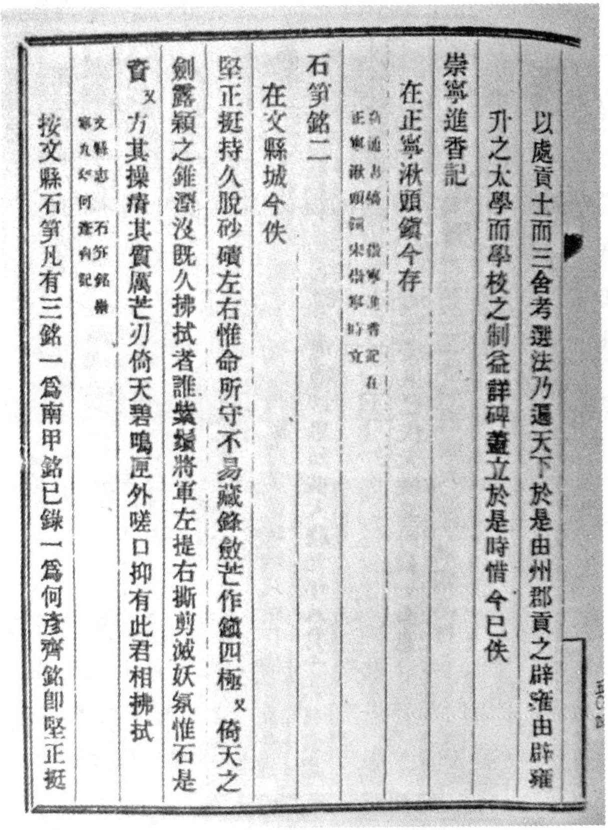

崇宁进香记

在正寕湫头镇今存

以处贡士而三舍考选法乃遍天下於是由州郡贡之辟雍由辟雍升之太学而学校之制益详碑盖立於是时惜今已佚

石笋铭

在文县城今佚

坚正挺持久脱砂磺左右惟命所守不易藏锋敛芒作镇四极又倚天之剑露颕之锥澌没既久拂拭者谁紫顶将军左提右撕剪灭妖氛惟石是贵又方其操瘴其质属芒刃倚天碧鸣匪外嗟口抑有此君相拂拭

文县志卷九载何彦齐石笋铭并序

按文县石笋凡有三铭一爲南甲铭已錄一爲何彦齐铭即坚正挺

图8　《陇右金石录》石笋铭二（书影）

— 18 —

二　宋代

秀石亭诗刻

北宋后期

【碑文】

乔阿秀石真图画，潭水鲈鱼即故乡。
□□□□□□□，□□□□□□□。

【撰者】

宋京（1078—1124年），字宏父，自号迂翁，宋代长安人，后迁入成都双流（今属四川），宋徽宗崇宁五年（1106年）进士。历任宗子博士、编修西枢文字、文昌郎即户部员外郎、太府少卿、知邠州等职，北宋后期著名的诗人，在诗歌艺术领域颇有成就，他在西蜀时为我们留下了许多诗篇，今存录其诗有十九首。《全宋文》《全宋诗》存有宋京诗文。

王世臣：记载不详。

【释文】

据张维《陇右金石录》中记载："诗刻已佚。碑在甘肃漳县石关，今佚。"《漳县志》："秀石亭在县西十五里，有独秀石。北镌宋京与王世臣诗'乔阿秀石真图画，潭水鲈鱼即故乡'，下剥落不可识，南有'仙迹'二大字，清康熙时观察使黄志章题。"

独秀石在定西市漳县城西南45里处，是一块完整的巨石，高10余米，周长20米左右。巨石上题刻有多种，有镶嵌的碑石，有直接刻上的诗文，也有大字题刻等。在独秀石北边有"鲈鱼潭"，潭边有"独秀亭"，潭早无踪影，独秀亭在五六十年前已拆毁。不远两山相交处有一个非常险要的关口，叫"鲈鱼关"，又名石门关，老百姓称之为石关儿。《重修漳县志》载："鲈鱼关，在城西南四十五里，俗名石关儿，即石门关。东维秦陇，西障番族，为陇南锁钥。"石门关是汉代西部著名的关隘之一，也是东通秦陇、西达洮岷的咽喉地带。自汉代开始，历代都有朝廷军队把守，是兵家必争之地，也是漳县风景秀丽、文人驻足最多的地方之一，因此留下了大量抒发征人情怀和描绘边塞风光的摩崖石刻，漳县境内的石门关、独秀石和凤凰崖三处摩崖石刻组成了石门关摩崖石刻群。

宋京是北宋后期著名的诗人,他的题留诗刻也不少,据张维《陇右金石录》记载:"'西平祠诗刻'在临洮西坪山今存(现今不存)。按《狄道州志》宋西平祠碑在州西西坪,明万历三十一年,京山李维桢至狄道,谓西平乃其远祖访之田野得,石刻上有五言律诗一首,宋知熙州宋京所作,题曰《谒西平祠》(见图)。"在成都龙泉驿区山泉乡境内的古东大路边上,有一座明代万历年间的唐三教场,被称作石佛寺或大佛寺的寺庙,有北宋政和二年(1112年)宋京的《北周文王庙石刻》诗刻。其诗文曰:"征西将军念君王,刻石巴山事渺茫。万载衣冠付冥寞,路人无语奠椒浆。典章文物一时完,有子何忧霸业难。谁使阿坚生肉角,至今遗恨碧峰寒。"(诗刻见图)除以上诗刻外,其在甘肃陇东时留存下来的诗作有:

登尚清阁二首
其一
望断秦原日月宽,西来泾渭侧依山。
凭谁唤取王摩诘,写到孤鸿灭没间。
其二
辇路名存迹已陈,斜阳今作几家村。
缭墙月转华清梦,来破高陵渡口昏。

京请郡得幽取道渭上观为命□诗刻次韵奉呈□□奉议公
其一
金节逶迤去不还,罗胸星斗焕秦天。
白云拱木今何在,岁月声名相与延。
其二
乞守初来到渭滨,玻璃亲为拂诗尘。
□江集里新添得,留取钟评付后人。

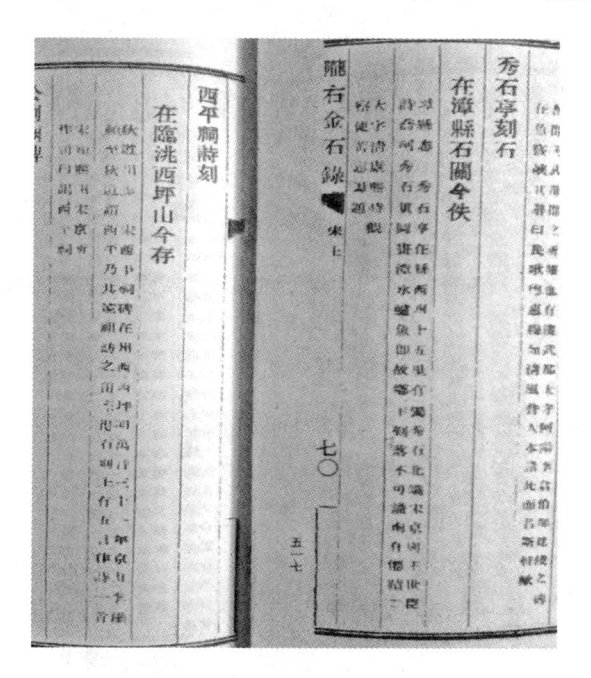

图9 秀石亭刻石（词条书影）

图10 《北周文王庙石刻》诗刻（摩崖）

南宋万钟诗碑

南宋淳熙七年（1180 年）

【碑文】

郡太守万钟、以淳熙庚子、仲春之晦日，率同僚来游万象洞天，作此长短句：

骅骝①缓策晴江上，沙嘴②晓痕新涨。
春山数叠罗青幛，下有琼台玉帐③。
洞门敲遍旌旗响，何处森罗④万象！
凭谁借我青藜杖？唤起蛟龙千丈。

【撰者】

万钟，字元亨，临安钱塘人，绍兴二十四年进士。淳熙七年（1180年）为阶州太守，淳熙十年（1183年）知泰州。庆元二年（1196年）为江南东路转运副使，后任总领都督府宣抚司财赋。庆元五年（1199年）任吏部侍郎。

【注释】

①骅骝：即周穆王八骏之一。《水注经》："湖水出桃林塞之夸父山，广圆三百仞，武王伐纣，天下既定，王巡岳渎，放马华阳散牛树林，即此处也。其中多野马。造父于此得骅骝、绿耳、盗骊，亡乘以献周穆王，使之驭以见西王母。"此处泛指骏马。

②沙嘴：亦作"沙觜"。一端连陆地、一端突出水中的带状沙滩。常见于低海岸和河口附近。唐皇甫松《浪淘沙》词："宿鹭眠鸥飞旧浦，去年沙嘴是江心。"

③玉帐：主帅所居的帐幕，取如玉之坚的意思。北齐颜之推《观我生赋》："守金城之汤池，转绛宫之玉帐。"唐李商隐《重有感》诗："玉帐牙旗得上游，安危须共主君忧。"

④森罗：纷然罗列。《太平广记》卷四百九十二："轻裘大带、白玉横腰而森罗于阶下者，其数甚多。"

二 宋代

【释文】

此碑在甘肃武都万象洞入口处,系南宋孝宗赵昚淳熙七年（1180年）阶州太守万钟所立。此诗为长短句,主要写洞口景观。

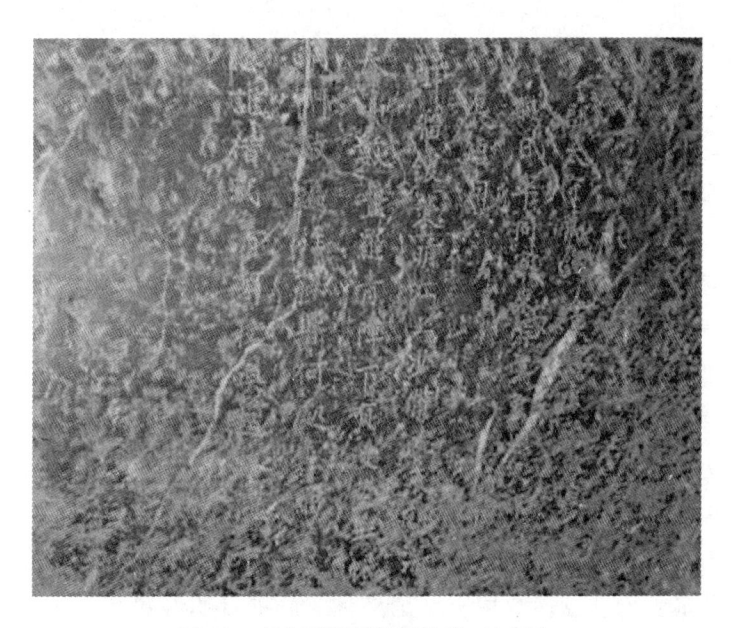

图11 南宋万钟万象洞诗碑（原碑）

万象洞偶成诗刻

南宋绍熙元年（1190年）

【碑文】

绍熙改元三月十日游万象洞偶成五十六言。闽中毋丘恪厚卿

一筇①拄破白云端,来叩云□访列仙②。
羽葆珠幢眩凡目③,玉芝石随垂馋涎④。
直巉⑤高澈庐无顶,遂但潜通⑥小有天。
兴尽却归到城郭,问今几世复何年?

— 23 —

万象洞奇异瑰怪甲于此州。前后游者非一，而初未有赋之者。太守毋丘公暇日领客来游，独首抉其秘，见之于诗。凡天下名山水，未尝不因骚人词客而显，岂非有所待耶？是游也，景仁实以僚吏从公亲拜重况，谨勒公佳句妙画，□之洞中，为后来唱。门生福津令二江宇文景仁题。

【撰者】

毋丘恪，字厚卿，四川阆中人，官阶州知州。

【注释】

①筇：古书上说的一种竹子，可以做手杖。

②列仙：诸仙。《汉书·司马相如传下》："相如以为列仙之儒居山泽间，形容甚臞，此非帝王之仙意也，乃遂奏《大人赋》。"这里指万象洞的奇幻景象。

③羽葆：帝王仪仗中以鸟羽连缀为饰的华盖。亦泛指卤簿，或作为天子的代称。《汉书·韩延寿传》："建幢棨，植羽葆。"颜师古注："羽葆，聚翟尾为之，亦今纛之类也。"羽葆，一本作"天子"。凡目：犹俗眼。南唐刘崇远《金华子杂编》卷下："岂上古之至宝，时亦示显晦于人哉？而隐现有数，俾特出愚之手，必其无能滞留于凡目耶。"

④馋涎：因食欲而口中分泌的液体。唐皮日休《鲁望昨以五百言见贻亦迭和之微旨也》："将来示时人，猰貐垂馋涎。"

⑤巍：高耸。

⑥潜通：暗通。汉应劭《风俗通·皇霸·三皇》："指天画地，神化潜通。"

【释文】

诗刻存于陇南武都万象洞内一块花岗岩巨石上，为南宋光宗绍熙元年（1190年）毋丘恪诗作。碑面宽1.3米，高0.86米，被打磨得光滑平整，碑文为七律，诗前有序，通体为行楷，遒劲有力。整幅文字道径流畅、刚柔兼备，诗文情声并茂。诗后为楷书题跋，凡七行，满行十八字。

南宋光宗时，毋丘恪时为阶州知州，领众宾朋游万象洞，为万象洞钟乳石奇异瑰怪的景象所打动，遂作此七律，该诗刻是迄今为止发现最早提到"万象洞"之名的题刻，距今已八百多年。诗刻对研究武都当地的区域变迁及所辖地界等方面的问题提供了重要依据，对研究南宋时期武都的历史、经济、文化也具有重要的价值。

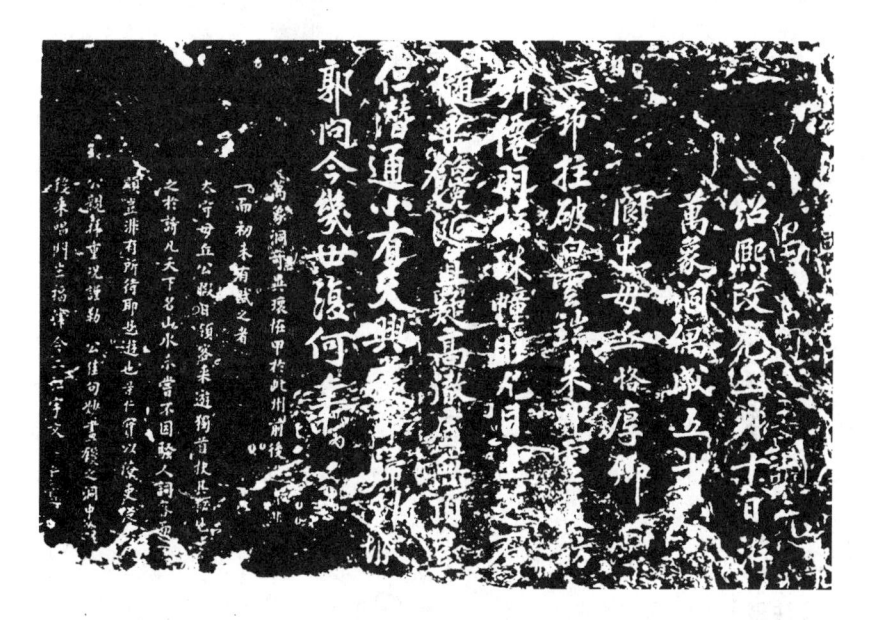

图 12 万象洞偶成诗刻（拓片）

图 13 万象洞偶成诗刻（摩崖）

水泉寺诗碑

宋代年间

【碑文】

入门泉自见，萧瑟①翠微□。
□□□汭，城移阅汉唐。
青莲②心□□，□□□偏长。
欲去还弭节③，千□□□。

【撰者】

佚名。

【注释】

①萧瑟：形容风吹树木的声音，凋零、冷落、凄凉。《楚辞·九辩》："悲哉！秋之为气也。萧瑟兮，草木摇落而变衰。"

②青莲：佛教以为莲花清净无染，故常用以指称和佛教有关的事物。指佛寺、佛经，喻佛眼，犹净土，佛家所谓极乐世界。

③弭节：驻节、停车。节，车行的节度。《楚辞·离骚》："吾令羲和弭节兮，望崦嵫而勿迫。"洪兴祖补注："弭，止也。"马茂元注："弭节，犹言停车不进。"

【释文】

诗碑原在甘肃平凉泾川县水泉寺，现存留不详，据民国张维《陇右金石录》载："水泉寺诗碑，在泾川县北，今存。'入门泉自见，萧瑟翠微□。□□□汭，城移阅汉唐。青莲心□□，□□□偏长。欲去还弭节，千□□□。'"张维按语："此碑凡三行，行一十四字，行末五字，俱泐，士人以为隋炀帝书，考其文，有城移阅汉唐句，盖宋碑也，附录于此。"

水泉寺位于现泾川县城北面，是古泾州城最著名的佛教寺院之一，也曾是皇家行宫、御花园、避暑山庄。清张延福《泾州志·建置志·寺观》载："华严海印寺，一名水泉寺，内有青凤泉、古槐。"水泉寺又叫华严

二、宋代

海印水泉禅寺、华严海印寺、水泉上寺等。院内有一荷花池，古称共池，是古泾州八景之一的"共池涌碧"所在，共池上的亭阁于1970年塌毁，共池于1981年被填平。据民国张维《陇右金石录》载："明《陕西通志》：唐水泉寺碑，在泾州北五里，唐时建寺，有碑记。"以此考据，水泉寺应创建于唐代。古刹水泉寺存留两方著名碑刻，即明弘治十年（公元1497年）七月，孝宗皇帝朱祐樘敕赐华严海印寺《敕赐华严海印水泉禅寺记》碑刻一方，现存于泾川县博物馆，和元代八思巴文圣旨"镇海之碑"，"敕赐华严海印水泉禅寺记并序"在碑阴。这里还出土了隋李阿昌造像碑、清光绪六年"镇水神碑"等。各种县志存留历代文人关于水泉寺的诗歌也很多，现附两首如下。

清乾隆《泾州志·艺文志》载州贡李渭蕃《过水泉寺有感》诗一首：

水泉山麓寺，半接泾之川。余少尝游此，人言非古先。
流光忽已逝，屈指又多年。断壁平芜尽，残碑荒梗连。
风来岭外雨，泥漫水中天。岸柳埋初址，池鱼迷故渊。
僧房石磊磊，溪径草芊芊。古柏半空殿，云烟锁野禅。
尘蒙仙梵里，香杳花宫前。钟韵绝晨响，鸟声杂树巅。
今看昔若此，后视今依然。荒废满终古，苍凉独此间。
回山色不改，泾水日东缠。徂共人何在，千秋徒自传。

清乾隆《泾州志·艺文志》载张培本《共池涌碧》诗一首：

兼山东望海天孤，中有灵池一镜殊。
激浪跳珠波断续，清风漱玉沫霑濡。
柳边曲径飞鹦鹉，花里幽村叫鹧鸪。
昔日共王曾驻辇，翠烟一片遮回庐。

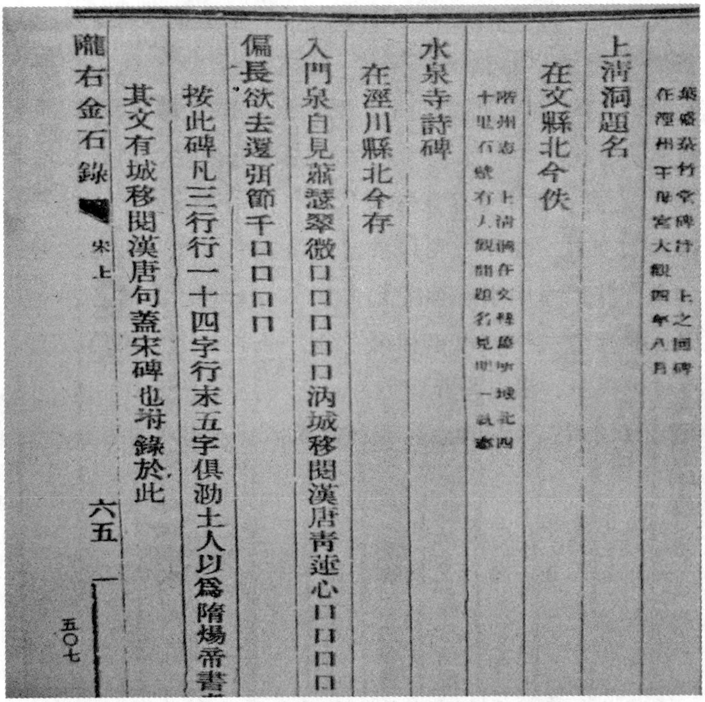

图 14　水泉寺诗碑（词条书影）

三

元　代

大元崖石镇东岳庙之记

元至元五年（1268年）

【背面碑文】

本庙住持严惠昭，幼年慕道，朝夕诵念《太上清静宝经》，感动天□，□赐神光终身卫护，以刊壁铭，觉后谨识。

　　　　无形无象亦无名，长育三才①极有情。
　　　　由恐后人迷清净，深思来者失光明。
　　　　老君留下真常道，王母宣传几万京。
　　　　劝谕诸公勤讽诵，十天拥护自长生②。

老君曰：大道无形，生育天地③；大道无情，运行日月④；大道无名，长养万物⑤。吾不知其名，强名曰道⑥：夫道者，有清有浊，有动有静；天清地浊，天动地静。男清女浊，男动女静。降本流末，而生万物⑦。清者浊之源；动者静之基⑧。人能常清静，天地悉皆归⑨。夫人神好清，而心扰之；人心好静，而欲牵之⑩。常能遣其欲，而心自静，澄其心而神自清⑪，自然六欲不生，三毒消灭⑫。所以不能者，为心未澄，欲未遣也⑬。能遣之者，内观其心，心无其心⑭；外观其形，形无其形⑮；远观其物，物无其物⑯。三者既悟，唯见于空⑰，观空亦空，空无所空⑱；所空既无，无无亦无（原碑中无此句）⑲；无无既无；湛然常寂，寂无所寂，欲岂能生，欲既不生，即是真静⑳。真常应物，真常得性，常应常静，常清静矣㉑。如此清静，渐入真道，既入真道，名为得道，虽名得道，实无所得㉒。为化众生，名为得道，能悟道者，可传圣道㉓。

老君曰：上士无争，下士好争；上德不德，下德执德㉔。执着之者，不名道德㉕。众生所以不得真道者，为有妄心㉖，既有妄心，即惊其神，既惊其神，即着万物，既着万物，即生贪求，既生贪求，即是烦恼㉗。烦恼妄想，忧苦身心，便遭浊辱，流浪生死，常沉苦海，永失真道㉘。真常之道，悟者自得，得悟道者，常清静矣㉙。佩受法录，弟子严惠昭仰体。

仙人得真道者，曾诵此经万遍。感蒙传授兹者，殷勤无怠。旦夕诵持。上祝今上皇帝万岁，太子诸王千春，四海来王，万民乐业。次冀本郡大小官员高增禄位；十方檀信各保安宁㉚。唯愿观门昌盛，道教兴行，法派永丰，香灯不替，重资先化㉛，已列仙班，稽首归依无极大道。

世居官僚开座于后：

亚中大夫西蜀四川道肃政廉访司事　　纳石国玉

奉政大夫巩昌等处都总帅府副总帅　　纳石国琛

武德将军同知咸茂等处军民安抚使事　　朵立只

广威将军前西番达鲁花赤礼店文州蒙古汉军军民元帅　　亦辇真

宣武将军礼店文州蒙古汉军西番军民元帅　　翔鹖石麟

忠显校尉礼店文州蒙古汉军奥鲁军民千户　　真卜花

礼店元帅府镇抚　也先

前元帅府镇抚　张文才

汉阳军民元帅府副元帅　曹兴

官军上百户　王哈纳卜合

进义副尉本镇管军百户　何德　副百户　卢黑答

千户所知事　王德贤

文州上千户所知事　张才厚

怯连□长官所达鲁花赤　阿都只

怯连□长官　李万家奴　副长官　文观音奴

文州西番万户府副万户　漆孝谅

安抚使司镇抚　漆孝祈

威茂州付千户　漆孝裕

总领　韩外家驴　文世昌　郑张良才　提领　范德隆　德远

护国观肃正辅真大师巩昌等处玄学提点广元洮州礼店文州道正　江月庞居翊

四王坛冲玄悟道崇文演义大师前阶州道判知闲　彭智隆

关王庙通真悟道大师前礼店道判提点宗主　顾嗣仙

玄妙观明仁守素大师提点　彭以政

明真守素大师提点　苟志冲　长道弥罗宫　王□信　赵道兴

观音院僧因上座宗上座平泉待诏提领　史朝杰　彭杲

上师安贞通妙大师严德瑞、德琳、德碹、德璋、法眷、姚惠通、冯得传、刘德全、德圆、邓德常、刘道纪、道宁、冯道淳、道应、道童、严赞、严斌、严和、严顺

秦州石匠提领　李通和

（以下供斋助工舍财共一百四十人姓名从略）

（以下四至地界从略）

【撰者】

不详。

【注释】

①三才：天、地、人。

②讽诵：朗读、诵读。北齐颜之推《颜氏家训·序致篇第一》："年十四五，初为阉寺，便知好学，怀袖握书，晓夕讽诵。"长生：指道家求长生的法术。南朝宋鲍照《代淮南王》诗："淮南王好长生，服食炼气读仙经。"

③老君：太上老君的简称。大道：道是至高无上的没有形状的。老子《道德经》说："独立而不改，周行而不殆。"世间万物都是由道所生。《道德经》说："道生一，一生二，二生三。三生万物。"因天地万物皆为"道"的化生，故注称"大道"。无形：视之不见。生育：长养阴阳，所以叫生育，阳为清，上升为天，阴为浊，下降为地，此言大道是永恒不灭的，天地万物，都是从她而生，由她所养，最后由她化解，她是万有之源，万化之本。

④无情：没有偏爱及私情。运行：旋转运行，此处指化生万物。日月：指日月星辰及世间万物。此句是说人有喜、怒、哀、乐，都表现为"情"字，然而不可名状的大道，她无所不容，一视同仁，没有半点偏爱和私护，在大宇宙中旋转运行，永不止息。

⑤无名：指无形无象的混元状态。《道德经》云："道常无名。"无名指有道有功而无名。《道德经》又云："大道泛兮，其可左右。万物恃之以生而不辞，功成而不有。"不有指不为己有，也是指无名之意。长养：生长养育。万物：指世间万事万物。

⑥不知其名：不知道它的名称，不知如何称谓它。强名：勉强称名。《道德经》云："有物混成，先天地生。寂兮寥兮，独立而不改，周行而不殆。可以为天下母。吾不知其名，字之曰道。"

⑦清：为天，正阳之气，上升为天。浊：为地，正阴之气，下结为地。有清有浊，指能清能浊，如宇宙中有清水就有浊水一样。动：指动态。静：指静态。有动有静，指能动能静。天清：指天动而清。地浊：指地凝而浊。天动地静，指天地有动有静。男清：男人有神气之清。女浊：女人有败血之浊。男动：男子好动。女静：女子好静。降本：归于根本。流末：返于末端。

⑧源：源头。基：基础、根本。清者浊之源，动者静之基，指清、浊、动、静乃相对之态，有晴天就有阴天，有生就有死，两者相互转化、相互依存。

⑨清静：指心性纯正恬静。《吕氏春秋·审分览第五》："清静以公，神通乎六合，德耀乎海外。"皆归：归于自然。《道德经》云："江河淮海，非欲于鱼鳖蛟龙，鱼鳖蛟龙自来归之。人能清虚寡欲，无为非于至道，至道自来归之于人。但能守太和元气，体道合真，万物悉归耳。"

⑩神：此处指人的元神天性。心：元气结成的真谛，即"声色不止神不清，思虑不止心不宁，心不宁兮神不灵，神不灵兮道不成"。七情六欲：泛指人的喜、怒、哀、乐和嗜欲等。语出《礼记·礼运》。七情：喜怒哀惧爱恶欲。六欲：心意耳目口鼻。这里指除了外境而生之贪念，元气所结成之心，本来也是好静，都是因世欲之事干扰，而使之不清静。

⑪遣：去除。澄：澄清。此句言人能去除七情六欲，内守元和自然之气，内心自然而然就会安静，七情六欲就不存在。即"欲从心起，息从心定，心息相依，息调心静"。

⑫六欲：指六根，六根指心、意、耳、目、口、鼻。欲：佛家谓财、色、食、名、睡五欲。所以眼见耳闻，意知心觉之欲染。三毒：指身、

心、口。人有身时，身有妄动之业。心有妄思之业，口有妄语之业，又说三毒为三尸，上尸彭琚、中尸彭瓒、下尸彭矫。上尸好华饰，中尸好滋味，下尸好淫欲。人若能断其华饰，远离滋味，绝其淫欲，去此三事，就能使毒消灭，三毒既灭，就能神如气畅，自然清静。

⑬所以不能者：指所以不能够做到的，如人心被名利、声色、滋味等所动，性乱情惑。为心未澄：指心不能澄清。欲未遣也：指欲不能去除。

⑭此句指人能断情、绝贪、去欲，即无三业之罪，使心处于形内，不能够从外形上看到心内世界，心无其心。即无心可观，则无所用，无所修，就可为清静之道。

⑮此句指形由心主宰，心由形表现出来。形无主就不能安静，心没有形表现出来就不存在，心处于内，形见于外，内外相承，不可相离。心离开形体，叫做无心。无心，也就无形，所以叫作形无其形，形无其形就合于道。老子《道德经》曰："吾有大患，为吾有身。吾既无身，而有何患？"

⑯物：道之妙用，非世间的一般物体，五行造化谓之物，块需然有凝谓之形。凡是有形质的，都是后天之物，物无其物，谓之真，真空也。《道德经》云："道之为物，惟恍惟惚。"又曰："恍兮惚兮，其中有物。"此句是说："修道之人，应当认取先天恍惚中的真物，而放下后天有形的假物，如此才能修道成真。"

⑰三者：指心、形、物。空：道家谓虚静之性。《文选》："淡乎若深渊之静，泛乎若不系之舟。不以生故自宝兮，养空而浮。"李善注引郑玄曰："道家养空，虚若浮舟也。"

⑱观空亦空，空无所空：即观空也空，大道无象，空也有空象，应把此空象也加以忘去，则真空之境更加真实。空无所空，凡居有质，都凭借大道而成形，一切物类，都是从道而产生。大道坦然常存于物，非为断灭也。

⑲所空既无，无无亦无：大道是没有穷尽的，修道到了"空"，空也没有了。如果仍然有空，就不能达到无的境界，再进一步做到无之又无，一切也就不存在了。

⑳无无既无，湛然常寂：无无指连空虚无有也没有。道家认为的天地万物形成以前的空寂状态。后亦泛指虚无，乌有。《淮南子·道应训》：

"予能有无矣,未能无无也。及其为无无,又何从至于此哉?"高诱注:"言我能使形不可得,未能殊无形也。"世间万事万物,都归于无,修炼到了无也没有的地步,就万法都空了,达到湛然而又圆满的真本,即成真道了。寂无所寂,欲岂能生:指寂到了尽头,连寂都不存在了,就到了无为、无事、无欲的境界,自然成道了。欲既不生,即是真静:指真静,自然无欲。求静必须先遣欲,有欲则患生,无欲则无忧,无忧则可进入真静。

㉑真常:道教用语。真实常住之意。《楞严经》卷十三:"性真常中,求于去来,迷悟生死,了无所得。"真,道家称存养本性或修真得道的人为真人。应物:顺应事物。《庄子·知北游》:"邀于此者,四肢彊,思虑恂达,耳目聪明,其用心不劳,其应物无方。"得性:谓合其情性。常应:无所不应。此句是说不管天之有云无云,而天体本净,不管心之有事无事,皆可常若无心,无心之心,是为道心,是为真心,真心乃清静无染之心,也即可应万境万变而永恒不变之心。

㉒真道:指清静之性。既入真道,名为得道:此句为既入真道,名悟修真。炼凡成真,炼真成神。虽名得道,实无所得:虽然从名义上似乎是得到了道,但实道为天地之本源,宇宙之原动力,大自然之规律。独立而不改,周行而不殆。自本自根,未有天地,自古以固存。因此无极大道,本无得无失,无形无象,视之不见,听之不闻,实为无所得。

㉓为化众生,名为得道:化,指迁变之义。众生,泛指人和一切动物。《礼记·祭义》:"众生必死,死必归土。"孙希旦集解:"众生,兼人物而言也。"能悟之者,可传圣道:悟,觉,即通。此句意思为学仙之人,若悟真理,能悟本性。归身内修清静,以此修持,自然清静。人能清静,至道自来,不求自得,不学而成。清静自然,圣道归身,所以说可传圣道。

㉔老君曰:上士无争,下士好争。上士:有修为有涵养的上等智慧人,是上德派生的。下士:指修为涵养各方面都次于上士的人。此句意思为有修为有涵养的上等智慧的人,不与外界争胜争强而自强。这是上士所获得的福气,而下士由于一味争取身外之物,而失其内在真性,终使一无所获。上德不德,下德执德:德,是道所表现出来的道。德的体性特征等同于道,道无形无象,空虚而无迹象,却无所不有,无所不在,无所不

为，无所不成。生育天地，运行日月，长养万物，却不自恃、自彰。这种特征表现在人身上，就叫"上德"。上德和常德一样，是内在的、实质的、无形的、自然的，而不是外在的、表面的、形式上的东西。因而，无形的道是大道，无形的内在之德是上德。而下德之人，一味追求有为之法，自以为是，无法突破小我而进入无我的最高境界。

㉕执着之者，不名道德：执着，指执德、下德。道德，指通变无方，存亡自在，应见即用，能尊能贵，悉皆自然。此意思为下德之人不懂事理，不懂道德的人，不能成道。

㉖众生所以不得真道者，为有妄心：妄，虚妄，极不真实，情浮意动，心生所妄。此句意思为一切众生不得真道的原因，都是被妄有所思，情浮意动。人一旦有了妄动之心，自然不能清静。所以说逐境而感情妄动，不能得到真道。

㉗既有妄心，即惊其神：惊，指心之畏惧，打扰，丢失。一是指内修清静，忘了形而惊其神；二是指外习事情，劳于心而惊其形。想要心神安静，就要外欲不生，欲不能生，自然清静。既惊其神，即着万物：人如果惊其神，内里就失去道。既着万物，即生贪求：贪，过分追求、偏爱。贪于世事，外求华饰欲乐，就不能清静。既生贪求，即是烦恼：贪求外事，就会生迷惑，这就是烦恼。

㉘烦恼妄想，忧苦身心，便遭浊辱，流浪生死，常沉苦海，永失真道：浊，染。辱，污。流浪，指反复。苦海，苦的大海，海指大。此句意思为人人若追逐于外物，忧苦自然而然就产生而扰乱自身，在生死之间反复，永远不能脱离轮回，流浪于苦海之中。忧苦的事不能够休止。

㉙真常之道，悟者自得，得悟道者，常清静矣：真道是永恒的，无时无处不在的，不生也不灭，外包天地，内入毫芒，运行日月，长养万物，人能悟解，自然而得道。《道德经》云："天道无亲，常与善人。""道本无形，莫之能名，得悟之者，唯己自知。"真正悟道之人常能守于清静，都能得到真道。

㉚檀信：犹施主。谓修檀行的信士。唐黄滔《丈六金身碑》："螺累累以成髻，珠隐隐以炫额，檀信及门而膝地，童叟遍城而掌胶。"

㉛𣲖：古同"派"。先化：先王之道。唐武则天《唐享昊天乐》之九："有截资先化，无为遵旧矩。"截，治。

【释文】

"大元崖石镇东岳庙之记"碑现存甘肃陇南礼县崖城乡街道村,碑高221厘米,宽109厘米,厚28厘米。碑石后面除开头"本庙住持严惠昭,幼年慕道……劝谕诸公勤讽诵,十天拥护自长生"和结尾外,中间部分为道家《太上老君说常清静妙经》(又叫《太上混元上德皇帝说常清静经》,简称《清静经》《常清静经》。碑文作者不详。此经主要阐述"如何清静,渐入真道"。

道教奉老子为教祖,尊之为太上老君。"太"为"大"之意,"上"为尊之意;"太上"系道门最高称呼,用以称呼其神仙体系中品位极高之神。老即寿,君是尊号,道清德极,所以称为君。老君为众圣之祖,真神之宗。一切万物,莫不因老君所制,故为宗祖也。"老君"之称最早见于《后汉书·孔融传》,"太上老君"之称最早见于《魏书·释老志》。《老子内传》:"太上老君,姓李名耳,字伯阳,一名重耳;生而白首,故号老子;耳有三漏,又号老聃。"后之道书多冠其名以附之。如《太上老君中经》《太上老君内丹经》等。老子是春秋时的思想家,曾为周"守藏室之史"(管藏书的官),后隐退著《道德经》(又名《老子》)一书。与儒家的孔子相比拟。到了唐朝武宗时期老子被定为三清尊神之一、太上老君的第十八个化身,但是早期的道士认为老子是太清神的手下。老子与后世的庄子并称老庄。他把宇宙万物的"本体"看作"道",认为它是超越时空静止不动的"实体",是产生整个物质世界的总根源。他在观察社会和自然变化时,又具有朴素的辩证法思想,认为一切事物都存在于正反两方面的对立之中,它们互相依存,互相转化。政治上他主张"无为",目的是缓和尖锐的社会矛盾,回到"小国寡民"的自然状态。老子的思想在中国思想史上占有重要地位。

《常清静经》中常为恒,清为元,静为气,经为法。是成圣人之径,为神仙之梯。《常清静经》在道教中占有重要的位置,《玄门日诵早晚功课经》把《清静经》放在众经之首,每日持诵,可知该经是道教徒修持的一部重要的上乘经典。

参照实际碑文中"所空既无,无无既无;湛然常寂,寂无所寂,欲岂能生,欲既不生,即是真静。"而传世本《清静经》为"所空既无,无无亦无;无无既无,湛然常寂;寂无所寂,欲岂能生?欲既不生,即是真静。"其中碑文缺"无无亦无"句，应为刊刻时遗漏。

附：大元崖石镇东岳庙之记（正面碑文）：
奉训大夫、江南诸道行御史台都事　周夒撰文
亚中大夫、河西陇北道肃政廉访司副使　野峻台　□并篆题
圣人之制祭祀也：法施于民则祀之，以死勤事则祀之，以劳定国则祀之，能御大灾则祀之，能捍大患则祀之。唯方岳见诸虞书，复见于周官。秦汉登封泰山，皆未见徽称；至唐秩封方岳"东岳天齐王"，宋加"天齐仁圣帝"；国朝加"大生天齐仁圣帝"。五岳视三公，四渎视诸侯，唯天子得而祀之，其未远矣。独东岳祠庙遍海宇，诚未合于礼经。由其首冠群岳，方主生生，仁育浃洽，民心之深感之也。□崖石古岷之巨镇也，先是天戈西指，金虽亡，北而襄武，西有西戎，南接宋境，皆动敌焉。丙申，上命秦国忠宣公按竺迹镇抚三方，开帅阃于西汉阳天嘉川冲要，是镇为属。旧竚东岳灵祠，雨阳灾诊，有祷必应，有文实岳府纠察司也。国公思有以住持者，难其人。戊戌经理川蜀，得昌州天庆观道士毋混先者，道行高洁，以祝被御患为心，喜而纳诸祠，伞掌其事。唯时毋混先承命，焚修甚谨，继从其祠之前创集真阁气以栖九真；复道廊庑，以居列圣。斋、库、庖、湢、咸集其事。一日，伞其徒慧昭曰："尔子凌云，仍天缘□契，行化利物，超乎等辈，宜继斯焉，勉旃！"毋忽语半而逝。自尔慧昭奉命愈励，夙夜孳孳，心靡适佗，复以岳祠居后，莫便祷祀，遂卜筑高冈，妥岳灵。自延祐丁巳经始，至治辛酉落成，于是神各有栖，人怀其吉。一日，慧昭踵门跽请纪其始末，予嘉其意。周书有曰：厥考作室，既底法，厥子乃弗肯堂矧肯构，厥父菑，厥子乃弗肯播矧肯获。今毋混先一方外之士，志谨自持，以祝厘为务，一承忠宣之命，而竭心尽力，始终不渝，遂成其志。其徒严慧昭尤善扩其师之心，成其之所未成，终其之所未终。岳祠一筑，遂得其所，捍灾御患，感而遂通，其规其随，守而不易，可谓善述人之事，善继人之志也。

与夫矧肯构矧肯获，□可同日而语也，于是乎书。因铭曰：
岱宗岩岩，鲁邦是鉴。仁柄生生，海宇思衔。崖石巨镇，人维至诚。中有祠宇，曰阳曰雨。忠宣维怀，□求其主。曰毋居前，克张其矩。曰严居后，克接其武。神赫厥灵，赉我西土。与国同休，永永莫数。

至元五年岁在已卯季秋吉日，本观住持金栏紫服希文凝妙玄微大师严惠昭建

碑文介绍了按竺迩于西汉阳天嘉开设"礼店军民元帅府"的史实。并写了按氏经营川蜀时，让蜀道士毋混先未礼主持崖石镇东岳庙，经师徒两代人的努力，岳宫得以重修成较大规模宫观的经过。此碑对研究元史有重要参考价值，对研究礼县道教史亦有重要价值，为县级文物保护单位。

图15 大元崖石镇东岳庙之记正面（拓片）

图16　大元崖石镇东岳庙之记背面（拓片局部）

图17　大元崖石镇东岳庙之记（背面拓片）

道流四面碑祖师五篇秘语诗刻

元大德六年（1302年）

【碑文】

祖师五篇秘语①

纯阳真人①授重阳祖师秘语

宣授陕西□西蜀四川道教提点玄明文靖天乐真人李道谦

募临秦地，泛游长安，或货丹于市邑②，或隐迹于山林。困循数载，观见满目苍生尽是凶顽下鬼。

今适吾弟子，何不顿抛俗海，猛舍浮嚣③，好餐霞④于碧桥之前，堪练气于松峰之下。斡旋造化，反覆阴阳，灿列宿⑤于九鼎之中，聚万化⑥于一壶之内。千朝功满，名挂仙都，三载殷勤，永锁万劫⑦，恐尔来迟，身沉泉下⑧。

莫守樽酒恋尘嚣，每向鄽中作系腰⑨。
龙虎动时抛雪浪，水声澄处碧尘消。
自从有悟途中色，述意蹉跎不计聊。
有朝九转⑩神丹就，同奔蓬岛⑪去一遭。
蛟龙炼在火蜂亭，猛虎擒来囚水晶。
强意莫言胡论道，乱说纵横与事情⑫。

铅着汞药，汞是铅精，识铅识汞，性终命停。九转成，入南京，得知友，赴蓬瀛。

长春丘神仙门人

宁神悟道广玄真人张□□

阪泉尊师善济普慈真人冯志清

师叔陈志寂

烟霞无为大师达玄子梁□□

---

① 赵昌荣：《玉泉观志》，甘肃文化出版社2002年版，第28页。

清贫子王志坚

悟真子杨志朴

悟真大师何志源

明真大师姚知古

门徒：

何道元　任道芳　何道渊　杨道明　门德裕　王道坦　李道恒　安道和　何道吉　王道夷　何道全　李道素　冯道真　刘道洪　李道平　杨道固　李道希　段道昆。（以下玄真会及人名略）

大元国大德六年岁次壬寅仲秋下旬有二日，玉泉观知观何道元、任道芳等并十方道众同建立石。

【撰者】

不详。

【注释】

①纯阳真人：吕洞宾，原名吕嵒（或作"岩"），字洞宾，道号纯阳子，是著名的道教仙人，八仙之一，相传是唐末进士，咸通年间及第，两调县令。后移家终南山修道，不知所终。一说，屡举进士不第，游江湖间，遇钟离权授以丹诀而成仙。号"玉清内相金阙选仙纯阳演正景化孚佑帝君三曹主宰兴行妙道天尊"，全真道祖师，被尊称为吕祖、吕祖师、吕仙祖、纯阳祖师等。道教全真派北五祖之一。著有《吕祖全书》《九真上书》《孚佑上帝文集》《孚佑上帝天仙金丹心法》等，《全唐诗》中收录了吕洞宾的诗词共二百多首。

②市邑：市镇、城镇。

③浮嚣：浮躁、不踏实。

④餐霞：餐食朝霞，指修仙学道。语出《汉书·司马相如传下》："呼吸沆瀣兮餐朝霞。"

⑤列宿：众星宿，特指二十八宿。九鼎：古代传说夏禹铸了九个鼎，象征九州，成为夏、商、周三代传国的宝物。

⑥万化：万事万物，大自然。

⑦万劫：佛经称世界从生成到毁灭的过程为一劫，万劫犹万世，形容时间极长。

⑧泉下：黄泉之下，指人死后埋葬之处。迷信指阴间。

⑨尘嚣：世间的纷扰、喧嚣。鄽：古同"廛"。"廛"古同"缠"，束。古代城市平民的房地，廛里（古代城市中住宅的通称），市廛（集市）。系腰：腰带。

⑩九转：九次提炼。道教谓丹的炼制有一至九转之别，而以九转为贵。指九转丹或其炼制秘诀。

⑪蓬岛：即蓬莱山。唐李白《古风》之四八："但求蓬岛药，岂思农扈春？"

⑫事情：事物的真相，实情。《战国策·秦策二》："公孙衍谓义渠君曰：'道远，臣不得复过矣，请谒事情。'"高诱注："谒，告也；情，实也。言义渠君道里长远，不能复得相见也，请告事之情实。"

【释文】

"祖师五篇秘语"诗刻在《敕封东华帝君五祖七真碑》（又名四面道流碑或道流四面碑）四面其中一侧，四面道流碑现存于甘肃天水玉泉观碑廊。碑额题"大元崇道谥书之碑"，碑高1.58米，正、背面宽0.53米，两侧宽0.46米，碑额高0.8米。正面刻"元世祖皇帝褒封制词"，背面刻"全真列祖赋"，两侧刻"纯阳真人授重阳祖师秘语"和"全真祖宗之图"。在一通四面体的碑石上刻写如此丰富的内容，在全国的金石文献中极为罕见。其中"纯阳真人授重阳祖师秘语"仅见于陕西重阳宫石碑，"元世祖皇帝褒封制词"和"全真列祖赋"仅存于此碑。

东华帝君，号东华紫府少阳君，是西王母之夫，男神之王，主掌仙籍。来历或与古代东木公有关，东木公又称东王公，号元阳父扶桑大帝，与西王母相对，为太阳神。唐杜光庭《墉城集仙录》称："木公生于碧海之上，苍灵之墟，以主阳和之气，理于东方。"道教称东木公与西王母共理阴阳二气，分别掌理天下男女得道事。东木公后在民间流传中附会为玉皇大帝，西王母附会为王母娘娘。全真道关于东华帝君有另一说，称东华帝君姓王，名玄甫，师事白云上真，东华帝君是世界道教主流全真教始祖，为"北宗五祖"之首，北宗五祖分别为王玄甫、钟离权、吕洞宾、刘海蟾、王重阳。

玉泉观位于天水市秦州区城北天靖山，山上有一口泉，元代秦州教谕梁公弼建寺时吟"山寺北郊，名山玉泉"。玉泉观俗称城北寺，又名崇宁寺。建于元大德三年（1299年）。现存建筑多为明清时重建。观依山而建，自下而上，有山门，遇仙桥，通仙桥，青龙殿，白虎殿，人间天上坊，玉泉阁，第一山牌坊，三清殿，山顶有小庙。上山主路两侧有雷祖庙，三官殿，诸葛祠，托公祠，三清阁，选胜亭，静观亭，苍圣殿，玉泉井，神仙洞。题留墨迹甚多，三清殿梁上墨书题记"明嘉靖叁拾陆年岁次丁酉季冬重建"，第一山牌坊墨书题记"嘉靖叁拾柒年建"。玉泉观内有秦州八景之一的"玉泉仙洞"，相传为芦、梁、马三真人坐化埋葬之地。洞西南有一碑廊，内藏碑石近百通。每年旧历正月初九，是玉泉观庙会，当地人称为"朝观""上九"，是天水当地除伏羲公祭外最为热闹的民间活动。

图18　道流四面碑（原碑）

图 19　祖师五篇秘语（拓片）

附《敕封东华帝君五祖七真碑》（道流四面碑）其余三面碑文。

正面碑文：

三 元代

元世祖皇帝褒封制词①

皇帝若曰：大道开明，可致无为之化；至真在宥，迄成不宰之功。朕以祖宗护承基构，若稽昭代雅慕之风，自东华垂教之余至重阳开化之始，真真不昧，代代相承，有感遂通，无远弗届。虽前代累承于褒赠，在朕心犹慊于追崇，乃命儒臣进加徽号。唯东华已称帝君，但赠紫府少阳之字。其正阳、纯阳、海蟾、重阳亦赐真君之名。丹阳以下，七真俱号真人。载在方册，传之万世。噫！汉世之张道陵、唐朝之叶法善，俱赐天师之号，永为道纪之荣。当代不闻异辞，后来立为定制。朕之所慕，或庶几焉。

东华教主可赠东华紫府少阳帝君

正阳钟离真人可赠正阳开悟传道真君

纯阳吕真人可赠纯阳演正警化真君

海蟾刘真人可赠海蟾明悟弘道真君

重阳王真人可赠重阳全真开化真君

丹阳先生马钰可赠丹阳抱一无为真人

图20 褒封制词（拓片）

---

① 赵昌荣：《玉泉观志》，甘肃文化出版社2002年版，第28—34页。

长真先生谭处端可赠长真云水蕴德真人
长生先生刘处玄可赠长生辅化明德真人
长春先生丘处机可赠长春演道主教真人
玉阳先生王处一可赠玉阳体玄广度真人
广宁先生郝大通可赠广宁通玄太古真人
清静散人孙不二可赠清静渊真顺德真人
宜令掌教先生体道诚明真人张志敬执行
准此
御宝　　至元六年正月　日
（按：碑文字体为瘦金体）

右面碑文：
　　　　　　全真祖宗之图
金阙玄元上德皇帝太上老君（降生日略）
无上真人关令尹
太极真人徐甲
通玄真人文子
洞灵真人亢仓子
冲虚真人列子
南华真人庄子
东华紫府少阳帝君王
正阳开悟传道真君钟离
纯阳演正警化真君吕
海蟾明悟弘道真君刘
重阳全真开化真君王
丹阳抱一无为真人马
长真云水蕴德真人谭
长生辅化明德真人刘
长春演道主教真人丘
玉阳体玄广度真人王
广宁通玄太古真人郝

清静渊真顺德真人孙

长春演道主教真人

虚净先生赵道坚

冲虚大师宋道安

清和大师尹志平

虚寂大师孙志坚

清贫道人夏志诚

清虚大师宋德方

葆光大师王志明

冲虚大师于志可

崇道大师张志素

通真大师鞠志方

通玄大师李志常

顺真大师郑志修

玄真大师张志远

悟真大师孟志稳

清真大师綦志清

保真大师何志清

通玄大师杨志静

冲和大师潘德冲

长春演道主教真人丘

清和演道玄德真人尹

真常至德佑玄真人李

光先体道诚明真人张

崇真光教纯真真人王

存神应化洞明真人祁

辅元履道玄逸真人张

秦州玉泉观达玄子梁志通立石（功德主略）

（按：碑文字体为楷书）

背面碑文：

全真列祖赋①

□□□闲居于丈□□□□□而问曰：我闻吾子参全真出世之宗，太上不言之教久矣乎，必能深究其宗派首末也，其祖何先？其宗何始？仆虽不敏，亦可得而闻乎？对曰：何先□□□□造次也，吾闻将济巨海者必阶于岸，将登大山者必因子麓尔，未尝游涉乎正教之藩篱而辄，欲窥其堂奥，其可乎哉？虽然，今日方暇，吾不忍发此高论，请为吾子谈其标末而已。全真其道乎哉？道固无始；全真非德乎哉？德固无先。三清，全真之师也。不全其真曷为三清？四帝，全真之师也，不全其真曷为四帝？由是言之，龙汉以前，赤明之上，全真之教固已行矣，但圣者不言而天下未之知耳。逮我东华帝君王公者分明直指曰：此全真之道也。然后天下惊骇倾向而知所归依矣。帝君乃结庵于清海之滨，受诀于白云之叟，种黄芋于岱阜，煅绛雪于昆仑。阴功普被于生民，密行远沾于后裔。然后授其道于正阳子钟离公者，暗剖琼符，潜分玉篆，赐以大丹之秘史，付之蕊笈之灵章。传周天起火之经，教飞龙铸剑之法，炼形似鹤，养气如龟。然后授其道于纯阳子吕公者，鼎攒乎四季五行，药按乎三元八卦。赤凤吐南方之髓，乌龟含北海之精。离坎交加，甲庚会合。弹子上超于碧落，转头西过于青城。然后授其道海蟾子刘公者，破钱知富贵之空，累卵示功名之险，顿辞燕相，恭礼玄都，陶真于太华之前，遁迹在终南之下。口吞日月，手握乾坤，长生久视之仙，结固带深根之友。然后授其道于重阳子王公者，发扬秘语之五篇，煅炼还丹之九转。谭中捉马，丘上寻刘，餐霞于碧桥之前，养气向青松之下。饮甘河之一滴，观苍海之万莲。普化三州，同修五会。然后授其道于玉蟾子和公者，黑中隐白，雌内含雄，深穷有物之混成，妙达谷神之不死。虎左旋而入地，龙右绕以飞天。五气朝元，三花聚顶。然后授其道于灵阳子李公者，损之又损，为以无为，三家不忍于□□□□□□□会。发消旧白，脸出新红，神驾烂游于十天，云骑独飞于八海。翱翔五岳，啸傲三峰。然后授其道于丹阳子马公者，慈悲济物，方便度人，指五行不到之方，说一气未形之□。□开□□□□金门。既分千化之梨，应撤三清之举。鞭笞紫凤，上下青霄。然后授其道于长真子谭公

---

① 赵昌荣：《玉泉观志》，甘肃文化出版社2002年版，第30页。

者，冥符大道，密契玄机。栖神寂寥之乡，炼气希夷之境。丹城九色，名挂三天，然后授其道于□□□□公者，手握天关，捉授地轴。节操比松筠之雅，肝肠逾铁石之坚。倒骑金马上青霄，稳驾铁牛耕碧海。北朝紫阙，南度朱陵。然后授其道于长春子丘公者，东辞海县，西入蹯溪，六七年□□□饥寒，三万里甘迎于风雪。出有人无，漏泄两仪之造化；存神积气，圆成七载之功夫。千光遍于十方，三国同宣于一日。独表神仙之领袖，大开道德之门庭。齐坛□赴于□□，□□坐观于十方。然后授其道于体玄大师玉阳子王公者，炼成止气，战退魔军。立铁查山下之风，坐云光洞中之水。道号暗来于伞竹，仙班得预于金莲。拜皇家五度之宣，玩海外□□□□。然后授其道□□□□□□者，口中安口，身外观身，会八卦以周天；审六爻而定位。宁海市中挽回日月，赵州桥上坐断冰霜。袖藏海外之蟠桃，手种月边之丹桂。然后授其道于□□□□孙仙姑者，顿释□□□□□来黄金如粪土，抵白壁于泥途。蓑衣东别于家乡，竹杖西游于云水。六年了道，九转成功。然后授其道于默然子刘师叔者，诸缘罢旧，一念旧真。手拿海底之金乌，亲得蟾中之玉兔。枯木开花于晓露，寒灰发焰于春风。鼎内讼乾，炉中录死。然后授其道于长清子严公者，振危拔苦，接物利生。龙吟离位之中，虎啸坎方之内，水火颠倒，阴阳沾□。姓氏先挂于丹台，踪迹屡游于紫府。然后授其道于醴泉史风子者，外建因缘，内明造化，金鼎夜调于五气，雪芽春采于三田。衣桂六铢，鹤乘千岁，火枣朱悬于晓日，交梨碧灿于秋风。然后授其道于回阳子于公者，行则措足于坦途，住则凝神于太虚。坐则匀鼻端之息，卧则抱丹田之珠。行满飞升于白日，功成归去于玄都。然后授其道于云中子苏公者，调合四象，斩伐三彭。瑶台之秋月当怀，阆苑之春风破梦。玉炉雪白，金鼎霜红。腾身快三岛之游，回首赴群仙之约。然后授其道于云阳子姚公者，气中养气，神内颐神，贯通道德之真诠，透脱阴符之妙理。眼界不生而青龙自住，鼻门大启而白虎常停。丹台记不老之名，玉简刻长生之字，此全真列祖之宗派也，绝相公子，蹙蹙然坐不安席，以手当臂而谢曰：吾侪小人也，乃不知教门浩瀚，道海汪洋，如此其盛矣。于无名曰：上世以来，聊复如此，自今以去，巧历难穷。仙源滚滚以相承，法嗣联联而不断。跨鹤乘鸾者，莫知其数；降龙伏虎者，继有其人。十九枝玉树重芳，天开秘牒；半万朵金莲再坼，地发□□。墨穷恒华之松。不足以纪续仙之号；纸尽江淮之楮，不足以书列圣之名。法轮长转于阎浮，道日重光于宇宙。姑言其大概云耳。若共其述而详言之，以劫至劫，终不可尽绝。相公子□嗑□而不合，舌矫然而不下。苍惶战栗，无地自容。曰："而今而后，洗心沐肝，愿从门下，执洒扫□□□矣。"

施碑石会首前秦州儒学刘懋林

题石吉连墓

元末明初

【碑文】

身披虎符①备边险，演武修文浩气严。
弓马骑射时操练，屯田垦阀无事年。
西番②畏服不侵扰，农夫先畴③歌尧天④。
上信始加为丞相，敕封秦公世袭官。

御史张□题墓

【撰者】

张□，不详。

【注释】

①虎符：古代调兵用的凭证，用铜铸成虎形，分两半，右半存朝廷，左半给统兵将帅。调动军队时须持符验证。

②西番：亦作"西藩"。我国古代对西域一带及西部边境地区的泛称。

③先畴：先人所遗的田地。

④尧天：《论语·泰伯》："巍巍乎，唯天为大，唯尧则之。"谓尧能法天而行教化。后因以"尧天"称颂帝王盛德和太平盛世。

【释文】

此碑已佚，原存于甘肃礼县礼店所城凤凰山（燕和乡祁窑村桃花山）下，碑在1958年损坏。

石吉连（亦辇真），礼店文州汉番军民元帅，子孙世袭其职，遂为礼店所人。其父石允官至中书参知政事，封荣禄大夫。为人方志无私，忠义清廉，屡有上书，上善谏纳。厚重言宽，治家勤俭，处事精详，教子侄以耕读为正务。享年七旬而卒。石吉连九岁读书，十二岁大通文学，好武功，二十岁举武进士登第，智谋过人，才德出众。授都司至参将，至总兵，至都督，至元帅，至右丞相，封秦国公，谥忠穆。① 元顺帝时西番扰边，吉连奉命统兵驻崖城镇，官府兵丁及西夷番服莫不敬仰，击师边备，屡建奇功，完成了"西戎绥靖"任务。故功封袭爵。其子石麟袭职为元帅。赤土山前原有礼店文州汉番军民元帅石麟纪功碑，可惜已被毁。石麟封雍国公，谥忠宜。

元至元五年（1339年）《大元崖石镇东岳庙之记》碑中亦有石吉连父子的记载："广威将军前西番达鲁花赤礼店文州蒙古汉军军民元帅亦辇真（石吉连）；宣武将军礼店文州蒙古汉军西番军民元帅翔鹗石麟。"石吉连为礼店军民元帅府元帅时，曾筑城御番，故此地名为崖城。

---

① 峰柏：《元代石吉连家族考》，《陇右文博》2002年第1期。

四

明　代

鹅池铭碑

明洪武（1370年）初

【碑文】

庆阳鹅池事，不知始于何代。考《碑记》则唐末乾符中，郡从事李克新浚并记。迄宋庆历间，经略安抚使施昌言重浚①。历元世壅塞②湮没已久。追我朝洪武庚戌，指挥使许良、赵勇，欲浚未就。明年辛亥，指挥使孟侃、宣武复浚而功始成。铭曰：

庆台下，鹅名池。

深窈窕，来清漪③。

源不竭，兵民宜④。

通或塞，任人为。

千万祀，视兹辞。

【撰者】

吴士英，生卒年不详，据清乾隆赵本植撰修《庆阳府志》卷十一载："鹅池，在府南二百三十八步，宋经略安抚使施昌言重修，明指挥孟侃、宣武复浚，通判吴士英有铭。"明嘉靖三十六年（1557年）传学礼主修《庆阳府志》载："吴士英，浙江四明人，洪武处通判。视印率以文学整饬吏事，且能遇事不避，改创学宫官廨，又作咏归亭，匾景范堂，其志意盖可识已。"明洪武五年（1372年）吴士英重建府官学，在此之前原庆阳府就有儒学，但元代由于兵乱等原因荒废。

【注释】
①重浚：浚为疏通，挖深；重浚即重新疏导挖掘。
②壅塞：阻塞。
③窈窕：深远；幽深。清漪：指水清澈而有波纹。
④宜：适合，适当。这里指相宜，和谐。

【释文】
此碑原在甘肃庆阳县东城鹅池，为明洪武初通判吴士英撰刻，后被破坏，不久便遗失。

鹅池即鹅池洞，位于庆城县东南古城墙下，内连城墙，与城内相通。外有天然屏障，与柔远河相通，鹅池春水系原庆阳著名八景之一，院内有一池与东河相通，与周祖陵隔河相望，相传为周祖养鹅之处，实为防御外族入侵而修筑以供城内军民汲水之用，历代均有修葺，院内池水涟漪，城外亭榭庙宇交映成辉，令文人墨客驻足忘返，在洞墙壁上留下不少题留碑刻，由于遭兵燹地震等原因，现存遗址面积不大，但依然可辨当年繁盛。

曹唐游仙诗画碑

明洪武元年至崇祯十七年（1368—1644年）

【碑文】

　　□入天台□□□，云和草□□□□。
　　烟霞不省生前事，水□□疑梦后身。
　　往往鸡鸣岩下月，时时犬吠洞中春。
　　不知此地归□□，□□桃源问主人。
　　殷勤相送出天台，仙境那能却再来。
　　云液既归须□□，□□□□莫频开。
　　花当洞口应长□，□□□□定不回。
　　惆怅溪头从此别，碧山明月闭苍苔。
　　不将清瑟理霓裳，□□那□□□□。
　　洞里有天春寂寂，人间无路月茫茫。
　　玉沙瑶草连溪□，流水桃花满涧香。

— 53 —

晓露风□零落尽，此生□□访刘郎。
再到天台访玉真，青苔白石已成尘。
笙歌冥寞闲深洞，云鹤萧条绝旧邻。
草树总非前度色，烟霞不似昔年春。
桃花流水依□在，不见当时劝酒人。

补齐录文（为便于注释将诗碑诗句残泐处补齐）：

刘晨阮肇①游天台

　　树入天台石路新，云和草静迥无②尘。烟霞不省生前事③，水木空疑梦后身④。

　　往往鸡鸣岩下月，时时犬吠洞⑤中春。不知此地归何处，须就桃源问主人。

仙子送刘阮出洞

　　殷勤相送出天台，仙境⑥那能却再来。云液既归须强饮⑦，玉书无事莫频开⑧。

　　花当洞口应长在，水到人间定不回。惆怅溪头从此别，碧山明月闭苍苔。

仙子洞中有怀刘阮

　　不将清瑟理霓裳⑨，尘梦□知鹤梦⑩长。洞里有天春寂寂⑪，人间无路月茫茫⑫。

　　玉沙瑶草连溪碧⑬，流水桃花满涧香。晓露风灯⑭零落尽，此生无处访刘郎⑮。

刘阮再到天台不复见仙子

　　再到天台访玉真⑯，青苔白石已成尘。笙歌⑰冥寞闲深洞，云鹤萧条绝旧邻。

　　草树总非前度色，烟霞不似昔年春。桃花流水依然在，不见当时劝酒人。

【撰者】

曹唐，生卒年不详，字尧宾。唐代桂州（今广西桂林）人，能文工诗,初为道士,咸通(860—874年)中,曾在几个节度使幕府中做事,任判官、记室等职。《唐诗纪事》云:"初为道士,后为使府从事,咸通中卒。作游仙诗百余篇。"曹唐诗没有单刻本。《全唐诗》收曹唐诗二卷,主要是大、小游仙诗。游仙诗为古代借歌咏仙境以抒发情怀志向之诗,大游仙诗是七言律诗,仅存十七首,小游仙诗九十八首,加上《唐诗纪事》中引用的一首,共存九十九首。

【注释】

①刘晨阮肇:汉明帝永平五年,会稽郡剡县刘晨、阮肇共入天台山采药,遇两丽质仙女,被邀至家中,并招为婿。事见《太平御览》卷四一引南朝宋刘义庆《幽明录》。阮郎本指阮肇。后亦借指与丽人结缘之男子。

②迥无:绝对没有。

③烟霞:泛指山水、山林。南朝梁萧统《锦带书十二月启·夹钟二月》:"敬想足下,优游泉石,放旷烟霞。"不省:不理会。《后汉书·翟酺传》:"书奏不省,而外戚宠臣咸畏恶之。"

④水木:山水树木。后身:佛教有"三世"的说法。谓转世之身为"后身"。《太平御览》卷三六〇引《裴子语林》:"张衡之初死,蔡邕母始孕。此二人才貌相类,时人云邕是衡之后身。"

⑤洞:道家所谓"洞天福地",并不是指山的岩洞,而是指与世隔绝的一块山中平原。

⑥仙境:仙人所居处,仙界。亦借喻景物极美的地方。宋周必大《游庐山吊大林》诗:"康庐第一推仙境,遂使如今忍陆沉。"

⑦云液:仙女赠刘、阮的酒。强:勉强。

⑧玉书:是道家的书籍。多是养生的药方或解灾辟邪的法术。频:频繁。

⑨清瑟:指瑟。瑟音清逸,故称。晋陶潜《闲情赋》:"褰朱帏而正坐,泛清瑟以自欣。"霓裳:神仙的衣裳。相传神仙以云为裳。《楚辞·九歌·东君》:"青云衣兮白霓裳,举长矢兮射天狼。"

⑩鹤梦:仙梦,谓超凡脱俗的向往。唐司空图《与李生论诗书》:"地凉清鹤梦,林静肃僧仪。"

⑪寂寂:孤单;冷落。汉秦嘉《赠妇诗》:"寂寂独居,寥寥空室。"

⑫茫茫：遥远。汉荀悦《〈汉纪〉论》："茫茫上古，结绳而治。"

⑬玉沙：白沙。南朝梁沈约《弥陀佛铭》："瀍沱玉沙，乍来乍往；玲珑宝树，因风韵响。"瑶草：传说中的香草。汉东方朔《与友人书》："相期拾瑶草，吞日月之光华，共轻举耳。"

⑭风灯：风中灯光，比喻生命短促，人事无常。唐吕岩《沁园春》词："人世风灯，草头珠露，我见伤心眼泪流。"晓露、风灯同为一意。

⑮刘郎：刘晨。

⑯玉真：特指仙女。清吴伟业《楚云》诗之一："十二峰头降玉真，楚宫被禊采兰辰。"

⑰笙歌：合笙之歌。亦谓吹笙唱歌。《礼记·檀弓上》："孔子既祥，五日弹琴而不成声，十日而成笙歌。"

【释文】

此碑原在甘肃省平凉市崆峒山，现存于崆峒山文物管理所，长方体竖碑，砂岩质，碑高65厘米，宽36厘米，厚3厘米。此碑根据唐代著名诗人曹唐游仙诗意境勾勒刻画而成。图上刻有曹唐游仙诗《刘晨阮肇游天台》《仙子送刘阮出洞》《仙子洞中有怀刘阮》《刘阮再到天台不复见仙子》四首，画面清晰完整，字迹多模糊不清，前后无款识。

古代这种借歌咏仙境以寄托作者思想感情、抒发情怀志向之诗被称为游仙诗，游仙体诗歌以晋代何劭、郭璞所作《游仙诗》为最早。曹唐这四首游仙诗刻是后人为纪念他而立于崆峒山。立碑年代据县志记载大概在明洪武元年至崇祯十七年（1368—1644年）。

这四首曹唐的游仙诗讲刘晨、阮肇入天台遇到仙女后，并留他们喝酒吃饭，最后走时，仙女对刘晨有挽留

图21 曹唐游仙诗画碑（拓片）

之意。当他们第二次来到此地时，已不是当时的情景。

　　碑文与《全唐诗》卷六百四十存诗颇有微异，如：碑文载"云液既归须强饮"；而《全唐诗》中为："云液每归须强饮"。

图22　曹唐游仙诗画碑（拓片局部）

慈阴寺石笋诗刻

明永乐间（1403—1424年）

【刻文】

　　　　何年古树倒，化作琅玕①玉。
　　　　神工解天倪②，远致出穷谷③。

　　　　园亭春贵长，相娱饶卉木。
　　　　娉娉④立瘦姿，日暮依修竹⑤。

　　　　空翠带晴岚⑥，秀色真可掬⑦。

会有赏心人，忘言树幽独⑧。

【撰者】

何贤，字彦哲，明陕西狄道（今甘肃省临洮县）人。永乐十年（1412年）壬辰科二甲第三十四名进士。历任中书舍人、詹事府少詹事、太常寺少卿。卒赠礼部右侍郎，谥文敏。《甘肃通志》载："何贤'资禀颖异，学问博洽，精传译，工词翰。居馆阁二十年不迁，德行卓冠时流。'"所著有《五经集解》《续古乐章》《东麓文集》。

【注释】

①琅玕：传说神话中的仙树，其实似珠。比喻珍贵美好之物，也指似玉的美石。汉张衡《四愁诗》："美人赠我金琅玕，何以报之双玉盘。"

②神工：神奇的造诣，非凡的才能；能工巧匠，犹神人。晋王嘉《拾遗记·周灵王》："聚天下异木神工，得崿谷阴生之树，其树千寻，文理盘错，以此一树，而台用足焉。"天倪：指自然的分际，天边。《庄子·齐物论》："何谓和之以天倪？"郭象注："天倪者，自然之分也。"

③穷谷：深谷、幽谷。

④娉婷：形容女子姿态美好的样子。

⑤修竹：长长的竹子。《世说新语·企羡》："王右军得人以《兰亭集序》方《金谷诗序》。"刘孝标注引晋王羲之《临河叙》："此地有崇山峻岭，茂林修竹。"

⑥晴岚：晴日山中的雾气。唐郑谷《华山》诗："峭仞耸巍巍，晴岚染近畿。"

⑦可掬：可以用手捧住。形容情状怜人。唐韩愈《春雪》诗："遍阶怜可掬，满树戏成摇。"

⑧忘言：谓心中领会其意，不须用言语来说明。语本《庄子·外物》："言者所以在意，得意而忘言。"幽独：静寂孤独。唐杜甫《久雨期王将军不至》诗："天雨萧萧滞茅屋，空山无以慰幽独。"

【释文】

诗碑原在甘肃省定西市临洮县城，今佚。

民国张维《陇右金石录》题解曰："依《宋书》东禁二字石之阴侧刻'东风亭清玩'五字，按东禁即东麓，盖明太常何贤遗制作也。"何贤

《甘肃通志》卷三十四有载。再据明黄佐《翰林记》称："《宣宗实录》有誊录正副本官，用郎中员外郎、主事寺正评事、侍书、冠带、秀才、监生、生员、秀才凡二十九人，又有誊藁官焉。修撰黄裳，编修许彬、周贵，中允蒋礼，郎中何贤、夏衡，寺副石庆、姚本、温良。"可知其曾参与誊录《宣宗实录》。

御制大崇教寺汉藏文碑

明宣德四年（1429年）

【碑文】

　　　　　大崇教寺碑碑文
　　朕惟如来具大觉性、大慧力、大誓愿①，以觉群生，功化之绵永，福利之弘博，一切有情，戴之如慈父②。而历代有国家天下之任者，皆崇奖其教，而隆其祀事，亦其有以助夫清净之化者矣。夫自京师及四方郡邑，缁流之众，绀宇之盛③，在在而然；况岷州其地，距佛之境甚迩，其人习佛之教甚稔④，顾寺宇弗称久矣。朕君主天下，一本仁义道德，以兴治化；至于内典⑤，亦有契于心。故致礼觉王⑥，未始或怠，特命有司⑦，于岷州因其故刹，撤而新之，拓而广之，殿堂崇邃，廊庑崇邃⑧；金相端严，天龙俨恪⑨；供养有资，苾蒭⑩有处。足以祗奉⑪觉圣，足以导迎景贶，特名曰：大崇教寺。盖如来有阴翊皇度之功，有普济万有之德，一念之恳，有所祈焉。无远而弗届，无幽而弗达，寂然不动，感而遂通矣。朕之所祈，上以为宗社，下以为生民，心之所存，坚若金石；如来至仁，明同日月，感应之机，捷于影响。将国家承庆，永安于泰山；民物蒙庥，常臻于康阜，故如来之助也。寺成，因纪其绩于碑，而系以铭曰：

　　　　明明世尊大智慧，以大法力觉群类。
　　　　如慧日照甘雨施，兴于九天洽九地⑫。
　　　　□□□□□□，覆载显幽普沾被⑬。
　　　　自西徂东施逾大，信受归响如川至。
　　　　健陀俱胝力争致，矧兹支提国西裔⑭。
　　　　密迩⑮佛域为邻比，弘作雄刹徇民志。

巍巍妙相森拥卫，流恩布泽浩无际。
华夷八达均益利，皇图巩固万万世⑯。
大明宣德四年三月初九日奉义大夫右春坊庶子臣沈粲⑰奉敕书，
中书舍人后□□奉敕篆额。

【撰者】

朱瞻基（1398—1435年）明朝第五位皇帝明宣宗，年号宣德（1426—1435年），又称宣德皇帝。明仁宗朱高炽长子，幼时就受祖父与父亲的喜爱与赏识。永乐九年（1411年）被祖父明成祖朱棣立为皇太孙，几次随祖父征讨蒙古。洪熙元年（1425年）即位后，朱高煦起兵举事，宣宗皇帝亲征，平定叛乱，使民心和动荡的局势得到了缓和。明宣宗当政十年，积极听取臣下的意见和建议，重点在治理内政方面。撤兵，不但节省了国家财力，也减轻了人民的负担，促进了各民族间的交流。曾派遣郑和第七次下西洋。宣宗整顿统治机构，在用人方面限制入仕人数，实行保举和欠任，并推行了一系列减轻民困的措施。宣德帝又是一个喜欢射猎、美食、斗促织（蟋蟀）的皇帝。宣德十年（1435年），朱瞻基死于乾清宫，时年38岁，谥号宪天崇道英明神圣钦文昭武宽仁纯孝章皇帝。庙号宣宗，葬于北京昌平景陵。

【注释】

①觉性：佛教语。谓能断离一切迷惘而开悟真理的本性。慧力：佛教语，五力之一，谓观悟苦、集、灭、道四谛，达到解脱之力，亦泛指智慧之力，见《杂阿含经》卷二六。誓愿：誓言和心愿。《法华经·方便品》："舍利弗当知，我本立誓愿：欲令一切众，如我等无异。"

②功化：功业与教化。福利：幸福和利益。弘博：博大。有情：佛教语，也译为众生，指人和一切有情识的动物。唐慧能《坛经·行由品》："善自护念，广度有情。"

③缁流：僧徒。僧尼多穿黑衣，故称。绀宇：即绀园，佛寺之别称。

④迩：本义是近。稔：本意为庄稼成熟，熟悉，习知。

⑤治化：谓治理国家、教化人民。宋陈亮《廷对策》："其为朕稽古今之宜，推治化之本，凡可以同风俗、清刑罚、成泰和之效者，悉意条陈之。"内典：佛教徒称佛经为内典。

四 明代

⑥觉王：佛的别称。

⑦有司：官吏。古代设官分职，各有专司，故称。

⑧崇邃：犹幽深。

⑨俨恪：庄严恭敬。

⑩苾蒭：亦作苾刍，即比丘。本西域草名，梵语以喻出家的佛弟子。为受具足戒者之通称。

⑪祇奉：敬奉。

⑫九天：谓天之中央与八方。九地：极深之地。佛教语，谓众生轮回之三界。凡欲界一地，色界四地，无色界四地。

⑬沾被：谓影响所及。明宋濂《题朱彦修遗墨后》："由是先生之道沾被滋广，而三尺之童亦知先生之贤。"

⑭俱胝：唐代僧，生卒年、俗姓、乡籍等均不详。属南岳怀让之系统。常诵俱胝（准胝）观音咒，世人遂称之俱胝。尝止于浙江婺州金华，后因无以答覆实际尼之质问，遂起勇猛精进之心。未久，大梅法常之法嗣天龙禅师到庵，师乃迎礼具陈其事，天龙竖一指而示之，师当下大悟。其后凡有参学僧前来问法，师皆竖一指以答之，世称"俱胝一指""一指禅"。矧：况且，亦。支提国：为印度古国名。即今印度阿拉哈巴西南班得尔肯德及中央省之一部，西为钦巴河之支流卡利兴都，东及顿士河。中阿含卷五十五持斋经、长阿含卷五阇尼沙经等，均谓支提国乃佛世时印度十六大国之一。这里也指佛之意。

⑮密迩：亦作"密尔"，很接近，多指地理上的距离。

⑯华夷：指汉族与少数民族。后亦指中国和外国。宋元时指国家的疆域。《晋书·元帝纪》："天地之际既交，华夷之情允洽。"八达：八方。皇图：封建王朝的版图，亦指封建王朝。唐李贺《出城别张又新酬李汉》诗："皇图跨四海，百姓拖长绅。"

⑰沈粲（1379—1453年），字民望，号简庵。华亭（今上海市松江）人。他博学多才，品性高逸，不拘小节。由其兄沈度举荐而为中书舍人，后官至大理寺少卿。永乐以后沈粲的书法风靡全国，他平正圆润的楷书专门为朝廷写诏令、公文等，凡金板玉册藏秘府颁属国，必令其书写，他所书的这通汉、藏文碑刻文字，笔法遒劲流畅，为藏文书法的上乘之作，弥足珍贵，是研究藏传佛教的实物资料。与其兄沈度二人均善书，有"大

学士""小学士"之美誉，并称"二沈先生"。文献称兄弟二人不欲争能，故度主攻楷书，而粲主攻行草，并以此闻名于世。晚年专精行草，求字者甚多，并长于诗，70岁辞官归乡，著有《简庵诗稿》，有诗2000余首，书法作品有《千字文卷》《重建华亭县治记碑》等。

【释文】

"大崇教寺碑"全称"御制大崇教寺之碑"。此碑现存于甘肃省定西市岷县梅川镇大崇教寺，明代宣德四年（1429年）造。碑文为宣宗皇帝亲拟，御制词臣沈粲奉敕所书。沈粲时为著名书法家，撰写此碑文足见朝廷对大崇教寺的重视。"大崇教寺碑"有左右二通，右汉文碑，笔法流畅，挺拔有力；左为藏文碑，笔法遒劲可喜，大小造型、内容和汉文碑完全一样。碑身高2.56米，宽1.20米，厚0.47米。碑冠高1.25米，宽1.30米，厚0.57米。碑座高0.90米，宽1.60米，厚1.00米，通高4.71米。碑身周围有线刻云纹，碑冠圆顶，篆刻"御制大崇教寺之碑"八个大字，两侧线刻两腾龙。碑文十三行，每行字数不等，共计476字。碑座呈束腰莲花状。有两碑亭保护，其四门中通，顶部为穹窿型，碑立其中，碑体基本保存完好，字迹清晰。

大崇教寺俗称东寺，坐落于岷县梅川镇马场村后的萨子山麓，原名灵鹫寺，元代称重广寺，明宣德四年（公元1429年）诏改大崇教寺，藏语为曲德贡寺或隆主德庆寺，东寺为民间对该寺的俗称。大崇教寺初建年代不可考，大兴于明代，是西北地区颇具影响力的藏传佛教寺院之一。据清康熙四十一年《岷州志》卷三记载："大崇教寺，在城东北四十里，宣德元年敕建，钦赐珠伞、棕桥、金印等物，犹存。"智贡巴《安多政教史》较为详尽地记载了该寺的兴建史。大崇教寺是岷州高僧班丹扎释于永乐十三年（1415年）兴建，当时寺庙（隆主德庆寺）规模较小，明宣宗颁诏重修隆主德庆寺，并亲赐寺名"大崇教寺"，之后寺院规模扩建并迅速发展壮大。这座由皇帝特敕权臣督建的寺院，其建筑风格采用明朝工艺形式，殿内供奉藏传佛像，充分体现了汉藏文化交融合璧的特点。大崇教寺扩建完成后，明宣宗赐额"大崇教寺"，并立碑记其事，文见清康熙二十六年《岷州卫志》"宣宗修大崇教寺碑文"。大崇教寺规模宏大，且有很多隶属分寺，形成了一个大的寺院体系。这个由藏传佛教所主导的家族性寺院，在明代沟通中央与西藏地方政教关系以及汉藏文化交流方面都发挥了重要的作用，由此也与明朝宫廷建立了密切的关系。

四 明代

而在岷州地区，大崇教寺凭借着大明王朝的扶持一直保持着中心大寺的地位，在当地有着明显的影响力。直到清代，岷州藏传佛教才由盛转衰，僧人数量也急剧地减少。在嘉庆年间，岷州地界战事不断，先后有白莲教犯境、回民民变等，致使很多寺院毁于兵燹。

岷县位于甘肃省南部、定西市西南部，洮河中游，地处青藏高原东麓与西秦岭陇南山地接壤区，是汉族与西北少数民族政治、经济、文化相互交流与融合的地区，是藏传佛教传播与发展较早地区。而大崇教寺的兴盛与高僧班丹扎释所做的贡献密不可分，永乐初年，班丹扎释应诏入朝，先后五次奉皇帝旨意赴乌思藏地区诏谕安抚地方僧众，深受明宣宗信任，曾受命担任僧录司右阐教职，并被授以"净觉慈济大国师"封号，长驻京城。他在这里传教、译经、建塔修寺和处理日常僧务活动长达三十年之久。景泰四年（1453年）又加封为西天佛子、大国师，直至明代宗朱祁钰再晋封为"大智法王"。由于班丹扎释的贡献，大崇教寺得到了朝廷的恩宠与扶持，上层僧人更频繁往来于岷州与京城之间，大崇教寺成为了朝廷联系岷州藏区诸番部的桥梁。国家博物馆现藏有明朝封赠岷州大崇教寺下寺（分管寺院）崇隆寺、羊卷寺以及西宁西纳寺大喇嘛袭职的圣旨。

大崇教寺藏传佛教对岷州地区的发展具有重要的历史意义。其教义具有教化作用，劝戒人不杀生、不偷盗、不淫乱，多行善事，追求道德及人格的完善，净化人们的心灵，对藏汉人民起到较大的引导作用，从而促进社会的稳定、民族团结、国家稳定。《明史》载："迨成祖，益封法王及大国师、西天佛子等，俾转相化导，以共尊中国，以故西陲宴然。"明朝时期修建的众多藏传佛教寺院使岷州地区形成了一个以藏传佛教为中心的宗教文化圈，形成了岷州独特的兼具多种社会功能的寺院文化。

附1：班丹扎释（1377—?）明巩昌府岷州（今甘肃岷县）人，或译作班丹扎失、班丹扎喜，藏族。是岷州（今甘肃省岷县）藏传佛教发展史上的一个重要人物，俗姓后，俗称后法王。明代名僧。出身于洮岷地区藏族政教首领后尕儿只班家族。他的家族在元末已经实际掌握岷州的政教。其始祖尕儿只班于洪武二年（1369年）归附明朝，赐姓为后氏，委任为宣武将军，洪武十年（1377年）受封为岷州卫土司。元末时其家族就已在岷州大地兴建了一百多座寺院。他15岁出家为僧，22岁受具足戒。明永乐二年（1404年）作为名僧仲钦巴的侍从觐见永乐帝。次年，以翻译迎接西藏名僧哈立麻得银协巴，后随同前往康藏。在宗喀巴大师、贾曹杰、哈立麻得银协巴、大乘法王昆泽思巴、达陇葛举派曼殊师利、萨迦派哦巴系贡噶藏等名师处学习各派教法。永乐九年（1411年），听到传说阐化王扎巴坚赞违背明廷意旨，将派大军征讨，驰赴京师，恳求永乐帝原宥，使西藏避免了一场战祸。永乐十一年（1413年）再返西藏。永乐十九年（1421年），任僧录司右阐教。永乐二十一年（1423年），又奉命入西藏，审验大宝法王哈立麻的转世灵童，成为执行中央政府审验敕封大喇嘛转世制度的第一人。宣德元年（1426年），被明宣宗敕封为净觉慈济大国师，赐金印、金法冠及诰命等，并令礼部扩建京师春华寺（大隆善寺）让其居住。在京师常用汉语演教。受戒弟子中不仅有汉族地方官员，亦有南印度人。永乐十六年（1418年），在岷州城东修建重广寺（藏称曲德寺）。宣德三年（1428年），给宣德帝、后等授大轮灌顶。宣宗为褒奖他在西藏的功绩，特颁敕书，派遣官员负责扩建重广寺，并题赐寺额为"大崇教寺"，颁御制《修大崇教寺碑文》。寺内既有藏传佛教的藏文《甘珠尔》《丹珠尔》等大藏经多部，还有藏区苯教的藏文《大藏经》，以及汉文版各部佛经。后又请准在岷州茶埠峪建成大崇教寺的下院——圆觉寺。宣德十年（1435年），英宗继位，召其入京举行"荐扬大斋"，特颁诰印，加封为宏通、妙戒、普慧、善应、慈济、辅国、阐教、灌顶、净觉西天佛子、大国师。正统八年（1443年），他出面申请为全国僧人颁发度牒。景泰三年（1452年）75岁时，被封为大智法王。精通汉藏语文，曾译《喜金刚续第三品释》等①。另外，他还校译和雕版刻印了《圣胜慧到彼岸功德宝集偈》，此版汉藏对照本佛经是明代汉藏文化交流的历史文物见证。班丹扎释及其弟子为促进藏汉文化交流做出了重要努力和贡献。其宗教活动在客观上促进了汉藏佛教的交流和藏传佛教在内地的传播。

附2：英宗赐国师班丹扎释诰②

朕唯佛子道清净慈悲，化度万有，功德高广，利济无穷，自非严谨毗尼妙悟精修，不足以诏承其教。今弘通妙戒普慧善应辅国阐教灌顶净觉慈

---

① 罗康泰：《甘肃人物辞典》，甘肃人民出版社2006年版，第5页。
② 岷县志编辑委员会：《岷州卫志校注》，1988年，第283、294页。

济大国师班丹扎释夙究三乘,慧性圆融,用阐如来之教,用弘利济之功,事我祖考始终一诚,朕嗣统以来,命修荐扬大斋,上资皇考宣宗章皇帝在天之福,益笃精虔,眷兹功能,是以褒奖。今特颁诰命加封为弘通妙戒普慧善应慈济辅国阐教灌顶净觉西天佛子大国师。呜呼,丕扬宗范式昭佛道之兴隆,普济有情用赞皇图于未久,钦哉!

图23 藏文御制大崇教寺之碑（藏文碑拓片）

图 24　汉文御制大崇教寺之碑（汉文碑拓片）

四 明代

重修兴教寺记碑

明宣德七年（1432年）

【碑文】

重修兴教寺碑记　庐陵刘廉撰

庆阳城之北，有浮屠寺，距城数百步许。脱阛阓之烦嚣，因高丘之势厥。位面阳户，川原缭绕，回溪曲折，崒然而起于其后者，是邦之山也。耸然而翼乎其左者，周祖之坟也。其地势虽高而闲旷，沟涧陡绝必极人力，乃可以有为也。明太祖高皇帝，诞膺天命，混一海宇，自登大宝，躬严祀事，即诏礼官，稽古定制，以成诏代之大典，且谓佛教自汉入中国，至今一千三百三十余年，流传已久，法门广大，出幽入明，未有如大雄氏之□□，历代以来，皆设官以领之。粤自洪武十五年壬戌之冬十有二月内，肇建僧纲司衙门以掌其事，时则有都纲□□、副都纲悟圆，夫惧元以塞明诏，告于卫府禀令从事，去榛莽，前指后画，鸠工聚材，创佛殿三间，观音阁一座。洪武三十五年，都纲□□、副都纲悟圆，复起建前佛殿五间。俱高且严，像设光彩焕然，南为正门。外之为山门，缭以周垣，列以村木，东西方丈，名有其所。晨钟暮鼓，山鸣谷应，出没于空旷有无之间者，雨阳明晦。四时变化之不同，虽览之面不厌也。悟圆曰与其徒，窍讨秘义。阐明教法，服习而身行之，有未来老，则为讲说。从而化之，皆知佛之为大，法之为广事，时主帅皆国之勋臣及郡之贤守，与夫是邦之人，莫不奔走荐虔，以相其成，信可嘉也。按春秋书事之法，常事不书，而子废兴存亡则必书之，固窃取斯义而为之记，俾勒诸石。复系之以诗曰：

皇明[①]启运，偏祀百神，华夷[②]一枕，政教[③]维新。
瞻彼庆台，西夏要冲[④]。爰辟榛莽，庀材鸠工[⑤]。
肇建梵刹[⑥]，在城之北，郁然[⑦]深考，松柏森列。
周以垣墉[⑧]，涂以丹雘[⑨]，不日而成，礼乐[⑩]俱作。
稽首大雄[⑪]，法教[⑫]宏深，遥瞻宝相[⑬]，僧□佛钦。
幢幡[⑭]杳露，钟鼓铿锵，主持佛法，称□弥□。

— 67 —

法界虚空，本无涯际，大如须弥⑮，小如芥子。

继之承之，心印⑯是传。我作此诗，可磨可□。

大明宣德七年

【撰者】

刘廉，生平事迹不可考。庐陵（今江西中西部的吉安县）人。

【注释】

①皇明：皇帝的圣明。封建时代臣下对皇帝的谀辞。汉班固《西都赋》："天人合应，以发皇明。"

②华夷：指汉族与少数民族。后亦指中国和外国。《晋书·元帝纪》："天地之际既交，华夷之情允洽。"

③政教：政治与教化。《逸周书·本典》："今朕不知明德所则，政教所行。"

④庆台：庆阳。要冲：处在交通要道的形胜之地。《后汉书·傅燮传》："今凉州天下要冲，国家藩卫。"

⑤榛莽：杂乱丛生的草木，泛指荒原。清俞樾《春在堂随笔》卷二："兵燹以来，名胜之地，化为榛莽。"庀材：备齐材料，多指建筑材料。唐柳宗元《桂州裴中丞作訾家洲亭记》："乃经工庀材，考极相方，南为燕亭。"鸠工：聚集工匠。唐黄滔《泉州开元寺佛殿碑记》："乃割俸三千缗，鸠工度木。"

⑥肇建：创建，始创。《资治通鉴·晋元帝建武元年》："今王业肇建，万物权舆。"梵刹：泛指佛寺。梵，意为清净；刹，意为地方。唐唐彦谦《游南明山》诗："金银拱梵刹，丹青照廊宇。"

⑦郁然：郁，通"鬱"。浓密貌，充盛貌，美好貌。《晋书·律历志下》："凡百制度，皆韬合往古，郁然备足。"

⑧垣墉：墙。《书·梓材》："若作室家，既勤垣墉，唯其涂塈茨。"

⑨丹艧：可供涂饰的红色颜料，涂饰的色彩。《书·梓材》："若作梓材，既勤朴斲，惟其涂丹艧。"

⑩礼乐：礼节和音乐。古代帝王常用兴礼乐为手段以求达到尊卑有序远近和合的统治目的。《礼记·乐记》："乐也者，情之不可变者也；礼也者，理之不可易者也。乐统同，礼辨异。礼乐之说，管乎人情矣。"

⑪大雄：梵文（摩诃毗罗）的意译。原为古印度耆那教对其教主的尊称。亦指大智大勇的人。佛教亦用为释迦牟尼的尊号。《法华经·从地踊出品》："善哉善哉！大雄世尊。"

⑫法教：佛法之教化。《正法华经·光瑞品》："在于会中，为雨法教。"

⑬宝相：佛的庄严形象。南朝梁王中《头陀寺碑文》："金资宝相，永藉闲安。"

⑭幢幡：指佛道教所用的旌旗。从头安宝珠的高大幢竿下垂，建于佛寺或道场之前。分言之，则幢指竿柱，幡指所垂长帛。亦特指刹上之幡。唐黄滔《大唐福州报恩定光多宝塔碑记》："自地涌塔于佛之前，其幢幡璎珞、玛瑙、车渠、七盘四悬，乘虚耀日。"

⑮须弥：信佛者泛指山。唐杨炯《梓州惠义寺重阁铭》："俯观大道，仅如枣叶；下望须弥，裁同芥子。"

⑯心印：佛教禅宗语，谓不用语言文字，而直接以心相印证，以期顿悟。泛指内心有所领会。《坛经·顿渐品》："师曰：'吾传佛心印，安敢违于佛经。'"

【释文】

碑原存于甘肃庆阳城北关，庐陵刘廉撰立于明宣德七年（1432年）。杨景修辑《庆阳金石记》载："碑高七尺，宽三尺，厚七寸，正书，字径五分。碑后来被损毁，寺毁于清同治年间，当日规模之巨约略可辨。民国十九年（1930年），陈珪璋任陆军新编第十三师师长时，曾拨款重修兴教寺，旋事败停工。"

老杜秦州杂诗碑

明成化十九年（1483年）

【碑阳碑文】

老杜秦州杂诗（碑额文）

秦州杂诗二十首

（一）

满目悲生事，因人作远游①。迟回度陇怯，浩荡及关愁②。
水落鱼龙夜，山空鸟鼠秋③。西征问烽火，心折此淹留④。

【注释】

①生事：生存，生计。因：依、趁。人：当指住在天水东柯谷其侄杜佐和住在麦积区甘泉镇西枝村友人赞公。

②迟回：迟疑徘徊。陇：指陇山，亦名陇坂，今陕西宝鸡、陇县和甘肃清水、张家川诸县间，是六盘山的南端支脉。浩荡：广阔远大，这里指路程遥远，愁思深沉。及：到。关：陇关，又名大震关，在今陕西陇县西固关镇。

③鱼龙：即鱼龙川，水名，古称汧水，今作千河。因川中出五色鱼，俗以为龙，故名。鸟鼠：山名，在今甘肃渭源县西南一带，以鸟鼠同穴得名，渭河发源于此。《元和郡县图志·陇右道上·渭州》："鸟鼠山，今名青雀山，在（渭源）县西七十六里。渭水所出，凡有三源并下。"

④西征：向西行。烽火：古代传递军情的方式，筑高台燃放烟火，以作信息警示。心折：心惊。语出江淹《恨赋》："意奇神骇，心折骨惊。"淹留：停留，滞留。

（二）

秦州山北寺，胜迹隗嚣宫①。苔藓山门古，丹青②野殿空。
月明③垂叶露，云逐渡溪风。清渭④无情极，愁时独向东。

【注释】

①隗嚣宫：隗嚣（？—33年），字季孟，天水成纪（今甘肃秦安）人，出身陇右大家族。新莽末占据天水、武都、金城、张掖、酒泉诸郡，自称西州大将军。后与汉军交战屡败，建武九年（33年）春，忧愤而死。《后汉书》有传。隗嚣宫故址在秦州城东北寿山上，乾隆《直隶秦州新志》："寿山，北一里，上有隗嚣连城，俗名皇城，后有北山寺，今废。"《清一统志·甘肃统部·秦州府》："崇宁寺，在（秦）州东北山上。本汉隗嚣故居，后建为寺。杜甫'秦州城北寺，胜迹隗嚣宫'。"

②丹青：丹，丹砂，红色；青，青䧺，青色，为两种矿物质颜料，这

— 70 —

里指殿堂的绘画颜色。

③明：照明。

④清渭：指渭河，因水清而称清渭。晋潘岳《西京赋》："北有清渭浊泾，兰池周曲。"渭水发源于甘肃渭源西北鸟鼠山，黄河最大的支流，东流经长安城北。

（三）

州图领同谷，驿道出流沙①。降虏兼千帐，居人有万家②。

马骄朱汗落，胡舞白题斜③。年少临洮④子，西来亦自夸。

【注释】

①州图：秦州的版图。同谷：同谷郡，故治在今甘肃成县。领：督领。《旧唐书·地理志》："依旧都督府，督天水、陇西、同谷三郡。"驿道：古代驿马通行的道路。为传送公文所设。流沙：沙漠。

②降虏：这里指归降于唐朝的少数民族。兼：加倍。帐：帐篷，少数民族的居所。居人：指秦州居民。

③朱汗：《汉书·武帝纪》载："贰师将军斩大宛王首，获汗血宝马。"《史记·乐书》应劭注："大宛旧有天马种，蹄石汗血，汗从前肩膊出如血，号一日千里。"后人因以"朱汗"指马的优良特性，庾信《三月三日华林园马射赋》："选朱汗之马，校黄金之埒。"白题：胡人的白色毡帽。

④临洮，唐代郡名，在今甘肃岷县。

（四）

鼓角缘边郡①，川原②欲夜时。秋听殿地发，风散入云悲③。

抱叶寒蝉静，归来独鸟迟。万方声一概，吾道竟何之④。

【注释】

①鼓角：鼓声和号角声。角，用牛角制成的角号。鼓和角指古代军事用具。缘：沿。边郡：指秦州。

②川原：川，河流；原，宽阔平坦的地方。这里指秦州山川原野。

③殷：指鼓声震动。入云悲：指悲凉的鼓声穿彻云霄。
④万方：各方，到处。一概：一律，一样。之：往，到。

（五）

西使宜天马①，由来②万匹强。浮云③连阵没，秋草遍山长。
闻说真龙种④，仍残老骕骦⑤。哀鸣思战斗，迥立向苍苍⑥。

【注释】

①西使：一作"南使"。唐代掌管养牧的官职名。天马：神马。《汉书·张骞传》："初，天子发书《易》，曰'神马当从西北来。'得乌孙马好，名曰'天马'。及得宛汗血马，益壮，更名乌孙马曰'西极马'，宛马曰'天马'。"

②由来：自来，从来。

③浮云：良马名。《西京杂记》："文帝自代还，有良马九匹，一曰浮云。"这里泛指一切良马。

④龙种：相传秦州一带出龙马。《开山图》云："陇西神马山有渊池，龙马所生。"《水经注》："马池水出上邽西南六十里，谓之龙渊水。"

⑤残：余。骕骦：古代良马名，也写作肃霜、肃爽。

⑥迥立：远立。苍苍：苍天。

（六）

城上胡笳奏①，山边汉节归②。防河赴沧海③，奉诏发金微④。
士苦形骸⑤黑，旌疏鸟兽稀。那闻往来戍⑥，恨解邺城⑦围。

【注释】

①城：指秦州城。胡笳：古代北方少数民族用的管乐器。

②汉节：此指唐朝的征兵使者。节：符节，用来做凭证之物。

③河：黄河。沧海：指渤海。

④诏：皇帝的命令或文告，即诏书。发：调发，派遣。金微：山名，今阿尔泰山。《唐书·地理志》："羁縻州有金微都督府，右隶夏州都护府。"

⑤形骸：形体，躯壳，样子。
⑥戍：驻守。
⑦邺城：即相州，治所在今河南安阳。

（七）

莽莽①万重山，孤城山谷间。无风云出塞，不夜月临关。
属国②归何晚，楼兰③斩未还。烟尘独长望，衰飒正摧颜④。

【注释】

①莽莽：指广袤无际的样子。
②属国：典属国，秦汉时官名，掌少数民族事务。汉武帝时苏武出使匈奴历十九年始归，官拜典属国。
③楼兰：古西域国名。故址在今新疆若羌县境，东邻罗布泊。汉武帝元封三年（前108年）归附汉朝。楼兰地处汉代通西域道上。汉昭帝元凤四年（前77年）傅介子至楼兰，计斩其王首而归。
④衰飒：衰败，衰落。摧颜：催人衰老，愁眉不展。

（八）

闻道寻源使①，从天此路②回。牵牛③去几许，宛马至今来④。
一望幽燕⑤隔，何时郡国开。东征健儿尽，羌笛暮吹哀⑥。

【注释】

①寻源使：指张骞。汉武帝令张骞出使西域，寻找黄河源头。
②此路：指秦州驿道。
③牵牛：星宿名，指牵牛宿。
④宛马：古代西域大宛国产的良马。
⑤幽燕：幽州和燕州。故地在今河北东北部一带，是唐代安史之乱叛军巢穴。
⑥东征健儿：指派往东部平乱的秦州士兵。羌笛：古羌族管乐器。

（九）

今日明人眼[①]，临池好驿亭[②]。丛篁[③]低地碧，高柳半天青。
稠叠多幽事[④]，喧呼阅使星[⑤]。老夫如有此，不异在郊坰[⑥]。

【注释】

①明人眼：使人眼前一亮，眼花。
②驿亭：秦州驿亭，今甘肃天水秦州城西的天水郡。
③丛篁：丛生的竹子。篁指竹子。
④稠叠：稠密重叠。幽：幽雅，幽深。
⑤喧呼：大声地说话、呼叫。阅：检阅。使星：使者。
⑥郊坰：指城市的远郊。《尔雅》："邑外为郊，郊外为野，野外为林，林外为坰。"

（十）

云气接昆仑[①]，涔涔[②]塞雨繁。羌童看渭水，使客向河源[③]。
烟火军中幕[④]，牛羊岭上村。所居秋草净，正闭小蓬门[⑤]。

【注释】

①昆仑：山名。绵亘在今新疆、西藏、青海省一带。
②涔涔：雨连绵下落的样子。
③羌：古代我国西部的一个少数民族。使客：使者。河源：黄河之源。
④幕：帐篷。
⑤蓬：蓬草，也叫"飞蓬"。蓬门：柴门，贫穷之家以柴草编结的门，亦有隐居之意。

（十一）

萧萧古塞冷，漠漠秋云低[①]。黄鹄翅垂雨，苍鹰饥啄泥[②]。
蓟门谁自北[③]，汉将独征西[④]。不意书生耳，临衰厌鼓鼙[⑤]。

四　明代

【注释】

①萧萧：风声。古塞：秦州。漠漠：云密布的样子。

②黄鹄：黄色的一种鹅。苍鹰：这里泛指鹰一样的鸟类。

③蓟门：即蓟州，在天津蓟县附近。安禄山在此起兵叛乱。自北：向北征讨。

④汉将独征西：汉将独自西征，胜利而归。《后汉书·光武纪》："以偏将军冯异为征西大将军。"

⑤书生：诗人自谓。厌：吃饱。这里指厌倦、够了之意。鼓鞞：鼓，指大鼓；鞞，指小鼓。鼓鞞，喻指战事。

（十二）

山头南郭寺①，水号北流泉②。老树③空庭得，清渠一邑④传。
秋花危石底，晚景卧钟边⑤。俯仰⑥悲身世，溪风为飒然。

【注释】

①南郭寺：寺名，位于今天水市秦州城南慧音山坡上。

②北流泉：泉名，在南郭寺东院观音殿前，因泉水北流而得名。

③老树：南郭寺西院古柏一株，树龄约2500年。

④邑：此指秦州。

⑤秋花：秋天的菊花。危：高高耸立的石头。景：同影。卧钟：斜放于地上的钟。

⑥俯仰：俯视仰望。这里指抬头的瞬间，时间很短。

（十三）

传道东柯谷①，深藏数十家。对门藤盖瓦，映竹水穿沙。
瘦地翻宜粟②，阳坡可种瓜。船人近相报，但恐失桃花③。

【注释】

①东柯谷：地名，在甘肃天水市麦积区东南七十里处，即甘泉镇八槐村、五家寺、潘集寨一带。

②瘦地：指不好的田地。翻：翻土。

③桃花：指桃花源，用陶渊明《桃花源记》寓意。

（十四）

万古仇池穴①，潜通小有天②。神鱼人不见，福地语真传③。
近接西南境④，长怀十九泉。何时一茅屋，送老白云边。

【注释】

①仇池：山名。又名仇维山、仇夷山等，在今甘肃省西和县南一百二十余里处。又因山上多泉眼，诗中说"仇池穴"。汉献帝建安中，氐族首领杨腾率众在此建仇池国，历时一百三十五年。今存故城遗址。

②潜通：暗通。小有天：仇池山有洞名曰"小有洞天"。《太平御览》："王屋山之洞，周回万里，名曰小有清虚之天。"《东坡志林》赵德麟曰："仇池，小有洞天之附庸也"。

③神鱼：仇池穴之神鱼。福地：指安乐享福之地。

④西南境：仇池在秦州西南方。

（十五）

未暇泛沧海，悠悠兵马间①。塞门②风落木，客舍雨连山。
阮籍行多兴，庞公隐不还③。东柯遂④疏懒，休镊鬓⑤毛斑。

【注释】

①未暇：没有空闲时间，即未来得及。泛沧海：泛舟海上。《论语·公冶长》："子曰：'道不行，乘桴浮于海。'"悠悠：时间长久。兵马间：指战争。

②塞门：闭门。

③阮籍：晋朝诗人，长期隐居，"竹林七贤"之一。为人豪放，不拘礼法。他经常赶车无目的地行走，直到车子无法前进的时候而回。行多兴：指阮籍出行时兴致很高。庞公：庞德公，东汉襄阳人，著名隐士。据说他一生住在山里。三国时刘表多次请他做官，他却带妻子到鹿门（在今湖北省襄樊市东南三十里）采药，避而不会。

④遂：听之任之。

⑥镊鬓：用镊子拔掉鬓角上的白发。

（十六）

东柯好崖谷，不与众峰群。落日邀双鸟，晴天养片云①。
野人矜险绝②，水竹会平分③。采药吾将老，儿童未遣闻④。

【注释】

①邀：迎候。养："卷"之意。
②野人：居于郊野的村民、平民。矜：矜持，小心。
③会：应当。
④遣闻：让知道。遣，使，令。

（十七）

边秋阴易久，不复辨晨光。檐雨乱淋幔①，山云低度墙。
鸬鹚窥浅井②，蚯蚓上深堂。车马何萧索③，门前百草长。

【注释】

①幔：幕，指窗帘。这里指檐雨形成的雨幕。
②鸬鹚：又名鱼鹰。《本草衍义》："陶隐居云：'鸬鹚，水鸟，不卵生，口吐其雏，今人谓之水老鸭。'"
③萧索：萧条。

（十八）

地僻秋将尽，山高客①未归。塞云多断续，边日少光辉。
警急烽常报，传闻檄②屡飞。西戎外甥国③，何得迕天威④。

【注释】

①客：指诗人自己。
②檄：古代用来征召、声讨的军事文书。遇紧急之事，则插上羽毛，称羽檄。
③西戎：中原人对西方少数民族的通称。这里指吐蕃。外甥国：贞观

十五年（641年），唐太宗嫁文成公主给吐蕃王松赞干布。中宗时，又嫁金城公主给吐蕃王赞普尺带珠丹。《旧唐书·吐蕃传》中称开元十年，赞普请和，上表曰："外甥是先皇帝旧宿亲……千年万岁，外甥终不敢先违盟誓。"顾炎武《日知录》："《册府元龟》载吐蕃书，皆自称外甥，称上为皇帝舅。"

④迕：违反，抵触。天威：天朝的威严。这里指唐王的威严。

（十九）

凤林戈未息①，鱼海②路常难。候火云峰峻③，悬军幕井干④。
风连西极⑤动，月过北庭⑥寒。故老思飞将⑦，何时议筑坛⑧。

【注释】

①凤林：地名，今甘肃临夏凤林川。《旧唐书·地理志》："凤林县，属河州，本汉白石县，地属金城郡。"戈：兵器，这里代指战争。

②鱼海：地名，今宁夏、青海一带，具体不详。《杜诗镜铨》引朱注："鱼海地在河州之西，属吐蕃境。"

③候火：烽火。候：守望，放哨。云峰：比喻候火像插入云霄的山峰。

④悬军：深入敌境的孤军。幕井：加盖的水井。幕，遮盖。

⑤西极：西边极远之地方。

⑥北庭：唐代设北庭大都护府，属陇右道，今新疆境内。

⑦故老：作者自己。飞将：汉将李广，匈奴人称之为"飞将军"。

⑧筑坛：即筑坛拜将，汉王刘邦曾筑坛，拜韩信为大将军。

（二十）

唐尧真自圣①，野老②复何知。晒药能无③妇，应门④幸有儿。
藏书闻禹穴⑤，读记⑥忆仇池。为报鸳行旧⑦，鹡鸰在一枝⑧。

【注释】

①尧：三皇五帝之一。《春秋大事表》卷十五："尧以唐侯升为天子。"唐尧，此指唐肃宗。自圣：生来就很圣明。这是旧时对皇帝的谀

辞，杜甫这里反其意而用之，暗讽肃宗拒绝纳谏。

②野老：山乡野老，这里是作者自谓。

③能无：岂能没有。

④应门：看管门户。

⑤禹穴：在甘肃永靖县炳灵寺石窟中，相传夏禹藏书的洞穴。天水冯国瑞《炳灵寺石窟考察记》有考。

⑥记：记载，书籍。

⑦报：答复，告知。鸳行：鸳鹭飞行时排列有序，比喻朝官的行列，这里指同朝旧友。

⑧鹪鹩：一种小黄鸟，像麻雀，以昆虫为主要食物。《庄子·逍遥游》"鹪鹩巢于深林，不过一枝。"此句喻指自己小小的要求。

月夜忆舍弟

戍鼓断人行，秋边一雁声①。露从今夜白②，月是故乡明。
有弟③皆分散，无家问死生。寄书长不避④，况乃未休兵。

【注释】

①戍鼓：戍楼所击禁鼓。戍鼓一声，人行禁止通行，戒严。一雁：即孤雁，不用孤雁，是平仄关系。雁行喻兄弟，一雁指兄弟分散意。

②白：白露节。

③有弟：指杜甫有四个弟弟。

④不避：其他版本作"不达"，即不到。

宿赞公房①

杖锡②何来此，秋风已飒然③。雨荒④深院菊，霜倒⑤半池莲。
放逐宁违性⑥，虚空不离禅⑦。相逢成夜⑧宿，陇月向人圆。

【注释】

①原注："赞，京师大云寺主，谪此安置。"谪，贬谪；此，贬谪地，即天水市麦积区甘泉镇西枝村。

②杖锡：也说"锡杖"，佛家禅杖。此处借指赞公。

③飒然：风吹的声音。

④荒：即"使之荒芜"。

⑤倒：即"使之倒伏"。

⑥宁：岂，难道。性：指赞公秉持佛教的气节情操、秉性。

⑦虚空：使世事虚无。禅：静思，佛教梵语。

⑧成夜：整夜，整晚。

东楼①

万里流沙道②，西征过北门。
但添新战骨③，不返旧征魂。
楼角凌风迥④，城阴⑤带水昏。
传声看驿使⑥，送节向河源⑦。

【注释】

①东楼：有可能是唐代秦州城东城门上的门楼。仇兆鳌《杜诗详注》引郑樵《通志》："东楼跨府城上，形制尚古。"

②流沙：指沙漠。此处指路途难行。

③战骨：战士的白骨。

④凌风：驾着风。唐韩愈《鸣雁》诗："违忧怀息性匪他，凌风一举君谓何。"凌风迥指乘着风凌空而起。迥，远。

⑤城阴：指城高投射的阴影。

⑥传声：指驿使的传唤叫喊声。驿使：传递公文、书信的人。《后汉书·东平宪王苍传》："自是朝廷每有疑政，辄驿使咨问。"

⑦节：使节，使者。亦用以称派驻一方的官员。《史记·淮南衡山列传》："于是王乃令官奴入宫，作皇帝玺，丞相、御史、大将军、军吏中二千石，都官令、丞印，及旁近郡太守、都尉印，汉使节法冠，欲如伍被计。"河源：黄河的源头。

四 明代

雨晴

天外①秋云薄，从西万里风。
今朝好晴景，久雨不妨农。
塞柳行疏翠②，山梨结小红③。
胡笳④楼上发，一雁入高空。

【注释】

①天外：天边，指很远的地方。

②塞柳：塞，塞上，这里指秦州。柳，柳树。行：排成行。

③山梨结小红：指初秋时节的野梨长出淡淡的红色。小红指微微的红色。

④胡笳：我国古代北方民族的管乐器，传说由汉张骞从西域传入，在汉魏鼓吹乐中常用。汉蔡琰《悲愤诗》之二："胡笳动兮边马鸣，孤雁归兮声嘤嘤。"

寓目①

一县葡萄熟，秋山苜蓿多②。
关云常带雨，塞水不成河。
羌女轻烽燧③，胡儿掣骆驼④。
自伤迟暮⑤眼，丧乱饱经过⑥。

【注释】

①寓目：看一下，过目。《左传·僖公二十八年》："请与君之士戏，君凭轼而观之，得臣与寓目焉。"这里指所到之处看到的景象。

②苜蓿：多年生草本植物，似三叶草，耐冷热，嫩芽可以食用，主要作为牧草和绿肥作物，在旱季可生存，这是因为它们有特别长的根系，可适应不同的气候和土壤条件。葡萄、苜蓿，相传汉代张骞由中亚细亚引入中原，唐代陇右地区已广泛种植。

③羌女：羌，指唐时入侵定居秦州的一个西北少数民族。羌女，羌族妇女，这里泛指少数民族女子。烽燧：古代军中报警信号。即"烽火"。古代边防报警的两种信号，白天放烟叫烽，夜间举火叫燧。《墨子·号

令》:"与城上烽燧相望。"

④胡儿:胡,即古代西北少数民族的统称,多指匈奴。胡儿,即匈奴的男子。挈:牵引。

⑤迟暮:原指天快黑的时候,比喻人到老年。《楚辞·离骚》:"唯草木之零落兮,恐美人之迟暮。"王逸注:"迟,晚也……而君不建立道德,举贤用能,则年老耄晚暮,而功不成事不遂也。"

⑥丧乱:死亡祸乱。后多以形容时势或政局动乱。《诗·大雅·云汉》:"天降丧乱,饥馑荐臻。"经过:指经历,过程。

山寺①

野寺残僧少,山园②细路高。麝香眠石竹③,鹦鹉啄金桃④。
乱水通人过,悬崖置屋牢。上方重阁晚⑤,百里见纤毫⑥。

【注释】

①山寺:今天水市麦积区的麦积山下瑞映寺。
②山园:园,通"圆",山圆即麦积山像半圆形的山,形状如麦垛。
③麝香:麝,鹿科动物,形状像鹿,但比鹿小。麝香为雄麝的肚脐附近腺囊的分泌物,有特殊的香气,略有苦味,可以制成香料,也可以入药。这里指代"麝"为动物。石竹:一种多年生草本植物。
④金桃:樱桃的一种,秦州盛产,果实个大,色黄,故名"金桃"。
⑤方:正当,正是。阁:栈道,重阁。
⑥纤毫:鸟兽秋天长出特别细小的毛,常用比喻纤小之物。

遣怀①

愁眼看霜露,寒城菊自花②。天风随断柳,客泪堕清笳③。
水静楼阴④直,山昏塞日斜。夜来归鸟尽,啼杀后栖鸦。

【注释】

①遣怀:抒发情怀,解闷散心。宋魏庆之《诗人玉屑·香山·达道》:"白氏集中,颇有遣怀之作,故远道之人,率多爱之。"
②花:即开花,开放。

③客：诗人杜甫。清笳：清冷凄切的胡笳音。
④楼阴：楼在水中的影子。

夕烽①

夕烽来不近，每日报平安②。塞上传光小，云边落点残。
照秦通警急，过陇自艰难③。闻道蓬莱殿④，千门立马看。

【注释】

①夕烽：傍晚所见的烽火，指平安火。
②报平安：用烽火报平安。唐烽火制度，有点燃两堆、三堆、四堆的区别，意思各有不同。和平时期每天傍晚点火一堆，叫作"平安火"。
③秦：即关中。警急：指紧急的军情。陇：即陇山。
④蓬莱殿：又叫蓬莱宫，泛指唐朝皇宫。

日暮

日落风亦起，城头鸟尾讹①。黄云高未动，白水已扬波。
羌妇语还哭，胡儿行且歌。将军别②换马，夜出拥雕戈③。

【注释】

①讹：变化，晃动。
②别：别的，另外的。
③拥：抱。雕戈：镌花的矛戈，亦泛指戈。

示侄佐①

多病秋风落，君来慰眼前。自闻茅屋趣，只想竹林眠。
满谷山云起，侵②篱涧水悬。嗣宗③诸子侄，早觉仲容贤④。

【注释】

①佐：杜佐，是杜甫的堂侄，当时住在东柯谷。
②侵：同"浸"。
③嗣宗：阮籍的字。

④仲容：阮咸的字。阮咸是阮籍的侄儿，叔侄俩都是魏晋南北朝时期著名的文学家，这里比喻诗人自己和堂侄杜佐的关系。

佐还山后寄三首

山晚黄云①合，归时恐路迷。涧寒人欲到，林黑鸟应栖。
野客茅茨小②，田家树木低。旧谙疏懒叔，须汝故相携③。

【注释】

①黄云：黄昏时的云彩。
②野客：山野之客，指居住于山中的人家。茨：用茅草、芦苇盖的屋顶，这里指茅屋。
③谙：熟悉。疏懒：懒散。携：搀扶，扶帮。

白露黄粱熟①，分张素有期②。已应春得细，颇觉寄来迟③。
味岂同金菊④，香宜配绿葵⑤。老人他日爱，正想滑流匙⑥。

【注释】

①白露：农历二十四节气之一。黄粱：即谷子、小米。
②分张：分手，离别，这里也有分享之意。素：向来，以前。期：约定。
③细：指"精"之意。颇：稍微。
④岂：差不多。金菊：菊花。
⑤宜：应当。配：配得上。绿葵：即绿色葵菜。
⑥老人：杜甫自指。他日：平时。滑：米精饭滑。流：流动的米汁。匙：小勺。

几道泉绕圃①，交横落②慢坡。葳蕤③秋叶少，隐映④野云多。
隔沼连香芰，通林带女萝⑤。甚闻霜薤白，重惠意如何⑥。

【注释】

①圃：菜园。

②落：同"络"。

③葳蕤：这里指衰败貌。仇兆鳌《杜诗详注》："葳蕤有两解，一作盛貌，一作衰貌。"

④隐映：暗映。

⑤芰：通"指"，食用菱角。古人把两个角的叫菱，三个、四个角的叫芰。通林：满林。女萝：又叫松萝，一种地衣类植物，常寄生在松树上。

⑥甚闻：常常听说。霜薤白：薤又名藠头，多年生草本植物，薤的地下鳞茎呈白色，因此叫薤白。重：又。惠：赠送。

赤谷西崦人家①

跻②险不自喧，出郊已清目。溪回日气暖，径转山田熟。
鸟雀依茅茨③，藩篱④带松菊。如行武陵⑤暮，欲问桃花宿。

【注释】

①赤谷：山谷名，距秦州西南七里，即今天水市秦州区西南的暖和湾河谷。谷两面山崖皆显红色，所以称"赤谷"。西崦：村庄名。在甘肃天水县西境，即今天的天水市秦州区齐寿山。古时常用来指日落的地方。《秦州直隶州新志》卷二："由皂郊而西南，三十里为平南川，崦嵫山在焉。""又迤东（应为西）南去州治六十里，为番（应为嶓）冢山，亦名云台山，俗名齐寿山。"

②跻：登上。

③茅茨：指茅草盖的屋顶。

④藩篱：指用竹木编成的篱笆或栅栏。《国语·吴语》："孤用亲听命于藩篱之外。"韦昭注："藩篱，壁落。"

⑤武陵：郡名，指湖南西北的一座历史文化古城，是常德市政府所在地。陶渊明《桃花源记》中桃花源是一个渔人从武陵发现的，后多把武陵和桃花源联系在一起。桃花源，指理想之地。

西枝村①寻置草堂地夜宿赞公土室二首

其一

出郭眄细岑②，披榛得微路③。溪行一流水，曲折方屡渡④。

赞公汤休⑤徒，好静心迹素⑥。昨枉霞上作⑦，盛论岩中趣⑧。
怡然⑨共携手，恣意⑩同远步。扪⑪萝涩先登，陟巘眩反顾⑫。
要求阳冈暖，苦涉阴岭冱⑬。惆怅老大藤，沉吟屈蟠树。
卜居意未展，杖策回且暮⑭。层巅余落日，草蔓已多露⑮。

【注释】

①西枝村：即今甘肃天水市麦积区甘泉镇西枝村，又名圆店。

②出郭：出城。眄：斜视。细岑：小而高的山。

③披：分开。榛：低矮的乔木，又名木榛子，此泛指灌木杂草。微路：小路。

④方：须，应当。屡：多次。

⑤汤休：南朝时高僧。《南史》记载：沙门惠休，善属文，本姓汤。

⑥心迹：心地，内心。素：纯真。

⑦昨：指不久前。枉：屈尊，是诗人自谦。霞上作：云霞作伴写成的文章，这是对高僧赞公隐居的赞誉。

⑧盛论：极力论述。岩：山岩，大山。

⑨怡然：快乐高兴貌。

⑩恣意：任意。

⑪扪：抓住。

⑫陟：登。巘：山峰。眩：眼睛昏花。

⑬冱：冻结，寒冷。

⑭卜居：选择居所。展：实现，达到。杖策：即拄着拐杖。

⑮层巅：山巅。

其二

天寒鸟已归，月出山更静。土室延白光①，松门耿②疏影。
跻攀倦日短③，语乐寄夜永④。明然林中薪，暗汲石底井⑤。
大师京国旧⑥，德业天机秉⑦。从来支许游⑧，兴趣江湖迥⑨。
数奇谪关塞⑩，道广存筐颖⑪。何知戎马间⑫，复接尘事屏⑬。
幽寻⑭岂一路，远色有诸岭。晨光稍朦胧，更越西南顶。

四　明代

【注释】

①延白光：透进洁白的月光。延，伸延，延长。

②耿：明亮清晰。

③跻：登。倦：烦。

④语乐：高兴地说话。寄：愿，寄托。夜永：夜长。

⑤汲：从井里取水。石底井：指泉水。

⑥大师：对赞公的尊称。京国：指长安。旧：旧交，老友。

⑦德业：即德行、功业。天机：天性。秉：秉承。

⑧支许：晋高僧支遁和高士许询的并称。两人友善，皆善谈佛经与玄理。南朝宋刘义庆《世说新语·文学》："支道林、许掾诸人共在会稽王斋头，支为法师，许为都讲，支通一义，四坐莫不厌心；许送一难，众人莫不抃舞，但共嗟咏二家之美，不辩其理之所在。"后以喻僧人和文士的交谊。这里指代所有与赞公交往的修行僧侣。游：交游，交往。

⑨江湖迥：江湖，指江河、湖海；迥，广阔，指广泛意。

⑩数奇：命运不好。数，命运，运数；奇，不测，非常。《史记·李将军列传》："以为李广老，数奇。"谪关塞：贬谪于关塞，关塞指陇右。

⑪道：思想。箕颍：今河南箕山和颍水两地。此指代隐居之地，隐逸之士。

⑫戎马间：指安史之乱。

⑬尘事：佛教言世俗之事。屏：隐退，即因尘事而隐居之人，此指赞公。

⑭幽寻：即寻找幽雅的居处。

【碑阴碑文】

古今题咏（碑额文）

寄赞上人①

一昨陪锡杖②，卜邻③南山幽。年侵④腰脚衰，未便⑤阴崖秋。
重冈⑥北面起，竟日⑦阳光留。茅屋买兼土⑧，斯焉⑨心所求。
近闻西枝西，有谷杉黍稠⑩。亭午⑪颇和暖，石田又足收⑫。
当期⑬塞雨干，宿昔齿疾瘳⑭。徘徊虎穴上，面势龙泓头⑮。
柴荆具茶茗，径路通林丘⑯。与子成二老，来往亦风流。

【注释】

①上人：道德行为高尚的人，对隐居高士的尊称。

②一昨：昨，昨天，这里指过去。陪锡杖：伴随赞公。锡杖，这里指代赞公。

③卜邻：选择邻居。

④年侵：指被岁月所侵已年老。

⑤未便：不方便。

⑥重冈：重叠的山脊。

⑦竟日：终日。

⑧茅屋买兼土：买茅屋兼土地。

⑨斯焉：斯，"这"；焉，语气助词。

⑩柒：作"漆"。稠：多，密。

⑪亭午：中午，正午。

⑫石田：多山石的田地，即瘦田。足收：收成丰足。

⑬当期：当时。

⑭宿昔：早晚，此表示时间很短。瘳：病愈。

⑮面势：面观其势，有度量、思量之意。龙泓：与上句"虎穴"，都是取意幽雅之处。

⑯柴荆：即柴荆之门。此指寒舍之意。具：备。茶茗：指茶叶。迳：同"径"，小路。

寒峡①

行迈②日悄悄，山谷势多端。云门转绝岸③，积阻霾天寒④。

寒峡不可度，我实衣裳单。况当仲冬⑤交，溯沿⑥增波澜。

野人寻烟语，行子傍水餐。此生免荷殳⑦，未敢辞路难。

【注释】

①寒峡：地名，即今甘肃陇南市西和县长道镇祁家山山下的漾水河谷，又名大晚家峡、祁家峡。

②迈：远行。

③云门：指峡门。绝岸：陡峭的河岸。
④积阻：重山叠嶂。霾：沙尘、雾气笼罩的阴暗天气。
⑤仲冬：农历十一月。
⑥溯沿：逆流而上。
⑦荷：负、扛。殳：指兵器。是说可以不去服兵役。

龙门镇①

细泉兼轻冰，沮洳栈道湿②。不辞辛苦行，迫此短景③急。
石门云雪隘④，古镇峰峦集。旌竿暮惨淡，风水白刃涩⑤。
胡马屯成皋，防虞此何及⑥。嗟尔远戍人⑦，山寒夜中泣。

【注释】

①龙门镇：即今甘肃陇南西和县石峡镇坛土关，附近存有唐开元年间《新路颂并序》摩崖一块，又有校场坝、小营盘、大营盘、仓坪梁等地名，据载这里曾是设镇屯军的地方。一说龙门镇即今成县西七十里的府城集。
②轻冰：薄冰。沮洳：水洼泥泞之地。
③短景：景同影，即日光。冬季日短。
④云雪隘：隘，窄狭。指高耸入云。
⑤旌竿：指军旗旗杆。惨淡：暗淡无光。白刃：指兵士的刀枪。涩：钝涩，指武器锈老。
⑥成皋：古战场地名，在河南洛阳附近。乾元二年九月史思明再次攻陷洛阳，并占领齐、汝、郑、滑四州。防虞：防御。虞，预料。
⑦戍人：古代守边官兵的通称。

凤凰台①

亭亭凤凰台，北对西康州②。西伯③今寂寞，凤声亦悠悠。
山峻路绝踪，石林气高浮。安得万丈梯，为君上上头？
恐有无母雏，饥寒日啾啾④。我能剖心血，饮啄慰孤愁⑤。
心以当竹实，炯然忘外求⑥。血以当醴泉⑦，岂徒比清流。
所重王者瑞⑧，敢辞微命休⑨。坐看彩翮长⑩，举意八极周⑪。

自天衔瑞图⑫，飞下十二楼⑬。图以奉至尊⑭，凤以垂鸿猷⑮。
再光中兴业，一洗苍生忧。深衷正为此，群盗何淹留⑯。

【注释】

①题下原注："山峻，人不至高顶。"凤凰台：其地在今甘肃成县东南七里的飞龙峡口，传说汉代有凤凰栖其上。

②西康州：即同谷县。唐武德元年（618年）置西康州，贞观元年（627年）废除，改为成州。

③西伯：周文王姬昌。传说周文王时凤鸣岐山。凤鸣是为国家祥瑞之兆。

④啾啾：鸟叫声，即凤的叫声。

⑤孤：指雏凤。慰孤愁：使孤单无依无靠的雏凤得到抚慰。

⑥竹实：结子竹类植物，又称竹米。传说凤凰非竹实不食。炯然：明亮。

⑦醴泉：甘泉。传说凤凰非醴泉不饮。

⑧王者瑞：君王的吉兆。

⑨休：息止。

⑩坐：因为。翮：鸟类羽毛。

⑪举意：设想。八极：指极远之处。《淮南子·坠形训》："天地之间，九州八极。"

⑫瑞图：旧指上天所赐祥瑞图籍。《春秋元命苞》："黄帝游洛水之上，凤凰衔图置帝前，帝再拜受图。"

⑬十二楼：传说昆仑山仙人居住的地方。

⑭至尊：至高无上者，古代多指皇帝。

⑮鸿：通"洪"，鸿大。鸿猷：大业。垂鸿猷：指垂盛德于后世。

⑯群盗：指安史叛军。

赤谷①

天寒霜雪繁，游子有所之②。岂但岁月暮③，重来未有期。
晨发赤谷亭，险艰方自兹④。乱石无改辙，我车已载脂⑤。
山深苦多风，落日童稚饥。悄然村墟⑥迥，烟火何由追⑦。

贫病转零落,故乡不可思。常恐死道路,永为高人嗤⑧。

【注释】

①赤谷:地名,今甘肃天水秦州区西南暖和湾河谷。

②游子:诗人自谓。之:往。

③岂但:不仅仅。岁月暮:意为一年将尽。

④方:才。兹:这里。

⑤载脂:车轴上加的润滑油。

⑥村墟:村落。

⑦何由追:到哪里去追寻。

⑧高人:有讽刺之意,即那些位高权重之人。

青阳峡①

塞外苦厌山,南行道弥恶②。冈峦相经亘,云水气参错③。
林迥硖角来,天窄壁面削④。碛西五里石⑤,奋怒向我落。
仰看日车⑥侧,俯恐坤轴弱⑦。魑魅啸有风,霜霰浩漠漠⑧。
昨忆逾陇坂⑨,高秋视吴岳⑩。东笑莲华⑪卑,北知崆峒⑫薄。
超然侔⑬壮观,已谓殷寥廓⑭。突兀犹趁人,及兹叹冥莫⑮。

【注释】

①青阳峡:今甘肃陇南市西和县南三十余里的青羊村,又名"青羊峡""青羊"。

②弥恶:更加险恶。

③经:竖。亘:横。参错:参杂交错。

④林迥:森林茂密。天窄:指从峡底望天天很窄。

⑤硖:同"溪"。

⑥日车:指太阳。传说太阳是乘六龙驾跑的,每天运行不息,故以"日车"喻之。

⑦坤:地。轴:地之轴。地轴弱指轴承受不住。

⑧魑魅:山中精灵鬼怪。霜霰:细小霜粒。浩:广大,这里指霜霰覆盖面广。漠漠:密布的样子。

⑨陇坂：陇山。

⑩吴岳：即吴山，在今陕西陇县西南部。

⑪莲华：华山山峰的名称，此处指代华山。

⑫崆峒：山名，在今甘肃平凉市西，为道教名山。薄：微薄，这里指山小不足道。

⑬侔：相等，齐。

⑭殷：当。寥廓：辽阔的天。

⑮突兀：高耸。趁：追逐，赶。及兹：到这里。冥莫：幽深，无际貌。

铁堂峡①

山风吹游子，缥缈乘险绝②。硖形藏堂隍③，壁色立积铁。
径摩穹苍蟠④，石与厚地裂。修纤无垠竹⑤，嵌空太始⑥雪。
威迟哀壑底⑦，徒旅惨不悦。水寒长冰横，我马骨正⑧折。
生涯抵孤矢⑨，盗贼殊未灭⑩。飘蓬逾三年⑪，回首肝肺热。

【注释】

①铁堂峡：又名猫眼峡，位于今甘肃天水市秦州区天水镇石滩子与平南镇之间。

②缥缈：凌空高远之境。乘险绝：即徒涉险绝之处。

③硖：同"峡"。堂隍：院落走廊，过厅。

④穹苍：指天。蟠：盘曲起伏貌。

⑤修纤：长而细。垠：边界。

⑥太始：远古，太古。

⑦威迟：远行曲折的样子。

⑧正：恰巧。

⑨抵：相当。孤矢：单支箭。

⑩盗贼：指安史叛军。殊：远。

⑪飘蓬：漂泊。逾三年：从天宝十五年（756年）四月作者离长安到乾元二年（759年）十月，已超过三年。

四 明代

法镜寺①

身危适他州,勉强终劳苦②。神伤山行深,愁破③崖寺古。
婵娟碧藓净④,萧槭寒箨聚⑤。回回⑥山根水,冉冉松上雨⑦。
泄云⑧蒙清晨,初日翳复吐⑨。朱甍半光炯⑩,户牖粲可数。
拄策⑪忘前期,出萝已亭午⑫。冥冥子规叫⑬,微径不复取⑭。

【注释】

①法镜寺:遗址在今甘肃陇南市西和县北三十里石堡乡西山上。

②身危:指身处艰难险境。勉强:努力去做。

③愁破:愁怀顿破。破,解除。

④婵娟:美好的样子,这里形容碧藓颜色鲜亮。碧藓:青苔。

⑤槭:树叶落尽光秃貌。箨:俗称"竹壳""竹皮"。

⑥回回:盘旋迂回的样子,此指崖下的漾河。

⑦冉冉:柔弱貌。松上雨:指雨中的松树。

⑧泄云:飘散的云。"泄"同"泄"。

⑨翳:遮蔽。吐:露出。

⑩甍:屋脊。炯:光亮,明亮。

⑪策:拐杖。

⑫萝:莪蒿,此处指茂密的草丛。亭午:正午。

⑬冥冥:隐约。子规:杜鹃,候鸟。

⑭微径:小路。取:取道,抄近路。

泥功山①

朝行青泥上,暮在青泥中。泥汙非一时,版筑②劳人功。
不畏道途永,乃将汩没同③。白马为铁骊④,小儿成老翁。
哀猿透却坠⑤,死鹿力所穷。寄语北来人,后来莫匆匆。

【注释】

①泥功山:泥功山在今甘肃成县西北四十里的二郎乡境内,今名牛心山,山上原有泥功寺。乾隆《成县新志》卷一载:"泥功山,县西北三十里,上有古刹,峰峦突兀,高插云霄。"

②版筑：指用夹板填土石夯实修路。
③乃将：权当，只怕，有推测性之意。汩：淹没，埋没。
④铁骊：黑色的马。
⑤透：跳，通过。

盐井①

卤中草木白②，青者官盐烟。官作既有程③，煮盐烟在川。
汲井岁掯掯④，出车日连连。自公斗三百，转致斛六千⑤。
君子慎止足⑥，小人苦喧阗⑦。我何良叹嗟，物理固自然。

【注释】

①盐井：在今甘肃礼县城东北七十余里的盐官镇，这里曾生产食盐，至今仍可生产少量食盐。
②卤中：指盐官镇不生谷物的盐碱地。草木白：草木凋枯变白。
③作：生产作业。程：规程，数量，指规定的生产数量和期限。
④掯掯：汲水用力的样子。《庄子·天地》："子贡南游于楚，反于晋，过汉阴，见一丈人，方将为圃畦，凿隧而入井，抱瓮而出灌，掯掯然用力甚多，而见功寡。"
⑤自公：指官方价。转致：商贩转手倒贩。斛：古代以十斗为一斛。
⑥君子：指正人君子，这里指正规盐商。慎：警戒、告诫语。杜甫《潼关吏》："请嘱防关将，慎勿学歌舒。"
⑦喧阗：声大而杂。

发秦州二首①

我衰更懒拙，生事②不自谋。无食问乐土，无衣思南州③。
汉源④十月交，天气凉如秋。草木未黄落，况闻山水幽。
栗亭⑤名更嘉，下有良田畴⑥。充肠多薯蓣⑦，崖蜜⑧亦易求。
密竹复冬笋，清池可方舟⑨。虽伤旅寓远，庶遂平生游⑩。
此邦⑪俯要冲，实恐人事稠。应接非本性，登临未销忧。
溪谷⑫无异石，塞田⑬始微收。岂复慰老夫，惘然难久留。
日色隐孤戍⑭，鸟啼满城头。中宵驱车去，饮马寒塘流。

磊落⑮星月高，苍茫云雾浮。大哉乾坤内，吾道长悠悠。

【注释】

①题下原注："乾元二年，自秦州赴同谷纪行。"

②生事：生计。

③南州：指同谷，在秦州之南。

④汉源：西汉水的发源地，在今甘肃天水市秦州区以南的齐寿山。

⑤栗亭：镇名，今徽县栗川乡境内。

⑥畴：田地。

⑦薯蓣：山药。

⑧崖蜜：俗称石蜜，野蜂在山崖间酿的蜜。

⑨方舟：木舟，此指泛舟而游。

⑩庶：表示希望或推断，有"或许""可能""差不多"之意。遂：实现，满足。

⑪此邦：此地，指秦州。

⑫溪谷：两山之间的大沟。

⑬塞田：边塞的田地。

⑭孤戍：孤零零的戍楼，即当时报时用的钟鼓楼。

⑮磊落：错杂貌。

石龛①

熊罴②咆我东，虎豹号我西。我后鬼长啸，我前狖又啼③。
天寒昏无日，山远道路迷④。驱车石龛下，仲冬见虹霓⑤。
伐竹者谁子⑥？悲歌上云梯⑦。为官采美箭，五岁供梁齐⑧。
苦云直簳⑨尽，无以充提携⑩。奈何渔阳骑，飒飒惊蒸黎⑪。

【注释】

①石龛：民国《西和县志》卷二载："峰腰石龛在县南八十里，杜工部有石龛诗。"遗址在今西和县东南七十余里石峡镇西山上，又名八峰崖。

②罴：棕熊的一种，当地人称马熊、人熊。

③啸：动物咆哮声。狨：俗称金丝猴。

④迷：迷路，迷失。

⑤虹霓：即彩虹。

⑥谁子：什么人。

⑦云梯：指高山上的石级。

⑧五岁：五年。天宝十四年（755年）至乾元二年（759年），即从安史之乱至诗人到同谷已五年。梁齐：今山东、河南一带，安史之乱的地区。

⑨箐：小竹，能做箭杆。

⑩提携：携带。这里指箭袋。

⑪渔阳骑：指安史叛军。渔阳，时为叛军根据地。飒飒：风声，形容骑兵奔驰如风。蒸黎：老百姓。蒸，众。黎，即平民。

积草岭①

连峰积长阴，白日递隐见②。飕飕林响交，惨惨石状变③。
山分积草岭，路异明水县④。旅泊吾道穷，衰年岁时倦。
卜居尚百里，休驾投诸彦⑤。邑有佳主人，情如已会面。
来书语绝妙，远客惊深眷⑥。食蕨⑦不愿余，茅茨眼中见。

【注释】

①积草岭：诗题下原注"同谷界"。

②见：同"现"。递隐见：时隐时现。

③惨惨：暗淡，昏暗。石状变：山石形状变化多端。

④路异：路有分岔。明水县：今陕西略阳县西一带。《旧唐书》载："汉沮县地，隋为鸣水县。"

⑤卜居：选择地点居住。休驾：息驾，指停息下车。诸彦：彦是士的美称。诸彦，指在同谷的士绅。

⑥来书：来信。语绝妙：指书信言辞妙绝。眷：器重，眷顾。

⑦蕨：一种野菜，即蕨菜。

（上接碑文如下）

四 明代

"秦州十景"乃太守傅公天和之所作也,公之文章政事推重当时,间于政暇咏自十景,虽不敢比老杜之作,然其抚景怀亦足以识一时之胜。

明傅鼐十景诗:

天水盈池①

郡水池中澈底清,宛然如画本天成。
蛟龙变化资胜达,黍谷丰登藉发荣②。
春夏岂随行潦③旅,秋冬不减镜波平。
大明景运春如海④,鱼藻凫鹥入颂声⑤。

【注释】

①在天水城西的天水郡曾有一沼泽湿地,名曰天水盈池。宋蒋之奇《天水湖》曰:"灵源符国姓,丽泽应州名。地脉薰来润,云根出处青。"

②发荣:生长茂盛。汉张衡《南都赋》:"芙蓉含华,从风发荣,斐披芬葩。"

③行潦:沟中的流水,浑浊的水。《诗·召南·采苹》:"于以采藻?于彼行潦。"

④大明:泛指日、月。《管子·内业》:"乃能戴大圜而履大方,鉴于大清,视于大明。"尹知章注:"日、月也。"此处也指明朝皇帝。景运:好时运。《周书·独孤信传》:"今景运初开,椒闱肃建。"

⑤鱼藻:《诗经》中的一首。凫鹥:凫和鸥。泛指水鸟。出自《诗经·生民》。凫:野鸭。鹥:鸥鸟。颂声:歌颂赞美之声。《公羊传·宣公十五年》:"什一者,天下之中正也。什一行而颂声作矣。"何休注:"颂声者,太平歌颂之声。帝王之高致也。"这里把鸟的叫声比喻为赞美之声。

麦积①烟雨

挺秀危峰不可跻②,岩巉③上与白云齐。
西瞻似觉昆仑④小,东顾犹嫌华岳⑤低。
千里堆蓝烟漠漠,几村横翠⑥雨霏霏。
良工水墨难描画⑦,多少人家路欲迷。

【注释】

①麦积,即天水麦积山,又名麦积崖,始创于十六国后秦(384—417年)时期。麦积山景区内松竹密布,山峦叠翠,周围群峰环抱,麦积一山崛起,古称"秦地林泉之冠",是我国秦岭山脉西端小陇山林区中的一座奇峰,山形如麦垛,人们形象地称之为麦积山。在山峰和悬崖峭壁上开凿有成百上千的洞窟和佛像,麦积山也称麦积山石窟。

②跻:登,上升。

③岩峣:亦作"岩峣""岹峣"。高峻,高耸。三国魏曹植《九愁赋》:"践蹊隧之危阻,登岩峣之高岑。"

④昆仑:昆仑山。位于新疆西藏之间,西接帕米尔高原,东至青海境内。山势高峻,多雪峰、冰川。最高峰达七千七百一十九米。古代神话传说,昆仑山上有瑶池、阆苑、增城、县圃等仙境。

⑤华岳:高大的山。《礼记·中庸》:"今夫地一撮土之多,及其广天,载华岳而不重,振河海而不泄,万物载焉。"陆德明释文:"华岳,户化、户瓜二反。本亦作'山岳'。"此处亦指西岳华山。

⑥横翠:指所呈现的翠绿色。

⑦良工:古代泛称技艺高超的人。水墨:水墨画的简称。

伏羲卦台①

天下名山第一台,乘闲跳望好怀开。
蜂腰鹤膝②由天造,人首蛇身③世间来。
不有龙图奇耦迹④,焉知凤阙⑤帝王材。
自从太昊登龙后⑥,长有文光⑦烛上台。

【注释】

①卦台山又名伏羲画卦台,相传为伏羲氏画八卦的地方,位于天水市麦积区三阳川西北端,距天水市约十五公里。古老的渭河从东向西流淌,河道形成一个"S"形,把近圆形的三阳川盆地一分为二,形成一幅天然的太极八卦图。明胡缵宗《卦台记》云:"朝阳启明,其台光荧;太阳中天,其台宣朗;夕阳返照,其台腾射"。

②蜂腰鹤膝：风水学中峰腰，指前后大中间小的建筑格局。鹤膝指前后小中腰大。凡是龙脉束气聚结而成蜂腰鹤膝的形状，其处必定靠近气旺结穴的地方。唐代风水宗师杨筠松曾说过"蜂腰鹤膝龙欲成"。

③人首蛇身：是指"人文始祖"伏羲。唐欧阳询《艺文类聚》卷十一引《帝王世纪》："太昊帝庖牺氏，风姓也，蛇身人首。"晋王嘉《拾遗记》："蛇身之神，即羲皇也。"

④龙图：儒家关于《周易》卦形来源的传说，即河图。汉应劭《风俗通·山泽·四渎》："河者，播也，播为九流，出龙图也。"奇耦：亦作"奇偶"。单数和双数。《易·系辞下》："阳卦奇，阴卦偶。"

⑤凤阙：皇宫。汉建章宫的圆阙上有金凤，故以凤阙指皇宫。

⑥太昊：即太昊伏羲氏。登龙：乘龙。唐李白《箜篌谣》："攀天莫登龙，走山莫骑虎。"

⑦文光：绚烂的文采。元鲜于必仁《折桂令·李翰林》曲："五花马三春帝乡，千金裘万丈文光。"

诸葛军垒①

汉室②兴衰总在天，风云际会两怡然③。
蜀军有垒垂今日，八阵④留图记昔年。
仲达⑤奔邓知死后，□□制胜在生前。
英豪一代如山斗⑥，赢得清风万古传。

【注释】

①诸葛军垒：位于天水秦州区岷山路南侧，南郭寺脚下。据《秦州直隶州志》记载，诸葛军垒在城东二里，谓下募城，其旁有司马懿垒，称上募城。清乾隆年间有"诸葛军垒"石碑一通，现已不存。相传三国时期，诸葛亮为了实现光复汉室、统一全国的大业领军北伐，统率蜀军，六出祁山，诸葛亮恐蜀军至陇右不服水土，命军士各带川土一包。军至天水，与司马懿统率的曹魏大军在天水展开军事对垒，饮水后发现这里的水土与川蜀水土无异，为行军打仗方便，又命将士把所带的土，堆积于天水城东教场南，遂形成一土丘，此土丘至今犹存，后为秦州八景之一。在天水境内，至今遗留有大量蜀魏战争的遗迹，如街亭、祁山堡等，诸葛军垒

就是其中之一。

②汉室：大汉天下。汉为大汉朝，刘邦创立；室为天下之意。

③怡然：安适自在貌，自然。《史记·孔子世家》："有所穆然深思焉，有所怡然高望而远志焉。"

④八阵：指中国古代的一种军事阵法，目前主要存在两种解释。一种是指八种阵形变化，一种是指九军八阵法。

⑤仲达：即司马懿，三国时期魏国杰出的政治家、军事家。历任曹魏的大都督，大将军，太尉，太傅。后为掌控魏国朝政的权臣，善谋奇策，多次征伐有功，最著名的功绩有两次率大军成功对抗诸葛亮北伐和远征平定辽东。在屯田、水利等农耕经济发展方面有重要贡献。谥号宣文。次子司马昭封晋王后，追封司马懿为宣王；司马炎称帝后，追尊司马懿为宣皇帝。

⑥山斗：泰山、北斗的合称。犹言泰斗。比喻为世人所钦仰的人。语出《新唐书·韩愈传赞》："自愈没，其言大行，学者仰之如泰山、北斗云。"

南山灵湫①
谁将灵况著渊泉，中有蜿蜒在此眠②。
澄澈如天行日月，涟漪③似镜照山川。
能滋禾稼为霖雨，解除凶荒④作有□。
若问源头何处是，天能生水水涵天。

【注释】

①灵湫：天水市南郭寺内有北流泉，又名湫池。传因祈雨灵验，有"南山灵湫"之誉。

②况：从水，兄声。寒冷的水。著：古同"贮"，居积。蜿蜒：龙蛇等曲折爬行貌，萦回屈曲貌，此处指水流。

③涟漪：水面波纹，微波。

④凶荒：荒灾。《周礼·地官·遗人》："县都之委积，以待凶荒。"贾公彦疏："凶荒，谓年谷不熟。"

东柯草堂①

结草为堂三两重,几经春夏几秋冬。
檐前翠竹堪栖凤,池内金鳞②任化龙。
野鹤孤松居最乐,山光水色兴偏浓。
唐朝英杰如公少③,千载今人仰下风。

【注释】

①即杜甫东柯谷"杜甫草堂",位于甘肃省天水市麦积区甘泉镇东柯谷柳家河八槐村。

②金鳞:指金色的鲤鱼或金鱼,可以幻化成龙,古时许多文献都有记载,唐朝无名氏《隋炀帝海山记》:"洛水渔者获生鲤一尾……金鳞赪尾,鲜明可爱。"

③公少:杜少陵,杜甫。

渭水①秋声

洋洋汹涌浮扁舟,泊岸风来势□流。
巨浪顿祛三伏暑,狂澜能送久天秋。
凉生碧玉音尤亮,声□瑶琴②韵更幽。
室主宵衣求俊彦③,河滨还有子牙不④。

【注释】

①渭水:渭河,源出中国甘肃省,流入陕西省,会泾水入黄河。

②瑶琴:用玉装饰的琴。南朝宋鲍照《拟古》诗之七:"明镜尘匣中,瑶琴生网罗。"

③宵:夜间。衣:穿衣。俊彦:杰出之士,贤才。

④子牙:姜太公,太公望吕尚的别名。汉徐干《中论·审大臣》:"又有不因众誉而获大贤,其文王乎!畋于渭水边,道遇姜太公,皤然皓首,方秉竿而钓。"

石门夜月①

石门两柱若琅玕②,明月当宵夜未阑。

露冷银盘光灿灿，天空玉兔影团团。
泛槎有客来山迳③，把酒无人问广寒④。
遥知少年攀桂处，一枝高折出云端。

【注释】

①石门：位于天水市麦积区东南方向五十公里的陇南山区。其山壁立千仞，四周峭崖，唯一条小路连接南北两峰，相传有虎豹出没，俗称卧虎台。石门山景色壮美，亦有小黄山之称。主峰上有明、清重修的真武祠、王母祠、三清殿、无量殿、玉皇殿和钟楼，峰间架通仙桥亭，每逢十五，皓月从石门缝中缓缓升起，通过仙桥亭，景色变幻无穷，即为石门夜月。

②琅玕：这里指美玉编成的珠树。《禹贡锥指》卷十："在山为琅玕，在水为珊瑚。"

③泛槎：亦作"泛查"。指乘木筏登天。山迳：同"山径"，山间小路。

④广寒：传说中嫦娥居住的宫殿。传说唐玄宗于望日游月中，见一大宫府，榜曰："广寒清虚之府。"见《龙城录·明皇梦游广寒宫》，后人因称月宫为"广寒宫"。

赤峪丹灶①

圣今山色□嵯峨②，故老相传事不磨③。
白雪黄芽因鼎得，丹光④紫气与天摩。
赤峰顶上因□降，天□□□鹤自过。
几向斜阳□□迹，上存瓦砾下蔬禾。

【注释】

①赤峪丹灶：在秦州城南西十里吕二沟，二一三工厂后一带，这里的山被当地人称为眼泪罐，整个山体从上至下布满了纵形深切的沟槽，两条沟槽之间则是崤状的突起，景象壮观，动人心魄，令人叹为观止。

②嵯峨：形容山势高峻。

③不磨：不可磨灭。《后汉书·南匈奴传论》："呜呼，千里之差，兴自毫端，失得之原，百世不磨矣。"

④丹光：炼丹的火光。南朝梁江淹《丹砂可学赋》："蚝丹光而电烂，飒翠氛而杳冥。"

　　玉泉仙洞①
　　凤凰□有白云窝，宛若蓬莱世不多，
　　一脉萦□开玉□，万音②落石泻银河。
　　□□□□□□，□□□萁□斧柯③。
　　忆昔梁公栖隐处④，几回游玩醉颜酡⑤。

　　　　　　　　　　　　白水县石匠尹清、尹进、尹怀。

【注释】

①玉泉仙洞：位于天水市城北的玉泉观，道观依山而建，因山上有一碧水盈盈、清甜甘冽的玉泉而得名。建于元代，是一处曲径幽道萦回、亭台殿阁迤逦的游览胜地。

②万音：千声万音，各种声音。

③萁：同"棋"。斧柯：斧子柄。《战国策·魏策一》："周书曰：'绵绵不绝，蔓若何。毫毛不拔，将成斧柯。'"

④梁公：即梁志通，在乾隆《直隶秦州新志》卷十二杂记仙释中有传。梁志通，山西介休人，号达玄子。至元丙子间慕道来秦，功成于玉泉观，诏封烟霞无为真人。

⑤颜酡：醉后脸泛红晕。语出《楚辞·招魂》："美人既醉，朱颜酡些。王逸注："朱：赤也；酡：着也。言美女饮啖醉饱，则面着赤色而鲜好也。酡，一作醄。"

【撰者】

杜甫（712—770年），汉族，河南巩县（今巩义市）人。字子美，自号杜少陵，少陵野老，杜陵野客、杜陵布衣等，盛唐大诗人，世称"诗圣"，现实主义诗人，世称杜拾遗、杜工部、杜少陵、杜草堂等。杜甫和李白齐名，世称"李杜"。韩愈评价杜甫诗云"李杜文章在，光焰万丈长"。白居易亦云："杜诗贯穿古今，尽工尽善，殆过于李。"其诗存世有一千四百五十八首。他的诗歌多数体现其忧国忧民思想，具有丰富的社会内容、强烈的时代现实感和鲜明的政治倾向，真实反映其生活时代的社会现状。其诗风格"沉郁而顿挫",语言力求丰富的变化,精求于字句。其诗有五古、七古、五律、七律、排律、拗体等。是唐诗艺术的"泰山北斗"。杜甫生平在《旧唐书》有传,存《杜工部集》。

　　唐朝在政治、经济、文化、艺术各方面都达到了极盛时期。然而,天宝十四年(755年)的"安史之乱"使兴盛的唐王朝从此走向了下坡路。时代生活的巨大变化,瞬息间改变了每一个人的遭际命运,包括此时的诗人杜甫,他所面临的社会现状,正是这一时期人民生活的真实写照。唐肃宗乾元二年(759年)七月,"安史之乱"尚未平息,杜甫放弃了华州司功参军之职,携家带眷离开关中,越过陇坂到达陇右,开始了他一生中唯一的一次关陇之行。杜甫的陇右之行近一百六七十天,写诗一百二十余(存世)首。秦州、成州均属唐陇右道,故而杜甫于陇右期间所创作的诗歌,被称之为"杜甫陇右诗"。

　　天水"十景诗"为傅鼐所作。傅鼐,字天和,直隶新河人,明成化二年(1466年)进士,历任监察御史、西安同官县知县、秦州知州。任职期间,废陋俗,兴农耕,修学校、馆舍、桥梁等,规划治州,政绩颇丰。清顺治十三年(1656年)宋琬纂《秦州志·名宦》载:"傅鼐,字天和,直隶新河人也。成化间登进士,拜监察御史,左迁同官知县,卓有政绩。迁秦州知州,严以肃政,平以近民,除淫祀,戒游食,重农申教,祛灾弭盗。诸凡学校、舍馆、坛、桥梁依次修葺,而州治改作宏丽,甲于他郡。公有感于时,上疏言救荒弭乱廿事,言皆剀切,当旨如议,行于秦,秦人便之。"

【释文】

　　"老杜秦州杂诗碑"现存于甘肃天水市秦州区南郭寺东院,是2002年天水市旧城改造时在儒林街出土的天水文庙文物。距今五百余年,诗碑为明成化十九年(1483年)由秦州知州傅鼐主持重刻。"老杜秦州杂诗碑"碑高2.26米,宽1.10米,厚0.42米。其刻有杜甫在秦州的诗作五十首,秦州知州傅鼐咏"秦州十景"诗十首,共六十首诗。碑为正反两面刻。正面碑首阴刻"老杜秦州杂诗"六个大字,碑首左右饰飞龙腾云图案,龙身、龙尾隐于云中。碑正面依次镌刻着杜甫《秦州杂诗二十首》《月夜忆舍弟》《宿赞公房》《东楼》《雨晴》《寓目》《山寺》《遣怀》《夕烽》《日暮》《示侄佐》《佐还山后寄三首》《赤谷西崦人家》《西枝村

四 明代

寻置草堂宿地夜宿赞公禅室》共三十六首；背面为碑首"古今题咏"四个大字，左右亦有龙纹图案。碑身内容有两部分，续刻杜诗《寄赞上人》《寒峡》《龙门镇》《凤凰台》《赤谷》《青阳峡》《铁堂峡》《法镜寺》《泥功山》《盐井》《发秦州二首》《石龛》《积草岭》十四首。左为"秦州十景"依次为：《天水盈池》《麦积烟雨》《伏羲卦台》《诸葛军垒》《南山灵湫》《东柯草堂》《渭水秋声》《石门夜月》《赤峪丹灶》《玉泉仙洞》。

碑的正面最后还刻有"大明成化十九年岁行癸卯春三月之吉，赐进士出身知秦州事恒山傅鼐重镌，儒学学正锦城陈睿，训导刘□、审字江□、郡人□□书"等字样。碑背面右刻"白水县石匠尹清、尹进、尹怀"三人名字。

学正陈睿，四川成都人，成化十一年（1475年）任秦州学正。光绪十五年《秦州直隶州新志·职官》载："陈睿，字思诚，成都人，举人。勤课诸士，一时领荐登科者十人。"清顺治宋琬纂《秦州志》："王宪，下注'剑人，国子生'"。据此可知"剑门□宪"应为"剑门王宪"。按惯例推理，学正陈睿和训导王宪的工作任务当是督工完成碑刻，包括选诗、校刊等。至于书者"郡人□□书"已无从考察①。在目前发现的碑刻中"老杜秦州杂诗碑"是记载杜甫陇右诗最早的碑刻，具有非常重要的研究价值。

此碑"古今题咏"面的"秦州十景诗"前刻有跋文，文曰："'秦州十景'乃太守傅公天和之所作也，公之文章政事推重当时，间于政暇咏自十景，虽不敢比老杜之作，然其抚景怀亦足以识一时之胜。"其"十景诗"对后世研究秦州地理、历史演变有珍贵史料价值。此"十景诗"在地方史志如《秦州直隶州志》《秦州志》《天水县志》等书籍中都未记载。为区别于《直隶秦州新志》（《艺文卷》八九卷）现将秦州十景状物诗录其下：

渭水秋馨

钓璜人已远，此水旧东流。怒拥分心石，声吞古寺楼。

---

① 陈冠英、刘雁翔：《老杜秦州杂诗碑考析》，《天水行政学院学报》2003年第4期（总第22期）。

四时无不浪，一派总如秋。咫尺吾家住，寒涛逼枕头。

麦积烟雨

麦积峰千丈，凭空欲上天。最宜秋后雨，兼爱暮时烟。

境胜端由险，梯危若未连。钟声落何虎，遥想在层巅。

净土松涛

净土何年寺，松涛泻半空。直从天上落，不与世间同。

胜概闻云久，幽寻恨未通。登高望何极，惆怅夕阳红。

天水盈池

古郡名天水，于今问水源。荒城无胜迹，泉脉有灵根。

风景樱桃月，烟光杨柳村。爱兹清到底，不受一尘浑。

诸葛军垒

诸葛今何在，空留此垒高。有才超管乐，无命作萧曹。

败矣街亭战，哀哉陇右劳。还闻巫峡阵，千载斗江涛。

南山古柏

西塔今倾圮，东泉数变更。一株余老树，千古壮秦城。

梁栋心常在，文章世已惊。莫嫌材太大，天地待扶擎。

诸葛军垒

偏安事业恨如何，几度侨军陇右过。井空遗纵丛露奔，壶浆米爱委烟波。

云长无命龙犹在，仲达虽生虎则那。千古不平陈寿史，用兵长短隐辞多。

伏羲卦台

不信边荒文字新，开天一画数何人。间推象数来探始，欲访龙图去问津。

邃古定无台卦画，秦山恰有卦敷陈。三微首纂元功大，仰企阳崖渭水滨。

玉泉仙洞（集句）

名山踏破几青鞋（陆游），北有通天百尺台（程明道）。

流水不将山色去（张乔），好风时卷市声来（陆游）。

云根剧药移松骨（方夔），严下分泉递酒杯（李郢）。

闻约羽人同赏处（李中），重重履迹在莓苔（李频）。
　　　　　净土松涛
一枕波涛松树风（赵范），伴僧间坐竹泉东（白居易）。
春回雨点溪声里（杨万里），寒到云窗务阁中（杨万里）。
十里苍烟秋放鹤（王庭筠），半林明月夜闻钟（黄滔）。
吟哦已有笙竽答（王维），山寺人家翠叠重（方夔）。

——选自《直隶秦州新志》

图25　老杜秦州杂诗碑（拓片碑阳）　　图26　老杜秦州杂诗碑（拓片碑阴）

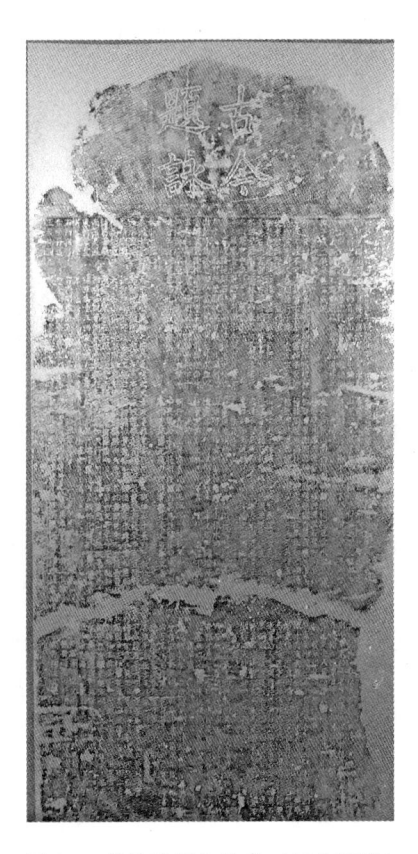

图27 老杜秦州杂诗碑（原碑碑阴）

四 明代

图28 老杜秦州杂诗碑（原碑碑阳）

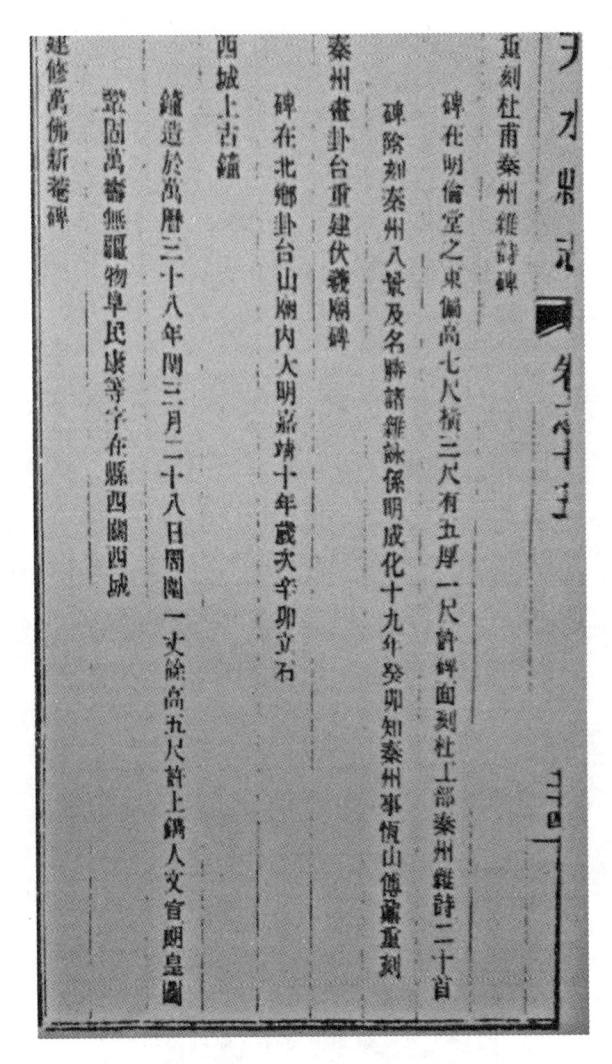

图29 老杜秦州杂诗碑（词条书影）

兴谷寺钟记

明弘治元年（1488年）

【碑文】

大人弘治元年谪官乡士[①]。越纪，政修事立，窃御皆熄[②]，乃以三千许铁斤，铸钟于兴谷寺③，识一时人物于其上，命予作记。

予观盛状，在城制之北，栋宇翚飞④，翠并滕阁⑤之宫；丹青焕炳，光耀金陵⑥之壁。

松亭亭，竹娟娟，桂馥兰芳，佳趣无极。盖始于大元至元⑦，迭次之所建。然则幽兴遄⑧奔，竹木陶情，衣钵⑨相传，多会与此，揽之得意乎常。若夫！天际云曙，一碧万里，日月光华，映辉五色，春和气融，吾心顺适，击斯钟也，则乐于是乎形；渐渐而风，浮浮而雨，秋老景衰，更深入静，吾心颦戚⑩，击斯钟也，则忧于是乎形。而钟之声，初不哀不乐焉。殆犹乐则行之，忧则违之，其乐其忧，在时卷舒耳，其性何加也？何损也？吾之取钟者以此故，托以寓士君子之心于不朽云。

弘治元年乙未上阳月，阴阳学训术丁仪发心创铸、仲男后学生丁继文题书篆，秦安知县徐森、儒学教谕胡弥高、僧会司僧会修浩，老人杨锦义、官萱缙。

【撰者】

丁继文，字宗固，明巩昌府秦州秦安县人。弘治十七年（1504年）举人，曾任山西潞州儒学训导。

【注释】

①大人：作者的父亲，即文末"阴阳学训术丁仪"。谪：封建时代特指官吏降职，调往边外地方，谪迁。乡士：古代赐给耆老的爵号名。明顾起元《客座赘语·里士乡士》："洪武十九年六月二十日，诏赐耆老粟帛……应天凤阳民八十以上，天下民九十以上赐爵乡士，与县官平礼，并免杂役，冠带服色别议颁行，正官岁一存问。"

②窃御皆熄：窃御，即盗窃和防御。窃御皆熄喻指秦安这里治安状况很好。

③兴谷寺：即兴国寺，在甘肃天水市秦安县城。始建于元代，主体建筑般若殿尚存，这里至今保存着胡缵宗书写的"般若"二字的牌匾，1996年被列为全国重点文物保护单位。

④翚飞：《诗·小雅·斯干》："如翚斯飞。"《朱熹集传》："其簷阿华采而轩翔，如翚之飞而矫其翼也。"后以"翚飞"形容宫室的高峻壮丽。翚即羽毛五彩的野鸟。

⑤滕阁：建于653—659年，唐高祖子元婴为洪州刺史时所建。后元

婴封滕王，故名。故址在今江西省南昌市赣江滨。其后阎伯屿为洪州牧，宴群僚于阁上，阁历经修建，后焚毁。以唐代著名诗人王勃写《滕王阁序》而闻名于世。

⑥金陵：古邑名，今南京市的别称。战国楚威王七年（前333年）灭越后在今南京市清凉山（石城山）设金陵邑。

⑦大元至元：元顺帝至元年间，即1335—1340年。

⑧遄：快，迅速。

⑨衣钵：佛教僧尼的袈裟和食器。僧尼受具足戒和到寺院暂住，必以衣钵齐备为条件，这两样也代表僧尼的一切所有。中国禅宗师徒之间的道法授受，常付衣钵为信，称为衣钵相传。后泛指思想、学术、技能上的继承。

⑩颦戚：皱眉，一颦一笑。

【释文】

兴谷寺大钟原存于甘肃天水秦安兴国寺内，现已佚。文中记述了明代兴谷寺铸大钟，丁仪及谪官乡士参与创铸大钟，其子丁继文撰文记述造钟时的情形。碑文出自《直隶秦州新志续编》卷六《艺文》。

作者丁继文为胡缵宗好友，为邢家村（即天水市秦安县邢泉村）"陇溪九逸"之一，"陇溪九逸"分别是胡缵宗（字世甫，原字孝思，号可泉，别号鸟鼠山人，秦安县兴国镇人）；杨进，河南临颍主簿；陈善，河南许州同知；蔡赟，山东费县主簿；孙述先，山东登州通判；王正人，山西屯留知县；张惠，四川保宁府推官；李麟，四川顺庆府知事；王朝元，四川剑州知州。后来加入的有山西临晋知县关治教，李元芳；顺天府宛平知县，姚通；山西榆社主簿，李岱；河南考城知县，侯一元；吏部验封郎中，成文林、丁继文等。

水泉寺诗碑

明弘治十年（1497年）

【碑文】

敕赐华严海印水泉禅寺碑记

四 明代

　　　　宗室明德子题
　　祭毕归来逸兴①浓，寻幽潇洒梵王宫②。
　　满地莲幛新波绿，四面山屏淡雾笼。
　　忘俗老僧尘世外，争林野鸟夕阳中。
　　坐来不觉凉如洗③，走笔留题兴不穷④。

　　余因祀事抵泾，获游水泉寺，已而暑气顿除，胸次洒然，偶成一律，遂援笔尘之，时成化戊戌中元前一日也。

　　　　　　　　　　　　僧正司护印僧智广
　　　　　　住持妙钦、妙铃、妙庆，经禅智本、智全、惠铲
　　功德主梁鉴、李温、梁赟、王原、何俊、梁济、梁国太、史得庆、史福正、史普、史瓒、李和、梁本、梁臣
　　时弘治十年七月十五日，泾州长寿里庶士史遵书，石匠乔子玉同、乔文通仝

【撰者】
明德子，为平凉某代韩王的别号，生卒、事迹不详。

【注释】
①逸兴：超逸豪放的意兴。
②寻幽：寻求幽胜。唐李商隐《闲游》诗："寻幽殊未极，得句总堪夸。"梵王宫：本指大梵天王的宫殿，后泛指佛寺。唐钱起《归义寺题震上人壁》诗："太阳忽临照，物象俄光煦。梵王宫始开，长者金先布。"
③如洗：就像洗完澡一样清爽。
④走笔：挥毫疾书。唐白居易《余思未尽加为六韵重寄微之》："走笔往来盈卷轴，除官递互掌丝纶。"

【释文】
此碑现存于甘肃泾川县博物馆，刻于汉白玉石上，保存完好。张维《陇右金石录》载："水泉寺寺碑，在泾川县北，今存。"《陇右金石录》按："水泉寺即华严海印寺，诗为弘治十年宗室明德子所撰刻，明时藩封多以别号施之，金石文字不知其为何人也。"

碑文"余因祀事抵泾，获游水泉寺，已而暑气顿除，胸次洒然，偶成一律，遂援笔尘之，时成化戊戌中元前一日也。"中成化戊戌年为公元

1478年，也就是说这是写诗时间，而刻碑时间据"时弘治十年七月十五日，泾州长寿里庶上史遵书，石匠乔子玉、乔文通仝"，即为弘治十年（1497年），时间相隔十九年。明宪宗皇帝朱见深"敕赐华严海印水泉禅寺记"，诗碑记述了成诗和刻碑的相关内容，从中不难解读出，即明代宗室明德子于成化戊戌中元前一日（1478年七月十五日）在泾川祭祀明代韩王陵墓后游览了水泉禅寺，随手于尘地上写诗一首，十九年后即弘治十年（1497年）七月十五日，泾州长寿里（今水泉寺一带）的地方文人书法家史遵将明德子诗作重写于碑上，石匠乔子玉、乔文通一同刻成此碑。

从碑刻中还可知"功德主梁鉴、李温、梁赟、王原、何俊、梁济、梁国太、史得庆、史福正、史普、史瓒、李和、梁本、梁臣"等人，应为今水泉寺村姓史的四位先人和泾州梁姓六位先祖；书法家史遵和乔姓石匠亦是水泉寺村史姓和贾家庄乔姓人祖先。

从碑文还可知当时泾州佛教事务管理处事务和尚是智广，水泉禅寺的住持和尚是妙钦、妙铃、妙庆，水泉禅寺经藏禅师是智本、智全、惠钅。智广，明弘治水泉寺僧正。

对于诗作者，具体记载不详，明代韩王在甘肃平凉就有十一世，明代开国之初，朱元璋对皇子先后封藩，朱元璋共有二十六子，两个早逝，其他二十四子全都封为亲王。《明史·诸王传》载："朱元璋对皇子封藩，各子均封为亲王。授金册金宝，岁禄万石，府置官属。护卫甲士，少者三千，多者万九千人，隶兵部。冕服车旗邸第，下天子一等，公侯大臣伏而拜谒，无敢钧礼。亲王嫡长子，年及十岁，则授金册金宝，立为王世子，长孙则立为世孙；冠服视一品。诸子年十岁，则授涂金银册银宝，封为郡王。嫡长子为郡王世子，嫡长孙则授长孙，冠服视二品。"《明史》卷118又载："韩王朱松，明朱元璋第二十子，洪武二十四年（1391年）封国开原。"史称其"性惠敏，通古今，恭谨无过"。朱松为周妃所生，十岁封王，封地开原距南京很远，由于朱松年小体弱，一直留在京师南京。永乐五年（1407年），朱松病逝，是为韩宪王。其子韩恭王袭王位，改藩陕西平凉，并于宣德五年（1430年）就藩来平凉，在平凉传十世，即恭王、怀王、靖王、惠王、悼王、康王、昭王、端王、宣王及末一代韩王，先后经历212年。除第一代韩宪王死于南京，葬于南京牛头山，末代韩王国亡下落不明外，葬于平凉就有九个韩王，六十个郡王，在清康熙陈梦雷辑

《古今图书集成》有详细记载。

图30 敕赐华严海印水泉禅寺记碑（原碑）

西蜀熊载汝熙游万象洞诗碑

明正德十四年（1519年）

【碑文】

　　　　　游万象洞
每梦桃园①未了怀，偶同刘阮到天台。
洞含物像迷今古，天纵神机别品裁②。
观化③眼谁尘外阔，投闲身我静中来。
束茅④欲扫山前壁，又恐山灵⑤笑不才。

　　　　　正德已卯夏，阶州知州西蜀熊载汝熙

— 115 —

【撰者】

熊载，四川富顺人，正德十四年阶州知州。

【注释】

①桃园：指晋陶潜《桃花源记》中之桃源。

②天纵：亦作"天从"。天所放任，意谓上天赋予。神机：神异的禀赋。《宋书·殷琰传》："主上神机天发，指麾克定，横流涂炭，一朝太平。"品裁：评定，鉴别。《南齐书·王俭传》："臣亦不谓文案之间都无微解，至于品裁臧否，特所未闲。"

③观化：观察变化，观察造化。《庄子·至乐》："且吾与子观化而化及我，我又何恶焉！"

④束茅：取其草茎扎束而成，代笔。

⑤山灵：山神。《文选·班固〈东都赋〉》："山灵护野，属御方神。"李善注："山灵，山神也。"

【释文】

此碑为正德己卯（1519年）阶州知州熊载所立。现存于甘肃陇南武都万象洞。据清光绪叶恩沛修、吕震南纂《阶州直隶州续志》："熊载，四川富顺人，正德十四年知阶州，卓然有为，诸务厘举，捐俸易地，增修城。"

图31 西蜀熊载汝熙游万象洞诗碑（拓片）

四 明代

图32 西蜀熊载汝熙游万象洞诗碑（原碑）

游万象洞

明正德十四年（1519年）

【碑文】

　　　　游万象洞
　　正德己卯，月令仲春。间乘骢马①，聊事幽寻。
天开图画，万象咸新②。山光水色，日暖风轻。

天乔[3]竞秀，禽鸟和鸣。鹤汀鱼渚，牧唱樵吟[4]。
六合[5]之地，大江之滨。危岩绝巘，有窦潜形[6]。
攀壁而上，洞□云深。乡夫导前，庶官后行。
枚燎炳炳[7]，侍从分□。仰观俯瞷[8]，珍玩无垠。
滑浆磊砢[9]，怪石嶙峋。滑标上下，□□纵横。
□峰更秀，三池注清。巧藏于朴，不雕而文[10]。
□□□□，或幽或明。升高下坂，时险时平。
山间今古，静□□□。□□以游，载忻载奔[11]。
出门长啸，人在蓬瀛[12]。兴高情旷，□□□□。
肩舆归路，树渺斜曛[13]。乃召工师，勒此坚珉[14]。

巡按陕西监察御使巴西罗□□成识

【撰者】

罗玉，明武宗正德十四年（1519 年）为巡按陕西监察御史，“巴西罗玉”的巴西应为巴西郡人（今四川东北部的阆中市）。

【注释】

①骢马：指御史所乘之马或借指御史。唐李白《赠韦侍御黄裳》之二：“见君乘骢马，知上太行道。”

②咸新：咸，全，都。即更新。

③天乔：参天乔木。

④鹤汀：有鹤栖居的水中小洲。唐王勃《秋日登洪府滕王阁饯别序》：“鹤汀凫渚，穷岛屿之萦回；桂殿兰宫，列冈峦之体势。”鱼渚：可以捕鱼的水边小洲。牧：指牧羊人，樵：樵夫。

⑤六合：谓一年十二月中，各有两月在季节变化上有相对应的特点，名曰合，共六合。《淮南子·时则训》：“六合：孟春与孟秋为合，仲春与仲秋为合，季春与季秋为合，孟夏与孟冬为合，仲夏与仲冬为合，季夏与季冬为合。孟春始赢，孟秋始缩；仲春始出，仲秋始内；季春大出，季秋大内；孟夏始缓，孟冬始急；仲夏至修，仲冬至短；季夏德毕，季冬刑毕。”

⑥绝巘：极高的山峰。窦：孔，洞。

⑦炳炳：光芒照耀貌。《汉书·司马相如传下》：“宛宛黄龙，兴德而升，采色玄耀，炳炳辉煌。”

四 明代

⑧俯眴：从高处往下看。

⑨磊砢：指众多委积的石头。宋梅尧臣《拟水西寺东峰亭九咏·幽径石》："缘溪去欲远，磊砢忽碍行。"

⑩朴：没有细加工的木料，喻不加修饰。文：花纹，指事物错综所造成的纹理或形象。

⑪载忻载奔："忻"同"欣"，欣喜的奔跳。

⑫蓬瀛：蓬莱和瀛洲。神山名，相传为仙人所居之处，亦泛指仙境。晋葛洪《抱朴子·对俗》："（得道之士）或委华驷而辔蛟龙，或弃神州而宅蓬瀛。"

⑬斜曛：落日的余晖；黄昏，傍晚。元陈旅《题韩伯清所藏郭天锡画》诗："岁晚怀人增感慨，晴窗展玩到斜曛。"

⑭坚珉：坚硬像玉的石头。

【释文】

此碑在甘肃陇南武都万象洞入口处，为四川阆中人罗玉撰立。碑长1.08米，宽0.61米。碑中正德己卯为明武宗朱厚照正德十四年（1519年），碑末书"巡按陕西监察御使巴西罗□□成识"，字有残缺，但尚可识读为"玉汝成识"。碑文为四言，描写了万象洞周围的优美环境及诗人被万象洞奇妙的景象所吸引产生的欣喜之情。

图33 游万象洞诗碑（原碑局部）

— 119 —

图34 游万象洞诗碑（原碑）

遮阳山芸叟洞题诗

明正德十五年（1520年）
【刻文】

　　石门就此似洞庭，麓木峻峰站画屏。
　　水浣西溪①潭波深，阳萌东方半坡春。

四 明代

过天云彩遮日月,满地雾气罩山川。

芸叟古贤因至此②,喜羡山水遗谈诗。

正德庚辰仲秋□□□□

【撰者】

撰者不详。

【注释】

①西溪:即遮阳山西溪。

②芸叟:宋朝名臣张舜民,自号"芸叟"。

【释文】

此诗刻于甘肃漳县遮阳山芸叟洞下方的岩壁上,诗刻后句字迹模糊不清,很难辨认,年月可辨,诗作者不可考。另有芸叟洞下方的岩壁上也有题诗两处,字迹也模糊,无法辨认。

图 35 芸叟洞题诗刻(摩崖)

鹅池铭碑

明嘉靖五年（1526年）

【碑文】

鹅池铭有序

郡有赭水，适当艮隅，考图咨旧①，莫知所从。始□泓汪，岁汲用不涸，佥名②鹅池。予唯作者，大存深计③，在治熙化，洽之曰立，民不足能知也。名池之义，古说不经④。予遂黜而弗征焉。池在予城山阿⑤之下，有阿邃⑥之义，为阿池未可，知己予乡先达王庵先生，经略三秦⑦，到郡观池，命予嗣治，□兹美利，⑧予遂勒铭池上。惕智警愚，以宣予怀。铭曰：

大君有命，牧此遐方⑨。崇山巨壑，梗揸处□。
言言其墉，凭高负固⑩。天昔眷周，载锡窀祖⑪。
降世迄秦，维戎义渠⑫。政殄厥邦，列郡⑬以居。
爰有泉池，平城之下。坎地引河，念始作者⑭。
匪直⑮濯溉，挹之南清。繄民命脉，利用厚生⑯。
慨彼先几⑰，安出危计。乃若凡庸，其可告谓。
温温⑱王公，历土游兹。俯今仰古，命疏治之。
拔塞剔秽，池平泉达。泽润膏屯，我心用恒。
美曷之用，实劳子心。眷彼涓涯，亦既润民。
孰决能导，放诸四海。增洪益深，用观沛湝⑲。
深仁茂绩，力巧并臻⑳。何千万年，福此下民。
维民孙子，勿阏㉑以竭。我勒斯铭，以示来哲㉒。

大明嘉靖丙戌孟春上日，前进士江都萧海著

【撰者】

萧海，字子委，直隶江都（今江苏省镇江市江都区）人，正德三年戊辰科（1508年）进士，生平事迹不详。

【注释】

①赭：红褐色。艮隅：东北方，东北角。唐刘禹锡《唐故邠宁节度

使史公神道碑》："诏下簿伐，艮隅骚然。"考图咨旧：考阅地图，询问查找以前相关资料。

②佥名：签名，留名。

③深计：大计，大事。

④不经：不见于经典，没有根据，不合常理。《汉书·司马迁传赞》："唐、虞以前虽有遗文，其语不经，故言黄帝、颛顼之事未可明也。"颜师古注："非经典所说。"

⑤山阿：山的曲折处。《楚辞·九歌·山鬼》："若有人兮山之阿，被薜荔兮带女萝。"王逸注："阿，曲隅也。"阿，即凹曲处。

⑥邃：深远。

⑦经略：经营治理。《左传·昭公七年》："天子经略，诸侯正封"。杜预注："经营天下，略有四海，故曰经略。"三秦：指关中地区。项羽破秦入关，把关中之地分给秦降将章邯、司马欣、董翳，章邯为雍王，司马欣为塞王，董翳为翟王，合称三秦。见《史记·秦始皇本纪》。

⑧美利：大利，丰厚的利益。《易·乾》："乾始能以美利利天下，不言所利，大矣哉！"

⑨大君：天子。《易·师》："大君有命，开国承家。"孔颖达疏："大君，谓天子也。"遐方：远方。

⑩言言：高大貌，茂盛貌。《诗·大雅·皇矣》："临冲闲闲，崇墉言言。"毛传："言言，高大也。"墉：城墙。负固：依恃险阻。《史记·朝鲜列传论》："右渠负固，国以绝祀。"

⑪周：周祖。窋祖：周人先祖不窋。

⑫义渠：古代民族名，西戎之一。也作"仪渠"。分布于岐山、泾水、漆水以北，今甘肃庆阳及泾川一带。春秋时势力强大，自称为王，有城郭。地近秦国，与秦时战时和。周赧王四十五年（前270年）为秦所并，以其地置北地郡。

⑬列郡：诸郡。汉邹阳《上书吴王》："何则？列郡不相亲，万室不相救也。"

⑭作者：创始之人。《礼记·乐记》："作者之谓圣，述者之谓明。"

⑮匪直：不只。

⑯繄：文言助词，唯。"尔有母遗，繄我独无"。利用：谓物尽其用；使事物或人发挥效能。《书·大禹谟》："正德，利用，厚生，惟和。"孔传："利用以阜财。"厚生：使人民生活充裕。孔颖达疏："厚生，谓薄征徭，轻赋税，不夺农时，令民生计温厚，衣食丰足，故所以养民也。"

⑰嘅：古同"慨"，叹息。先几：预先洞知细微。明沈德符《野获编·神仙·仙姑避迹》："何廷玉、罗万象等数十辈，皆以失旨伏诛，仙姑明哲先几，即谓之仙亦可。"

⑱温温：柔和貌，谦和貌。《诗·小雅·宾之初筵》："宾之初筵，温温其恭。"郑玄笺："温温，柔和也。"

⑲漼：《说文》："漼，深也。从水，崔声。"

⑳茂绩：丰功伟绩。《后汉书·朱祐景丹等传论》："英姿茂绩，委而无用。"并臻：一齐到来。《后汉书·曹褒传》："今皇天降祉，嘉瑞并臻，制作之符，甚于言语。"

㉑阕：壅塞。

㉒来哲：后世智慧卓越的人。班固《幽通赋》："若胤彭而偕老兮，诉来哲而通情。"吕延济注："若得续彭祖之年，俱老聃之寿，当告之来智与之通情。"

【释文】

此碑现存于甘肃庆阳鹅池洞，碑镶嵌在距鹅池洞底二米多的崖壁内，为明世宗嘉靖五年（1526年）萧海刻石立碑，横碑，四周有云纹，长130厘米，高46厘米。纵行行文，楷书二十二行，字径约一厘米见方。碑面保存基本完好，末题"大明嘉靖丙戌"为1526年。明代《全辽志卷三·职官志》载："萧海，直隶江都县人，进士。"序文介绍鹅池地理位置及环境，诗文饱含激情地赞扬了鹅池及其城垣的便民和军事用途，提及庆阳这块沃土所孕育的历史文明，也提醒人们永远爱护鹅池，使之造福万年。

四 明代

图36 鹅池铭碑（拓片）

图37 鹅池铭碑（拓片局部）

春日谒杜少陵祠

明嘉靖九年（1530年）

【碑文】

春日谒杜少陵祠
少陵①栖息地，陈迹②寄云隈。
风雨吟龙峡，江山领凤台。
春明秦树远，天黑楚魂来。
揽辔③瞻祠屋，千秋一叹哀。

嘉靖庚寅正月，两河胡明善

【撰者】

胡明善，生卒年不详，字两河，南直霍丘（今安徽霍邱县）人，明正德十六年（1521年）进士，嘉靖二年（1523年）为湖南宁乡县令，同年在县衙右侧的玉山创办玉山书院。清乾隆三十二年（1767年）湖南巡抚陈宏谋到玉山书院访察，题书"玉潭书院"，书院由此更名。嘉靖八年（1529年）为巡按甘肃御史，嘉靖九年（1530年）为巡按陕西监察御史，嘉靖十年（1531年）为提学御史，嘉靖十一年（1532年）为提督北直隶学校御史。在甘肃武都万象洞有《游万象洞》题壁墨迹。

【注释】

①少陵：杜少陵，杜甫。
②陈迹：亦作"陈蹟"，旧迹，遗迹。《庄子·天运》："夫'六经'，先王之陈迹也，岂其所以迹哉？"
③揽辔：挽住马缰。三国魏曹植《赠白马王彪》诗："欲还绝无蹊，揽辔止踟蹰。"

【释文】

胡明善《春日谒杜少陵祠》诗碑，存于甘肃陇南市成县杜甫草堂杜公祠内碑廊，为巡按甘肃御史胡明善作于明嘉靖九年（1530年）正月。诗碑长138厘米，宽72厘米，共5行，字体大小10厘米左右，为行书，

— 126 —

四 明代

碑有残缺。

《陕西通志》卷九十六载胡明善《祁山堡》诗:"卧龙扶汉室,跃马厄秦原。星落干戈死,山空云鸟存。昏鸦啼古戍,秋水咽孤村。愁读出师表,凄凄伤我魂。"甘肃武都万象洞题诗:"岩肩遥隔世尘幽,烟景苍苍际胜游。洞里有天开万象,人间何处觅三洲。珠幢翳日云英满,络□浮空石髓流。愿得玄真容吏隐,便屋黄发长丹丘。"

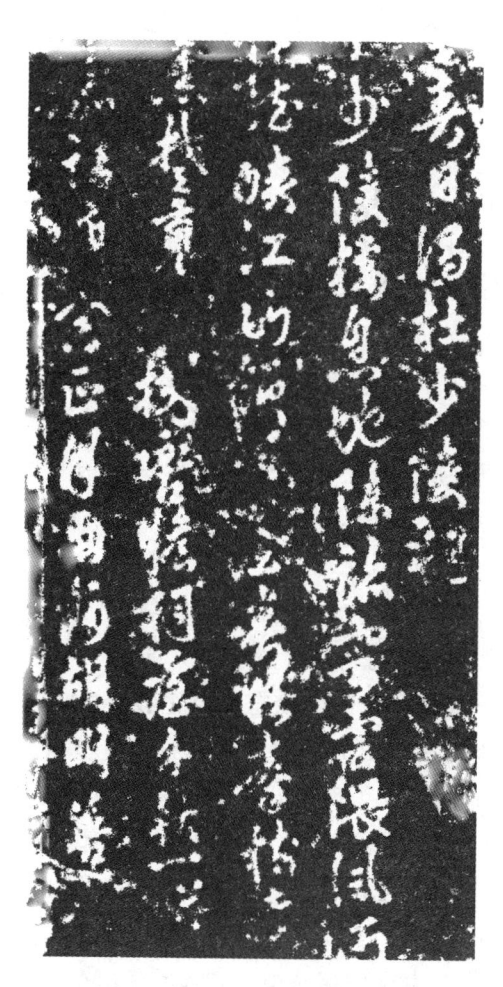

图38 春日谒杜少陵祠诗碑(拓片)

遮阳山巡按御史方远宜题诗

明嘉靖九年（1530年）

【碑文】

四面钻天①玉柱峰，步虚声②里寄行踪。
洞门流水非人世，隔绝云林③八九重。

【撰者】

方远宜，字伯时，歙县人，进士。曾任甘肃、山东巡按御史、湖广布政司。《四库全书总目提要》载："明嘉靖中，山东巡按御史方远宜、始属副使陆钺等创修《山东通志》四十卷，为目五十有二，附目十。"

【注释】

①钻天：同"擎天"。形容重大，坚强高大有力量。
②步虚声：指道士诵经的声音。
③云林：隐居之所。唐王维《桃源行》："当时只记入山深，青溪几度到云林。"《岷州志》载该诗结尾一句为"隔绝云林第几重？"

【释文】

"巡按御史方远宜题诗"镌刻于甘肃漳县遮阳山题诗崖上，为景区所有题刻中面积最大、最为清晰的一处。

明康海《秦州画卦台新建伏羲庙记》记载："1531年（嘉靖十年二月至闰六月）甘肃巡按御史方远宜、巩昌府同知李遑、临洮府同知王卿云主持兴建卦台山伏羲庙"。明嘉靖《太昊庙乐记》碑文："嘉靖初，待御新安方远宜氏广庙于台焉"。这两处记述是方远宜在天水的留记。又《浙江通志》卷一百五十七《名宦》十二中载："方远宜，字伯时，歙县人，进士，知青田县事。官居蔬食下……施糜粥所活甚众。擢御史。"《四库全书总目提要》载，明嘉靖中，方远宜任山东巡按御史，同始属副使陆钺等创修《山东通志》四十卷，为目五十有二，附目十。山东省图书馆藏明嘉靖刻本《山东通志》有方远宜所写序文："嘉靖壬辰（1532年）余承乏按是邦，受命而来，见藩臬彬彬作者有人，乃间以是谂之。

适提学宪副陈君举之，得先提学佘子华氏志草，出以相视，因与共图之。"

图 39 方远宜题诗刻（摩崖）

陇东南民间遗散诗碑辑释

《鹅池即事》碑

明嘉靖十一年（1532年）
【碑文】

鹅池即事①
池开曾为被兵谋②，郭外通泉计亦周。
光武井倾真可拟③，耿恭④礼拜不须修。
民资水火堪生活⑤，门扣昏宵足应酬⑥。
设险谩夸凭地利⑦，人和共受太平秋⑧。
　　　　嘉靖壬辰六月既望，赐进士奉政大夫同知府事平定白镒书。

【撰者】
白镒，山西平定县（山西省阳泉市东南部）人，进士，曾任山西束鹿县知县，明嘉靖间，任南京刑部郎中，陕西按察司分巡陇右道佥事。
【注释】
①即事：多用为诗词题目。如唐杜甫《草堂即事》诗，郭沫若《南水泉即事》诗等。
②兵谋：用兵的谋略。《史记·匈奴列传》："汉以恢本造兵谋而不进，斩恢。"
③光武：汉光武帝刘秀，谥号光武。刘秀字文叔，南阳郡人，汉高祖刘邦九世孙。王莽末年，刘秀在家乡起兵。更始元年（23年），刘秀在昆阳之战中以少胜多，击败王莽四十二万大军。更始三年（25年），于河北登基称帝，以"汉"为国号，年号建武，史称"后汉"或"东汉"。刘秀在位时，大推儒学，使得儒学得到了空前的发展。
④耿恭，字伯宗，扶风茂陵（今陕西兴平）人，东汉大将，为东汉开国名将耿弇之嫡孙，曾率军驻守西域边城，在疏勒城时被北匈奴围困，耿恭率领数百人坚守半年，城中粮尽水绝，拜井得水。历任戊己校尉、骑都尉等职，晚年遭弹劾而被免官入狱，后遣送原籍，最终老死家中。耿恭为人慷慨，军事多谋略，为东汉名将。《吕注》载《耿恭拜井》曰："东

130

四 明代

汉人耿恭领兵据守疏勒城，匈奴人断绝城中水源。耿恭掘地十五丈无水，于是对天祈祷，一会儿泉水奔出。匈奴以为神，于是解围。"

⑤民资：民众的资产。《逸周书·大聚》："因其土宜，以为民资。则生无乏用，死无傅尸，此谓仁德。"水火：借指烹饪。《周礼·天官》："掌共鼎镬，以给水火之齐。"堪：忍受，能支持。生活：生存。《孟子·尽心上》："民非水火不生活。"

⑥应酬：勉强应付使用。

⑦谩夸：谩，通"漫"，空自夸赞。

⑧人和：人事和谐，民心和乐。《孟子·公孙丑下》："天时不如地利，地利不如人和。"秋：指年，即千年万代。

【释文】

此碑位于甘肃庆阳鹅池洞沟泉台阶处，距台阶40厘米左右，镶嵌在崖壁内。为横碑，周周有云纹图案，长81厘米，高46厘米。书体楷书，行文14行，每行7字，字径3厘米见方。白镒任陕西按察司分巡陇右道佥事、前南京刑部郎中时，于嘉靖十六年（1537年）仲冬六日，在成县题《过杜子祠》，诗碑现存成县杜甫草堂。

图40 庆阳鹅池洞

刘璜《诗八首并跋》

明嘉靖十九年（1540年）

【碑文】

予奉命司牧成邑已数载，县治来历古今□同，予考之审矣。在汉时为武都郡太守，则有马公融之绛帐台，裴公度之莲蒲湖。在宋时为成州总□，则有二吴璘、玠公之保蜀碑。尚安禄山之变，少陵杜先生避祸于县治之南，距五里余，草堂之迹尤存，碑碣巍然。即今祠宇俱新，春秋有祭，往来士大夫诗刻盈祠。邑侯刘公名璜，号□航子，江西庐陵万安名族，岁庚子春三月来任，见诸先辈遗迹感触。遂□诸诗韵合，属士夫□观之余，谋之于予云："我侯所作深究乎先辈事迹之实，可置之于一睹之时耳。"遂备石，请予跋，授刻人以垂永久。予虽不敏，读侯诗皆奇崛感激，诚得唐音之正，慕爱不已，虽欲辞之，容得已乎？遂跋以记。

　　　　　登马公[①]绛帐台
古台春暖长莓苔[②]，此地曾经绛帐[③]开。
慷慨登临人去久，踌躇回首月华来[④]。
那云治郡无佳绩，却喜传经得美才[⑤]。
千载斯文谁领会，松声泉语且徘徊。
　　　　　　又
遗迹飞云霭[⑥]，斯文千古名。
不堪回首处，明月满秋林。

【注释】

①马公：即马融（79—166年）字季长，扶风茂陵人，生于汉章帝建初四年，卒于汉桓帝延熹九年，年八十八岁。《后汉书·马融传》称："融美容貌，有俊才。从名重关西的挚恂游学，博通经籍。"所注《孝经》《论语》《诗》《易》等书均已散佚，清人编《玉函山房丛书》《汉学堂丛书》都有辑录。另有赋颂等作品，有集已佚，明人辑有《马季长集》。

②莓苔：青苔。晋孙绰《游天台山赋》："践莓苔之滑石，搏壁立之翠屏。"

③绛帐：《后汉书·马融传》："融才高博洽，为世通儒，教养诸生，常有千数……居宇器服，多存侈饰。常坐高堂，施绛纱帐，前授生徒，后列女乐，弟子以次相传，鲜有入其室者。"后因以"绛帐"为师门、讲席之敬称。唐李商隐《过故崔兖海宅与崔明秀才话旧》："绛帐恩如昨，乌衣事莫寻。"

④踌躇：踯躅，徘徊不进，犹豫，迟疑不决。月华：月光，月色。

⑤美才：出色的才学，杰出的人才。宋沈括《梦溪笔谈》："吴人郑夷甫少年登科，有美才。"

⑥云霭：云气，云雾。晋陆云《晋故散骑常侍陆府君诔》："闻者巷泣，赴者风征……挥袂云霭，殒泪雨零。"

玩裴公莲湖

浮翠亭前湖水幽，狂歌呼酒醉双眸①。
穿云野鹤翔横渚，隔岸渔家系小舟。
夕照当湖花愈艳，晚风吹棹雨初收。
挽回世态②真无计，领略湖光欲上流。

又

举酒邀湖月，采莲美碧波。
赋成金笔写，词就雪儿歌③。

【注释】

①双眸：指眼睛。南朝宋谢惠连《自箴》："气之清明，双眸善识。"宋王禹偁《月波楼咏怀》："武昌地如掌，天末人双眸。"

②世态：世俗的情态。多指人情淡薄而言。唐戴叔伦《旅次寄湖南张郎中》诗："却是梅花无世态，隔墙分送一枝春。"

③雪儿：唐李密爱姬，能歌舞，后亦以"雪儿"泛指歌女。

谒杜公草堂

南山壁立与天通，隐隐草堂云雾中。

悯世昌才诗万卷,遁时^①避乱酒千盅。
盛唐三变^②知奇绝,大雅一删妙化工^③。
虽恨拾遗终寂寞,诗家门户独高风^④。
    又
古屋傍山麓,苔封断石书。
欲瞻丰采^⑤下,月影万林疏。

【注释】

①遁时:逃避时世。《艺文类聚》卷三六引晋夏侯湛《庄周赞》:"遁时放言,齐物绝尤。"

②三变:指古诗的三种变化。远古至汉魏为一变,晋宋至唐初为一变,盛唐以后又一变。见宋王应麟《小学绀珠·艺文·诗三变》。《新唐书·文艺传序》:"唐有天下三百年,文章无虑三变。"指唐初王勃、杨炯为一变,玄宗时张说、苏颋为一变,大历、贞元间韩愈、柳宗元等倡导古文运动,逐步确立以散文为主的唐代古文,为一变。

③大雅:《诗经·大雅》多为西周王室贵族的作品,主要歌颂周王室祖先乃至武王、宣王等的功绩,有些诗篇也反映了厉王、幽王的暴虐昏乱及其统治危机。《左传·襄公二十九年》:"吴公子札来聘……为之歌《大雅》。曰:'广哉,熙熙乎!曲而有体,其文王之德乎!'"后亦用以称闳雅淳正的诗篇。化工:指自然的造化者。语本汉贾谊《鵩鸟赋》:"且夫天地为炉兮,造化为工。"

④高风:高雅的艺术风格。宋梅尧臣《次韵答王景彝闻余月下与内饮》:"呼我作卿方举酒,更烦佳句赏高风。"

⑤丰采:风度,神采,用为对人的敬称。《明史·张居正传》:"以天下为己任,中外想望丰采。"

   观吴公保蜀城
节钺^①曾经保蜀功,故城荒垒草濛濛^②。
英雄万古勋尤烈,兴废今朝事已终。
落叶乱流秋雨后,断碑常卧夕阳中。
阿孙不识经常节,恨使孤忠^③扫地空。

四 明代

又

云日落高木，潺湲水自流。
慷慨孤忠地，阴空④万古秋。

时嘉靖岁次庚子季秋望前二日，江西吉安府万安县知成县事刘璜作，四川保宁府阆中县司儒学事赵翱跋。戊子乡进士张朝元书。

【注释】

①节钺：符节和斧钺。古代授予将帅，作为加重权力的标志。《孔丛子·问军礼》："天子当阶南面，命授之节钺，大将受，天子乃东向西面而揖之，亦弗御也。"

②濛濛：纷杂貌。汉枚乘《梁王菟园赋》："羽盖繇起，被以红沫，濛濛若雨委雪。"

③孤忠：忠贞自持，不求人体察的节操。宋曾巩《韩魏公挽歌词》："覆冒荒遐知大度，委蛇艰急见孤忠。"

④阴空：暗中，冥冥之中。明冯梦龙《醒世恒言·独孤生归途闹梦》："（遐叔）向佛前祈祷，阴空保佑。"

【撰者】

刘璜，生卒、事迹不详，江西庐陵万安人，嘉靖十九年为成县知县。

【释文】

《刘璜诗八首并跋》诗碑立于明嘉靖十九年（1540年），现存于甘肃陇南市成县杜公祠内碑廊。碑长136厘米，宽80厘米，24行，字径大小三厘米左右，书体为行楷。碑末书"时嘉靖岁次庚子季秋望前二日，江西吉安府万安县知成县事刘璜作，四川保宁府阆中县司儒学事赵翱跋。戊子乡进士张朝元书。"赵翱，四川阆中县人，成县儒学。张朝元，乡进士（举人的别称）。

马公绛帐台即甘肃陇南成县广化寺马融"绛帐台"遗址。马融（79—166年），字季长，陕西兴平人。东汉时期著名经学家、文学家。历任校书郎、郡功曹、议郎、大将军从事中郎及武都、南郡太守等职。他是一位博通儒家经典的大家，在任武都郡（郡治在今成县西北）太守期间，把主要精力都放在了教育事业上，曾在成县广化寺设"绛帐台"开门授徒。《后汉书》载："融才高博洽，为世通儒，教养诸生，常有千数。琢

— 135 —

郡卢植，北海郑玄，皆其徒也。""善鼓琴，好吹笛，常坐高堂，施绛纱帐，前授生徒，后列女乐，弟子以次相传，鲜有入其室者。"他为当地树立了好学之文风，后世将其设帐讲学的遗址称为"马融绛帐台"。北宋元丰四年（1081年），地方乡贤又于台旁建广化寺。与此相关的典故和成语有很多，如"绛帐待坐"比喻学生受业，"绛帐授徒""绛纱坐帐"比喻老师设立讲座教育弟子，用"绛帐""绛纱帏""绛帏""绛纱""马融帐""马帐""扶风帐"等指代教师传教授业的地方。

杜公草堂即甘肃成县杜甫草堂，又称"成州同谷县杜工部祠堂""同谷草堂""子美草堂""诗圣祠"，俗称"杜公祠"，位于成县城东南三公里处的飞龙峡口。为纪念唐代伟大诗人杜甫流寓同谷的祠堂式建筑，也是国内现存三十几处"草堂"中历史最久的一处。唐肃宗乾元二年（759年），杜甫离开秦州（今天水），到达同谷（即今成县飞龙峡），在峡西的西岸山坡处建了简陋的栖身之处。诗人在这里留下了许多优美的诗篇。清乾隆黄泳《成县新志》载："子美草堂在飞龙峡口，山带水环，霞飞雾落，清丽可人，唐乾元中子美避难居此，作草亭，有《同谷七歌》及《凤凰台》诸诗，后人感其高风，即其址祠祀之"。

裴公莲湖即陇南成县裴公湖，当地人称莲花池，在成县城西。唐天授年间成州刺史裴守贞创建。明万历年间成县知县黄泳曾先后组织本县居民增补修葺，扩大池塘，增建景点，其布局别致，池中间有莲桥，亭榭回廊，风光绮丽犹如江南小西湖。莲湖分东西两大池，占地数十亩，红莲和白莲各居一池。

吴公保蜀城即成县紫金山吴公保蜀城遗址，俗称"上城"，南宋时，抗金名将吴玠、吴璘、吴挺先后驻节于此，故又称"吴公保蜀城"。南宋时期因连年战乱，成州城垣多有倾圮。乾道三年（1167年），吴挺袭父职仍驻节成州，为保障全蜀，吴氏父子依险峻的山势建造营垒于紫金山上，构筑城垣、炮台多处，据险扼守成州，紫金山遂有"吴公保蜀城"之称。

图41 刘璜诗八首并跋（拓片）

独秀石歌

明嘉靖二十三年（1544年）

【碑文】

鲈鱼关前独秀石[①]，下有流泉□□碧[②]。
年深斑驳老龙鳞，疑是珊瑚出珠泽。
嗟我西游癖好奇，但逢山水每踌躇[③]。
踌躇缀赏[④]屑宾主，举盏千巡亦不辞。
醉来登坐石之顶，仰看众星明炯炯。

长河夜光飞入来，照见石色碧崔嵬⑤。
崔嵬中有数行字，云是宣和⑥七年识。
笔陈横回蝌蚪文⑦，诗篇绰有风人⑧思。
吟余不觉魂欲飞，徘徊石侧不能归。
思之此石已奇特，此诗定是神人勒。
呵护⑨应归冥者司，遭逢岂比寻常得？

君不见：

禹碑⑩衡山积苔封，援萝攀磴昌黎公⑪。
周宣石鼓⑫久沉沦，往来罗拾秦川津。
及知神物会有时，万年劫石今在兹。
石乎，石乎！
我欲移之向天阿⑬，巍然五岳环嵯峨⑭。
霜凌电烁永不磨，咒之无力驱神魔。
石乎，石乎，奈尔何！

图42 独秀石歌（拓片）

图 43　独秀石歌（局部拓片）

【撰者】

孙昭（1518—1559年），字明德，号斗城，永嘉（今温州永嘉朱涂）人。他天资聪颖，为嘉靖二十三年（1544年）进士，后任江西广信府永丰县（今上饶市广丰县）知县，转迁直隶大名府魏县知县（今河北省邯郸市魏县）、云南道监察御史等职。其著作有《金石古文》《诗法拾英》《斗城集》等。

【注释】

①独秀石：在漳县城西南四十五里的殪虎桥乡石关儿村附近的漳河岸边，此地名为鲈鱼关。

②"流泉"之下原缺两字，《武阳志》补"清且"，《漳县志》补"映天"，故有"下有流泉清且碧"与"下有流泉映天碧"之异。

③踟蹰：踟躇，停留。

④缀赏：赞赏；玩赏。《文选·任昉〈王文宪集〉序》："若乃统体必善，缀赏无地。"吕向注："缀赏，追赏也。"

⑤崔嵬：带泥土的石山，亦喻高峻之貌。

⑥宣和：宋徽宗赵佶的年号，即1125年。

⑦蝌蚪文，古代作书以刀刻或漆书于竹简木牍之上。如用漆书写，下笔时漆多，收尾时漆少，笔划多头大尾小，形似蝌蚪，故称蝌蚪书或蝌蚪文。

⑧风人：原指采诗观风者，后亦称诗人。

⑨呵护：爱护，保护。

⑩禹碑：即岣嵝碑，在衡山之上。

⑪昌黎公：即唐代文学家韩愈。

⑫周宣石鼓：相传周宣王时，制鼓形石十块，上刻史曹所作记功颂，今存北京故宫博物院。

⑬天阿：星名，本作天河，即群神之阙。

⑭嵯峨：指高耸的山。

【释文】

独秀石在甘肃定西漳县殪虎桥乡石关儿村附近的漳河岸边。《独秀石歌》为明孙昭作，此诗文在《武阳志》《漳县志》《重修漳县志》均有收录。此诗碑现存于定西岷县明伦堂。

孙昭在任监察御史时，巡视监察陕、滇、豫三省期内，清廉简行，常微服私行于市井，访问民间疾苦。据史料记载，孙昭为官的时代，宰相严嵩权倾朝野，党羽遍布各地。孙昭秉性耿直，疾恶如仇，得罪于严嵩奸党，使其怀恨在心，一次，严嵩假借宴请之名请他赴会，暗投蛊毒于酒中，孙昭离世时年仅四十一岁。孙昭在陕西任职时，编刊《金石古文》；在河南任期内又编刊《鹤泉集》八卷。陕西任职时，孙昭留诗《连云栈》云："危楼断阁置梯平，登道迎云寒易生。落木倒听双壁静，飞轮斜度一空横。高林数息征鸿翼，崖壁时翻瀑布声。未信关南地形险，翻疑仙洞石梁行。"《独秀石歌》正是孙昭任监察御史时在漳县所作。

四　明代

独秀石诗刻

【刻文】

一

观独秀石

秀石嶙峋漳水①隈，青天一柱倚中台。
涛翻壑底风雷动，日射松门②锦绣开。
修禊已非今日事，摩崖宁有古人材。
西来封汝浑忘倦③，徒倚空亭重举杯。

二

黄志璋独秀石题诗

甘陵秘心诗

巡渠野墅④戴星行，秀石亭⑤骎兴转清。
千里驱驰⑥今复去，鲈鱼⑦翻浪动秋声。

三

山高水清

□瞻魏阙⑧风云会，
俯视秦关⑨百三雄。

康熙甲申仲夏，观察使温陵黄志璋题并书

【撰者】

方新，字德新，号定溪，明直隶青阳人。明世宗嘉靖三十五年（1556年）进士，官监察御史，曾为宁夏巡抚。

黄志璋，清代康熙时为观察使，其余不详。

【注释】

①漳水：漳河发源于甘肃省漳县木寨岭，自西南向东，流经漳县境内大草滩、殪虎桥、三岔、盐井、武阳五个乡镇，于孙家峡流入天水市武山

图44　独秀石山高水清（摩崖）

县，属渭河支流。

②松门：指门前种植松树。

③忘倦：谓专注于某物或被其吸引而忘却疲倦。清蒲松龄《聊斋志异·林四娘》："又每与公评骘诗词，瑕辄疵之；至好句，则曼声娇吟。意态风流，使人忘倦。"

④野墅：村舍；田庐。唐元稹《生春》诗之七："何处生春早？春生野墅中。"

⑤秀石亭：距独秀石鲈鱼潭不远处，这里流传着一个关于鲈鱼潭的传说。很久以前，当地有个孝子，他母亲想吃江南家乡的鲈鱼羹。为了满足母亲的愿望，他来到独秀石潭边，哭着向潭水祈祷，然后向潭中撒网，结果捕了一条大鱼，巨口细鳞和鲈鱼相似。鲈鱼潭由此而得名。

⑥驱驰：喻奔走效力。《三国志·蜀志·诸葛亮传》："三顾臣于草庐之中，咨臣以当世之事，由是感激，遂许先帝以驱驰。"

⑦鲈鱼：又称鲈鲛。鲈鱼肉质白嫩、清香，肉为蒜瓣形，最宜清蒸、红烧或炖汤。鲈鱼分布于太平洋西部、中国沿海及通海的淡水水体中，黄海、渤海较多。

⑧魏阙：古代宫门外两边高耸的楼观。楼观下常为悬布法令之所。亦借指朝廷。《庄子·让王》："身在江海之上，心居乎魏阙之下。"

⑨秦关：指秦地关塞。晋张华《萧史曲》："龙飞逸天路，凤起出

秦关。"

【释文】

以上三处题刻除"山高水清"外均在甘肃漳县独秀石，第一首《观独秀石》为明代监察御史方新题，《甘陵秘心诗》和《山高水清》为清代康熙时，观察使黄志璋题。《山高水清》题刻在漳县殪虎桥乡龙架月村凤凰崖崖壁上，其中"山高水清"四字每个字均为一米见方。四个大字两旁分别刻"□瞻魏阙风云会，俯视秦关百三雄"。古往今来独秀石这里风景宜人，山清水秀，曾使无数过往商旅、官吏、文人、将士驻足留连，并勒石题咏。因年代久远，且受雨浸风蚀、人为破坏等因素，独秀石上多处摩崖石刻已漫漶残缺，现今在独秀石上能大概确定的题刻尚有100余处，现在这些题刻已经形成漳县独秀石特有的一道人文景观。

图45 独秀石

图46 独秀石嵌碑丢失后的凹槽

号古庵杨处士墓碑题诗

明嘉靖二十四年（1545年）

【碑阴文】

  题杨孝子结茅庐墓负土为山诗一首，有跋。
  芜原瘗玉尚[①]东芬，啼血慈乌为守坟[②]。
  七日水浆[③]忘入口，三季山土负凌云。
  延医久绝诸荤味[④]，哭死方起胖合分。
  巢内[⑤]更怜雏即我，曾九看觉似曾参[⑥]。

  杨古庵处士，讳纮，字大纲，庆阳安化人也。其疾也，子来风，不卸酒肉经年，致爱而养之。比卒，水浆不入口者七日，葬而庐诸墓，躬负土二里所，而为山于坟阴，日自深功，以十有六离去家，足三十有六月而止。于是坟阴峨峨然。山其为山日，妻病于内，之死而哭不暇。生即其次而问之也，故士大夫妄贤之，语其事于予。予谓夫人者，可与言而广其孝也，为题处士墓，因以雄山仇氏家范界之，并有辞于碑阴云。为子语孝子事者，贯士韩玉钱绪诸君子也。余之题墓也，孝子之予承芳，实征书焉，时母之服既喻期矣！饮之，而金羹余见其类□□也，故于得之□□及之云。

溪田居士马理书

处士孙承恩、承芳、承德上石

富平□□济民刻

【撰者】

马理（1474—1556年），字伯循，号溪田，三原（今陕西三原县）人。明弘治十年（1497年）举人，正德九年（1514年）进士，自幼聪颖过人，博学好问，明代哲学家，与宋代著名哲学家张载齐名。历任吏部稽勋主事、稽勋员外郎、南京通政司右通政、稽考功郎中光禄卿等职。嘉靖辛丑年（1541年）曾纂《陕西通志》。1556年陕西发生大地震，马理同妻卒，时年八十二岁。著有《周易赞义》《溪田文集》等。

【注释】

①玉尚：崇尚玉的美德，玉以德行化、人格化的内涵成为德的载体。《诗经·秦风·小戎》："言念君子，温其如玉。"

②啼血：指杜鹃鸟哀鸣出血或杜鹃哀鸣所出之血。杜鹃鸟口红，春时杜鹃花开即鸣，声甚哀切。慈乌：乌鸦的一种。相传此鸟能反哺其母，故称慈乌。明李时珍《本草纲目·禽三·慈乌》："此鸟初生，母哺六十日，长则反哺六十日，可谓慈孝矣。"

③水浆：指饮料或流质食物。《礼记·檀弓上》："故君子之执亲之丧也，水浆不入于口者三日，杖，而后能起。"

④延医：请医。荤味：肉菜味。

⑤巢内：鸟巢内。此借喻人死后埋葬用的棺椁。

⑥曾参：曾子（前505—前435年），字子舆，春秋末年鲁国东鲁（今山东临沂平邑县）人，后移居鲁国武城（今山东济宁嘉祥县）。拜孔子为师，颇得孔子真传。一生推行儒家主张，传播儒家思想，后世儒家尊他为"宗圣"。著有《大学》《孝经》等。

【释文】

此碑据杨景修辑《庆阳金石记》载，原在甘肃庆阳县城南十里坪，刻石材质为富平青石，高六尺，宽二尺五寸，后被损毁。正书大字篆书

"号古庵杨处士墓"。碑阴刻诗、跋。诗隶书,字径二寸;跋行书,字径六分。

附:碑阳文

嘉靖庚寅孟夏

赐进士中顺大夫南京右通政三原马理题

先考杨公景泰丙子生嘉靖丁亥卒享年七十有二

号古庵杨处士墓(大字篆书)

显妣刘氏景泰乙亥生嘉靖乙巳卒享年九十有一

孝男来风等立
孝孙承芳砻石

甘酒石颂

明嘉靖三十一年(1552年)

【碑文】

古浪城南入峡十五里,道左有石,与两山脉趾弗连,屹立突起,如崇台巨屋。居人酿酸者,剖片①炽入酒中,即变佳酝②,因名酸酒石。余曰:"酸酒石者,酸在酒也,因石而得甘,是甘者。石之功也,乃更名甘酒石"。古浪穷徼③,自来寒苦之地,而得生养和厚之气,以嘘煦之斯④,变寒苦而跻仁寿之域,讵止⑤一石之甘已耶。余既学三大书刻于石上,且为之颂曰:

维石岩岩,厥德⑥则甘。甘性温厚,甘体滋涵。
其坚如珉⑦,其白似玉。玉锁天开,标兹奇躅⑧。
甘施于物,五味斯调。甘施于化,万类能陶⑨。
气协沴消⑩,人安物顺。军食自充,军威自振。
天降甘露,地普甘霖。五郡沾渥⑪,千部讴吟⑫。
是岂酒甘,所甘唯政⑬。品物呈祥,休征兆庆⑭。
甘酒安全,因石之功。镇曰甘肃,水曰甘泉。
万里宁戢,一人垂拱⑮。四夷咸宾,皇图益巩⑯。

嘉靖壬子岁刑部郎中恤刑陕西鄢陵文冈陈棐书

四　明代

【撰者】

陈棐，字文冈，河南鄢陵人（今河南省鄢陵县）。生卒年不详．嘉靖十四年（1535年）进士。任礼科给事中。直谏敢言，不避权贵，人称"直谏官"。嘉靖二十六年谪大名府长垣县丞，升本县知县。曾任礼科给事中、宁夏巡抚、都御史、刑部郎中、山西道监察御史、巡抚甘肃都御史等职。对陕西、甘肃山川多有题咏。工吟咏，善草书。有《文冈集》二十卷。

【注释】

①剺片：指剥掉的碎石片。

②酝：酿酒，亦指酒。

③穷徼：荒远的边境。明唐顺之《封知府朱公墓志铭》："梧，瘴疠穷徼地也。"

④嘘煦：嘘，慢慢地吐气，呵气；火或气的热力熏炙。煦，温暖；恩惠。嘘煦指呵护，温暖孕育。

⑤讵止：讵，岂，表示反向；止，仅只。怎么可能只是。

⑥厥德：厥，乃，于是。德，品性，品德。

⑦珉：像玉的石头。

⑧玉锁：指甘酒石。躅：足迹。奇躅指奇迹。

⑨陶：用黏土烧制的器物，喻指教育、培养。

⑩沴消：沴指灾害，沴消指一切灾难都消尽。

⑪沾渥：浸润。亦比喻蒙受恩泽，宠遇。《东观汉纪·顺烈梁皇后传》："是时自冬至春不雨，立后之日，嘉澍沾渥。"

⑫讴吟：歌唱吟咏。《管子·侈靡》："安乡乐宅享祭，而讴吟称号者皆诛，所以留民俗也。"

⑬唯政：只是大明朝皇帝天子的清明政治。

⑭征：指验证、证明，预兆、迹象等。

⑮戢：收敛，收藏；止，停止。垂拱：垂衣拱手。谓不亲理事务。《书·武成》："惇信明义，崇德报功，垂拱而天下治。"孔颖达疏："谓所任得人，人皆称职，手无所营，下垂其拱。"后多用以称颂帝王无为而治。即谓两手重合而下垂，表示恭敬。《礼记·玉藻》："凡侍于君，绅

147

垂，足如履齐，颐溜，垂拱，视下而听上。"

⑯四夷：古代华夏族对四方少数民族的统称，含有轻蔑之意。《书·毕命》："四夷左衽，罔不咸赖。"孔传："言东夷、西戎、南蛮、北狄，被发左衽之人，无不皆恃赖三君之德。"咸宾：咸指全，都。全都是宾客朋友。皇图：封建王朝的版图。亦指封建王朝。唐李贺《出城别张又新酬李汉》诗："皇图跨四海，百姓拖长绅。"益巩：更加巩固。

【释文】

甘酒石原在甘肃古浪县，距古浪城外七八公里的古浪峡中，距兰新铁路有百米之远，附近有铁柜山香林寺。现被移至县城北边金三角广场。甘酒石其色青白，上刻有"甘州石"三字，高4.2米，周长20米左右，净重三百六十九吨，为县级保护文物。传说此石石屑可以酿酒，故名"酸酒石"。据《古浪县志》记载，此石原名"酸酒石"，后由明朝恤刑郎中陈棐更名为"甘酒石"。从现状表面结构看出，"甘酒石颂"应刻在此石中央方形区域，由于年代久远及人为因素，表面诗刻已经完全看不见。

张维《陇右金石录》中有此诗记载，依原文录为："古浪城南入峡十五里，道左有石，与两山脉趾弗连，屹立突起，如崇台臣屋。居人酿酸者，剧片炽入酒中，即变佳酿，因名酸酒石。余曰：'酸酒石者，酸在酒也，因石而得甘，是甘者。石之功也，乃更名甘酒石。'"古浪穷徼，自来寒苦之地，而得生养和厚之气，以嘘煦之斯，变寒苦而跻仁寿之域，讵止一石之甘已耶。余既学三大字书刻于石上，且为之颂曰：维石岩岩，厥德则甘。甘性温厚，甘体滋涵。其坚如珉，其白似玉。玉锁天开，标兹奇躅。甘施于物，五味斯调。甘施于化，万类能陶。气协沴消，人安物顺。军食自充，军威自振。天降甘露，地普甘霖。五郡沾渥，千部讴吟。是岂酒甘，所甘唯政。品物呈祥，休征兆庆。'"

又《宣统甘肃通志》："甘酒石颂在古浪县，嘉靖壬子山陕西恤□□陈棐书序及甘酒石三大字于石上，略谓，古浪城南入峡十五里道□，有石突起如崇台巨屋，居人酿酸者剧片炽入酒中，即酿佳酿，因名酸酒石，余为更名甘酒石，又为之颂云。'"

又查阅《五凉全志》中《古浪县志》乾隆十四年刊本载《甘酒石颂》依原文录曰："古浪城南入峡十五里，道左有石，与两山脉趾弗连，屹立突起，如崇台巨屋。居人酿酸者，剧片炽入酒中，即变佳酿，因名酸

四　明代

酒石。余曰：'酸酒石者，酸在酒也，因石而得甘，是甘者。石之功也，乃更名甘酒石。'古浪穷徼，自来寒苦之地，而得生养和厚之气，以嘘煦之斯，变寒苦而跻仁寿之域，讵止一石之甘耶。余既学三大字刻于石上，且为之颂曰：维石岩岩，厥德则甘。甘性温厚，甘体滋涵。其坚如珉，其白似玉。玉锁天开，标兹奇躅。甘施于物，五味斯调。甘施于化，万类能陶。气协渗消，人安物顺。军食自充，军威自振。帝施甘泽，天降甘露。五郡沾渥，千部讴吟。是岂酒甘，所甘唯政。品物呈祥，休征兆庆。镇曰甘肃，水曰甘泉。匪石之功，甘酒安全。万里宁戢，一人垂拱。四夷咸宾，皇图益巩。"

对照两处录文都有差异，张维《陇右金石录》中此诗未录全，少"镇曰甘肃，水曰甘泉。匪石之功，甘酒安全。万里宁戢，一人垂拱。四夷咸宾，皇图益巩"句，且词字亦有差异，如"天降甘露，地普甘霖"，而《五凉全志》中《古浪县志》为"帝施甘泽，天降甘露"。

甘酒石，也叫"甘州石""育婴石""催生石"。石上有几个深槽，相传是当地育龄妇女触摸所致。传说旧时当地的妇女多有不育，而且这里人烟稀少，老百姓就到处求神拜佛，最后感动了王母娘娘，她将自己簪子上的银豆儿抛下来变成石头，于是托梦给要生育的女子，让她们去摸石。去试验的女子一摸果然怀了孕，长期如此甘酒石就留下这几道深槽。关于"催生石"的叫法，相传凉州有一个姑娘长得非常漂亮，被当地县太爷抓去献给皇帝，皇帝只宠幸了一夜，便有人告诉皇帝凉州之女不孕之事，于是将其打入冷宫。这个姑娘用自己的金银首饰买通太监，逃回了故乡，由于到了分娩期，痛了多天还是不能生出孩子，于是有人就让其去摸甘酒石，果然灵验，一摸就生出了孩子，所以又叫它"催生石"。关于甘酒石的传说还有很多，如昌松瑞石、名甘州石、甘酒石、支山石等。

《甘酒石颂》为明朝恤刑郎中陈棐所作。颂辞前有百余字叙述甘酒石的地理位置和酿酒等事。诗中所颂甘酒石，其实是诗人借石之"甘"表达对皇帝清明政治的歌颂。陕、甘两省留下来的陈棐题字石刻很多，多为其任巡抚甘肃都御史时所作。明嘉靖三十二年（1553年）四月恤刑郎中陈棐以"奉敕恤全陕前左给事中"巡行甘肃河西走廊中段的山丹县老军乡境内的"石峡□堡"处，看到此关地势险峻易守难攻，即景生情，奋笔于千仞绝壁，镌刻下"锁控金川"四个大字，遒劲挺拔，迄今成为峡口关隘的一处人文胜迹。在葫芦河源头一带的甘肃庆阳地区合水县苗村涧水坡岭上的岩面上，也留有陈棐的"碧落霞天"四个题字，映衬着这里碧水青山、云蒸霞蔚的美景。还有此地的《合水晓行看山》诗和邵庄驿题诗碑上所刻之《邵庄晓行》。此外在陕西富县葫芦河川张家湾镇曲儿村西，寨子岭陡峭的红砂岩崖上有两处明代摩崖石刻。竖幅勒着的八个繁体字：左边四字是"皇朝龙益"，右边四字是"明世延长"，这八个字均是楷书风格，间架匀称、苍劲有力，勒石较深，清晰可辨。落款在中间，共有十四个字："大明嘉靖四士子岁恤刑郎中陈棐题"（陈棐是明朝正德年间，公元1508年明太祖亲点的"四士子"（进士）之一）横幅石刻的"栖云岩"三个大字在斑驳中还是很显露的，字是行体，饱满圆润，潇洒飘逸；唯一遗憾的是在落款的"文"和"题"中间的这个字被风化得较难辨认，应为"冈"字。

"马上望祁连，奇峰高插天。西走接嘉峪，凝素无青云。"这首《祁连山》也是陈棐的诗作。

图47　甘肃古浪县甘酒石

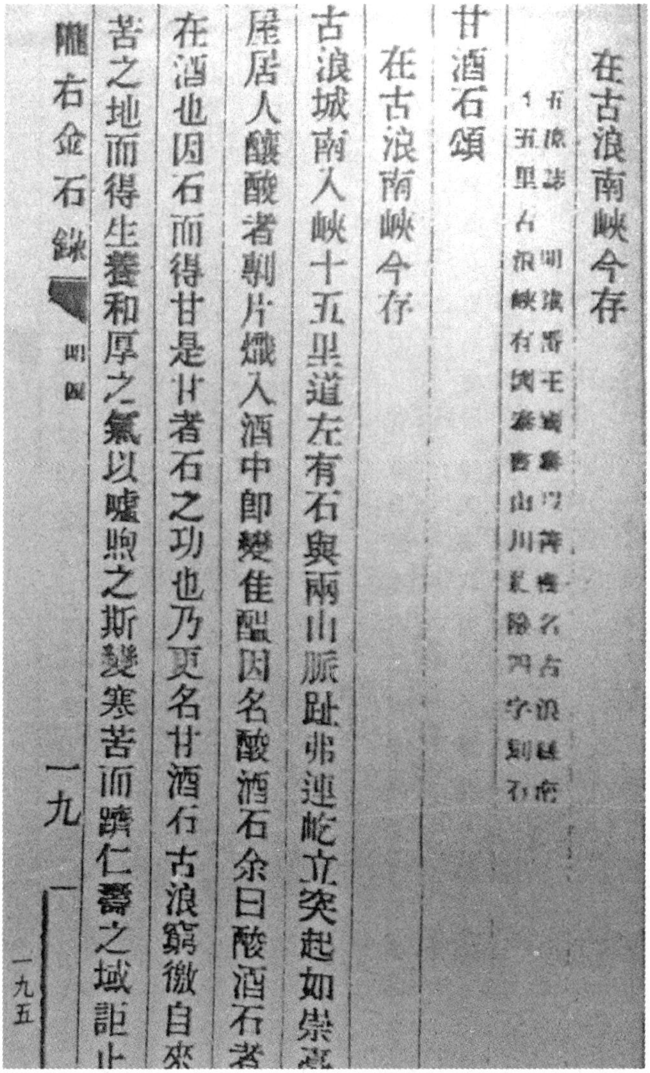
在古浪南峽今存
五涼志明浪營王崟縣學善書名古浪縣府
十五里古浪峽有閻泰曹山川紀險四字刻石
甘酒石頌
在古浪南峽今存
古浪城南入峽十五里道左有石與兩山脈趾弗連屹立突起如崇
屋居人釀酸者劖片纖入酒中即變佳醞因名酸酒石余曰酸酒石者
在酒也因石而得甘是甘者石之功也乃更名甘酒石古浪窮徼自來
苦之地而得生養和厚之氣以嘘煦之斯變寒苦而躋仁壽之域詎止
隴右金石錄 明
一九
一九五

图 48　陇右金石录甘酒石颂（书影）

甘酒石颂

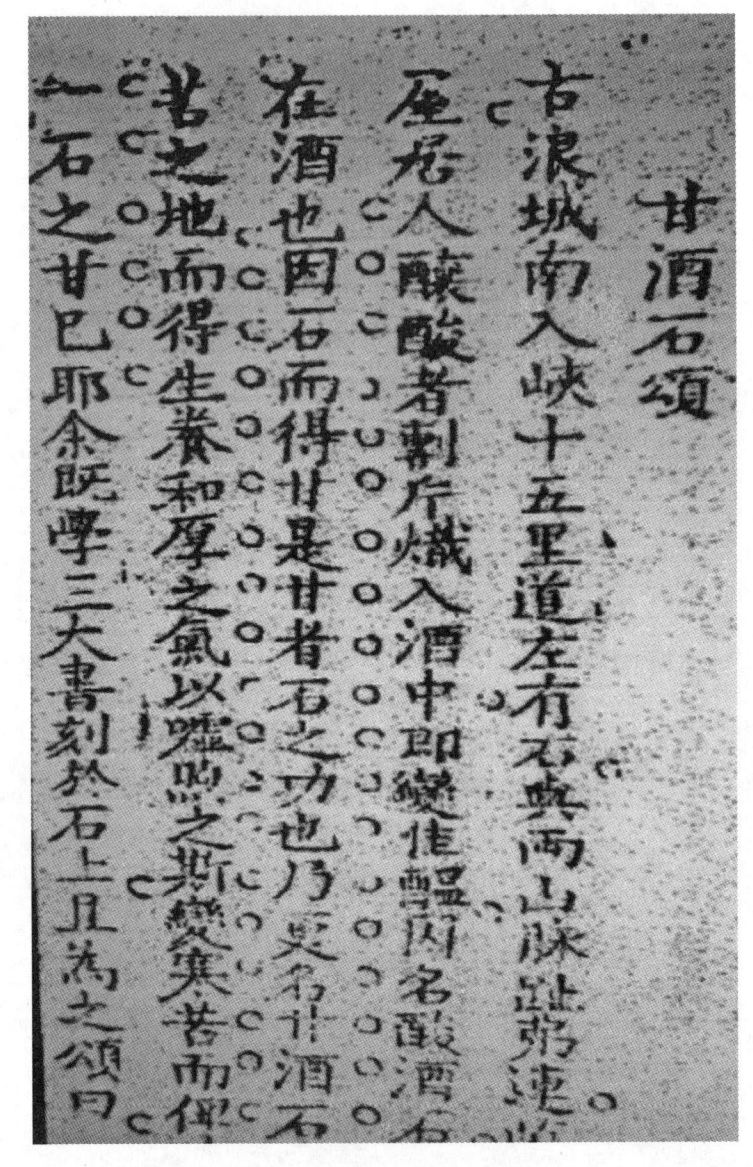

古浪城南入峡十五里道左有石崇两山脉趾弱途压危人酿酸者制片烬入酒中即变佳醍阎名酸酒石在酒也因石而得甘是者石之功也乃是招甘酒石苦之地而得生养和厚之气以嘘照之斯变寒苦而便吉之甘巳耶余既学三大书刻於石上且为之颂曰

图49 《古浪县志》乾隆十四年刊本甘酒石颂（书影）

图 50　富县陈棐（摩崖）

邵庄晓行

明嘉靖三十一年（1552 年）

【碑文】

古县东边百里程，面山临水驿楼①明。
群山合处白云起，乱瀑飞时丹壁②清。
愁见民兵填北戍，喜看禾黍兆西成③。
幽情④欲拂悬崖石，紫笔玄书玉字横⑤。
南崖余大书"碧落霞天"四字，乃《玄经》语

嘉靖壬子岁文冈陈棐
合水县知县车阳舒谨刻

【撰者】

陈棐，详见上文。

【注释】

①驿楼：驿站的楼房。唐张说《深渡驿》诗："猿响寒岩树，萤飞古驿楼。"这里指邵庄驿旧址。

②丹壁：红色的崖壁。

③禾黍：禾与黍。泛指黍稷稻麦等粮食作物。《后汉书·承宫传》："后与妻子之蒙阴山，肆力耕种，禾黍将熟，人有认之者，宫不与计，推之而去，由是显名。"兆：事物发生前的征候或迹象，预示。西成：谓秋天庄稼已熟，农事告成。《书·尧典》："平秩西成。"孔颖达疏："秋位在西，于时万物成熟。"

④幽情：郁结、隐秘的感情。唐白居易《琵琶行》："别有幽情暗恨生，此时无声胜有声。"情，作"愁"。

⑤玄书：指汉扬雄所撰的《太玄》一书。《后汉书·张衡传》："（衡）常耽好《玄经》。"玉字：刻于玉上的文字，多指仙道书的内容。南朝梁沈约《桐柏山金庭馆碑》："金简玉字之书，玄霜绛雪之宝，俗士所不能窥，学徒不敢轻慕。"这里指自己所书的《玄经》语。

【释文】

此碑今存甘肃庆阳陇东石刻馆。"邵庄驿题诗碑"碑体为石灰岩质，高56厘米，宽84厘米，厚约9厘米，碑文为楷体，自右至左竖书，共十二行，全碑共九十四字。合水县太白乡连家砭村青年农民刘宝国于1991年10月在老城旧址中平地时挖出。

邵庄驿题诗碑上所刻之《邵庄晓行》诗和合水县太白乡连家砭村苗村河南岸灵山北麓药王洞旁崖壁上的"碧落霞天"摩崖四字，均为陈棐所书。"碧落霞天"四字各二尺见方，字字遒劲，潇洒大方，刻于红砂岩崖面上。左侧刻有"文冈陈棐"四个小字，右侧刻"嘉靖壬子"，下刻"按察承差富平惠东皋督工"小字一行。

陶奕纂修清乾隆二十六年抄本《合水县志》上卷《邮传》："邵庄驿，距城八十里。"今连家砭村西南距合水县城约七十五里，为原明清时邵庄驿旧址，驿馆房基至今尚存。邵庄驿题诗碑不仅为考察古代邵庄驿址提供了具体可靠的依据，而且还可与"碧落霞天"摩崖石刻相互参考，为诗句的理解提供帮助。

据当地村民说连家砭村老城（邵庄驿旧址）苗村河南岸的灵山下古

四 明代

寺前原有两通碑。一碑为明嘉靖年间合水知县车阳舒立的陈桒所作《邵庄晓行》，另一碑为清代时刻明代尚书张珩所题的《子午道中》五言诗一首，内容为："路出云霄上，春经子午中。鸟啼山谷应，涧阻石桥通。野寺苔余绿，岩花石映红。雷电东北作，风雨四方同。"此碑已佚。张珩，正德十六年进士，初授监察御史，进兵部左侍郎兼右佥都御史，延绥、宁夏巡抚，陕西三边总督，累立战功，拜户部尚书。

附：陈桒《合水晓行看山》：

攒簇群山云雾顶，宛若馒头翠釜忽开笼。
主人将来作一啖，尽吞元气鼓腹中。
余下撑肠挂肚，石片不消化，变作磊落直节张英风。
华岳峒崖向我笑，笑我大语不由衷。
我笑华岳，尔昔曾遇巨灵氏，掌推黄河通。
三峰四削尚随力，何况峒山未崇。
愿倩后土氏，输力助天工。
海内石山无用者，尽置西北，连亘铁壁遮羌戎。
却将坐食将卒尽屏去，顿省京运苏民穷。
大观宇宙达者尔，裨补元化方豪雄。
丈夫志节固有然，仰看飞鸿弹素弦。

图51 碧落霞天（摩崖）

图 52　碧落霞天（拓片）

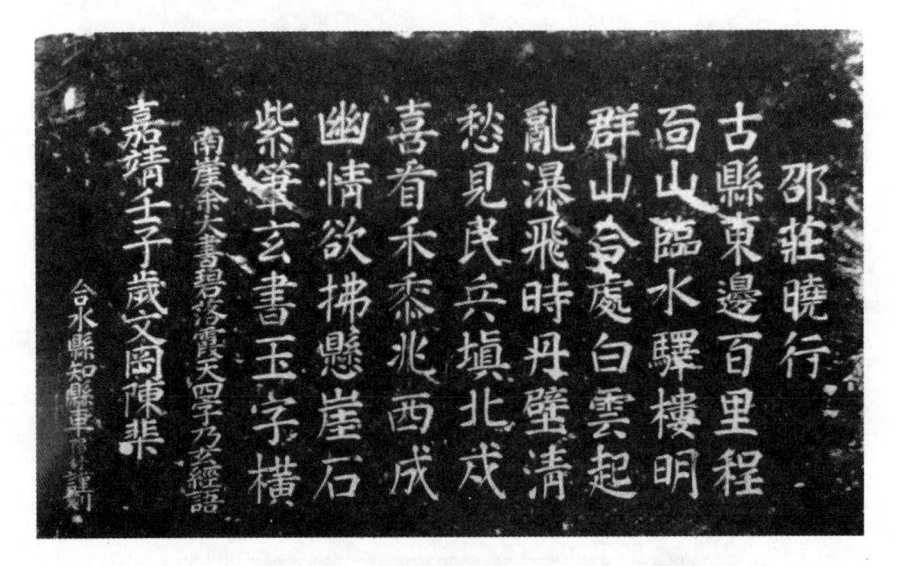

图 53　陈棐邵庄晓行（拓片）

杨贤《成县五言律一首》

明嘉靖三十二年（1553 年）

【碑文】

　　成县五言律一首
　远望山城小，人传胜迹多。
　苔封吴将冢[①]，藤复杜公窝[②]。

四 明代

仙阁曾邀月，仇池③不起波。

诗成欲酌酒，洒落舞婆娑④。

明嘉靖三十二年春三月朔日，按察司洮岷兵备副使山东济宁临溪杨贤书，知县赵廷瑾立

【撰者】

杨贤，山东济宁临溪人，官至按察司洮岷兵备副使。

【注释】

①吴将冢：吴挺陵园，在陇南成县城关镇石碑寨村。吴挺，字仲烈，生于武都，为吴璘第五子。这里曾经的宏大豪华堪比皇家陵园，从所立的碑石上可见一斑。《世功保蜀忠德碑》俗称吴王碑，为南宋抗金名将吴挺神道碑，是省级文物保护单位。吴挺碑立于南宋嘉泰三年（1203年），碑体高6.19米，宽1.87米，厚0.47米。碑体镶嵌于高出地面1.8米、宽广5.6米的四螭托碑碑趺上。碑正面顶部篆"皇帝宸翰"四字，每字各46厘米见方，四周环刻二龙戏珠图案。碑阴中部刻楷书"世功保蜀忠德之碑"，竖排两行，每行4字，每字长46厘米，宽33厘米。行间刊有"敕令宝玺"和"修正殿书"8个小字，四周刻八龙腾云图。下部刻铭文六百五十字和寿字佛手图案。碑阴额篆"世功保蜀忠德之碑"，饰二龙斗宝图。中部刻碑文八千四百多字，是当时国子祭酒、实录院同修撰高文虎奉宁宗敕命所撰，起居舍人、实录院检讨官陈宗召奉敕书丹。

碑文记述了吴挺家世和他参与的宋金在甘肃境内的德顺之战、瓦亭之战、巩城之战等战役，以及其他战绩，此碑是研究宋代政治、军事、文化等方面的珍贵实物资料。吴挺陵园是吴挺之子吴曦所建。吴曦继任父职，时为利州西路安抚使，兼四川宣抚副使，他在京都曾监修过皇陵，所以有经验修建规模超大的吴挺陵园。庆元四年（1198年）动工，嘉泰三年（1203年）十月竣工。吴挺陵园曾遭损毁，与吴挺之子吴曦叛国投金有关。吴曦当时为了得到金朝"蜀王"封授，曾割据四川，并把秦、陇战略要地西、凤、阶、成四州割让给金朝。后吴曦战败被朝廷处死，吴挺家族也遭灭门之祸，耗巨资营造的吴挺陵园也被朝廷废弃。《甘肃通志》载：吴曦伏诛后"诛其妻子，家属徙岭南，夺曦父挺官爵，迁曦祖璘子孙出蜀，存璘庙祀，此碑不仆且毁"。

②杜公窝：诗圣祠，又名成县杜甫草堂纪念祠，位于陇南成县飞龙峡。

③仇池：即仇池国。《水经注》记载：仇池山"上有平田百顷，煮土成盐，因以百顷为号。山上丰水泉，所谓清泉涌沸，润气上流者也。"西晋元康六年（296年），杨茂搜创立前仇池国。东晋太和六年（371年），前仇池国灭亡。前秦建元十九年（东晋太元八年，383年），杨定恢复的仇池政权被称为后仇池国。南朝宋元嘉十九年（442年），后仇池国覆灭。

④婆娑：醉态蹒跚貌。晋葛洪《抱朴子·酒诫》："汉高婆娑巨醉，故能斩蛇鞠旅。"

【释文】

诗碑现存于甘肃陇南市成县杜公祠内碑廊，其碑高42厘米，宽61厘米，共9行，字体大小约3厘米见方，碑文书体为楷书，碑体残缺。碑末书"明嘉靖三十二年（1553年）春三月朔日，按察司洮岷兵备副使山东济宁临溪杨贤书，知县赵廷瑾立。"

图54 成县五言律一首（拓片）

四 明代

谒杜工部祠七言律一首

明嘉靖三十二年（1553年）

【碑文】

谒杜工部祠七言律一首①
飞龙峡②外凤台空，子美祠堂③在眼中。
俊逸④每于诗里识，拜瞻今始意相通。
寻芳敢学游春兴⑤，得句忘归恋我翁。
不是鲁狂欲弄斧⑥，愿言乞巧度愚蒙⑦。

大明嘉靖三十二年春三月朔日
按察司洮岷兵备副使山东济宁临溪杨贤书，知县赵廷瑾立

【撰者】

杨贤，介绍同上。

【注释】

①谒：拜见，谒见尊长。亦用为一般访晤中对被访者的敬词。《史记·封禅书》："天始以宝鼎神策授皇帝，朔而又朔，终而复始，皇帝敬拜见焉。"杜工部：杜甫，工部是他曾做官的职位，所以又叫他杜工部。

②飞龙峡：陇南成县飞龙峡。

③子美祠堂：甘肃成县杜甫草堂又称"成州同谷县杜工部祠堂""同谷草堂""子美草堂""诗圣祠""工部祠"，俗称"杜公祠"。

④俊逸：指超群脱俗的人。明陈子龙《送宋子建应试金陵随至海州成婚》诗："南朝多俊逸，东府最风流。"

⑤寻芳：游赏美景。唐姚合《游阳河岸》诗："寻芳愁路尽，逢景畏人多。"宋朱熹《春日》诗："胜日寻芳泗水滨，无边光景一时新。"春兴：春游的兴致。唐皇甫冉《奉和对山僧》："远心驰北阙，春兴寄东山。"

⑥弄斧：比喻在行家面前卖弄本领。明高濂《玉簪记·寄弄》："小生略记一二，弄斧班门，休笑，休笑。"

⑦乞巧：旧时风俗，乞巧节又称娘娘节，是指农历七月七日（或七月六日夜）妇女向织女星乞求智巧，称为"乞巧"。在全国各地都有这个习俗，而陇南西和、礼县一带的乞巧节最有特色。它是以"牛郎织女"的传说故事而兴起。在牛郎织女七夕相会的日子里祈巧。祈求"巧娘娘"（织女）能使自己或自己的女儿们心灵手巧，聪颖智慧，整个活动分为"请仙""引水""乞巧"游乐等环节。愚蒙：亦作"愚矇"，愚昧不明。《汉书·杨恽传》："《报会宗书》曰：'恽材朽行秽，文质无所底……足下哀其愚蒙，赐书教督以所不及。'"

【释文】

"谒杜工部祠七言律一首"为明嘉靖三十二年（1553年）按察司洮岷兵备副使山东济宁临溪人杨贤所作，成县知县赵廷瑾立碑。诗碑现存于甘肃陇南市成县杜公祠内碑廊，高46厘米，宽61厘米，11行，字体大小为2.8厘米见方，书体为楷书，诗碑保存完整。此诗碑同杨贤《成县五言律一首》为同年所作。

图55 谒杜工部祠七言律一首（拓片）

刘尚礼《谒少陵祠二首》

明嘉靖三十六年（1557年）

【碑文】

　　谒少陵祠一首，□□春谷葛之奇漫稿
　凤凰台下飞龙硖，硖口遥望杜老祠。
　诗句漫留苍藓碣，草堂高护碧萝枝。
　徐探步月①看云处，想见思家忆弟时。
　千古风流重山水，令人特地起遐思②。

　　玉泉刘尚礼次韵一首
　云山窈窕③涵清界，烟水潺湲④绕杜祠。
　寝殿⑤纷飞新藿叶，吟台唯有老松枝。
　独怜雅调⑥成陈迹，却恨残碑属几时。
　吊古寻幽⑦归旆脱，亮怀⑧应入梦中思。

嘉靖丁巳季秋廿一日立

【撰者】

　　刘尚礼，山西汾州人，贡士。嘉靖丁巳（1557年）时为成县知县。据嘉庆十三年吴鹏翱《武阶备志·职官表下》卷七："刘尚礼，弘治间知成县。"

【注释】

　　①步月：月下散步。唐杜甫《恨别》诗："思家步月清宵立，忆弟看云白日眠。"
　　②遐思：深长的思念。宋王安石《谢徐秘校启》："未即趋承，唯加调护，竚膺殊擢，以慰遐思。"
　　③窈窕：娴静美好的样子。《诗·周南·关雎》："窈窕淑女，君子好逑。"
　　④潺湲：流动貌。《楚辞·九歌·湘夫人》："荒忽兮远望，观流水兮

潺湲。"

⑤寝殿：寝庙，古代宗庙的正殿称庙，后殿称寝，合称寝庙。《诗·小雅·巧言》："奕奕寝庙，君子作之。"《礼记·月令》："寝庙毕备。"郑玄注："凡庙，前曰庙，后曰寝。"孔颖达疏："庙是接神之处，其处尊，故在前，寝，衣冠所藏之处，对庙为卑，故在后。但庙制有东西厢，有序墙，寝制唯室而已。有时亦泛指住宅。"《诗·大雅·崧高》："有俶其城，寝庙既成。"

⑥雅调：高雅的韵调或格调。唐朱湾《筝柱子》诗："知音如见赏，雅调为君传。"

⑦吊古寻幽：吊，凭吊；幽，幽境。凭吊古迹，寻找幽境，感怀旧事。明冯梦龙《古今小说》第三十卷："游山玩水，吊古寻幽，赏月吟风，怡情遣兴，诗赋文词，山川殆遍。"

⑧亮怀：忠直、坦荡的胸怀。三国魏曹植《赠徐干》诗："亮怀玙璠美，积久德逾宣。"明陈子龙《长歌行》之一："亮怀千秋志，盛名我所师。"

【释文】

《谒少陵祠二首》为嘉靖丁巳（1557年）时任成县知县刘尚礼作，此碑现存于甘肃陇南市成县杜公祠内碑廊，碑高46厘米，宽64厘米，共书16行，字体大小约3厘米见方，楷书，诗碑右上方残缺。

图56　谒少陵祠二首诗碑（拓片）

四 明代

甄敬诗碑

明嘉靖三十八年（1559年）

【碑文】

　　　　登麦积岩三首
孤标冠地轴①，远眺倚天门。
巴蜀东南尽，山河西北□。
□□开色界，水月满灵轩②。
不识如来意，常瞻灏气③存。

法□诸峰外，浮云万里长。
乾坤人旷劫，今古共微□。
灵籁鸣虚壑④，禅光落上方。
我生无着执，梦里到慈航⑤。

鸟道悬青嶂⑥，龙宫宿紫烟⑦。
香云飞不着，宝月□守园。
俯仰浮生幻，洪濛像帝先⑧。
晚来移杖屦⑨，灯火下诸天⑩。

　　　　麦积山遇雪
万象高悬北斗齐⑪，三千世界⑫望中迷。
浮云□住青莲宇⑬，净水常流白虎溪。
风动回檐⑭驯鸽舞，雪凌远嶂□□啼。
招提应为幽人至⑮，遍雨天花待马蹄。

　　　　　　　嘉靖己未十月三晋龙庄山人甄敬题
属下吏知州吴应卬　属下吏知州杜廷栋立　属下吏知州李宋立石

【撰者】

甄敬，山西平定人，明嘉靖癸丑科（1553年）进士，官至太仆寺少卿。《山西通志》载："甄敬，字子一，成德癸丑进士，知大名，均田赋、筑堤防、节供役、朔望率县尉盟城隍庙，以清白矢志。升御史按陇西，发摘有威望，迁四川佥事，升行太仆少卿卒。"清光绪《平定州志》载有他的诗歌《出塞曲》八首、《登麦积山》三首、《阻水山行》二首、《中丞陈文冈招饮北湖二律》《登麦积山遇雪》《过大河驿》《公署即雨拟泛海未遂》《丰国荒田溯望喜贾县尹招垦》《利津行署双栢》《大清河公署新成》等。从他的诗作可以看出他游览过不少名胜古迹，在甘肃陇南成县就有其摩崖题记："嘉靖己未年（1559年），菊月既望巡按陕西监察御史晋阳龙庄甄敬同按察司巡陇右道佥事、北海冯惟讷来游。"在任巡按陕西监察御史时，冯惟讷编辑了《古诗纪》，甄敬为此书写了序言"诗纪序"，并于明嘉靖三十九年（1560年）刊行，后人称"甄敬刻本"。甄敬在其序言中，对古代诗歌的发展源流、历朝诗歌的特色风采、诗歌的作用以及诗歌创作理论作出了自己独特的见解。现山西省祁县图书馆所藏的《古诗纪》甄敬刻本入选《国家珍贵古籍名录》。

【注释】

①孤标：指山独特露出的顶端。北魏郦道元《水经注·涑水》："东侧蟠溪万仞，方岭云迥，奇峰霞举，孤标秀出，罩络群山之表。"地轴：古代传说中大地的轴，泛指大地。

②灵轩：指好的气质。优雅，高尚，温文尔雅。

③灏气：弥漫在天地间之气，正大刚直之气。

④灵籁：优美动听的乐音。虚壑：空谷，南朝宋谢灵运《维摩经十譬赞·聚沫泡合》："水性本无泡，激流遂聚沫，即异成貌状，消散归虚壑。"

⑤慈航：佛教语。谓佛、菩萨以慈悲之心度人，如航船之济众，使脱离生死苦海。

⑥鸟道：险峻狭窄的山路。青嶂：如屏障的青山。

⑦紫烟：紫色瑞云，也指山谷中的紫色烟雾。

⑧洪濛（洪蒙）：有多种意思：分别为迷蒙，太空、宇宙，天地形成前的混沌状态，还指原始、不发达状态。先：先祖，先父，先哲（指已去世

的有才德的思想家)、先烈、先贤。

⑨杖屦：拄杖。唐杜甫《祠南夕望》诗："兴来犹杖屦，目断更云沙。"

⑩诸天：佛教语。指护法众天神。佛经言欲界有六天，色界之四禅有十八天，无色界之四处有四天，其他尚有日天、月天、韦驮天等诸天神，总称之曰诸天。也指神界的众神位，后泛指天界、天空。

⑪万象：道家术语。释义为宇宙间一切事物或景象。北斗：指天上北斗星。此句指麦积山高悬的景象和北斗一样高。

⑫三千世界：佛教名词，即"大千世界"。以须弥山为中心，七山八海交绕之，更以铁围山为外郭，是谓一小世界，合一千个小世界为小千世界，合一千个小千世界为中千世界，合一千个中千世界为大千世界，总称为三千大千世界。唐玄奘《大唐西域记·麾揭陀国上》："昔贤劫初成，与大地俱起，据三千大千世界之中，下极金轮，上侵地际。"

⑬青莲宇：佛寺。唐李绅《望鹤林寺》诗："鹤栖峰下青莲宇，花发江城世界春。"

⑭回檐：回廊的屋檐。

⑮招提：梵语。音译为"拓斗提奢"，省作"拓提"，后误为"招提"。其义为"四方"。四方之僧称招提僧，四方僧之住处称招提僧坊。北魏太武帝造伽蓝，创招提之名，后遂为寺院的别称。南朝宋谢灵运《答范光禄书》："即时经始招提，在所住山南。"幽人：幽隐之人，隐士。《易·履》："履道坦坦，幽人贞吉。"孔颖达疏："幽人贞吉者，既无险难，故在幽隐之人守正得吉。"

【释文】

明嘉靖三十八年（1559年），甄敬到麦积山游览并题诗刻石。诗碑现置于甘肃天水市麦积山瑞应寺院大殿前廊，螭首方座，通高3.86米，宽1.07米，厚0.27米。碑文为楷书体，十三行。碑阳刻五言诗《登麦积岩三首》、七言诗《麦积山遇雪》一首。碑阴刻庾信《秦州天水郡麦积崖佛龛铭并序》。

附：庾信《秦州天水郡麦积崖佛龛铭并序》

麦积山者，乃陇坻之名山，河西之灵岳。高峰寻云，深谷无量。方之鹫岛，迹迈三禅。譬彼鹤鸣，虚飞六甲。鸟道乍穷，羊肠或断。云如鹏翼，忽已垂天。树若桂华，翻能拂日。是以飞锡遥来，度怀远至。疏山凿洞，郁为净土。拜灯王于石室，乃假驭风；礼花首于山宪，方资控鹤。大都督李允信者，籍于宿植，深悟法门。乃于壁之南崖，梯云凿道，奉为王父造七佛龛。似刻浮檀，如冰水玉，从容满月，照耀青莲。影现须弥，香闻忉利。如斯尘野，还开说法之堂；犹彼香山，更对安居之佛。昔者如来追福，有报恩之经；菩萨去家，有思亲之供，敢缘斯义，乃作铭曰：

镇地郁盘，基乾峻极，石关十上，铜梁九息。
万仞崖横，千寻松直；荫兔假道，阳乌回翼。
载辇疏山，穿龛架岭，纠纷星汉，回旋光景。
壁累经文，龛重佛影，雕轮月殿，刻镜花堂。
横镌石壁，暗凿山梁。雷乘法鼓，树积天香。
噭泉珉谷，吹尘石床。集灵真馆，藏仙册府。
芝洞秋房，檀林春乳，冰谷银砂，山楼石柱。
异岭共云，同峰别雨。冀城余俗，河西旧风。
水声幽咽，山势崆峒。法云常住，慧日无穷。
方域芥尽，不变天官。

兹山名胜，独冠陇右。其开轫之始，不可考。而志籍所存，唯子山是铭是古。观其图写山形，摽扬法界，事综理该，辞义典则，而碑版不传，遗文湮灭。乃命工伐石，刊置山隅，将以之同好，俾后来者有所考焉。

子山，新野人，仕梁，累官右卫将军，聘于西魏。属魏师南讨，遂留长安。江陵累迁开府仪同三司、司宗中大夫。博学工文辞，尤长于诗，有集若干卷传世。

　　　　　　　　　　赐　进士出身朝列大夫河南布政司右参议
　　　　　　　　前陕西按察司分巡陇右道佥事北海冯惟讷识
　　　　　　　　　　　嘉靖岁次甲子孟秋吉日
　　赐　进士出身奉议大夫陕西等处提刑按察司分巡陇右道佥事甘茹书
　　　　　　　　　　　　　　　　　　　　□州许□重勒

四 明代

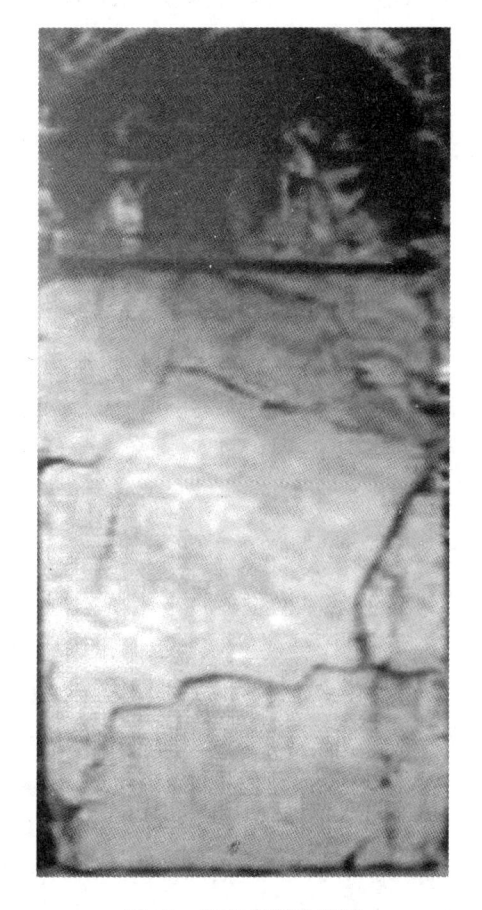

图57 麦积山甄敬诗碑

冯惟讷诗刻

明嘉靖三十九年（1560年）
【碑文】

     游麦积山四首
  山川雄且都，法界①盛规模。陇蜀屯灵气，乾坤②辟壮图。
  天垂云幰③近，月照相轮④孤。想像昙花⑤现，西来启觉途。

— 167 —

疏川开净土⑥，镂玉写金仙⑦。翠蔼边三积，空香隐四禅⑧。
莲宫长曜日⑨，桂栋欲浮天⑩。不入尘灰劫，灵光独皎然⑪。

鹫岭⑫横西极，祇园⑬复在兹。孤标拨地起，万象入云危。
月殿金芝秀，霜林锦树披。经过未辞数，猿鹤久相期。

千载庾开府⑭，传闻此勒铭⑮。金涵沁宝气，玉字秘图经⑯。
日月迥三殿，云霞卫百灵⑰。空嗟浮世⑱改，搔首别山庭。

时嘉靖庚申孟冬吉北海少洲冯惟讷书

【撰者】

冯惟讷（1513—1572年），字汝言，号少洲，山东临朐人。明嘉靖戊戌（1538年）进士，历任宜兴知县，兵部员外郎，提学陕西、两浙，江西左布政使，以光禄正卿致仕。以诗文名世，有《青州府志》八卷、《光禄集》十卷。他长于文学研究和古籍整理，他辑录的《古诗纪》一百五十六卷和《风雅广逸》八卷存世，并被收入《四库全书》，时人称其与《昭明文选》为并辔之作。《四库全书总目提要》里说："其上薄古初，下迄六代，有韵之作，无不兼收。溯诗家之渊源者，不能外是书而别求。"还有《楚词旁注》《选诗约注》《文献通考纂要》《杜律删注》《古诗纪》《汉魏六朝诗纪》等著作，可惜多不见，现存诗作有：《闻警二首》《再别徐少初明府二首》《又寄河东清溪诸殿下二首》《春日侍宴高唐齐东二王即韵应教》《出榆关逢征兵使人作》《至都始见峻伯留宿廨舍识喜》《皋兰观兵》《春日陪孟东洲宪使公重过宋氏园亭》《秋日同参伯邵公游凤凰山》《送杜明府谢政还辽》《毗陵舟中夜别万吴二明府次俞汝成韵》等。

【注释】

①法界：佛教语。谓宇宙森罗万象的一切境界、全宇宙。法界的"法"是谓十界三千的一切现象，"界"是谓差别、境界。通常泛称各种事物的现象及其本质。

②乾坤：八卦中的两卦，乾为天，坤为地，乾坤代表天地，衍生为阴阳、男女、国家等人生世界观。

③云幄：云雾似的四合帷幕，状如宫室，借指殿廷。

四 明代

④相轮：佛教语。塔刹的主要部分。贯串在刹杆上的圆环，多与塔的层数相应，为塔的表相，故称。《翻译名义集·寺塔坛幢》："佛造迦叶佛塔，上施槃盖，长表轮相，经中多云相轮，以人仰望而瞻相也。"后亦喻指皮相浅薄之论。

⑤昙花：即优昙花，亦作优昙婆罗、乌昙跋罗、优昙钵华、乌昙华等，意译灵瑞、瑞应。花名。产于喜马拉雅山麓及德干高原、锡兰等处。花隐于壶状凹陷之花托中，常误以为隐花植物。世称其花三千年一开，值轮王及佛出世方现，喻极为难得的不世出之物。佛经中常用以喻佛、佛法之难得，如《法华经·方便品》云："如是妙法，诸佛如来，时乃说之，如优昙钵华，时一现耳。""昙花一现"的成语，即源出于此。优昙华意为灵瑞花、空起花、起空花。佛教经文中称此花为"仙间极品之花"，开花被当作吉祥的征兆，代表圣人转轮法王（金轮王）（佛）出世，三千年才开一次花，并且开后随即凋谢。

⑥疏川：疏通河流，疏导阻碍水流的障碍。《国语·郑语下》："高高下下，疏川导滞，钟水丰物……合通四海。"典故源于大禹治水的故事，大禹吸取前人鲧只堵不疏的教训，禹采取了"疏"的办法，治水成功。净土：佛教认为佛、菩萨等居住的世界，没有尘世的污染，所以叫净土。泛指没有受污染的干净地方。

⑦金仙：指佛。

⑧四禅：佛教语，即四禅定。色界初禅天至四禅天的四种禅定。人于欲界中修习禅定时，忽觉身心凝然，遍身毛孔气息徐徐出入，入无积聚，出无分散，是为初禅天定；然此禅定中，尚有觉观之相，更摄心在定，觉观即灭，乃发静定之喜，是为二禅天定；然以喜心涌动，定力尚不坚固，因摄心谛观，喜心即谢，于是泯然入定，绵绵之乐，从内以发，此为三禅天定；然乐能扰心，犹未彻底清净，更加功不已，出入息断，绝诸妄想，正念坚固，此为四禅天定，又为观、练、熏、修四大品。

⑨莲宫：指寺庙。曜日：灿烂的阳光。

⑩桂栋：桂木作的梁栋，多形容华丽的房屋。浮天：浮于天际。

⑪灵光：神异的光辉。佛道指人的良善的本性。谓在万念俱寂的时候，良善的本性会发出光耀。

⑫鹫岭：即灵鹫山，佛常居此。位于中印度摩揭陀国王舍城附近的山峰，因系佛陀说法之地而闻名。又作伊沙崛山、耆阇多山、姞栗陀罗屈咤山、揭梨驮罗鸠月互山，意译灵鹫山、鹫头山，或称鹫山、鹫岭、鹫台。"耆阇"为鹫之一种，羽翼稍黑，头部呈灰白色，毛稀少，贪食腐肉。据《玄应音义》卷七所述，此鸟有灵，知人死活，人欲死时，则群翔彼家，待其送林，飞下而食，故号灵鹫。《大智度论》卷三对此事曾有二说，一说山顶似鹫，王舍城人见其似鹫，故共传言鹫头山；一说王舍城南尸陀林中有死尸，诸鹫常来啖食，食毕即还山头，时人遂名鹫头山。

⑬祇园：祇园精舍，是古印度佛教创始人释迦牟尼（又叫佛陀）当年传法的另一重要场所，它比王舍城的竹林精舍要稍晚一些。祇园精舍是佛陀在世时规模最大的精舍，是佛教史上第二栋专供佛教僧人使用的专用建筑物，也是佛教寺院的早期建筑形式。

⑭庾开府：庾信（513—581年），北周诗人。南阳新野（今属河南）人，字子山。《周书·庾信传》载：他"幼而俊迈，聪敏绝伦"。随父亲庾肩吾出入于萧纲的宫廷，与徐陵皆为梁东宫抄撰学士，善诗赋、骈文，其作绮艳轻靡。曾任建康令、骠骑大将军、开府仪同三司等职，故称"庾开府"。多为贵胄撰碑志。有《哀江南赋》等思故土之名篇，后人辑有《庾子山集》。

⑮铭：庾信撰写的《秦州天水郡麦积崖佛龛铭》。

⑯玉字：多指仙道书的内容，也指对他人文字的美称。图经：图文并重的著作。

⑰百灵：各种神灵。《文选·班固〈东都赋〉》："礼神祇，怀百灵。"李善注："《毛诗》曰：'怀桑百神。'"

⑱浮世：人间，人世。旧时认为人世间是浮沉聚散不定的，故称。

【释文】

冯惟讷诗碑现存于甘肃天水市麦积山石窟东崖门口崖壁，明嘉靖三十九年（1560年）立。碑呈横长方形，高0.60米，宽0.87米。碑文书体为行草，十八行，首行刻诗题，满行十二字，刻五言律诗四首。

四 明代

甘茹诗碑

明嘉靖四十三年（1564年）

【碑文】

重游登麦积山六首与乐山胡公同赋

冥搜此灵境，兴比尘游添。群动同禅寂①，千山为佛尖②。
慧风吹豆甲③，法雨④唾松髻。吏隐真堪寄⑤，华簪⑥祇自嫌。

宝塔⑦千松绕，云笼⑧万幕悬。丹梯斜有逗，青壁峭通天。
混沌⑨神能凿，飞翔鸟尚缘。振衣惊南度，下界等浮烟。

地因庾碣⑩重，寺以杜诗⑪雄。鸟语妨僧定，毫光映日红。
浮生色相⑫外，胜览醉歌中。怀古情无赖，黄蒿没隗宫⑬。

重阁浮高栋，危栏隐曲扉。步生云片片，身共鹤飞飞。
莲宇⑭开丹嶂，经堂俯翠微。百年轻履险，万事解忘机。

牛洞藤阴细，龙湫⑮溜色澄。无云花自语，不夜月传灯⑯。
金粟三千界，琼楼十二层⑰。摩崖未辞数，珍重此山僧。

登临依越客⑱，指点是巴山⑲。萍梗⑳牵吟思，乾坤洗俗颜。
上方㉑诸品静，信宿㉒一官闲。回首追三笑，寥寥不可攀。

【注释】

①群动：诸种活动，亦泛指众人。禅寂：佛教道教以寂灭为宗旨，故谓思虑寂静为禅寂。《维摩诘经·方便品》："一心禅寂，摄诸乱意。"唐李邕《郑州大云寺碑》："发趣如因，弥入禅寂。"

②佛尖：形如佛手的指尖。

③豆甲：豆荚。

④法雨：佛教语。（譬喻）妙法能滋润众生，故譬之为雨。《无量寿经》曰："澍法雨演法施。"《法华经序品》曰："雨大法雨，吹大法螺。"《同普门品》曰："澍甘露法雨，灭除烦恼焰。"《涅槃经二》曰："无上法雨，雨汝身田，令生法芽。"《嘉祥无量寿经疏》曰："澍雨有润泽之功，譬说法能沾利众生也。"即佛法普度众生，如雨之润泽万物，故称。

⑤堪寄：堪：可以，能。寄：寄托、寄赠。可以寄托之意。

⑥华簪：华贵的冠簪。古人用簪把冠连缀在头发上。华簪为贵官所用，故常用以指显贵的官职。

⑦宝塔：指以珍宝严饰之塔。据《法华经见宝塔品》载，有七宝塔在佛陀之前由地下涌出，住于空中，有五千栏楯，千万龛室，饰以无数之幢幡，并悬垂璎珞、宝铃等；诸幡盖系以金、银、琉璃、车渠、玛瑙、真珠、玫瑰等七宝合成，且塔之四面皆出多摩罗跋栴檀之香。

⑧云笼：云雾笼罩。云，超脱俗界者，又指超脱俗界云海。

⑨混沌：古代传说中央之帝混沌，又称浑沌，生无七窍，日凿一窍，七日凿成而死。也比喻自然淳朴的状态。唐刘知几《史通·言语》："用使周秦言辞见于魏晋之代，楚汉应对，行乎宋齐之日，而伪修混沌，失彼天然。"

⑩庚碣：庚，庚积（露天储积之谷物）。碣，指高大的岩石，即麦积山。这里也指北周庾信《秦州天水郡麦积崖佛龛铭》石碣。

⑪杜诗：指杜甫《山寺》。

⑫色相：亦作"色象"。佛教语。指万物的形貌。《涅槃经·德王品四》："（菩萨）示现一色，一切众生各各皆见种种色相。"

⑬黄蒿：枯黄了的蒿草，亦泛指枯草。隗宫：隗嚣的宫室。隗宫在秦州麦积山北，为隗嚣避暑之地。

⑭莲宇：佛寺。

⑮龙湫：悬瀑下有深潭，谓之龙湫。

⑯传灯：乃为法脉辗转相传而不绝，如灯火相续不灭。《大般若经》卷四百零六载："诸佛弟子凡有所说，一切皆承佛威神力！何以故？舍利弗！如来为他宣说法要，与诸法性常不相违！诸佛弟子，依所说法，精勤修学，证法实性，由是为他有所宣说，皆与法性不相违，故佛所言，如灯传照！"

⑰金粟三千界：金粟为"金粟如来"的省称。谓以须弥山为中心，周围环绕四大洲及九山八海，称为一小世界，乃自色界之初禅天至大地底下之风轮，其间包括日、月、须弥山、四天王、三十三天、夜摩天、兜率天、乐变化天、他化自在天、梵世天等。此一小世界以一千为集，而形成一个小千世界，一千个小千世界集成中千世界，一千个中千世界集成大千世界，此大千世界因由小、中、大三种千世界所集成，故称三千大千世界。然据正确推定，所谓三千世界实则为十亿个小世界，而三千大千世界实为千百亿个世界，与一般泛称无限世界、宇宙全体之模糊概念实有差距。又于佛典之宇宙观中，三千世界乃一佛所教化之领域，故又称一佛国。每一小世界最下层系一层气，称为风轮；风轮之上为一层水，称为水轮；水轮之上为一层金，或谓硬石，称为金轮；金轮之上即山、海洋、大洲等所构成之大地，而须弥山即位于此世界之中央。琼楼十二层：天水麦积山上山木栈道最多处有十二层，所以称之为十二龛架。

⑱越客：客居他乡的越人。多泛指异乡客居者。唐刘长卿《七里滩重送严维》诗："秋江渺渺水空波，越客孤舟欲榜歌。"

⑲巴山：中国西部大山。大巴山简称巴山，是四川省与陕西省界山。东端伸延至湖北省西部，与神农架、巫山相连；西与摩天岭相接；北以汉江谷地为界。西北—东南走向。

⑳萍梗：浮萍断梗。因漂泊流徙，故以喻人行止无定。

㉑上方：住持僧居住的内室，亦借指佛寺。唐解琬《奉和九月九日登慈恩寺浮图应制》诗："瑞塔临地，金舆幸上方。"

㉒信宿：连宿两夜，两三日。《后汉书·蔡邕传论》："董卓一旦入朝，辟书先下，分明枉结，信宿三迁。"李贤注："谓三日之间，位历三台也。"

小有洞

上界右为牛堂，堂纳雾占，阴雨盖出。巩记云，故有栈绕外而达，代远朽堕，不可缮补，僧始洞之。然低隘，非匍匐莫由也。仍命工稍加高广，众称便。因牛堂遂假五丁甲以例之，再赋五言一律：

小洞①何年辟，斑斑斧凿②新。
群生悲觉路③，万劫启迷津④。

秦蜀金牛隘⑤，阴晴玉洞春。
谁知三昧⑥外，彼岸复无垠⑦。

嘉靖甲子夏　蜀人泰溪甘茹识

【注释】

①小洞：指第四窟和第五窟之间的小洞，其洞口刻有甘茹书的"小有洞天"额。

②斧凿：斧子和凿子的痕迹。

③觉路：佛教语。谓成佛的道路。

④万劫：佛经称世界从生成到毁灭的过程为一劫，万劫犹万世，形容时间极长。迷津：使人不辨方向。

⑤金牛隘：隘，险要的地方。这里指"小有洞天"的洞口。

⑥三昧：佛教语。梵文音译。又译"三摩地"。意译为"正定"。意思是止息杂念，使心神平静，是佛教的重要修行方法。借指事物的要领，真谛，教内外对此词皆有不同的论述和解释。其有一般和特殊两层含义：它可以指通常的集中思虑的能力，或者指修习所得的、发展了的集中力。从而，它也就变成了可以使禅定者进入更高境界并完全改变生命状态的神秘力量。

⑦无垠：无边际。

【撰者】

甘茹，生卒年不详，字征甫，号泰溪，四川富顺人，明嘉靖进士。官至山东按察司副使、陕西布政使等职。喜好诗文、善书法。

【释文】

甘茹诗碑现存于甘肃天水市麦积山石窟东崖门口壁面，明嘉靖四十三年（1564年）立。碑呈横长方形，高0.77米，宽1.27米。四周双边栏，刻卷草纹。碑文行草二十八行，满行十五字。内容刻作者与胡安游历麦积山的五律唱和诗六首及诗前序《小有洞》。张锦秀编撰《麦积山石窟志》2002年版录《小有洞》诗："小洞何年辟？斑斑斧凿新。群生悲觉路，万劫启迷津。秦蜀金牛隘，阴晴玉洞春。谁知三昧外，彼岸复无垠。"诗中"小有何年辟"句"有"字疑为笔误，应为"洞"字。

四 明代

图58　甘茹书麦积山石窟小有洞天（拓片）

胡安诗碑

明嘉靖四十三年（1564年）

【碑文】

　　　　游麦积山次泰溪甘公①韵
一人招提②境，能令长昼添。俯临渭水曲，遥数陇山尖。
爱树才留榻，成诗辄撚髯③。幽栖吾所好，濡滞④复何嫌。

蜂房成户牖⑤，斗绝⑥复孤悬。颇⑦胜楼观日，还期剑倚天⑧。
含恨非夙约⑨，坐石亦前缘。无异匡庐⑩上，晴峰散紫烟。

珠玉忽盈手，翩翩艺苑⑪雄。客来尊尚绿，僧起日初红。
陇蜀驱驰⑫后，蕃戎指授中⑬。伊吾欲鸣剑⑭，感事忆臧宫⑮。

云消初见洞，风满自开扉。曲迳人稀到，悬崖鸟倦飞。
暂当挹晴霁⑯，聊复论玄微⑰。尘鞅⑱今如此，何由早息机⑲？

珠林有奇赏，色界⑳本来澄。鸟韵和禅磬，岚光㉑杂佛灯。
门临千树杪㉒，身上五云层㉓。偶及乘除语，萧然㉔愧老僧。

度陇观形胜，今为第一山。勒摹前代姓，谈笑故人颜。

— 175 —

坐卧浑忘暑，登临始觉闲。丹梯㉕分手处，谁与再登攀。

姚江胡安

【撰者】

胡安，字仁夫，浙江余姚人，曾任陕西右参政使，嘉靖甲辰进士。著《趋庭集》。

【注释】

①泰溪甘公：指甘茹，字征甫，号泰溪。

②招提：意为"四方"。四方之僧称招提僧，四方僧之住处称招提僧坊。北魏太武帝造伽蓝，创招提之名，后遂为寺院的别称。

③辄：总是，就。撚：同"捻"，用手指搓转。髯：两腮的胡子，亦泛指胡子。撚髯：用手指搓胡子。

④濡滞：停留、迟延、迟滞。《孟子·公孙丑下》："三宿而后出昼，是何濡滞也！"赵岐注："濡滞，淹久也。"

⑤户牖：门窗，门户，借指家，住处。明张溥《五人墓碑记》："老子户牖之下。"

⑥斗绝：陡峭峻险。斗，通"陡"。《后汉书·西南夷传·白马氏》："（氐人）居于河池，一名仇池，方百顷，四面斗绝。"

⑦颇：很，相当地。

⑧倚天：靠着天，形容极高。

⑨夙约：旧约。

⑩匡庐：指江西的庐山。相传殷周之际有匡俗兄弟七人结庐于此，故称。《后汉书·郡国志四·庐江郡》："寻阳南有九江，东合为大江。"刘昭注引南朝宋慧远《庐山记略》："有匡俗先生者，出殷周之际，隐遯潜居其下，受道于仙人而共岭，时谓所止为仙人之庐而命焉。"

⑪艺苑：文学艺术荟萃的处所，亦泛指文学艺术界。

⑫驱驰：策马快跑。

⑬蕃戎：我国古代对西北边境各族的统称。蕃，通"番"。指授：指导，传授。

⑭伊吾：古地名，在今新疆哈密县。亦泛指边疆。清高其倬《蓟州新城》诗："志鸣伊吾剑，意洗鱼海兵。长计一蹉失，塞马仍纵横。"鸣

四 明代

剑：晋王嘉《拾遗记·颛顼》："(颛顼) 有曳影之剑，腾空而舒，若四方有兵，此剑则飞起指其方，则尅伐，未用之时，常于匣里，如龙虎之吟。"因用"鸣剑"指良剑。此处亦有抚剑之意。

⑮臧宫：东汉中兴名将"云台二十八将"之一。臧宫年轻时，曾任县中亭长、游徼等职。后来，率领宾客参加下江兵（绿林军的一支），任校尉。于是，有机会追随刘秀征战，诸将都夸他勇敢。

⑯晴霁：霁，雨止。晴霁，晴朗。

⑰玄微：深远微妙的义理。

⑱尘鞅：世俗事务的束缚。鞅，套在马颈上的皮带。

⑲息机：息灭机心。

⑳色界：佛教语。色界为三界之一，有净妙之色质的器世界及其众生的总称，位于欲界上方，乃天人的住处。此界的众生虽离淫欲，不着秽恶的色法，然尚为清净微细的色法所系缚，故为别于其下之欲界及其上之无色界，而称色界。此界之天众无男女之别，其衣服系自然而至，而以光明为食物及语言。

㉑岚光：山间雾气经日光照射而发出的光彩。

㉒树杪：杪，树枝的细梢，树杪即树梢。

㉓五云层：即五障，指女人身体所有的五种障碍，《法华经·提婆品》说："又女人身，犹有五障，一者不得作梵天王，二者帝释，三者魔王，四者转轮圣王，五者佛身。"又《法华经》说："欺为信障，怠为进障，嗔为念障，恨为定障，怨为慧障。也指修道之五障，即烦恼障、业障、生障、法障、所知障。"

㉔萧然：悠闲。唐杜甫《刘九法曹郑瑕邱石门宴集》诗："秋水清无底，萧然净客心。"媿：惭愧，同"愧"。

㉕丹梯：红色的阶梯。

【释文】

胡安诗碑现存于甘肃天水市麦积山石窟东门口崖壁，为明嘉靖四十三年（1564年）立。碑石横长方形，高0.52米，宽0.81米。四周双边栏，刻云纹。碑文书体行草，二十行，首行刻诗题，满行十六字，字迹刻画较浅。碑刻甘茹唱和诗五律六首。

泾川王母宫明镜止水碑

明嘉靖四十三年至四十四年（1564—1565年）

【碑文】

明镜止水以持心①，
泰山乔岳以立身②。
青天白日以应事③，
光风霁月以待人④。

右为王文庄公笔语所截，偶阅而珍服之，应镌囗座右，厥图常自体验，以自囗囗。田子识。
平凉知府柳谷祁天叙同知东堂李濮重刊。

【撰者】

不详。

【注释】

①止水：静止的水。《庄子·德充符》："仲尼曰：'人莫鉴于流水而鉴于止水。'"成玄英疏："止水所以留鉴者，为其澄清故也。"持心：谓处事所抱的态度。《后汉书·韦彪传》："忠孝之人，持心近厚，锻炼之吏，持心近薄。"

②乔岳：高山。本指泰山，后成泛称。《诗·周颂·时迈》："怀柔百神，及河乔岳。"毛传："乔，高也。高岳，岱宗也。"立身：处世、为人。《孝经·开宗明义》："立身行道，扬名于后世，以显父母，孝之终也。"

③青天白日：喻政治清明。唐王建《寄分司张郎中》诗："青天白日当头上，会有求闲不得时。"应事：处理事务，应付人事。《列子·说符》："投隙抵时，应事无方，属乎智。"

④光风霁月：喻人品高洁、胸襟开阔。宋黄庭坚《濂溪诗》序："舂陵周茂叔，人品甚高，胸中洒落如光风霁月。"待人：对待别人。

【释文】

此碑现存于甘肃平凉泾川县王母宫碑林，石质为砂岩质，长方形体，

四 明代

纵立，碑高151厘米，宽76厘米，书体为隶书。末书"右为王文庄公笔语所截，偶阅而珍服之，应镌□座右，厥图常自体验，以自□□。田子识。"落款为"平凉知府柳谷祁天叙同知东堂李濮重刊"。从碑末结语注中可知这四句诗出自《王文庄公笔语》一书。

王文庄即明代王鸿儒（1459—1519年），字懋学，别号凝斋，明南阳府（今河南省南阳县）人。天资聪慧，才思敏捷，成化二十三年（1487年）进士，诗人、政治家、文学家、书法家。历任南京户部主事、山西提学佥事、山西提学副使、吏部右侍郎、户部尚书等职。为官清正，受民爱戴，政绩卓著，封谥号文庄公，著有《王文庄公凝斋集》（四册）等传世。生平在《明史》《吾学编》《列卿记》等有传。碑中"田子"，查阅清乾隆《泾州志》同时期田姓官吏应为"田一井，山东东平人。以阜城县知县升。"再无关于此人其他记载。

落款"平凉知府柳谷祁天叙同知东堂李濮重刊"中"柳谷祁天叙"，为山西蒲州人祁天叙，在《河南通志·职官四》卷三十三中载"嘉靖二十年任祁天叙，山西蒲州人，贡士"。明赵时春修撰《平凉府志》载，知府祁天叙，字仲典。山西蒲州人，举人。曾任通判监固原仓（明代固原属平凉府管辖）、兖州府同知，嘉靖四十二年（1563年），任平凉知府。

此四句诗简明扼要地道出大

图59 泾州王母宫明镜止水碑（拓片）

— 179 —

丈夫"立身处世"的原则,也是古代士大夫立身处事的标准。

鹅池落成喜赋古风碑

明嘉靖四十五年(1566年)

【碑文】

　　　　鹅池落成喜赋古风　有引

　　庆阳乃郡也,北临黠房①,南卫长安。旧有鹅池以防不测。所□□钜中遭地震,倾圮②无余。郡士大夫慨焉。予至询谋府卫长吏,营度新修建。始工于嘉靖四十四年正月,迄工于四十五年正月。一年后而焕然一新。郡人得所利也。我庆其成,喜而赋此以识之。

　　　　山川形胜说西秦③,北地风云接塞尘④。
　　　　绵亘⑤百里绕重镇,迤逦胡马望蜂屯⑥。
　　　　庆阳城倚高岗起,两翼环回抱秀水。
　　　　楼盻⑦河涯万仞高,巍峨雉堞⑧无比美。
　　　　城中凿井百尺空,绳□□尽不见功。
　　　　白头老人脯⑨未餐,绿鬓⑩少年□□痕。
　　　　寻常取水河之渚,井堞谁能遍□□。
　　　　□□烽火传羽书⑪,锁钥城门且御侮⑫。
　　　　□□□□万千家,寒泉不得徒自嗟。
　　　　朝不□□□不餐,满城奔走乱如麻。
　　　　昔贤造池不记大,唐末从事李克新⑬。
　　　　泉通城外渊源水,夕日鹅池意有因。
　　　　深窟滇濛龙蛇偃⑭,石□失□规模远。
　　　　傍起危楼瞰四方,胡儿临逼家家饭⑮。
　　　　宋有经略施昌言⑯,重新废缺濬⑰其源。
　　　　经今日月千余载,古迹颓坏不可言。
　　　　我来守土甲子岁,士民言及便流涕。
　　　　万民命脉所关深,予闻其言志乎⑱契。
　　　　急为移牒两宪台⑲,早达制府⑳除民哀。

— 180 —

诸老阅言皆俞允[21]，采木取石不惜财。
承檄郡守有谯子[22]，朝夕经营勤指视。
指挥县尹[23]心力竭，梓匠[24]诸艺趋事喜。
经载灵池始告成，筑楼十丈与云平。
石壁斩然如削玉，澄潭深窈任蛟□。
命车[25]视之欲品评，阓城[26]老稚更相庆。
相庆皆云我不忧，予故述之鸣其盛。

嘉靖丙寅正月吉旦，陕西布政使司分守河西道左参议益都月川杨锦书

【撰者】

杨锦（1533—1602年），字尚䌹，号月川，明中期大臣，益都（今山东青州今属观音沟乡左家峪村）人。嘉靖三十五年（1556年）丙辰科进士，历任河南汝州县知县、曾任户部员外郎、山西河东道佥事、陕西参议、靖边道副使、山西参政兼佥事、升山西按察使、佥都御史、甘肃巡抚。38岁为奉养老母出仕，卒年六十九。著《汝州志》《抚甘奏议》《家珍集》《惜金日录》《克复编》等书。

【注释】

①黠虏：狡猾的敌人。《后汉书·伏湛传》："且渔阳之地，逼接北狄，黠虏困迫，必求其助。"

②倾圮：倒塌。《清史稿·灾异志三》："乾隆十三年四月初五日，清河大风雨，民舍倾圮无数。"

③形胜：指山川壮美之地。《旧唐书·司马承祯传》："玄宗令承祯于王屋山自选形胜，置坛室以居焉。"西秦：指关中陕西一带秦之旧地。晋陆机《汉高祖功臣颂》："脱迹违难，披榛来洎，改策西秦，报辱北冀。"

④塞尘：塞外的风尘。代指对外族的战事。唐韩愈《烽火》诗："登高望烽火，谁谓塞尘飞。"

⑤绵亘：连接，连续不绝。宋陈亮《郎秀才墓志铭》："是绵亘数十里而为在官之山，并山穷民实资以自给衣食。"

⑥迤逦：曲折连绵貌。南朝齐谢朓《治宅》诗："迢递南川阳，迤逦西山足。"蜂屯：蜂聚。清曾国藩《何君殉难碑记》："长淮以南，天柱内

外，所在蜂屯。"

⑦盻：看，远望。

⑧雉堞：泛指城墙。《陈书·侯安都传》："石头城北接岗阜，雉堞不甚危峻。"

⑨脯：肉干或水果蜜渍后晾干的成品。

⑩绿鬓：形容年轻美好的容颜。清洪棣园《后南柯·檀谋》："霎时绿鬓红颜都成孤寡，并不劳挨门搜括。"

⑪羽书：羽檄，即古代军事文书，插鸟羽以示紧急，必须迅速传递。汉陆贾《楚汉春秋》："黥布反，羽书至，上大怒。"《后汉书·西羌传论》："伤败踵系，羽书日闻。"李贤注："羽书即檄书也。"

⑫锁钥：喻防守。唐刘宽夫《邠州节度使院新建食堂记》："锁钥郊圻，将帅得人，则虏马不敢东向而牧。"御侮：谓抵御外侮。《孔丛子·论书》："自吾得由也，恶言不至于门，是非御侮乎！"

⑬李克新：唐末乾符年间人。最早记载鹅池的修建。明吴士英《鹅池铭》载："庆阳鹅池事，不知始于何代。考《碑记》则唐末乾符中，郡从事李克新浚并记。迄宋庆历间，经略安抚使施昌言重浚。历元世壅塞淹没已久。"

⑭滇濛：水雾盛大弥漫貌。偃：古同"堰"，堤坝。

⑮胡儿：指胡人。多用为蔑称。临逼：紧逼。元刘庭信《折桂令·忆别》曲："钟声儿紧紧的相随，漏声儿点点的临逼。"

⑯经略施昌言：县志记载，宋仁宗庆历七年（1047年），经略安抚使施昌言重修鹅池洞。鹅池现存有施昌言《再浚鹅池洞泉》石刻。

⑰濬：同"浚"，疏通，挖深。

⑱孚：为人所信服。

⑲移牒：以正式公文通知平行机关或人。宋高承《事物纪原·公式姓讳·移》："孔稚圭因有《北山移文》，今有移牒之名，疑始此也。"宪台：御史府及同类机构的通称。《后汉书·袁绍传》："臣以负薪之资，拔于陪隶之中，奉职宪台，擢授戎校。"

⑳制府：宋代的安抚使、制置使，明清两代的总督，均尊称为"制府"。

㉑俞允：俞，文言叹词，表示允许；俞允原指帝王允许臣下的请求，

四 明代

后在一般书信中用作请对方允许的敬词。

㉒承檄：秉承檄文之义，谓响应号召。《晋书·顾众传》："峻平，论功，众以承檄奋义，推功于谟。"谯：通"诮"，责备。

㉓县尹：一县之长。《左传·襄公二十六年》："此子为穿封戌，万城外之县尹也。"

㉔梓匠：两种木工。梓，梓人，造器具；匠，匠人，主建筑。《墨子·节用中》："凡天下群百工，轮车鞼鲍，陶冶梓匠，使各从事其所能。"

㉕命车：天子所赐的车。这里指有身份地位的人。《礼记·王制》："有圭璧金璋，不粥于市；命服命车，不粥于市。"郑玄注："尊物非民所宜有。"

㉖阖城：全城。

【释文】

此碑现存于甘肃庆阳县博物馆，碑体形制为长方体，长100厘米，宽60厘米，碑文末书"嘉靖丙寅正月吉旦，陕西布政使司分守河西道左参议益都月川杨锦书"。嘉靖丙寅年为嘉靖四十五年（1566年），杨锦任陕西布政使司分守河西道左参议时，负责庆阳府（治今甘肃庆阳县）兵备，通过发展庆阳的农业、商业，使庆阳经济迅速发展，军备物资充足。他还主持修建鹅池并撰写《鹅池落成喜赋古风》。

嘉靖四十五年（1566年），少数民族南下进犯，数万官军与敌军交战，其他地方都因粮草短缺而不能备战，只有到庆阳才能保证军需供应。后因此事延绥巡抚王遴向朝廷推荐杨锦有功，逐升为靖边道副使，期间兴修农田水利、创办"龙图书院"、修筑城防工事、督修边台、种植树木等。隆庆四年（1570年）升任山西按察使，后又升右佥都御史巡抚甘肃。今山东青州偶园街北段有两个万历年间立的牌坊，分别是为杨锦所立的"两沐恩纶坊"和"都宪坊"。

图 60　鹅池落成喜赋古风碑（拓片）

图 61　鹅池落成喜赋古风碑（拓片局部）

— 184 —

四 明代

王谟诗碑

明隆庆元年（1567年）

【碑文】

奉使关西回登崆峒偶赋
途中无个事①，带雪陟崆峒。
俯仰琼花乱，盘旋鸟道通②。
洞悬群鹤隐，云卷五台空。
疑是蓬莱境，还归问道官③。
　　　　又
泾水源头大④，崆峒绝陇秦。
烟云千里合，花鸟四时新⑤。
僧语常含笑，鹤飞几见人。
纵观⑥犹着景，何处觅天贞⑦。
隆庆元年孟冬念三，颍川东轩王谟囗，平凉府知府蒲坂祁囗囗囗。

【撰者】

王谟，生卒事迹不详，明代颍川（今河南许昌）人，官至给事中。嘉靖年间（1522—1566年）游览平凉崆峒山题诗数首，平凉知府祁天叙刻碑立于东台，旧志和《古今图书集成》均录其诗。①《秦州直隶新志·选举》卷八载"王谟，明正德癸酉科举人。"

【注释】

①个事：指一事。宋杨万里《晓坐卧治斋》诗："日上东窗无个事，送将梅影索人看。"

②鸟道：险峻狭窄的山路。南朝梁沈约《愍涂赋》："依云边以知国，极鸟道以瞻家。"

---

① 仇非：《新修崆峒山志》，甘肃人民出版社1996年版，第160页。

③道宫：道观。唐韦渠牟《步虚词》之八："道宫琼作想，真帝玉为名。"

④泾水：渭河的支流，在陕西省中部，也称泾河。《山海经·西山经》："又西五十五里，曰泾谷之山，泾水出焉，东南流注于渭。"

⑤四时：四季。

⑥纵观：恣意，随意观看。《北史·裴矩传》："复令张掖、武威士女盛饰纵观，填咽周亘数十里，以示中国之盛。"

⑦贞：即贞洁，纯正高洁。

【释文】

此诗碑现存于甘肃平凉崆峒山管理局院内，诗碑材质为石灰岩质，呈长方体，高69厘米，宽132厘米，厚12厘米。碑末书"隆庆元年孟冬念三，颖川东轩王谟□，平凉府知府蒲坂祁□□□"补全应为"隆庆元年孟冬念三，颖川东轩王谟诗，平凉府知府蒲坂祁天叙书"。

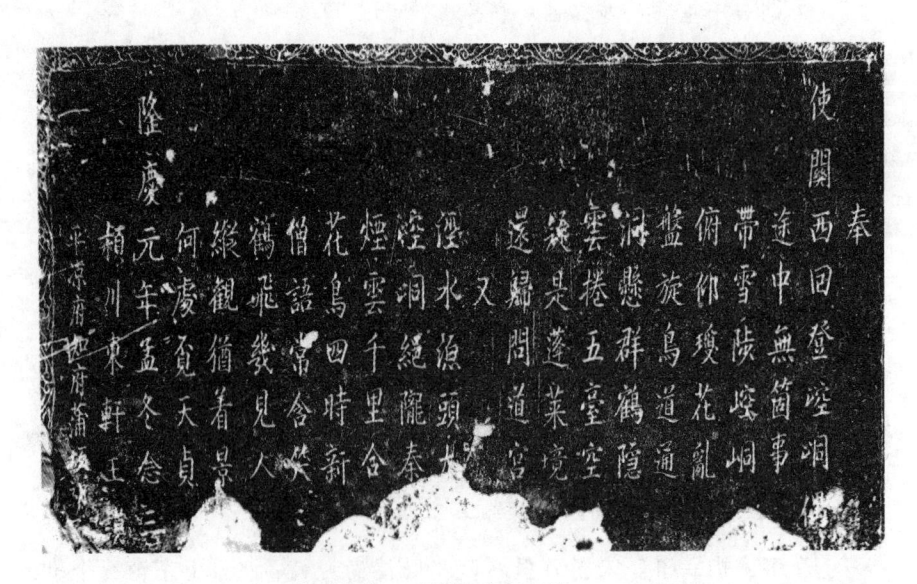

图62　王谟诗碑（拓片）

四 明代

石窟寺题咏

明隆庆年间（1567年）后

【碑文】碑阴

奇形怪迹孰雕镌①，闻说神灵造胜缘②。
高□一龛开古佛，并包万像见西天。
僧为□钵岩前释，民是桃源洞里仙。
何必空同③寻隐处，此中真可老参禅④。
　　　　　空同宋万年　宋人

次韵一首

灵宇⑤不名匠氏镌，谅由神公⑥稽何缘。
劈开太古⑦崭岩石，现出西□□率天⑧。
白马翰如驮贝叶⑨，青□□若□全仙。
个中谁承维摩诘⑩，唤起惺惺⑪一问禅。

自□□首

佛氏闻吾箫寺游，云飙豫遣六丁收⑫。
岚口翠黛⑬逸轩出，水弄丝桐绕□流。
□□能谈作□定，奇观未厌客□□。
□卓明日还停轫⑭，欢上峰头放远眸。
□岩维石□□缘，谁□当中一□空。
为修慈悲镌万像，年□益为悲□□。
人要巾舄访奇侠⑮，此日□□□快哉。
囊有新收诗料存，取□几句□如朱。

　　　　　桃坡张道　邑人□史

二明崇信己多年⑯，像教传来自竺乾⑰。
异状异形谁作俑⑱，无君无父妄谈禅。

心协叨沾云岩楼，石窟徒劳削厥⑲镌。
□□□□□表，惜哉堤隤㉑莫回天。
静庵郝希经（山西朔州人，训道）

诗酒追忆□胜游适……
冠盖□人□岚染烟……
稽古□旁观……
鸡黍□渠……

【撰者】
不详。

【注释】
①雕镌：雕刻。
②胜缘：佛教语，善缘。南朝梁武帝《游钟山大爱敬寺》诗："驾言追善友，回舆寻胜缘。"
③空同：亦作"空桐"、"空峒"等。山名，即崆峒。在今甘肃省平凉市西，险峻雄伟，山上道观极盛。《庄子·在宥》："黄帝立为天子十九年，令行天下，闻广成子在于空同之上，故往见之。"
④参禅：佛教禅宗的修持方法。有游访问禅、参究禅理、打坐禅思等形式。
⑤灵宇：祠堂，寺庙。《艺文类聚》卷八七引汉蔡邕《伤故栗赋》："树遐方之嘉木兮，于灵宇之前庭。"
⑥神公：神仙的敬称。
⑦太古：远古，上古。《荀子·正论》："太古薄葬，故不扣也。"
⑧率天：犹普天。《乐府诗集·郊庙歌辞二·齐南郊乐歌》："率天奏赞，罄地来宾。"
⑨贝叶：古代印度人用以写经的树叶。亦借指佛经。唐玄奘《谢敕赉经序启》："遂使给园精舍，并入提封；贝叶灵文，咸归册府。"
⑩维摩诘：梵语，译为"净名"或"无垢称"。佛经中人名，又指《维摩诘经》。《维摩诘经》中说维摩诘和释迦牟尼同时，是毗耶离城中的大乘居士。尝以称病为由，向释迦遣来问讯的舍利弗和文殊师利等宣扬教义。

四 明代

为佛典中现身说法、辩才无碍的代表人物。后常用以泛指修大乘佛法的居士。宋杨万里《赠王婿时可》诗："子来问讯维摩诘，分似家风一瓣香。"

⑪惺惺：清醒貌；聪明机灵。唐杜甫《喜观即到复题短篇》之二："应论十年事，愁绝始星星。"

⑫飙：暴风。六丁：道教认为六丁（丁卯、丁巳、丁未、丁酉、丁亥、丁丑）为阴神，为天帝所役使；道士则可用符箓召请，以供驱使。《后汉书·梁节王畅传》："从官卞忌自言能使六丁善占梦。"李贤注："六丁，谓六甲中丁神也。若甲子旬中，则丁卯为神，甲寅旬中，则丁巳为神之类也。役使之法，先斋戒，然后其神至，可使致远方物及知吉凶也。"

⑬翠黛：画眉用的青黑色螺黛，黑绿色。

⑭停轫：阻止车轮转动的木头，车开动时，则将其抽走。

⑮舄：鞋。又同"潟"。

⑯二明：指日月。《云笈七签》卷二三："两鼻孔下，左有日，右有月。日中有黄精赤气，月中有赤精黄气。精者，二明之质；色气者，日月之烟也。"崇信：崇尚信义。

⑰竺乾：即天竺，印度的古称。

⑱作俑：《孟子·梁惠王上》："仲尼曰：'始作俑者，其无后乎！'为其象人而用之也。"本谓制作用于殉葬的偶象，后因称创始、首开先例为"作俑"，多用于贬义。宋苏轼《上文侍中论榷盐书》："且祸莫大于作始，作俑之渐，至于用人。"

⑲厥：古同"撅"，掘。

⑳陨：坠下，崩塌。

【释文】

此碑今存甘肃庆阳市西峰北石窟寺内，碑为石灰岩质，高286厘米，宽96厘米，厚18厘米，为两面刻文，碑阳为"观音圣湫祈雨感应碑记"见下文附。碑阴为诗文，其碑文自右至左竖书，共二十六行，均为历代题咏，楷书，每字约二厘米见方。

北石窟寺位于甘肃省庆阳市西峰区西南五十里处的董志乡寺沟川村，正处在蒲河和茹河交汇处的东岸，包括寺沟、楼底村、石道坡、花鸨崖和石崖东台等五处石窟，因与平凉泾川南石窟寺同时代开凿，故而得名北石窟寺。据考证北石窟寺初建于北魏宣武帝永平二年（509年），由泾州刺

— 189 —

史奚康生建造，北石窟寺经过西魏、北周、隋、唐、宋、清各代增修扩建，逐渐形成一处较大规模的石窟群。这里窟龛密集，内容丰富，是丝路上的重要石窟，也是甘肃四大石窟之一。

附：《观音圣湫祈雨感应碑记》（碑阳）

□□□□□□石窟□□□□□□□□敕□□□□□□□阶中大夫□□□□□□□□传前乡进士邑人□坡……镇原县儒学训导□□静庵郝希经书丹。镇原县儒学廪膳生□邑人□□□□廷璋余岁□□知邑□可□顿许有□□□石窟者，形迹奇怪，得□不□之□矣！甚欲□□□□□□□□怀以老倦于勤钟欲设□亻行者数矣。义成景迫亦远，登峰自唯□□人获脱宦□□□游历□□□失常送□□□□者指□□一倒也，矧兹佳境，鲁未出疆，而今□□终莫能至□□□缺□乃□□□□下策□□□□□□□□□□壶约□庠郝司训希经、诸生□子廷璋、甘子雨男、张三省婿刘睿□遥以偿□愿，且行且歌，□□□□□□□□即□造开窟□□所谓奇怪者，则□律矾危石，空洞□□。洪仁七佛，织罗万像。观□剞劂之痕，□□经之独□哉。□□□□□□之余。杭有飞来峰，斯舜翟云，神幻移身，庆□宇飞来□□乎？信非人所能为也。既而出□□□□焉，则□□□□□□日丽，佛寺□□□而皆长也。出户一□□□□，则见晴嶂□□岱□□远玉虹，山青而水秀，□□□□而望□焉□□□□□□背过人酣社饮马驴归，尤可诗而可画也。相与叹，美不足反而吟哦之，则尘襟豁开，俗□□修□若□□□□□□□□□今□□□吾足音跫然

图63　石窟寺题咏（拓片）

四 明代

□而追随者，又得国实宾□□□寺□乃其别墅凡寺□□门院新补□□□□□□来□□□□□□一瞬□谷，不无变迁，物安恒保，坚牢以图，而天长者贻告□。后之义士赵趄，不敢及门谒期，高轩□□□□□□遇□非□子□诚求之，讵能感召若是？余曰：斯行也，诚匪朝□固欤！皆名垂永□。然犹马踏雪泥，偶印指爪，□□□□□□□□近者庸以纪汝事，不诚可否？余曰：可□书此。升□石人人仍□□□□□积善□忧言□孔□余子□□□□□□□□□□义重财轻。待与蕃祉，爰萃孙曾外舅伊何韩国懿亲伉俪伊何舜，□乡君□也，韦西人也，绣裳□也，穴处□也，□堂谓非种□□□□□□□□□□嗣。欠明嘉靖三十三年岁次甲寅春三月之吉韩藩乐□王府仪冥奏议大夫□□□□□□□□□检举之。

祖父命仲和、祖母□氏、父义□□□□母吕氏□□舞□□□□□□□□□□□四哥、五哥褒成□所仪宾奏议大夫……

图64 石窟寺题咏（拓片局部）

咏柔远八景诗碑

明隆庆年间（1567—1572年）

【碑文】

　　　　屏山梅影

　　打扮山①南，向有数仞之岩，出梅影②二株。一若老干高枝，缘山而上，余软条悬岭而下。天气清明，日炎正午，若有若无，时或阴雨，仿佛水帘白兔，隐乳其间。

　　　　梅产屏山上，于今几度年。
　　　　人传吴道子③，吾意必云仙，
　　　　变化阴阳里，有无天地间。
　　　　笔神参造化，随意写尘寰④。

　　　　　　　　　　□□□……□□□（余缺）

【撰者】

　　张九皋，1984年版《华池县志》第四章人物中载："张九皋，明隆庆华池知县，后归隐。原籍无考。"

【注释】

　　①打扮山：在今庆阳华池县乔河乡打扮村境内，是秦直道（又名直道，秦驰道之一，为秦朝修建的军事交通工程）的一个古驿站。相传汉代四大美人之一的王昭君出塞远嫁匈奴单于，路过秦直道，途中经打扮梁时，在这里驻留梳洗打扮。当时这里是西汉和匈奴的边界线，王昭君越过此地，就意味着离开了故土。

　　②梅影：梅花之疏影。宋汪藻《点绛唇》词："新月娟娟，夜寒江静山衔斗。起来搔首，梅影横窗瘦。"

　　③吴道子：（680—759年）唐代画家，河南阳翟（今河南省禹州）人。相传曾学书于张旭、贺知章，未成乃改习绘画。曾在韦嗣立幕中当差，做过兖州瑕丘（今山东兖州）县尉。漫游洛阳时，玄宗闻其名，任以内教博士官，并官至宁王府友，改名道玄，在宫廷作画。开元年间，入

宫教内宫子弟学画，因封内教博士；后又教玄宗的哥哥宁王学画，遂晋升为宁王友，从五品。唐宣宗（847年）时被推崇为"画圣"，民间画塑匠人称他为"祖师"，道教中人更呼之为"吴道真君""吴真人"。苏东坡在《书吴道子画后》一文中说："诗至于杜子美（杜甫），文至于韩退之（韩愈），书至于颜鲁公（颜真卿），画至于吴道子，而古今之变，天下能事毕矣！"一代宗师，千古流传。

④尘寰：人世间。唐权德舆《送李城门罢官归嵩阳》诗："归去尘寰外，春山桂树丛。"

【释文】

诗碑原在甘肃庆阳市城东北华池县柔远山寺，今佚。明隆庆间邑人知县石峰山人张九皋题咏八景：有危摘星，屏山梅影，巨石仙迹等。

柔远城即今华池县城，位于柔远河与其支流东沟水交汇处东侧，宋代范仲淹曾在此筑寨抵西夏，寨名"柔远"，华池县柔远镇即由此得名。张九皋，明隆庆年间曾任华池知县，除《咏柔远八景诗》石刻（今毁废）记载外，《庆阳县志》载："柔远城东山之阳，有石洞，深数十丈，就石壁凿成佛像，雕刻精美。明柔远山隐士张九皋《柔远石窟游记》写道：'入其洞，俯视仰观，神清气爽，若秋月冰壶……即脱去尘翘，有难以语人者，至情尽兴泻而后已焉。'"

张应登白水峡摩崖诗刻

明万历二十一年（1593年）

【碑文】

　　开踞摩碑纪至和①，于今险易较如何。
　　水来陇坂②寻常见，峰比巫山十二③多。
　　一线天光依峡落，悬崖鸟道④侧身过。
　　蜀门⑤秦塞元辛苦，何故行人日似梭。

明万历二十一年春，陕西布政司分守陇右道按察司副使、兼右参议、前吏、兵、工三科左右给事中内江梦夔张应登书

属下徽州知州宋洛刊石
签房吏周布利监刊
石工秦文刊

【撰者】

张应登，字玉车，号梦夔，内江梓木里（今四川内江东兴区椑木镇）人，明朝万历十一年（1583年）三甲进士，历任河南彰德府推官、提刑按察司副使、吏兵二科给事中、任山东宪副、陕西布政司陇右道按察司副使等职。

【注释】

①开踞摩碑：指造摩崖碑。至和：（1054—1056年）是宋仁宗赵祯的一个年号，前后共计三年。

②陇坂：陇山。《秦州记》曰："陇坂九曲，不知高几里。"《汉书·地理志下》："陇西郡，唐颜师古注：陇坻谓陇坂，即今之陇山也。"

③巫山十二：山名。巫山在四川、湖北两省边境，北与大巴山相连，形如"巫"字，故名。是重庆市的东大门，是游览长江三峡的必经之地。巫山十二峰坐落于巫山县东部的长江两岸，分别是登龙峰、圣泉峰、朝云峰、神女峰、松峦峰、集仙峰、净坛峰、起云峰、飞凤峰、上升峰、翠屏峰和聚鹤峰。其中净坛峰、起云峰、上升峰隐于岸上山后，在船上见不到。宋陆游《三峡歌》："十二巫山见九峰，船头彩翠满秋空。"

④鸟道：险峻狭窄的山路。南朝梁沈约《愍涂赋》："依云边以知国，极鸟道以瞻家。"

⑤蜀门：山名。即剑门。在四川省剑阁县北。山势险峻，古为戍守之处，亦代称蜀地。唐杜甫《木皮岭》诗："季冬携童稚，辛苦赴蜀门。"秦塞：秦代所建的要塞，秦州一带要塞。唐王维《奉和圣制从蓬莱向兴庆阁道中留春雨中春望之作应制》："渭水自萦秦塞曲，黄山归绕汉宫斜。"

【释文】

诗刻"过白水峡读摩崖碑一首"现存于徽县大河乡，就在《新修白水路记》摩崖左下方一块较小长方形石刻上。系七言诗一首，此碑形制长方形，高1.32米、宽0.92米，书体为楷书，竖刻8行。为明万历二十一年（1593年）陕西布政司陇右道按察司副使张应登的题诗。

《甘肃通志》及各县志中关于张应登的记载不多，《钦定四库全书·甘肃通志》卷二十七载："张应登，四川内江人。分守陇右道。"《钦定四库全书·四川通志》卷九上载："张应登，字玉车，内江人。历吏兵二科给事中，任山东宪副。以边才调陇右。应登性慷慨，风裁峻整。在谏垣日，多所论建，如请兵食、清戎政、罢楚师、置三省总督、核东征功罪、论西讨战抚机宜皆能称旨，时称为名给谏。"

《钦定四库全书·山东通志》卷二十五之一："张应登，四川内江人。提刑按察司副使。"《钦定四库全书·河南通志》卷三十二："张应登，四川内江人，进士。彰德府推官。"

同治十年刻本《内江县志》卷七《人文》中载："张应登，字玉车，万历壬午举于乡，癸未联捷。初授彰德司李。平反得情，狱无冤滞，尤不避权贵。请开万金渠，灌田万顷，邺民赖之。报绩第一。擢吏垣。历兵垣，风裁特峻，如请兵食、清戎政、罢楚兵官、置三省总督、核实东征功罪、论处西讨战抚，诸弹一一称旨。典试楚闱，遴拔皆名俊。外补山东副宪。不数月以边才调陇右，劝要衔之，遂归。囊无长物。每豪吟自适。著有疏稿，藏于家。"

《新修白水路记》摩崖刻石，镌于北宋嘉祐二年（1057年），碑刻通高2.9米，宽1.86米，额篆"新修白水路记"六字，碑文为楷书，右起竖26行，每行37字，共962字。笔力遒劲，字字稳健，由雷简夫撰文并书。这里为秦陇入川之要冲，山峦叠嶂，群峰连绵，天若下雨，行走异常艰难。李白有《蜀道难》诗描述"青泥河盘盘，百步九折萦岩峦"。此碑文详述了白水路的修建和变迁情况，青泥岭是古蜀道中最艰险的一段道路，1056年利州路转运使李虞卿倡议改道新修白水路。李虞卿与知兴安军刘拱、权知长举县事良友、顺政县令商应祥、河池县令王令图发动数县军民，历时四月，修成自河池驿至兴州长举驿新路50里，沿途修栈道阁道2309间，邮亭、营屋、纲院383间，此路缩短旧路里程32里，废除了青泥驿，减省邮兵驿马156人骑，每年减省驿廪铺粮五千石，畜草一万围，精减执事役夫三十余人。当时官府为便利河池（今徽县）、长举（今略阳白水江一带）、顺政（今略阳）三县和蜀道交通邮驿，避开青泥岭旧路，新修白水路，此碑对略阳地理有重要的历史价值，它也是一部陕、甘、川交界地带邮传、交通运输状况的金石档案，具有重要的史料价值。被当地人称"大石碑"的《新修白水路记》摩崖碑刻，2006年被列为甘肃徽县境内的"国家重点文物保护单位"。

附：《大宋兴州新开白水路记》碑文

宣德郎、守殿中丞、知雅州、军州兼管内桥道、劝农事雷简夫撰书并及篆额

至和□年冬，利州路转运使、主客郎中李虞卿，以蜀道青泥岭旧路高峻，请开白水路。自凤州河池驿至兴州长举驿，五十一里有半，以便公私之行。具上未报，即预书财费，以待其可。明年春，选兴州巡辖马递铺、殿直乔达领桥阁并邮兵五百余人，因山伐木，积于路处，遂藉其人用乞。是役又请知兴州军州事、虞部员外郎刘拱总护督作，一切仰给悉令为具。命签署兴州判官、太子中舍李良佑权知长举县事、顺政县令商应祥程度远近，按事险易，同督斯众。知凤州河池县事、殿中丞王令图首建路议，路去县地且十五余里，部属陕西，即移文令图通干其事。至秋七月始可其奏，然八月行者已走斯路矣，十二月诸功告毕。作阁道二千三百九间，邮亭、营屋、纲院三百八十三间。减旧路三十三里，废青泥一驿，除邮兵、驿马一百五十六人骑，岁省驿廪铺粮五千石、畜草一万围，放执事役夫三十余人。路未成，会李迁东川路。今转运使、工部郎中、集贤校理田谅至，审其绩状可成，故喜犹己出，事益不懈。于是斯役实肇于李而遂成于田也。嘉祐二年三月，田以状上，且曰："虞卿以至和二年仲春兴是役，仲夏移去，其经营建树之状，本与令图同。臣虽承之，在臣何力？愿朝廷旌虞卿、令图之劳，用劝来者。又拱之总役应用，良佑应之，按视修创，达之，采造监领，皆有著效，亦乞升擢。至于军士、什长而下，并望赐予，以慰远心。"朝廷议依其请。初，景德元年，尝通此路。未几而复废者，盖青泥土豪辈唧唧巧语，以疑行路。且驿废则客邸酒垆为弃物矣，浮食、游手安所仰耶？小人居尝争半分之利，或睚眦抵死，况坐要路无有在我，迟行人一切之急，射一日十倍之资，顾肯默默邪？造作百端，理当然尔。向使愚者不怖其诞说，贤者不惑其风闻，则斯路初亦不废也。大抵蜀道之难，自昔以青泥岭称首。一旦避险即安，宽民省费，斯利害断然易晓，乌用听其悠悠之谈耶！后之人见已成之易，尤当念始成之难。苟念其难，则斯路永期不废矣！简夫之文虽磨崖镂石，亦恐不足其传，请附于尚书职方之籍之图，则将久其传也。

嘉祐二年二月六日记

前利州路诸州水陆计度转运使、兼本路劝农使、转奉郎守尚书、主客

郎中、上轻车都尉、赐紫金鱼袋李虞卿

　　前利州路诸州水陆计度转运使、兼本路劝农使、转奉郎守尚书、主客郎中、充集贤校理、轻车都尉、赐绯鱼袋借紫田谅

图 65　新修白水路记（摩崖）

图 66　新修白水路记石碑题诗（拓片）

图 67 新修白水路记（拓片）

四　明代

弹筝峡诗刻

明万历二十六年（1598年）

【刻文】

　　泉声与岩绿，清流泻余悲①。
　　水流不到日，弦应是绝时。
　　调长终古②在，人听至今疑。
　　莫恃潺汲③险，胡能自覆师④。

　　　　　　至和丙申闰月晦日弹筝峡诗沈唐公述

【撰者】

　　沈唐，生卒年及籍贯不详，字公述，北宋词人，南宋黄升编《花庵词选》录有其词数首，作品有《失调名》《雨中花/夜行》《霜叶飞》《念奴娇》《望海潮》《望南云慢》《南乡子》等。北宋王灼《碧鸡漫志》卷二载："韩琦门客，曾官大名府签判，后改辟渭州签判。"

【注释】

①余悲：无尽的悲痛。晋陶潜《拟挽歌辞》之三："亲戚或余悲，他人亦已歌。"

②终古：久远，往昔，自古以来，经常。《楚辞·离骚》："怀朕情而不发兮，余焉能忍而与此终古。"

③潺汲：急流。潺，水缓流的样子；汲，形容心情急切、努力追求。

④胡：文言疑问词，为什么，何故。覆师：覆灭全军。晋陆机《辨亡论上》："陆公亦挫之西陵，覆师败绩。"

【释文】

　　诗文据民国三十二年甘肃省文献征集委员会校印本张维《陇右金石录》"弹筝峡诗刻"录，诗刻在宁夏固原三关口，末题"至和丙申闰月晦日弹筝峡诗沈唐公述"。

　　弹筝峡位于宁夏泾源县城东六七公里处，郦道元《水经注》云："都卢山峡之内，常有弹筝之声，弦歌之山，峡口流水，风吹岩响，有似音韵也。"民国《华亭县志》记载:"弹筝峡,在县西北一百八十里,风吹流水,音韵铿锵,自成律吕,如弹筝声,故名,唐宋为戍守要地。"赵时春《平凉府志》记华亭县山川:"华亭东二十里为唐弹筝峡、金佛峡,南北水鸣石如弹筝,东距府成七十里。"弹筝峡两岸危峰耸峙,河谷开阔,峡谷奇幽,河水澎湃,乱石激流,群峰竞秀,怪石嶙峋,是一处景色绮丽的旅游胜地。唐宋以来弹筝峡就很有名,已成为人们游览之地。明嘉靖十年(1531年),赵时春游览此地,亦作《弹筝峡》诗一首曰:"筝峡唐时道,萧关汉代名。连山接玉塞,列戍控金城。形胜双流合,乾坤一壑平。凭向瞻北斗,东北是神京。"

赵时春(1509—1568年),字景仁,号浚谷先生,甘肃平凉人,14岁参加乡试,为"诗魁",18岁参加会试,取得第一名。历任刑部主事、翰林院编修、校书,山东按察副使,右佥都御史,山西巡抚、提督等职。撰《平凉府志》13卷,《赵浚谷文集》10卷,《赵浚谷诗集》6卷等。

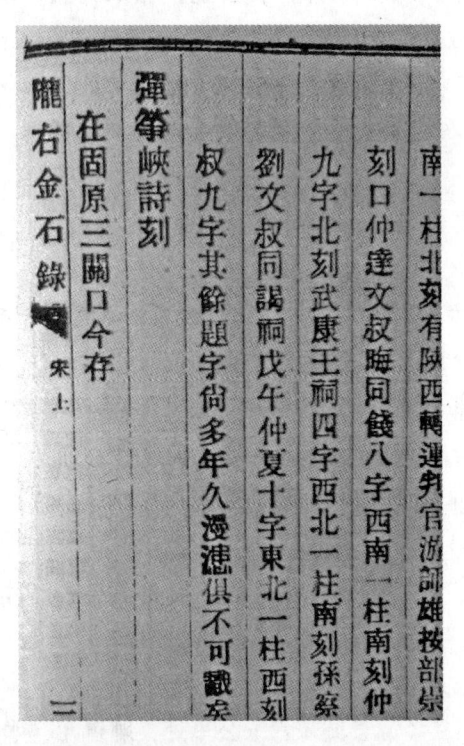

图68 《陇右金石录》弹筝峡诗刻词条(书影)

四 明代

劝世心命歌木刻

明万历二十七年（1599年）

【刻文】

心好命又好，富贵直到老；心好命不好，天地也须保；
命好心不好，中途夭折了；心命俱不好，贫穷受烦恼；
心乃命之源，最要存公道；命是形之本，穷通①难可料；
信命不修心，阴阳恐虚矫②；修心一听命，造化须相报；
李广杀降率③，封侯事虚杳；宋郊救蝼蚁，反第登科早④；
善乃福之基，恶乃祸之兆；阳德与阴功，存忠与存孝；
富贵有宿因，祸福人自招；方便扶危厄，胜如做斋醮⑤；
天地有洪恩，日月无私照；子孙受余庆⑥，祖宗延寿考⑦；
我心与彼心，各欲致荣耀；彼此一般心，何用相计较；
第一莫欺瞒，第二休奸狡；蒙心欲害人，鬼神暗中笑；
命有三分强，心要十分好；心命两修持，便是终身宝。

万历己亥岁孟夏上旬
漳县致仕官杨本古刊施

【撰者】

杨本古，生卒年不详，字信轩，漳县城关人，明代贡生。万历八年（1580年）为山西曲沃丞，政声显赫，两台交奖。明万历二十七年（1599年）转赵城（今山西临汾洪洞县）尹。

【注释】

①穷通：困厄与显达。《庄子·让王》："古之得道者，穷亦乐，通亦乐，所乐非穷通也；道德于此，则穷通为寒暑风雨之序矣。"

②虚矫：虚伪做作。《南史·梁纪下·元帝》："性好矫饰，多猜忌……及武帝崩，祕丧逾年，乃发凶问，方刻檀为像，置于百福殿内，事之甚谨。朝夕进蔬食，动静必启闻，迹其虚矫如此。"

③李广杀降率：李广是汉代武将，龙城天水人，善于射箭，颇有才

气，与匈奴交战七十余次，均获胜，所以匈奴都很畏惧他，不敢轻易来侵犯，其武功赫赫，被称为飞将军。汉文帝时，因为他讨伐匈奴有功，封散骑常侍，武帝时，任北平太守。但李广的部属士卒，先后封侯的有不少，李广一直为北平太守，始终没有封侯。于是，李广请教善于相面的王朔说：'你看我的相，是不是不应当封侯？我命该如此吧？'王朔说：'将军有没有做对不起自己良心的遗恨事呢？'李广说：'我曾经诱骗降羌八百余人，把他们全部杀了，至今还觉得对不起良心，引为莫大的恨事。'王朔说：'祸莫大乎杀已降，将军种了杀降的恶因，所以不能封侯。'后来李广在行军中自刎而死。后因李广的孙子李陵向匈奴投降，株连家族。

④宋郊救蝼蚁：宋朝时，有宋郊和宋祁两兄弟同时在读书。有一位僧人看到他们兄弟的相貌以后，说："弟弟会考取第一名，哥哥也会考得中。"后来考试完毕以后，那位师父又见到宋郊，很高兴地祝贺宋郊说："你曾经救过几百万条生命！"宋郊说："我一个穷书生，哪有此能力救这么多性命？"那位师父说："微小的虫类也是有

图69 劝世心命歌木刻（拓片）

— 202 —

生命的。"宋郊停了一下子,说:"有一天,下大雨,蚂蚁的巢穴被暴雨所浸,我用竹子编了一个竹桥救过它们。"僧人说:"正是此事。"后来,弟弟宋祁考中状元,哥哥宋郊排名在其后,章献太后知道后说:"弟弟怎么能排名在哥哥前面呢?"于是,把哥哥宋郊改成状元,而弟弟宋祁改在后面。

⑤斋醮:请僧道设斋坛,祈祷神佛。

⑥余庆:指留给子孙后辈的德泽;行善积德,造福子孙。

⑦寿考:寿数,寿命。

【释文】

《劝世心命歌》木刻本现存于甘肃漳县,其诗文刻在一块木板上,为阳刻。口头或纸质流传的较多,这种以木刻形式保存下来的,在甘肃乃至全国都很少。"劝世歌"是教化人们行善积德、为人处世的民间歌谣。世代流传,以最贴近生活的音乐形式,在流传中不断提炼升华,直接表现着劳动人民的思想感情和情感愿望。具有鲜明的民族特色和地方色彩。歌词内容多涉及社会、家庭、生活,教育人们如何修身、养性、齐家、治国、平天下;劝诫人们要立志守信,行孝尽忠,祛邪从正、祛恶从善等,总而言之就是教人们如何做人,如何立身处世,流传较广的有《劝世文》《劝孝歌》《警世歌》《醒世歌》《老母传儿经》《戒赌五更曲》《劝夫歌》等。这些歌谣全是前人处世行事的经验积累,把老祖宗的道德观念、处世原则、思想方法、人生哲理加以总结,结合中华民族优良传统美德和道德价值观,用歌谣形式传承下来,启迪和教育子孙后代,以达到约束自己,警醒自己,爱护小家保护大家的目的。

漳县县志存世不多,现有县志版本只有《武阳志》《漳县志》《重修漳县志》三种。《重修漳县志》中载:"杨古本,字信轩,本城人。官山西曲沃丞,政声载道。越四年,转赵城尹。又四年,解组,民有《杨青天》谣歌。归里后,赵民犹寄《水利碑》一纸,盖志开渠之惠政者。"《漳县志》载,"杨古本为明朝中期恩贡,山西赵城尹"。

岳飞北伐诗碑

明万历三十四年（1606年）

【碑文】

　　送紫岩张先生①北伐
　　号令风霆②迅，天声动北陬③。
　　长驱渡河洛④，直捣向燕幽。
　　马蹀阏氏血⑤，旗枭可汗头⑥。
　　归来报明主，恢复旧神州⑦。

绍兴五年秋日岳飞拜

【撰者】

　　岳飞（1103—1142年），字鹏举，相州汤阴（今河南汤阴）人，著名的军事家、战略家，是南宋初抗金名将。出身贫寒，喜好兵法、弓弩，并善诗词、书法。北宋末年征辽，南宋初屡破金军，以恢复中原为己任。历任荆湖东路安抚都总，河南、北诸路招讨使、枢密副使等职。绍兴二年（1132年）他刚三十岁时，已经成了守卫长江中游的主帅。绍兴十一年（1141年），大败金兀术到达朱仙镇（在今开封南45里），正要乘胜追击、收复北方失地，宋高宗赵构采用秦桧奸计，一日之内发十二道金牌迫其退兵。至临安，以"莫须有"罪名加害。孝宗淳熙六年（1179年）赐谥武穆。宁宗嘉定四年（1211年），追封鄂王。其子岳震和岳霆将岳飞记述的拳谱、拳理、拳法、拳诀和拳歌整理成《武穆遗书》。岳飞诗文有《题翠岩寺》《寄浮图慧海》《题青泥市寺壁》《满江红·登黄鹤楼有感》《池州翠微亭》《过张溪赠张完》《题雩都华严寺》《宝刀歌书赠吴将军南行》《题骤马冈》《题鄱阳龙居寺》等，词有《小重山·昨夜寒蛩不住鸣》《满江红·怒发冲冠》，题记《五岳祠盟记》《广德军金沙寺壁题记》《东松寺题记》《永州祁阳县大营驿题记》等。

【注释】

　　①紫岩张先生：即张浚（1097—1164年），字德远，世称紫岩先生，

四 明代

汉州绵竹人。南宋名相、抗金名将、民族英雄,宋徽宗政和八年(1118年)进士,官至大常寺主簿,历枢密院编修官、侍御史、知枢密院事、川陕宣抚处置使、尚书右仆射同中书门下平章事兼知枢密院事都督诸路军马等职。金灭北宋后,张浚入太学中。北宋宗室康王赵构称帝(是为高宗),重建宋政权,史称南宋,张浚前往效命。在高宗、孝宗年间,为保卫南宋半壁江山做出了重大贡献。他长期担任军事统帅,曾经指挥岳飞、韩世忠等名将作战;他坚决主张以武力抗击金国的侵略并收复中原,是深乎众望的主战派。隆兴元年(1163年),封魏国公。乾道五年(1169年)谥忠献。著有《紫岩易传》等。

②风霆:疾风暴雷。形容迅速,雷厉风行。

③天声:比喻盛大的声威。这里指宋军的声威。汉班固《封燕然山铭》:"下以安固后嗣,恢拓境宇,振大汉之天声。"北陬:北方大地的每个角落。

④河洛:黄河、洛水,这里泛指金人占领的土地。

⑤蹀:踏。阏氏:汉代匈奴单于、诸王妻的统称。《史记·韩信卢绾列传》:"匈奴骑围上,上乃使人厚遗阏氏。"张守节正义:"阏,于连反,又音燕。氏音支。单于嫡妻号,若皇后。"这里指金统治者。

⑥枭可汗头:把可汗头挂在旗杆上示众。可汗:古代西域国的君主,这里借指金统治者。

⑦神州:古代指中原地区,后称中国为神州。

【释文】

《送紫岩张先生北伐》诗碑,又称"岳飞北伐诗碑",民国时此碑立于宁夏省政府大门一侧,原碑已佚,现存为翻刻。碑高2米左右,宽1米左右,共五行,首行题"送紫严张先生",二三四行题诗,末行题"绍兴五年(1135年)秋日岳飞拜",字字笔力雄健有力。张维《陇右金石录》载:"岳忠武诗刻,在宁夏县城今存。""岳飞北伐诗碑"全国其他地方还有三通,一通在岳飞故里河南汤阴,一通在浙江钱塘岳祠,一通在山东济南原府署。此碑为万历三十四年(1606年),总兵萧如薰(萧如薰,字季馨,延安卫人。万历中,由世荫百户历官宁夏参将,守平虏城。)建武穆王庙时立。1993年4月25日,"岳飞北伐诗碑"由银川市人民政府重新立于银川中山公园,并刻《武穆诗碑重建记》于诗碑后,内容见后附。

陇东南民间遗散诗碑辑释

南宋绍兴四年（1134年，金天会十二年）九月，金军大举南侵，连破数州。十一月，朝廷起用张浚为知枢密院事，统领全军。当时金军扬州驻兵近十万，以全力准备渡江。张浚立召集韩世忠、刘光世、张俊、岳飞等大将商议对策。在张浚的部署下，宋军积极地投入战斗。岳飞所部在庐州（今安徽合肥）大败金军，由于天气寒冷，粮草缺乏，又金太宗病危等原因，迫使金军撤兵。绍兴五年，张浚被任命为尚书右仆射（右相）、同中书门下平章事兼枢密使。张浚命岳飞剿之，岳飞奉命挥师北伐，仅用数月就收复襄阳、郢州（今湖北钟祥）、随州（今湖北随县）、邓州（今河南邓县）、唐州（今河南唐河）、信阳军（今河南信阳）等六郡之地，降贼二十余万。这是南宋建立政权以来第一次收复大片失地。因此岳飞被封为节度使，32岁的岳飞所率领的"岳家军"因纪律严明，战功显赫，深受人民爱戴。

此诗作于绍兴五年（1135年），正是在此历史背景下所写，张浚奉命督师抗金，岳飞也率部参加战斗，意在鼓舞士气、收复失地，统一中国。诗的大意为：大军中的号令声像疾风暴雨一般迅速传遍军营，士兵的声威震慑在大地的每个角落。军队长驱直入，必将迅速收复河洛一带金人占领的土地，一直攻打到幽燕一带。战马所到之处，必定踏着入侵者的血迹，旗杆上高高悬挂起金军君主的头颅。官军们必定胜利归来，把胜利的好消息传给圣明的皇帝，收复了大宋失地，祖国又将得到统一。这首诗气势宏大，极大地鼓舞了官兵的士气，也充满了强烈的爱国热情。

附：武穆诗碑重建记

明代宁夏城，陕右名邦，九边重镇，为西陲兵要之地。万历三十四年（1606年），总兵萧如薰择城东北隅建武穆王庙，时立岳飞《送紫岩张先生北伐》诗碑，以忠义奋激边庭将士。清乾隆三年（1738年）地震，庙倾碑断，知府牟融重修，碑石复存。光绪十三年（1887年），观察使徐锡祺直颓葺废，补壁嵌碑，题跋于左。既而有郡人建亭护之，儒学张思孝备书碑阴，以志其事。民国二十二年（1933年）置宁夏省府，一九五四年移存中山公园。逾四年，展立于兹，以供景仰。厥后毁于浩劫，块石无存。盖武穆乃心报国，死生以之。浩然正气，千古垂范。其诗碑乃宁夏文物之大珍，虽历劫数百载而毁于一旦，然原碑墨塌秘藏民间，字字珠玑，无一阙如，是民心不可欺也。今政府筹资重建武穆诗碑，名城瑰宝，继世有望。爰勒诸石，以告后来。是为记。

银川市人民政府
一九九三年元月二十八日立
贺吉德撰　冯天才书

图70　岳飞北伐诗碑（拓片）

陇东南民间遗散诗碑辑释

图 71 重刻岳飞北伐诗碑

谒伏羲庙诗碑

明万历三十七年（1609年）

【碑文】

伏羲庙二首

一

地应龟文①已测茫，祇今②古庙压城荒。
图开八卦□□□，□□□常乘气阳。
龙瑞来时识帝德③，凤凰鸣处听乐章。
□□□称鼻祖④，万年俎豆⑤拜羲皇。

二

燧政结绳⑥已渺茫，继天神圣开鸿荒⑦。
台高按图皆成卦，□□□乾并是阳。
混沌□□开奥窔⑧，古今自此有文章⑨。
龙官遗意师千载⑩，貌尊崇仰□□皇。

【撰者】

任彦棻，明代山东任城（今济宁市任城区）人。万历二十三年（1595年）进士，时任分守陇右道（驻巩昌府）。

【注释】

①龟文：龟背的纹理，泛指古文字。汉蔡邕《篆势》："文体有六篆，巧妙入神，或像龟文，或比龙鳞。"

②祇今：同"秪今"，指现在。唐岑参《献封大夫破播仙凯歌六章》："天子预开麟阁待，秪今谁数贰师功？"

③龙瑞：相传伏羲时有龙马自河中负图而出，为圣者受命之瑞。帝德：天子的德性。《吕氏春秋·古乐》："帝舜乃令质修《九招》、《六列》、《六英》，以明帝德。"此处指伏羲。

④鼻祖：创始人，始祖，有世系可考的最初的祖先。

⑤俎豆：古代祭祀、宴会时盛肉类等食品的两种器皿。《史记·孔子世家》："常陈俎豆，设礼容。"

⑥燧政结绳：燧指燧人氏，传说中的古帝王。钻木取火的发明者。《韩非子·五蠹》："有圣人作，钻燧取火，以化腥臊，而民悦之，使王天下，号之曰燧人氏。"《三坟》云："燧人氏教人饱食，钻木取火，有传教之台，有结绳之政。"《易·系辞下》："上古结绳而治，后世圣人易之以书契。"孔颖达疏："结绳者，郑康成注云，事大大结其绳，事小小结其绳，义或然也。"

⑦继天：秉承天意。汉扬雄《法言·五百》："圣人聪明渊懿，继天测灵，冠乎群伦，经诸范。"神圣：指天神，神灵。北魏郦道元《水经注·汳水》："国相东莱王璋字伯仪，以为神圣所兴必有铭表，乃与长史边乾遂树之玄石，纪颂遗烈。"鸿荒：太古，混沌初开之世。宋陆游《游武夷山》诗："巢居寄千仞，鸿荒想羲轩。"

⑧奥窔：室隅深处，亦泛指堂室之内。《荀子》："奥窔之间，簟席之上，敛然圣王之文章具焉。"杨倞注："西南隅谓之奥，东南隅谓之窔。言不出室堂之内也。"宋沈辽《越州永福院大像赞序》："逮诸菩萨、弟子凡十有二躯，以及四壁楣带奥窔之像，或塑或绘，咸因彼真此。"

⑨文章：礼、乐制度。《礼记·大传》："考文章，改正朔。"郑玄注："文章，礼法也。"

⑩龙官：太皞、伏羲时有龙瑞，故以龙命官。《左传·昭公十七年》："太皞氏以龙纪，故为龙师而龙名。"杜预注："有龙瑞，故以龙命官。"《汉书·百官公卿表上》："宓羲龙师名官。"颜师古注："应劭曰：'师者长也，以龙纪其官长。'张晏曰：'庖羲将兴，神龙负图而至，因以名师与官也。'"遗意：死者生前或临终时的意见、愿望。《三国志·魏志·东海定王霖传》："明帝即位，以先帝遗意，爱宠霖异于诸国。"

【释文】

诗碑现存甘肃天水市伏羲庙东碑廊。明万历三十七年（1609年）三月立石。碑文为分守陇右道任彦棻撰并书。刻诗两首，行书，基本完好。本诗应是任彦棻在分守陇右道（官衙驻巩昌府）任内视察秦州拜谒伏羲庙时所作。

四 明代

天水伏羲庙是为纪念上古"三皇"之一伏羲氏而建，是我国规模最宏大、保存最完整的明代建筑群。伏羲庙名太昊宫，天水称人宗庙，位于甘肃省天水市城区西关伏羲路。始建于明成化十九年[①]（1483年），伏羲庙内院落相套，宽阔幽深，建筑包括戏楼、牌坊、大门、仪门、先天殿、太极殿、钟楼、鼓楼、来鹤厅、朝房、碑廊、展览厅等。整个建筑群坐北朝南。牌坊、大门、仪门、先天殿、太极殿沿纵轴线依次排列。伏羲为三皇之首、人类始祖，我国古代传说中的人物。古帝，即太昊。传说其始画八卦，伏羲女娲共同训造人类，教人结网捕鱼，饲猎养兽，并立规矩让人们遵守。伏羲也称"庖牺""伏戏""伏牺"等。《庄子·缮性》："逮德下衰，及燧人、伏羲始为天下，是故顺而不一。"《白虎通考》："三皇者，何谓也？伏羲、神农、燧人也。"《庄子·大宗师》："伏戏氏得之，以袭气母。"汉扬雄《法言·问道》："鸿荒之世，圣人恶之，是以法始乎伏牺而成乎尧。"

封台山位于天水市麦积区渭南镇三阳川，距天水市15公里。名画卦台，相传为伏羲氏仰观天，俯察地，始画八卦的地方。登临卦台山顶，俯瞰三阳川，渭水环流，万物井然。郦道元撰《水经注·渭水篇》云："略阳川水又西北流入瓦亭水。瓦亭水又西南出显亲峡，石宕水注之。水出北山，山上有女娲祠。庖羲之后有女娲焉，与神农为三皇矣。其水南流注瓦亭水。"相传伏羲女娲在此结婚，繁衍人类。伏羲与女娲成婚的地点在今天水市中滩乡西北二十华里的玉钟峡内。一说玉钟峡在今秦安县城北七里处。因系伏羲、女娲结亲显世，故又称"显亲峡。"伏羲教我们的先民用八卦，是他对远古社会的最大贡献。八卦，就是用八种符号，也是最古老的一种文字，分别代表自然界的八种事物：天、地、水、火、山、雷、风、泽。伏羲创造使用的这一套符号、方法，教会人们如何运用它破解自然现象的性质和它们之间的规律，并帮助人们认识自然灾害发生的规律，能预见性地避开这些自然灾害。伏羲八卦可以推演出许多事物的变化，预卜事物的发展。

[①] 刘雁翔：《伏羲庙志》，甘肃文化出版社2003年版，第182—188页。

图 72　谒伏羲庙诗碑（原碑）

四 明代

图73 谒伏羲庙诗碑（局部）

春日谒杜少陵祠

明万历四十六年（1618年）

【碑文】

　　春日谒杜少陵祠
　　庙柏青青又见春，高名千古属词臣①。
　　涛声漱石吟怀壮，岚色笼霞道骨真。
　　幽愤断碑萦客思②，清风苔砌展精禋③。

情深不觉嗟同契④,为薙⑤荒祠启后人。

重修杜少陵祠记

少陵公祠,其来远矣。仰窥俯瞰⑥,山光水色映带,恢恢乎大观也!前代名公咏歌以纪其胜者,雅多奇迹。嗣是栋宇倾圮⑦,风景依然,谒祠者每愀然⑧发孤啸焉。我赵侯奉命尹是邑,春日修常祀⑨,登堂拜像,赏鉴殊绝⑩,乃捐俸命工以经营之,不日落成,祠焕然一新。事竣,应律等请题纪胜,侯义不容,默倚⑪马挥一律,洒洒传神,盛唐之风韵,不是过也。起少陵于九原⑫,其首肯矣,敬勒石以志不朽。若夫政通人和、百废俱举,邑人⑬士耳而目之,别有纪焉。侯,三晋世科也,讳相宇,字冠卿,号玉铉,太原之狼孟人。时万历戊午仲春日记。

儒学教谕河曲管应律撰文,儒学训导汉中安宇校正,典史蕲水萧之奇书丹、立石,阖学生员乔三善等同立。

【撰者】

赵相宇,字冠卿,号玉铉,山西太原狼孟(今阳曲县)人。《阳曲县志》载:"赵相宇,万历丁酉(1597年)进士,成县知县"。

管应律,山西河曲贡生,时任成县教谕。

【注释】

①词臣:旧指文学侍从之臣,如翰林之类。唐刘禹锡《江令宅》诗:"南朝词臣北朝客,归来唯见秦淮碧。"

②幽愤:郁结的怨愤。汉崔寔《政论》:"斯贾生之所以排于绛灌,屈子之所以摅其幽愤者也。"客思:外居游子的思绪。唐陈子昂《白帝城怀古》诗:"古木生云际,孤帆出雾中。川途去无限,客思坐何穷。"

③禋:指祭祀。

④同契:契合。三国魏曹植《玄畅赋》:"上同契于稷卨,降合颖于伊望"。

⑤薙:同"剃"。除草。

⑥俯瞰:从高处往下看。

⑦栋宇:房屋的正中和四垂。指房屋。语本《易·系辞下》:"上古穴居而野处,后世圣人易之以宫室,上栋下宇,以待风雨。"倾圮:倒塌。

⑧愀然：忧愁貌。《荀子·富国》："故墨术诚行，则天下尚俭而弥贫……愀然忧戚，非乐而日不和。"

⑨常祀：固定的祭祀。《左传·僖公三十一年》："礼不卜常祀。"《新唐书·礼乐志一》："凡岁之常祀，二十有二。"

⑩殊绝：断绝，隔绝。《魏书·释老志》："魏先建国于玄朔，风俗淳一，无为以自守，与西域殊绝，莫能往来，故浮图之教，未之得闻。"

⑪倚马：靠在马身上。南朝宋刘义庆《世说新语·文学》："桓宣武北征，袁虎时从，被责免官。会须露布文，唤袁倚马前令作。手不辍笔，俄得七纸，殊可观。"后人多据此典以"倚马"形容才思敏捷。

⑫九原：泛指墓地；九泉，黄泉。唐皎然《短歌行》："萧萧烟雨九原上，白杨青松葬者谁？"前蜀韦庄《感怀》诗："四海故人尽，九原新冢多。"

⑬邑人：同邑的人，同乡的人。《史记·司马相如列传》："上读《子虚赋》而善之，曰：'朕独不得与此人同时哉！'得意曰：'臣邑人司马相如自言为此赋。'"

【释文】

诗碑立于甘肃陇南市成县飞龙峡少陵草堂中，碑高 165 厘米，宽 77 厘米，周围有云龙纹饰。其中《赵相宇春日谒杜少陵祠》十二行，字体大小约 5 厘米见方，行书；管应律《重修杜工部祠记》十七行，字体大小为 3 厘米见方，行书。碑首刊刻"大明"二字，上部分为赵相宇《春日谒杜少陵祠》诗，下部分为管应律《重修杜工部祠记》，在《成县新志》及《陇右金石录》中均有记载。诗碑镌刻于明万历四十六年（1618年），碑末书"儒学教谕河曲管应律撰文，儒学训导汉中安宇校正，典史蕲水萧之奇书丹、立石，阖学生员乔三善等同立"。

据民国前旧方志记载，少陵草堂从南宋至元代，连年战事不断，祠宇年久失修荒废，几经倾塌，到万历四十六年春，知县赵相宇奉命前往谒祠，并登堂拜像，命教谕管应律修葺，修建事竣，管应律请题名纪胜，赵遂成诗一首，诗文潇洒传神，颇具盛唐之风。碑末人名萧之奇，为湖北蕲水（今浠水县）人；乔三善为成县邑人，贡生。

图 74 春日谒杜少陵祠（拓片）

重修金莲洞记碑额诗刻

明·崇祯二年（1629 年）

【碑额文】

大明永乐五年（1407 年）九月九日勅封真人三丰张卢龙到此留诗一首：

卢龙复遇金莲洞①，别是重来一洞天。
功成名遂还居此，了达②天机③入太玄④。

（碑文略）

大明崇祯二年岁次己巳孟夏上浣⑤吉日

【注释】

张三丰，详见释文注解。

四 明代

【注释】

①金莲洞：又华阳洞，位于成县城东十五公里处的店村乡。因苍山翠峰环抱，洞内钟乳石形若莲蕊，在阳光照射下耀金泛彩，胜似金莲怒放，故名金莲洞。也因依托天然石灰岩溶洞修建，洞中钟乳石蕊参差竖立，白中透黄，犹如金莲，俗称金莲洞。据金莲洞元大德五年（1301年）现存《感应莲洞碑》载，金莲洞名由秦蜀九路道教天乐李真人（李道谦）所命。又据明正德二年（1507年）《新修九皇洞碑记》："盖洞中有金莲而因以得名。"元代道士刘道通、罗道隐开创了洞窟，李道谦命名"金莲洞"。

②了达："了身达命"之略语。谓了悟人生，通达事理。这里用佛教语彻悟、通晓之意。《坛经·宣诏品》："明与无明，凡夫见二。智者了达，其性无二。无二之性，即是实性。"

③天机：神秘的天意，重要不可泄露的秘密。宋陆游《醉中草书因戏作此诗》："稚子问翁新悟处，欲言直恐泄天机。"后泛指秘密，故不能透露秘密谓之"天机不可泄露"。

④太玄：深奥玄妙的道理。三国魏嵇康《赠兄秀才入军》诗之十五："俯仰自得，游心太玄。"

⑤浣：洗。唐代定制官吏行旬休，即在官九日，休息一日。休息日多行浣洗。因以"上浣"指农历每月上旬的休息日或泛指上旬。明杨慎《丹铅总录·时序》："俗以上浣、中浣、下浣为上旬、中旬、下旬，盖本唐制十日一休沐。"

【释文】

诗碑现存甘肃陇南成县金莲洞，该诗刻在《重修金莲洞记》上额处，其碑上圆下方，两面刻字，高1.06米，宽72厘米，厚18厘米，碑座长75厘米，碑座宽56厘米，碑座高45厘米，正文字径2厘米左右，共20行。阳额书云"大明永乐五年九月九日敕封真人三丰张卢龙到此留诗一首："卢龙复遇金莲洞，别是重来一洞天。功成名遂还居此，了达天机入太玄"。正书，字径2厘米。题为"重修金莲洞记"，末署"大明崇祯二年岁次己巳孟夏上浣吉日"。阴刻施主姓名，今碑石风化剥蚀，字迹漫沥，尚可卒读。

张三丰（1333—1458年？），碑文中"三伻"，"伻"通"丰"，即张三丰，武当派祖师，善书画，工诗词。《明史·方伎传》载："张三丰，辽东懿州人，名全一，一名君宝，三丰其号也。"一说为福建邵武人，名子冲，一名元实，三丰其号，南宋淳祐七年（1247年）出生于今福建邵武市和平镇坎下村，卒年不详。张三丰为武当派开山祖师，明英宗赐号"通微显化真人"；明宪宗特封号为"韬光尚志真仙"；明世宗赠封他为"清虚元妙真君"。张三丰是丹道修炼的集大成者，主张"福自我求，命自我造"。张三丰所创的武学有王屋山邋遢派、三丰自然派、三丰派、三丰正宗自然派、日新派、蓬莱派、檀塔派、隐仙派、武当丹派、犹龙派等至少十七支。清代大儒朱仕丰评价张三丰曰："古今练道者无数，而得天地之造化者，张三丰也。"另据清《岷州志》载："自称张安忠第五子，生于元癸酉年六月十八日。名君实，字全一，别号葆和容忍。张良之后。"

清代乾隆《直隶秦州新志》卷之二载："成县金莲山在东南六十里有金莲洞，崖高数十仞，周围数十洞相缀，明胡濙奉命访张三丰于此。"据金莲洞内明朝正德二年（1507年）九皇洞碑记载："明成祖永乐五年，遣礼部都给事中胡濙访张三丰于此，张三丰"鹤氅曳地，持九节竹杖昂昂而去。"

胡濙有《金莲洞访张三丰不遇》七律云："香书久慕嗟无缘，遍访丰师感应虔。万载红崖生玉笋，千年碧洞结金莲。云淡喜见通明日，雨骤只逢黯淡天。峭壁真光邀允劫，赤心愿睹白衣仙。"现存于金莲洞的正德二年（1507年）立《新修九皇洞记》碑记载了张三丰隐居养真于金莲洞和朝廷遣使寻访不遇的事迹。

附：《新修九皇洞记》碑文

巩昌府徽州州治西六十五里有川，曰泥阳川。南入于山，过峻岭有洞，号金莲洞，盖洞中有金莲而因以得名也。且莲自开辟万亿年前而生于红岩之上，琼茎玫藕，珠蕊玉葩，混然天成。无假雨露霑濡，风日暄畅之工，四时蓓蕾，千载敷荣，是固可谓奇矣。又有翠峰青嶂，曲水澄溪、茂林修竹，排闼环绕，森耸其间，秀异清绝，依稀乎天台、武陵之胜。夫岂下于罗浮、金华、灵鹫者哉！世传钟离洞实渚仙子尝为蓬莱三岛别业，亦尝乘鸾麟跨鳌而遨游也。

我皇明永乐初太宗皇帝接至人张三丰于宣政殿，才数语，忽瞑晦不知所之，即遣礼部尚书胡濙，遍天下名山古洞而旁访焉。蹑迹至此，守洞者报曰，某年某月某日，有一赤脚道人披氅衣，曳九节杖，昂昂而来，憩半饷，问其姓名，不答径走，随有异香芬馥，经旬不散。公曰此非三丰仙师降临之时也，即赍捧香书，惆怅留题而返。古今方士修真养性于斯地者，一则得夫佳境寂静之资，一则得夫真仙英杰之助，而每精于龙虎水火、吐故纳新之术。虽则未能羽化而上升，亦克却老还童，延年益寿。至于龟龄鹤算而剑解也，视天殇短折、生灭夜旦之人直蜉蝣耳，岂不大可伤哉！

载观斯洞，幽深宏敞，规模亦远大矣。历汉唐宋几千余年，修而废，废而修，往绩虽不可考，遗址尚或可因。迄至于元贞丙申、大德壬寅间，道士刘道通、罗道隐者，当世伟人也，云游寻真于斯，慨然以复古为己责。乃募资觅工。抡材讨料建奉真之殿，构飞空之楼，圣贤有像，经典有阁，备豫有门，偃仰有舍，凡尔百具，焕然维新。而又指授生徒，讲明道法，斯教为之一阐矣。自元迄今又二百有余岁矣，岁月积久，制度湮微，时无其人，谁与兴理，所以不能而不赖于奋发有为者。于是陕右道人樊正玄与其子教明者出，而得官僚士庶舍材助缘，子前丹青脱落者绘饰之，于前栋宇倾颓者补葺之。细微曲折，一皆因略致详。推旧为新也。至于九皇洞，则规划创始而增修焉。三清四帝二后及诸真尊，俱为塑像金容玉体，圣完仙标凛凛起人敬畏，斧斫凿之功，尤为精致，肇端者张文进，叶谋者李明庆；克终者樊教明也。若三道士者，可谓追休先哲而启迪后进者欤！斯教于是又再阐矣。是役也，经始于弘治戊午。落成于正德丁卯，溯戊午距丁卯，盖十年也。是岁六月一日，父老吴廷秀、石林、张翱辈谓子尝修子夏之业，谒予请记。予嘉其事，遂纪其功而俾良工勒之坚珉，并功德主张文进、樊友德、王荣等若干人芳名附于碑阴，以共悠久，垂于不朽。

大明正德二年岁次丁卯孟秋七月吉旦。

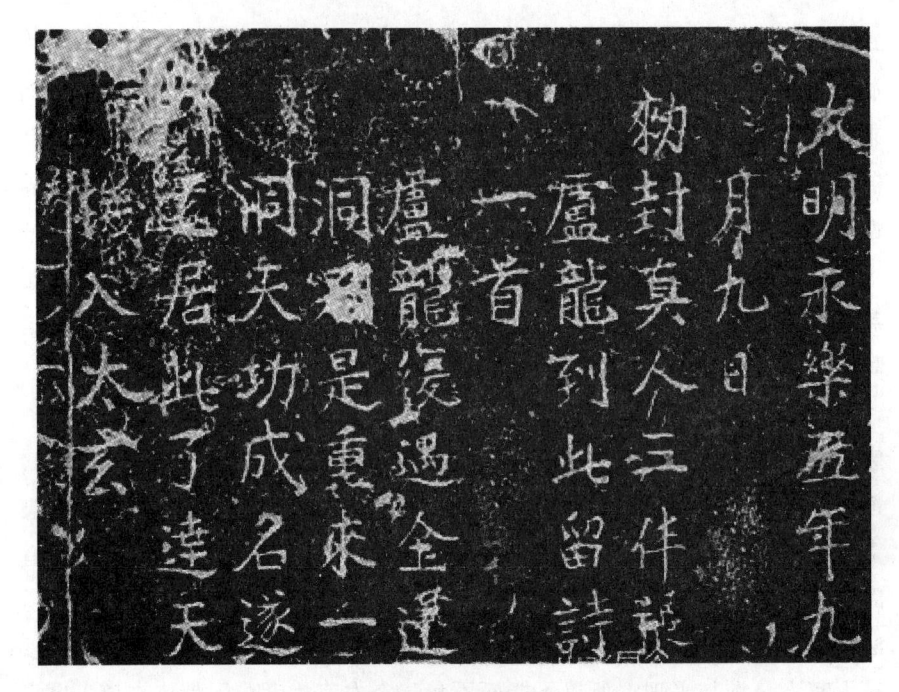

图75 重修金莲洞记碑额诗刻（拓片局部）

谒太昊宫诗碑

明崇祯十六年（1643年）

【碑文】

一

大圣生为造化主①，河图②忽献心之谱。
信心一画鸿蒙③开，千古斯文称鼻祖。

二

三十六官④总一心，枝枝叶叶费根寻。
天根月窟能观窍⑤，心易还应妙古今。

三

悟彻先天一宇无，文王周孔总如如⑥。
我今拈出羲皇意，万物森森列卦图。

四

细玩图中第一圈，虚中造化妙而无。
欲知圣圣相传意，唯在求之未发前。

大明崇祯十六年岁次癸未立石
□东曹南存诚居士李悦心瞻□□□

【撰者】

李悦心，明朝山东曹县人，崇祯七年（1634年）进士，时为陕甘巡按御史。崇祯十五年（1642年）李悦心视察秦州清水时立"温泉诗碑"。

【注释】

①大圣：为太昊，即伏羲。《列子·皇帝二》云："包羲氏、女娲氏、神农氏、夏后氏、蛇身人面，牛首蛇鼻；此有非人之状，而有大圣之德。"故称大圣。造化主：太昊伏羲。

②河图：儒家关于《周易》卦形来源的传说。孔传："伏羲王天下，龙马出河遂，则其文以画八卦，谓之'河图'。"

③鸿蒙：古人认为天地开辟之前是一团混沌的元气，这种自然的元气叫作鸿蒙，也作鸿濛。

④三十六宫：极言宫殿之多。汉班固《西都赋》："离宫别馆，三十六所。"

⑤天根：星名，即氐宿。东方七宿的第三宿，凡四星。月窟：传说月的归宿处。

⑥如如：指永恒存在的真如。真如，佛教语，谓永恒存在的实体、实性，亦即宇宙万有的本体。与实相、法界等同义。范文澜《唐代佛教·佛教各派》："事物生灭变化，都不离真如。故真如即万法（事物），万法即真如。真如与万法，无碍融通。"

【释文】

《谒太昊宫》碑现存于甘肃天水伏羲庙。为明代陕甘巡按御史李悦心撰，石灰岩石质，拱形碑首，阴刻云纹，高115厘米，宽76厘米，厚27厘米。大明崇祯十六年岁次癸未（1643年）立石。2005年在伏羲庙维修工程中重新出土，仅存上半截，下半部分缺失，现存伏羲庙西碑廊。《直隶秦州新志·艺文》卷十一有载，根据州志补全。

李悦心崇祯十五年（1642年）立"清水县东温泉"诗碑，文曰："水性原皆冷，此泉何独温？天留千载泽，池储四时春。善洗身心病，蒸销眼耳瘰。好乘天际马，洒鬣暖吾民。"两诗应为作者同一时期在秦州视察时所作。

图76 伏羲庙西碑廊

四 明代

谒太昊宫　　　　　　李悦心

大圣生为造化主 河图忽献心之谱 信心一画鸿濛
开千古斯文称鼻祖 三十六宫总一心 枝枝叶叶
费根寻天根月窟能观簌心易还应妙古今 悟徹
先天一字无文王周孔总如如我今拈出羲皇意万
物森森列卦图 绷玩图中第一圈虚中造化妙而
何疑灌坛立斋神明洽陌上还歌穗两岐

拾菜歌　　　　　　　　　　　　杨恩

玄欲知圣圣相传意体在求之未发前

图 77 《直隶秦州新志·艺文》谒太昊宫（书影）

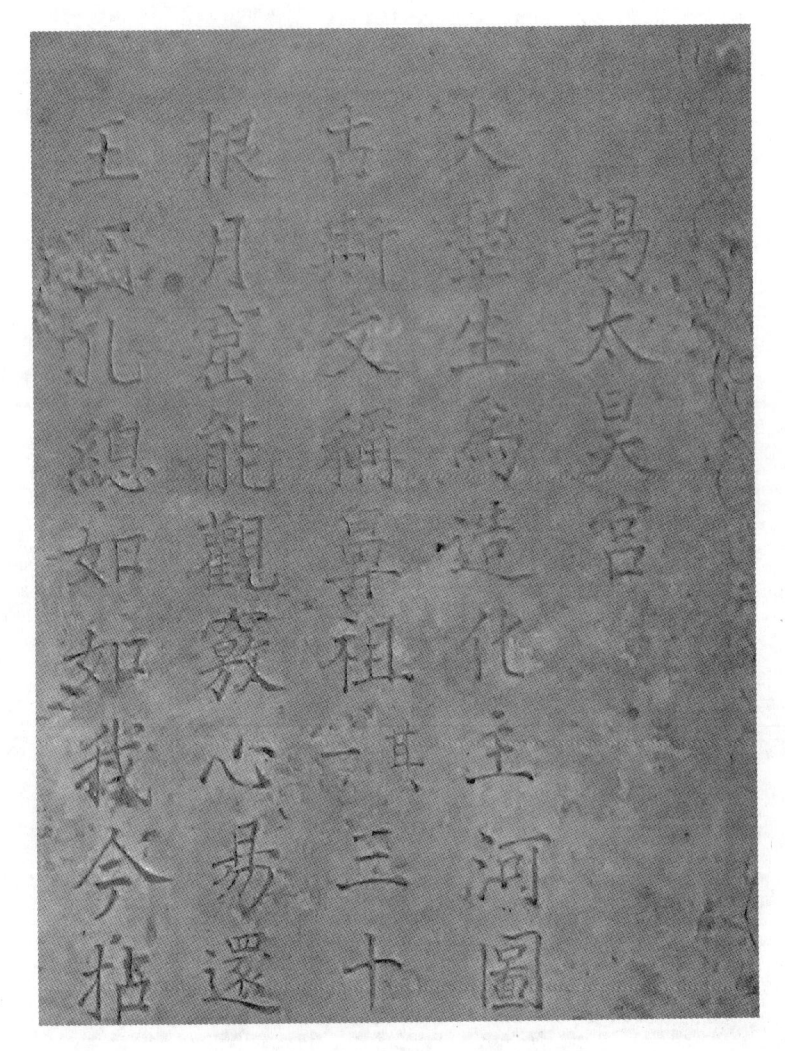

谒太昊宫
大塑生为造化主河图
古前文缔昊祖其三十
根月岂能观篆心易还
王成儿总如如我今枯

图 78　谒太昊宫诗碑（原碑局部）

图79 谒太昊宫诗碑（原碑）

图80 谒太昊宫诗碑（局部）

石泉洞题诗

明代末年

【刻文】

鞭阳致祷①石泉头，满座清风五月秋。
解事②只因岩下水，潺潺声泄古今愁。

四　明代

【撰者】

佚名。

【注释】

①鞭阳：即一鞭子的残阳，指傍晚时。致祷：进行祈祷。《宋史·真宗纪一》："都城大雨，坏庐舍……幸启圣院、太平兴国寺、上清宫致祷。"

②解事：通晓事理。《南齐书·倖臣传·茹法亮》："法亮便辟解事，善于承奉。"

【释文】

诗刻现存留于漳县盐井镇梁家磨和马家湾东面的石泉洞大岩石上。张维《陇右金石录》按："漳县志石泉洞题诗在城南十三里石泉洞旁，有元人题诗：'鞭阳致祷石泉头，满座清风五月秋。解事只因岩下水，潺潺声泄古今愁。'下绘一猴背旗不知何许人也。"《石泉洞题诗》也被收入漳县旧八景诗。

石泉洞在梁家磨和马家湾东面的大山下，离漳县盐井镇四公里左右，石泉洞在寺庙的侧面，依山而建，山脚有一石洞，洞顶岩石上镌刻有"石泉洞"三个大字，是民国漳县籍名人韩世英所书。石泉洞面壁岩石深青光滑，此诗就隐藏在岩石上，干燥时字迹基本什么也看不见，用泉水泼于岩石，字迹才会显露，不过因岩石遭到破坏，字迹模糊不清。诗句没有落款，只刻有一只猴子，脊背上插一杆旗帜，据当地村民相传为作者的名字，可能叫"侯背旗""侯白（百）起"之类的姓名、名号。民国韩世英《漳县志》载："无人题诗'满座风清五月秋，猴背负旗'，然亦不知为何许人也。"

在漳县盐井镇民间传诵两首佚名诗。一首曰："十山九无头，漳河夜哭愁。赃官吸民血，清官不出头。"另一首即为《石泉洞题诗》。诗句"漳河夜哭愁""赃官吸民血""清官不出头""潺潺声泄古今愁"，内容都反映了当时封建社会的黑暗现实，表达了人民群众对贪官的不满，借助漳河水和石泉倾诉人民群众的愁苦。据当地村民说，大约在清康熙年间，有一位王爷被放逐漳县，目睹漳县当时社会的黑暗，感同自己的遭遇，写了此诗。据《漳县志》："县衙堂鼓大三围，相传康熙时皇亲佟国治为邑令，易陕甘总督府之鼓。"

结合诗刻撰写时间和相关资料，此诗极有可能与当地汪氏家族有关，即明指挥使汪钊所写，查阅《陇西金石录》中《汪公墓志》略考如下：

巩昌汪氏之祖居在漳县盐井镇，即汪钊最后所居住之地。而石泉洞就在盐井镇。《汪公墓志》

> 公生而天性聪慧，气量脱洒，常慨然有继述老人之志。正统十四年（1449年），虏寇犯顺，朝廷以公勋旧世裔，敕招集勇壮赴京应援。寻蒙敕往宁夏等处截击，所至藉藉有声。景泰二年，公始袭职，推掌本卫，事躬勤慎，以为僚属先。临事莅下，宽容不纵，果断不苟，持大体而不务琐屑，当道者以贤能交荐，奉敕镇守洮州。尝以名马入贡，嘉其诚款，赐以白金、绮帛。

汪钊天性聪慧，气量脱洒，公勋旧世裔，是一个不可多得的将相之才，有宏大的抱负。

> 成化二年，偶以地方事坐累，退归林下。自常情观之，似未满公夙志。然君子论人，直当考其立官行己大节，若夫事之成败，则固非所计也，公何歉焉？旦日聚宾朋，纵以诗酒为乐，优游三十三年而卒。

《汪公墓志》："成化二年，偶以地方事坐累，退归林下。"意思说是明成化二年（1466年），真当将帅之才的汪钊满怀抱负，为国效忠，一展才华之时竟遭罢黜，地方事坐累（汪氏图谋反叛），退归林下。因此颇有怀才不遇，自暴自弃之意，于是归隐不出，每日游山玩水，以诗酒为乐，极有可能为此段时间写成此诗。

另外此诗有一图即"猴背负旗"状，可解释为"猴"与"侯"同音，隐喻诗为一侯爷所写，而汪钊为昭勇将军、指挥使，爵位也是侯爵。但此"猴"字也有自嘲之意，比喻自己像一只被朝廷皇帝、权臣耍弄的"猴子"，以此来表达对世态现状的不满和郁闷的心情。图中令旗也代表戏曲中武将背旗的形象。

四　明代

附：

大明故昭勇将军巩昌卫指挥使司指挥使汪公墓志铭[①]

赐进士、中顺大夫、奉勅整饬建昌等处兵备、四川等处提刑按察司副使、前监察御史、郡人范镛撰，陕西都指挥使司署都指挥佥事、奉勅守备岷州、郡人闫缙书。奉政大夫、云南永宁府同知、郡人杨弘治。十二年十一月初八日，昭勇将军、巩昌卫指挥使司指挥汪公既寝疾，时子澄以官政所羁，未及即举葬，权厝于家。越八年，为正德丁卯，乃偕孙麟奉公行状，谓子与公同里闬，知公世行历履又且悉，因托以铭，将欲纳之圹。子尝见乡人营葬事，每每不循礼度。虽中人之产者，亦必务为睹美，甚至竞为僭妄，纷然莫可救正。兹闻澄若麟经纪公之葬具，节去浮奢而一循礼制。窃叹汪氏之为世家旧矣，今不溺于流俗之弊而能以礼节事，则足以风化吾乡人必矣，遂不敢以不文辞。

按状：公讳钊，字克明。其先徽州府歙县人。始祖有曰华者，当随之季，豪杰争雄，尝鞠义旅，保辑歙、宣、杭、睦、婺、饶等六州，以待宁宴。逮唐受禅，知天命有属，则奉籍以归，得封越国公。卒，进越[王]。子达袭爵，移镇陕西巩昌，遂家于盐川，即今漳县是也。历宋及金，相传为汪古族都总管。迨元至公八世祖世显，以武功拜巩昌便宜都总帅，卒，赠太师、上柱国，谥义武，追封陇右王。七世祖忠臣，河南江北行中书省参知政事，卒，谥忠让，追封陇西公。而七世从祖德臣、直臣、良臣、翰臣、佐臣、清臣，俱跻显要，卒，赠王者一、公者四。六世祖惟易，佥署枢密院事，卒谥桓敏，追封陇西侯。而六世从祖惟正、惟贤、惟和、惟明、惟能、惟纯、惟勤、惟简、惟永、惟恭、惟仁、惟新，脐显要，卒，赠王若公者亦如之。五世祖安昌，奉元路总管。而五世从祖嗣昌，成都府万户；寿昌，江南行御史台御史中丞。迨入我朝，高祖讳有成，曾祖讳庸，祖讳义，世袭巩昌卫指挥同知。考讳寿，以武功升指挥使，寻擢署都督佥事、协副总兵官，守备凉州。

公生而天性聪慧，器量脱洒，常慨然有继述老人之志。正统十四年，虏寇犯顺，朝廷以公勋旧世裔，敕招集勇壮赴京应援。寻蒙敕往宁夏等处截击，所至藉藉有声。景泰二年，公始袭职，推掌本卫，事躬勤慎，以为

[①] 汪楷：《陇西金石录》，甘肃出版社2011年版，第125页。

僚属先。临事莅下，宽容不纵，果断不苟，持大体而不务琐屑，当道者以贤能交荐，奉敕镇守洮州。尝以名马入贡，嘉其诚款，赐以白金、绮帛。十数年来，公能仰体德意，行事一如掌卫时，而勤慎倍之。成化二年，偶以地方事坐累，退归林下。自常情观之，似未满公夙志。然君子论人，直当考其立官行己大节，若夫事之成败，则固非所计也，公何歉焉？旦日聚宾朋，纵以诗酒为乐，优游三十三年而卒。距生永乐十四年十二月二十七日，享寿八十有四。公先世勋秩赫然、巍然，固也。而寿考如公者几何人哉？呜呼！公至此，可以无憾矣乎！

公娶后淑人，岷山都指挥能之女。继王氏，俱有内德，先公卒。子男二：长即澄，袭公职，致仕；娶临洮指挥女石氏。次濬。女三：长适董缙，次适雷泽，俱都指挥。次适指挥董经，与澄俱后□也。濬则侧室周氏所□。孙男六：长即麟，袭澄职；凤，庠生；龙、恺、鹦、鹉，俱理家务。孙女三：适生员闫绅、舍人胡江，俱指挥子；一在室。以是年四月二十三日，祔葬公于盐川山麓，从先茔云。

铭曰：绵绵汪氏，赫赫武功。几膺王爵，曰侯与公。于唯我公，克绍先德。朝著蜚声，边庭扬绩。筹彼西陲，谋非弗周。迪荫白天，公也何尤？诗酒自将，宾朋日集。悠悠耄年，谁复可及？嗣续有人，纪载有志。永归[泉]壤，流水东逝。

备考：该墓志出土于漳县汪氏家族元代墓葬群，现藏漳县博物馆。方形，青石质地，底、盖边长均为57厘米。志盖篆刻"大明故昭勇将军汪公墓志铭"十二字，志底刻文三十九行，行三十九字。汪钊，字克明，巩昌卫军籍，陇西人，系汪世显嫡派子孙，卒后祔葬祖茔。据墓志，汪钊卒于弘治十二年，葬于正德丁卯。该墓石应镌刻于正德二年，即公元1507年。全文据拓本抄录，并与原石校对。首题缺字为编者弥补。墓志所载史实与现存文献互有出入，如忠臣官职为"河南江北行中书省参知政事"，汪惟易"佥署枢密院事"、安昌为"奉元路总管"等，可互相校勘、补证。

五

清　代

河西道署诗刻

清顺治元年（1644年）

【碑文】

　　……　　□□□□扶秉彝。

　　红发①满江魔怪扫，朝留正气鬼神知。

　　九鼎养就城隍②格，十面埋伏螭龙③诗。

　　燃藜太乙④挥毫顿，丰酒百篇缀好词。□鱼退舍有苗格⑤，玉皇大士岂相拟⑥。

　　拈髯喔咿⑦心才豁，白眼青天⑧肯让谁。睥睨万丈红云敕⑨，嫚骂西来无字碑⑩。

　　将军头异侍中血⑪，睢阳齿无博浪椎⑫。惶恐滩头零丁水⑬，弥天浩气⑭是吾师。

　　鸡鸣⑮牢骚谈往事，按剑长歌一局棋。非是丈夫多感慨，由来壮烈⑯古今悲。

　　我今踯躅首阳巅⑰，空负七尺好须眉⑱，回思十年金榜梦，怒激龙烟⑲箭监牌。

　　谩说管子⑳匡天下，贪生不死亦何为。

　　　　　　　顺治甲申冬，覃怀沈加显书于不窑城中

【撰者】

沈加显，生卒年不详，覃怀（今河南沁阳市温县）人。曾任莱阳知县、陕西按察使司佥事、河西道和布政使司参议分守西宁道等职。

【注释】

①红发：即魔怪，这里指叛匪，蛮夷。

②九鼎：相传夏禹铸九鼎，象征九州，夏商周三代奉为象征国家政权的传国之宝。战国时，秦楚皆有兴师到周求鼎之事。周显王时，九鼎没于泗水彭城下。唐武后、宋徽宗也曾铸九鼎。《汉书·郊祀志》："禹收九牧之金，铸九鼎象九州，后亦以九鼎借指国家权柄。城隍：守护城池的神。《礼记·郊特牲》："天子大蜡八。"郑玄注："所祭有八神也。"孔颖达疏："水庸之属，在地益其稼穑。"陆德明释文："水庸七。"后遂附会水庸为守护城池之神，称城隍人神纪信。

③螭龙：传说中无角的龙。

④燃藜太乙：指通宵达旦勤学苦读，后接受高人指点。晋王嘉《拾遗记》卷六："刘向于成帝之末，校书天禄阁，专精覃思。夜有老人，着黄衣，植青藜杖，登阁而进，见向暗中独坐诵书。老父乃吹杖端，烟然，因以见向，说开辟已前。向因受《洪范五行》之文，恐辞说繁广忘之，乃裂裳及绅，以记其言。至曙而去，向请问姓名。云：'我是太一之精，天帝闻金卯之子有博学者，下而观焉。'乃出怀中竹牒，有天文地图之书，'余略授子焉。'"《太平广记》卷一六一引作"太乙之精"。宋王安石《上元戏呈刘贡父》："不知太一游何处，定把青藜独照公"。

⑤格：表现出来的品质。

⑥玉皇：玉皇大帝在佛教中指帝释天（即天主），帝释天在忉利天（又称三十三天，四方各有八城，加中央一城，合为三十三天城，此天位居欲界第二天。），是忉利天之天主，在佛教中是佛教的护法神。大士：菩萨之通称也，或以名声闻及佛。士者凡夫之通称，简别于凡夫而称为大。又，士者事也，为自利利他之大事者，谓之大士。

⑦拈髯：指手指搓捻胡子。喔咿：形容声音含混不清。宋洪迈《夷坚丙志·庐州诗》："骂贼语悲壮，撺喉声喔咿。"

⑧白眼青天：指诗人举杯饮酒时，常常用白眼傲视青天，睥睨一切，旁若无人，表现出的铮铮傲骨。

⑨睥睨：斜视。有厌恶、傲慢等意。敕：帝王的诏书、命令。

⑩嫚骂：辱骂；乱骂。无字碑：指陕西乾县武则天"无字碑"。对武则天立"无字碑"历代有多种猜测，可能是用以夸耀自己功高德大非文

字所能表达，也可能因为自知罪孽重大，无颜书写。立"无字碑"，是非功过让后人去评论，因此"无字碑"并非无字，上面密密麻麻刻有许多"嫚骂"文字，正如诗中写"嫚骂西来无字碑"。

⑪将军头：严颜，三国时人。典故出自《三国志·蜀志·张飞传》："（张飞）至江州，破璋将巴郡太守严颜，生获颜。飞呵颜曰：'大军至，何以不降而敢拒战？'颜答曰：'卿等无状，侵夺我州，我州但有断头将军，无有降将军也。'"后以"严将军头"作为坚强不屈、大义凛然精神的典型。侍中血：典故出自《晋书·忠义传·嵇绍》："绍以天子蒙尘，承诏驰诣行在所。值王师败绩于荡阴，百官及侍卫莫不散溃，唯绍俨然端冕，以身捍卫，兵交御辇，飞箭雨集。绍遂被害于帝侧，血溅御服，天子深哀叹之。及事定，左右欲浣衣，帝曰：'此嵇侍中血，勿去'。"绍为嵇康之子，官至侍中。后因以"嵇侍中血"指忠臣之血。亦作"嵇绍血"。唐杜甫《伤春》诗之四："敢料安危体，犹多老大臣？岂无嵇绍血，霑洒属车尘？"

⑫睢阳齿：安禄山造反时，张巡和许远合兵守睢阳城（今河南省商丘县南），拒守安禄山部将尹子奇的进攻。城破被俘，尹子奇问张巡："闻公督战大呼，辄眦（眼眶）裂，血面，嚼齿皆碎，何至是？"张巡答："吾欲气吞逆贼顾力屈耳！"尹大怒，用刀刺进他的口中，张英勇不屈而牺牲。博浪椎：指张良狙击秦始皇的铁椎。张良，汉高祖谋士，因功封留侯。秦始皇灭六国后，张良要替韩国复仇。当始皇东游时，张良募得力士，用一百二千斤重的铁椎，在博浪沙（今河南省原阳县南）的地方，伏击秦始皇，误中副车。事见《史记·留侯世家》。

⑬惶恐滩头零丁水：语出南宋文天祥《过零丁洋》"辛苦遭逢起一经，干戈寥落四周星。山河破碎风飘絮，身世飘摇雨打萍。惶恐滩头说惶恐，零丁洋里叹零丁。人生自古谁无死，留取丹心照汗青！"南宋末年，民族英雄文天祥兵败被俘，面对敌人的威助胁诱毫不动摇，元军将领张弘范，原是宋军将领投降了元兵，劝文天祥归顺。文天祥写下了七言律诗《过零丁洋》，表明他以死殉国的心迹和决心。

⑭浩气：正大刚直之气。《明史·杨继盛传》："临刑赋诗曰：'浩气还太虚，丹心照千古。'"

⑮鸡鸣：《世说新语·赏誉》"刘琨称祖车骑为朗诣"刘孝标注引晋

孙盛《晋阳秋》："逖（祖逖）与司空刘琨俱以雄豪著名。年二十四，与琨同辟司州主簿，情好绸缪，共被而寝。中夜闻鸡鸣，俱起，曰：'此非恶声也。'每语世事，则中宵起坐，相谓曰：'若四海鼎沸，豪杰共起，吾与足下相避中原耳'。"后以"鸡鸣"为身逢乱世当及时奋起之典。唐李白《宣城送刘副使入秦》诗："虎啸俟腾跃，鸡鸣遭乱离。"此处也指相互谈论，辩驳。

⑯壮烈：豪壮激越。《后汉书·袁绍传》："配意气壮烈，终无挠辞，见者莫不叹息，遂斩之。"

⑰踯躅：以足击地，顿足，徘徊不前。《荀子·礼论》："今夫大鸟兽，则失亡其群匹，越月逾时，则必反铅过故乡，则必徘徊焉，鸣号焉，踯躅焉，踟蹰焉，然后能去之也。"王先谦集解："踯躅，以足击地也。"首阳：山名。一称雷首山，相传为伯夷、叔齐采薇隐居处。《诗·唐风·采苓》："采苓采苓，首阳之巅。"毛传："首阳，山名也。"此指隐居的地方。

⑱空负：枉负，辜负。须眉：古时男子以胡须和眉毛稠密为美，故以为男子的代称。

⑲龙烟：传说六神之一，主肝脏之神。明王圻《三才图会·身体二·肝神图》："神名龙烟，字含明长。肝之状为龙，主藏魂，像如悬匏，色如缟映绀，生心下而近后。"

⑳管子：管仲，名夷吾，字仲，颍上（今安徽颍上）人。提出"君人者以百姓为天"的治国理念，其目的在于发展生产，富国强兵，统一诸侯，一匡天下。担任齐国宰相期间，齐桓公尊管仲为"仲父"，授权让他进行政治和经济改革。管仲改革的实质是废除奴隶制，向封建制过渡。管仲改革成效显著，齐国由此国力大振。管仲对外提出"尊王攘夷"，联合北方邻国，抵抗山戎族南侵。司马迁评价说："管仲既用，任政于齐，齐桓公以霸，九合诸侯，一匡天下，管仲之谋也。"

【释文】

据《庆阳金石记》载此碑原在甘肃庆阳县城西街考院（原为河西道署）大堂壁镶嵌，长方形，碑已残缺。其碑末刻有"顺治甲申冬，覃怀沈加显书于不窑城中。"字样。七言诗一首，顺治甲申为顺治元年（1644年），后来被损毁，现碑石无存，也无拓片存世。

公元1644年，这一年有三个年号，即明崇祯十七年、清顺治元年、大顺朝永昌元年。这一年发生了很多大事，2月8日，农民起义领袖李自成建立"大顺"国，以崇祯十七年为永昌元年。3月15日，李自成攻占太原。4月25日，李自成进入北京，推翻明朝，明思宗朱由检在景山自缢身亡。5月27日，吴三桂引清兵入关。6月4日，李自成退出北京城。6月5日，爱新觉罗·多尔衮（努尔哈赤第十四子）入京并定都北京，清朝入主中原。9月20日，清顺治帝驾车由盛京出发迁都北京，沈阳成为陪都。清朝成立，满清军力处于鼎盛时期。10月6日，明末农民起义领袖张献忠（与李自成齐名）在成都称帝，改元大顺，建立大西政权。10月30日，清世祖爱新觉罗·福临（太宗爱新觉罗·皇太极第九子，清朝第三位皇帝，清朝入关的首位皇帝）定都北京。

沈加显写此诗时是顺治元年（1644年）冬，这一年是中国改朝换代、时局不定的时期，作者也按捺不住自己胸中报效国家的激情和力图挣脱苦闷的强大精神力量。作者匠心独运，诗作由表及里，曲折起伏，一层层把感情推向顶点，波澜起伏，一波未平，又生一波，使感情酝蓄得极为强烈，诗人心理上的失望与希望、抑郁与抱负及踌躇满志的形象表现得淋漓尽致。

关于沈加显记载不多，清康熙二十六年《宁州志》中记载："关王庙在州城西，当三川合流之坪。宋宣和五年、金天眷、明宣德七年、清顺治初均有修葺。清分守道沈加显增修关圣庙记云：'泥阳城西南一里许，旧有关圣庙，始于唐，重修于元。'"《清实录》（顺治朝实录三，大清世祖体天隆运定统建极英睿钦文显武大德弘功至仁纯孝章皇帝实录）卷之十三中载"莱阳知县沈加显、为陕西按察使司佥事、河西道"。《清实录》（顺治朝实录五，大清世祖体天隆运定统建极英睿钦文显武大德弘功至仁纯孝章皇帝实录）卷之三十七中载"沈加显为本省布政使司参议，分守西宁道"。

《庆阳寓中》诗刻

清顺治年间

【碑文】

陇东南民间遗散诗碑辑释

顺治间庆阳府同知李本固题并书
故国①莺声老,天崖花事②新。
折来聊寓意③,茫去恐伤神④。
不单东山酒⑤,谁教北地春。
暮归寒色在,风雨侵愁人。

汝南李本固

【撰者】

李本固,湖北清安陆府钟祥县(今武汉市江夏区)人,清初以岁贡授怀集知县,后官至陕西庆阳府同知。另据清同治十二年《梧州府志·职官志》载:"李本固,顺治九年任湖广岁贡。"

【注释】

①故国:旧都,古城。《史记·穰侯列传》:"齐人攻卫,拔故国,杀子良。"

②花事:关于花的情事。春季百花盛开,故多指游春看花等事。宋杨万里《买菊》诗:"如今小寓咸阳市,有口何曾问花事。"

③寓意:寄托或蕴含意。南朝梁刘勰《文心雕龙·颂赞》:"及三闾《橘颂》,情采芬芳,比类寓意,又覃及细物矣。"

④伤神:伤心。南朝梁江淹《别赋》:"造分手而衔涕,咸寂寞而伤神。"

⑤不单:不止,不但。东山:据《晋书·谢安传》载,谢安早年曾辞官隐居会稽之东山,经朝廷屡次征聘,方从东山复出,官至司徒要职,成为东晋重臣。又,临安、金陵亦有东山,也曾是谢安的游憩之地。后因以"东山"为典。指隐居或游憩之地。唐王维《戏赠张五弟諲》诗之一:"吾弟东山时,心尚一何远!"后因以代指远征或远行之地。

【释文】

原碑在甘肃庆阳庆城南街旧府署二门壁,碑体呈小方石,楷书,字径一寸见方。今已不存。为顺治间庆阳府同知李本固题并书。文录自杨景修《庆阳金石记》。

杜子美先生像赞

清顺治十二年（1655年）

【碑文】

猗嗟①先生，志侔稷契②。遘乱播迁③，身穷道洁④。
同谷秦州⑤，兹焉停辙。拾橡行歌⑥，怀君沥血。
灿灿遗编⑦，星云并列⑧。譬彼嵩华⑨，俯临群垤⑩。
瞻仰忧容，我心如结。陇水东流，千年呜咽⑪。

　　　　东海宋琬赞

【撰者】

宋琬（1614—1674年），山东莱阳人，清初诗人，字玉叔，号荔裳，顺治四年（1647年）进士，历任官户部主事、户部河南司主事、吏部稽勋司主事、陕西陇西道兵备佥事、顺治十一年驻节秦州陇西右道佥事、顺治十七年（1660年）宋琬任左参政，康熙十一年（1672年），授四川按察使等职。秦州大地震时，拯恤灾民，并捐俸银，重修被震毁的城垣。次年，重建杜甫祠，刊刻杜甫诗碑。十三年，倡修《秦州志》，修筑南湖堤坝，人称"宋公堤"，政绩卓著。喜好诗词，长于五七言，多伤世之作，诗风豪爽，多壮语。与宣城施闰章有"南施北宋"之称。所撰现存《安雅堂集》七种十八卷，另编纂有《永平府志》等。

【注释】

①猗嗟：叹词，表示赞叹。《诗·齐风·猗嗟》："猗嗟昌兮，颀而长兮。"毛传："猗嗟，叹辞。"

②侔：相等，齐。稷契：稷和契的并称。传说中唐尧、虞舜时代的贤臣。唐杜甫《客居》诗："稷契易为力，犬戎何足吞。"

③遘乱：遘，相遇；遭遇战乱。播迁：迁徙；流离。北周庾信《哀江南赋》："值五马之南奔，逢三星之东聚，彼凌江而建国，始播迁于吾祖。"

④道洁：品德高尚，孤高磊落，不苟且附和于官场世俗。

⑤同谷秦州：陇南成县和天水。

⑥行歌：边行走边写诗歌，借以抒发自己的感情，表示自己的意向、意愿等。

⑦灿灿：闪闪发亮貌。遗编：指散佚的典籍。唐卢照邻《乐府杂诗序》："通儒作相，徵博士于诸侯；中使驱车，访遗编于四海。"

⑧星云并列：与日月同辉，星云共存。

⑨嵩华：嵩山和华山的并称。比喻崇高。唐皮日休《内辩》："公当时之望，溟渤于文场，嵩华于朝右。"

⑩垤：小土丘。

⑪呜咽：低声哭泣，亦指悲泣声。汉蔡琰《悲愤》诗之一："观者皆嘘唏，行路亦呜咽。"

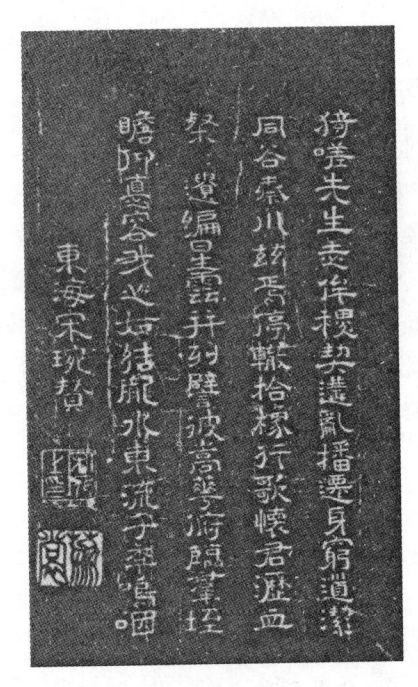

图81 杜子美先生像赞（拓片）

【释文】

宋琬《杜子美先生像赞》原刻于甘肃天水玉泉观二妙轩碑的碑首，杜甫刻画像后。二妙轩碑遗失，文存于二妙轩碑拓片中。详见《陇右诗碑集释》中《二妙轩碑》条。

武全文诗碑

清顺治十六年（1659年）

【碑文】

　　登崆峒四首
　其一
　名山崒嵂①翠微横，蹑屐②攀崖趁晓晴。
　拔地峰孤廻日驭③，摩天岭断撼云行。
　迢迢烟水三千里④，渺渺关河百二城⑤。
　此际红尘⑥飞歘尽，落花啼鸟自新声⑦。
　其二
　巉岩鸟道郁崔嵬⑧，碧水重重⑨逐涧开。
　云际迥移千章出⑩，天边远驾六鳌来⑪。
　山深窟宅龙蛇伏⑫，风急溪林燕鹭回。
　谁向襄城寻帝辙。五峰烟树⑬锁苍苔。
　其三
　芙蓉万仞削青霄⑭，皂鹤摩空翩⑮影骄。
　地轴西蟠关陇峻⑯，天门东射浊泾⑰涛。
　百□梦□庐数杖，五夜⑱风凄子晋箫。
　回首笄头山色霁⑲，欸将底事访渔樵⑳。
　其四
　辟谷山人薛荔衣㉑，采苓㉒何处久忘归。
　瑶台夜月□丹鼎㉓，□室溪云冷钓矶㉔。
　鸟怪危岩时啄木，僧慵古寺独扃扉㉕。
　华胥㉖寂寂登仙梦，落日衔峰送夕晖㉗。

　　　　　　顺治己亥清和四月分巡关西道晋阳武全文题

【撰者】

武全文（1620—1692 年）明末清初山西省盂县西小坪村人，祖籍寿阳，字藏夫，号石庵。清顺治丙戌（1646 年）乡试第十名，丁亥年（1647 年）赐同进士出身，同年任陕西省（今甘肃省）平凉府崇信县知县，深受崇信百姓的拥戴，在他调离崇信后，崇信人民为他立祠供奉，并立"去思碑"一通。数年后，武全文因公到崇信，人民争相欢迎，武全文在《重游崇信宴伯治父老口占纪事》诗中写道："纷纷伏道拥车轮，仍是山城二里民。悲喜相看添白发，去来无恙足清贫。稻畦细数新春柳，芮谷重逢旧主人。触目县衙成一笑，七年曾记甑生尘。"1654 年武全文离开崇信，历任刑部山西司主事，湖广司员外、福建司员外，陕西按察司佥事，升陕西布政司参议按察司副使，湖南布政司参议等职，后辞官回到家乡西小坪村，开辟一座书院，自题为"旷观园"，游憩讲学、著书立说，撰有《继崇信人民难歌》《厘时四弊》《劝民十事》《革俗五条》《芹宫六约》[①] 及《旷观园文集》八卷，《旷观园诗集》十三卷、《藏山纪事》《宾山游》《百忍录》及《武氏家学汇编》等。

【注释】

①崒嵂：山高峻的样子。

②蹑屐：指穿着木屐，一种前后齿可装卸的木屐。亦指谢公屐，原为南朝宋诗人谢灵运游山时所穿，故称。事见《宋书·谢灵运传》："寻山陟岭，必造幽峻，岩嶂千重，莫不备尽。登蹑常著木屐，上山则去掉前齿，下山去掉后齿。"

③日驭：太阳。日形如轮，周行不息，故称。隋卢思道《从驾经大慈照寺》诗："日驭非难假，云师本易凭。"

④烟水：指雾霭迷蒙。唐孟浩然《送袁十岭南寻弟》诗："苍梧白云远，烟水洞庭深。"云行：指广布貌。晋傅玄《答程晓》诗："皇泽云行，神化风宜。"三千：泛言数目之多。三国魏陈琳《饮马长城窟行》："长城何连连，连连三千里。"

⑤关河：关山河川。《后汉书·荀彧传》："此实天下之要地，而将军之关河也。"百二：以二敌百。一说百的一倍。后以喻山河险固之地。

---

① 仇非：《崆峒山新志》，甘肃人民出版社 1996 年版，第 163 页。

《史记·高祖本纪》："秦，形胜之国，带河山之险，县隔千里，持戟百万，秦得百二焉。"裴骃集解引苏林曰："得百中之二焉。秦地险固，二万人足当诸侯百万人也。"

⑥红尘：指繁华之地。南朝陈徐陵《洛阳道》诗之一："绿柳三春暗，红尘百戏多。"

⑦新声：新作的乐曲，此指新颖美妙的声音。晋陶潜《诸人共游周家墓柏下》诗："清歌散新声，绿酒开芳颜。"

⑧巉岩：险峻的山岩。战国楚宋玉《高唐赋》："登巉岩而下望兮，临大阺之稽水。"鸟道：险峻狭窄的山路。崔嵬：高耸貌，高大貌。《楚辞·九章·涉江》："带长铗之陆离兮，冠切云之崔嵬。"王逸注："崔嵬，高貌。"

⑨重重：层层。《西京杂记》卷六："洲上黏（杉）树一株，六十余围，望之重重如盖。"

⑩迥移：走远。千章：指大树千株。唐杜甫《陪郑广文游何将军山林》诗："百顷风潭上，千章夏木清。"

⑪远驾：驾车远行。《文选·颜延之〈宋郊祀歌〉之二》："遥兴远驾，曜曜振振。"李善注引杜预《左氏传》注："远驾，乘驾也。"六鳖：即六鳖负塔。

⑫窟宅：动物栖止的洞穴。龙蛇：龙和蛇。《易·系辞下》："龙蛇之蛰，以存身也。"

⑬烟树：云烟缭绕的树木、丛林。南朝宋鲍照《从登香炉峰》诗："青冥摇烟树，穹跨负天石。"

⑭芙蓉：宝剑名。明汤显祖《南柯记·侠概》："一生游侠在江淮，未老芙蓉说剑才。"万仞：仞，古代计量单位，一仞（周尺八尺或七尺。周尺一尺约合二十三厘米）。万仞指非常高。青霄：青天，高空。晋左思《蜀都赋》："干青霄而秀出，舒丹气而为霞。"

⑮翮：鸟的翅膀。

⑯地轴：古代传说中大地的轴，这里泛指大地。《南齐书·乐志三》："义满天渊，礼昭地轴。"关陇：指关中和甘肃东部一带地区。《后汉书·公孙述传》："令汉帝释关陇之忧，专精东伐，四分天下而有其三。"

⑰泾：水名，发源于甘肃省，注入陕西省渭水，简称"泾"。

⑱五夜：即五更。《文选·陆倕〈新刻漏铭〉》："六日无辨，五夜不

分。"李善注引卫宏《汉旧仪》:"昼夜漏起,省中用火,中黄门持五夜。五夜者,甲夜、乙夜、丙夜、丁夜、戊夜也。"子晋:王子乔的字。神话人物。相传为周灵王太子,喜吹笙作凤凰鸣,被浮丘公引往嵩山修炼,后升仙。唐卢眉娘《和卓英英理笙》:"他日丹霄骖白凤,何愁子晋不闻声。"

⑲笄头山:指平凉崆峒山笄头山。笄指古代的一种簪子,用来插住绾起的头发,或插住帽子。此山形如笄头,所以叫笄头山。霁:天放晴。

⑳渔樵:渔人和樵夫。唐王维《桃源行》:"平明闾巷扫花开,薄暮渔樵乘水入。"

㉑薜荔:一种常绿攀缘性灌木藤本植物,桑科榕属,常攀附于墙壁、岩石或树干部。又叫"木莲""凉粉果""鬼馒头""凉粉子""木馒头"等。

㉒苓:茯苓,寄生在松树根上的菌类植物,形状像甘薯,外皮黑褐色,里面白色或粉红色。中医用以入药,有利尿、镇静等作用。

㉓瑶台:指传说中的神仙居处。晋王嘉《拾遗记·昆仑山》:"傍有瑶台十二,各广千步,皆五色玉为台基。"丹鼎:炼丹用的鼎。唐卢照邻《赠李荣道士》诗:"圆洞开丹鼎,方坛聚绛云。"

㉔钓矶:钓鱼时坐的岩石。北周明帝《贻韦居士诗》:"坐石窥仙洞,乘槎下钓矶。"

㉕惰:困倦,懒得动。扃扉:闭门。隋李播《周天大象赋》:"方卷舌以幽居,且扃扉而绝驷。"

㉖华胥:《列子·黄帝》:"(黄帝)昼寝,而梦游于华胥氏之国。华胥氏之国在弇州之西,台州之北,不知斯齐国几千万里。盖非舟车足力之所及,神游而已。其国无帅长,自然而已;其民无嗜欲,自然而已……黄帝既寤,悟然自得。"后用以指理想的安乐和平之境,或作梦境的代称。

㉗夕晖:日暮前余晖映照,夕阳的光辉。唐韦应物《送别河南李功曹》诗:"云霞未改色,山川犹夕晖。"

【释文】

"武全文碑"现存于甘肃省平凉崆峒山隍城老君楼北窗外下方。石灰岩质,碑高40厘米,宽90厘米。诗文为阴刻楷书体,共二十三行,满行十二字。关西分巡使者晋阳武全文题。落款为"顺治己亥清和四月分巡关西道晋阳武全文题",顺治己亥应为清顺治十六年(1659年)。

图82 武全文诗碑（拓片）

范发愚诗碑

清顺治十八年（1661年）

【碑文】

杨太守朴如江、驷厫岷源姚捕厫、培公叶司理府生邀游崆峒，同玄徼遟公祖直登顶上，是日烟雾密布，五云出见。

上山直上山之巅，五色祥光①映晓烟。
鸟道云笼迷去路，深沟雾锁听流泉。
苍龙②带雨翔偏急，皂鹤翻风倦欲还。
稳坐松根③谈往事，老僧屈指数真传④。

顺治辛丑蒲月覃怀范发愚题

【撰者】

范发愚，生卒年、事迹不详，覃怀（今河南沁阳市温县）人，顺治四年丁亥科，登进士，曾担任山西阳和（山西阳高县）府、蔚州广灵县知县、关南分巡使等职，顺治十七年户部郎中范发愚任陕西按察使司金事、分巡关西道。

【注释】

①五色：青、赤、白、黑、黄五种颜色。古代以此五者为正色。《书·益稷》："以五采彰施于五色，作服，汝明。"孙星衍疏："五色，东方谓之青，南方谓之赤，西方谓之白，北方谓之黑，天谓之玄，地谓之黄，玄出于黑，故六者有黄无玄为五也。"祥光：祥瑞的光，象征吉利。南朝梁任昉《宣德皇后敦劝梁王令》："丰功厚利，无得而称，是以祥光总至，休气四塞。"

②苍龙：传说中的青龙。古传青龙为祥瑞之物。《楚辞·九辩》："左朱雀之茇茇兮，右苍龙之躣躣。"

③松根：松树的根。唐王绩《游北山赋》："杞叶煎羹，松根溜醑。"

④真传：犹嫡传。清王士禛《池北偶谈·谈献一·方伯公遗事》："先祖方伯公年九十余……常揭一联于厅事云：'绍祖宗一脉真传，克勤克俭；教子孙两行正路，惟读惟耕。'"

【释文】

此碑现存于平凉崆峒山隍城老君楼，为石灰岩质石一方，碑高46厘米，宽86厘米。刻诗为阴刻行楷，共12行，满行9至12字不等。碑末落款为"顺治辛丑蒲月覃怀范发愚题"。

顺治辛丑应为清顺治十八年（1661年），范发愚时任陕西按察使司佥事、分巡关西道。

图83 范发愚诗碑（拓片）

钟玉秀诗碑

清康熙三年（1664年）

【碑文】

　　　　登崆峒

缓步涉崇绿，烟源锁不开。

岚光①呈五色，叶影接三台。

玄鹤②翔天舞，黄龙待月回。

登临一极目③，大地尽蓬莱④。

　　　　苑马寺卿钟玉秀莲月震元胤氏题
　　　　清康熙岁次甲辰如月吉旦

【撰者】

钟玉秀，生平事迹不详，清康熙年间人，曾任苑马寺卿。

【注释】

①岚光：山间雾气经日光照射而发出的光彩。明文徵明《五月望日登望湖亭》诗："岚光浮动千峰湿，雨气薰蒸五月寒。"

②玄鹤：白头鹤，黑鹤。《韩非子·十过》："有玄鹤二八，道南方来，集于郎门之垝。"

③极目：满目；充满视野。唐李复言《续玄怪录·李卫公靖》："及明，望其村，水已极目，大树或露梢而已，不復有人。"

④蓬莱：蓬莱山。古代传说中的神山名。亦常泛指仙境。《史记·封禅书》："自威、宣、燕昭使人入海求蓬莱、万丈、瀛洲，此三神山者，其传在渤海中。"

【释文】

此碑现存甘肃平凉市道教文化圣地崆峒山隍城太白殿。此碑石质为褐沙石，高45厘米，宽60厘米，草书体，共12行，每行字数长短不一，题镌于康熙三年（1664年），碑末书"苑马寺卿钟玉秀莲月震元胤氏题，清康熙岁次甲辰如月吉旦"，款末有钤印一方。

图84 钟玉秀诗碑（拓片）

罗森诗碑

清康熙八年（1669年）

【碑文】

    玉泉谒李杜祠二首
绝调①风流推盛唐，两公②旗鼓自相当。
性情互许同飘泊，啸咏天成入古狂③。
拾橡宁甘难蜀道，骑鲸直拟上羲皇④。
潇然眉宇春风坐⑤，水镜表流韵藻香⑥。

警才旷世⑦皆无敌，大雅⑧同堂更不孤。
磨砚早知规倾国，钩缨⑨如获脱危图。
一生磈磊⑩凭樽酒，千古高山对绿芜。
有客瓣香来陟磴⑪，飘飘天地侣鸥凫⑫。

           康熙己酉仲春谷旦

五　清代

【撰者】

罗森，顺天府大兴（今北京大兴县）人，清顺治四年丁亥（1647年）科进士。历任江西湖东道知县，陕西督粮道，浙江按察使，四川巡抚等职。"三藩之乱"时，投靠吴三桂反清；康熙十七年（1678年），吴三桂兵陷湖南，八月病死衡州。三年后清军平定了这场叛乱，吴氏家族被诛戮殆尽，因内乱相互厮杀，其后不知所终。

【注释】

①绝调：绝妙的曲调。借指绝妙的诗文。南朝梁何逊《七召》之四："至乃郑卫繁声，抑扬绝调，足使风云变动，性灵感召。"

②两公：李白和杜甫。

③啸咏：犹歌咏。《晋书·阮孚传》："窃以今王莅镇，威风赫然……正应端拱啸咏，以乐当年耳。"古狂：古代文采狂人。

④骑鲸：亦作"骑鲸鱼""骑长鲸"。杜甫《送孔巢父谢病归游江东兼呈李白》："几岁寄我空中书，南寻禹穴见李白。"清仇兆鳌注："南寻句，一作'若逢李白骑鲸鱼'。按：骑鲸鱼，出《羽猎赋》。俗传太白醉骑鲸鱼，溺死浔阳，皆缘此句而附会之耳。"后用为咏李白之典。宋陆游《长歌行》："人生不作安期生，醉入东海骑长鲸。"亦比喻隐遁或游仙。羲皇：即伏羲氏。伏羲故里。

⑤眉宇：面有眉额，犹屋有檐宇，故称。亦泛指容貌。《文选·枚乘〈七发〉》："然阳气见于眉宇之间，侵淫而上，几满大宅。"刘良注："眉宇，眉额间也。"

⑥水镜：清水和明镜，两者能清楚地反映物体。《三国志·蜀志·李严传》："故以激愤也"。裴松之注引晋习凿齿曰："水至平而邪者取法，镜至明而丑者无怒，水镜之所以能穷而无怨者，以其无私也。"喻指明鉴之人。韵藻：有韵律的词语。多指诗词。清刘大櫆《〈海日楼诗〉序》："慈溪周君东五，自负其气，浩然而莫御，窅然而深藏，读书穿贯今古，以流为韵藻，卓荦辉光，称其胸中之志意。"

⑦旷世：绝代，空前。《后汉书·蔡邕传》："马日磾驰往谓允曰：'伯喈旷世逸才，多识汉事，当续成后史，为一代大典。'"

⑧大雅：称德高而有大才的人。《文选·班固〈西都赋〉》："大雅宏

— 247 —

达，于兹为群。"李善注："大雅，谓有大雅之才者。

⑨钩缨：李白侠客行句："赵客缦胡缨，吴钩霜雪明。"赵客，燕赵之地的侠客。自古燕赵多慷慨悲歌之士。吴钩，宝刀名。反映了诗人所具有的豪侠之气。

⑩魂磊：块垒，比喻心中郁积的不平之气。

⑪磴：山上有台阶的石径。

⑫鸥凫：指天上飞鸟。

【释文】

诗碑现存甘肃天水市玉泉观碑廊。这两首诗刻为罗森所作。吴廷燮主编《北京市志稿》第十四卷载有"罗森，顺天府大兴县人"。等内容。

玉泉观李杜祠建于明嘉靖时期，在清乾隆《直隶秦州新志·补遗》中李铉《重修西虎嘴名贤祠》有详细记载。

附：《重修西虎嘴名贤祠》

秦州天靖山西虎嘴一峰，有李杜祠，中竖松雪草书石刻四，旧名"大雅堂"。前有空堂三楹，下临峻崖，有方亭，四面皆虚，全秦在望，旧名"选胜亭"。祠北又有别院堂三楹，祀汉诸葛武乡侯，宋韩魏公暨前明秦州牧郭公像。考故碑，李杜祠建于明嘉靖中，黄岩李柱史，而名字不传，松雪书则刘侍御所立，而大雅堂未知伊始也。我朝康熙初，耿公继先巡陇右，重修选胜亭，有记，顾不详所由来。中丞卢公询捐葺李杜祠，止留诗刻而无记，余窃疑之，若别院堂乃天启间郭牧子之琮巡抚甘宁，为乃翁追建祠宇也。今其像亦颓坏。余方欲改而新之，遭秦父老谆谆为余言："国初，百姓初脱兵难，而额赋无少减。高公必大来刺州，力请丈量，累乃豁，顺治末，城圮于震，巡宪荔裳宋公，州牧姜公，或启或翼。百堵皆兴，而民居用宁，是三公者，为秦御大灾捍大患，吾侪小人父传子述，至今不忘者也。盍祀诸？"余闻而瞿然曰："嘻，是宜祀。"爰更新易旧，分祀汉唐宋诸名贤，于故有之堂，又特建三楹于别院，东奉三公木主，并易郭公将毁之像以主而并祀焉。榜其门曰："名贤"，祠于苍松翠柏间，杂以粉廊红榭，与大雅堂、选胜亭相映，为游观之娱。是役也，经始于己未仲夏，讫工于孟秋。后之君子，念余追溯曩绩，民之不忘，蠲洁明禋，俾勿废坠，是则神人胥悦之，盛事也夫。

五 清代

图85 罗森诗碑

图86 罗森诗碑（拓片）

图87 罗森诗碑（拓片局部）

补岩大师偈语

清康熙十年（1671年）

【碑文】

　　泡沫形骸[①]捞一把，连忙收拾旧袈裟[②]。

劳尔送我归山去，碧天镜月皓无涯。

【撰者】

补岩大师，见释文。

【注释】

①形骸：人的躯体。《庄子·天地》："汝方将忘汝神气，堕汝形骸，而庶几乎？"

②袈裟：指缠缚于僧众身上之法衣，以其色不正而称名。又作袈裟野、迦逻沙曳、迦沙、加沙。佛教传入中国后，汉、魏时穿赤色衣（被赤衣），后来又有黑衣（缁衣）、青衣、褐色衣。唐宋以后，朝廷常赐高僧紫衣、绯衣。明朝佛教分禅（禅宗）、讲（天台、华严、法相宗）、教（又称律，从事丧仪、法事仪式）三种类别，规定禅僧穿茶褐色衣和青绦玉色袈裟，讲僧穿玉色衣和绿绦浅红色袈裟，教僧穿皂衣和黑绦浅红色袈裟，然后来一般皆着黑衣。

【释文】

补岩大师偈语刻于张炜撰《空同山普同塔铭并序》碑中，碑现存于甘肃省平凉市崆峒山小北台，镶嵌于普同塔西南方，碑体材质为砂岩质，高60厘米，宽108厘米。铭文为阴刻楷书，共30行，满行18字。碑末落款为"康熙十年岁次辛亥夏六月朔吉建，提督陕西军务右都督三韩柏永馥，中宪大夫知平凉府事三韩程宪，文林郎知平凉县事中州李焕然同施，郡人张炜撰并书"。

补岩（？—1670年）世居南安（今福建省南安县），聪敏颖慧，幼年即喜清静，后受戒于广东和尚，壮年得易安老人传法，衣钵相承。曾七登讲座诵解佛经。驻崆峒创建灵龟台文殊庵，补葺修建多建树。晚年面壁狮子崖三年，一日召弟子示偈曰："泡影形骸捞一把，连忙收拾旧袈裟。劳尔送我归山去，碧天镜月浩无涯。"诵毕圆寂，其徒为之建墓塔于小北台西和尚坟岭端，铭曰：普通（同）塔。①

张炜（1625—？），祖籍高邮（今江苏省中部），明末清初迁平凉。字旭伯，号青柯居士。生而秀爽，气局豪迈。及壮躯干丰伟，其髯如戟，读

---

① 仇非：《崆峒山新志》，甘肃人民出版社1996年版，第98页。

书崆峒，博览群书，嗜古文辞，其于理致体格尤根柢先辈。崇祯末年举选贡，适逢战乱，遂弃功名，居陕西华县青柯平，故号。力致诗文，名重一时。清康熙初年受聘撰修《陕西通志》"备述西京文物，深得有识之士赞许"。炜喜浏览名山胜迹，北至燕赵，南徙淮泗，东登岱宗。情随景生，赋诗见志。晚年归里，辟苑于崆峒山下，于躬耕中自得其乐，所著山水记，诗若干首，载入《泾上遗编》。旧志存录炜诗，山中散存炜题书碑刻。①

附：

空同山普同塔铭并序

盖闻道无生灭泯诸相拎皆空，法本玄同超四流而普度，故浮图之建非徒为舍利庄严，而正果所归靡不以涅槃示寂。唯补岩大师者，南安世族，西土灵根，慧性夙成，尘缘□□。弱年受戒于广东和尚，壮岁传法于易庵老人。衣钵相承，棒喝有寻。面壁狮子崖者三载，透悟禅机，身登请师座者七番，普扬宗旨功深，六度教演一乘，持苦行以日深，修净业而不替。迩遐景慕，道侣倾心，斯固驾横海之大航，拯迷途于彼岸者欤！以康熙九年七月十七日圆寂于空同弥陀庵。遗偈曰："泡沫形骸捞一把，连忙收拾旧袈裟。劳尔送我归山去，碧天镜月皓无涯。"其徒照旷、普如等克修前绪，敬宗遗风，深恐徽猷有时湮灭，更发弘愿，广接浚人，爱甃砖塔，号曰普同，奉遗蜕于法身，永固藏于浩劫。凡习三乘之业，咸附七级以从，如是胜目，允宜垂勒。词曰：

卓矣大师，道业精擅。剡心进修，屹无退转。持律清严，莹洁绝点。草衣木食，岩栖壁面。缅迎教法，西□东臻。宗风不泯，代有其人。唯师振起，超轶缁伦。久习正窆，冀见性真。伊何中途，遽归西土。四大泡空，本无来去。爰有懿徒，力绍厥绪。建此穹标，颠亦何钜。幻质既闭，慧灯弥辉。用待来兹，法藏同归。山岩峩峩，云水依依。历千百祀，永以无斁。

康熙十年岁次辛亥夏六月朔吉建
提督陕西军务右都督三韩柏永馥
中宪大夫知平凉府事三韩程宪
文林郎知平凉县事中州李焕然同施
郡人张炜撰并书

---

① 仇非：《崆峒山新志》，甘肃人民出版社1996年版，第163页。

图88 空同山普同塔铭并序碑（拓片）

图89 空同山普同塔铭并序碑（拓片局部）

盐官铁钟铭

清康熙十三年（1674年）

【铁钟铭文】

愿此钟声超三界[1]，铁围幽暗悉皆间。
□澄清净证圆通[2]，一切众生成正觉[3]。

唵伽哆地耶娑婆诃[4]

【撰者】

佚名。

【注释】

①三界：佛教指众生所居之欲界、色界、无色界。此乃迷妄之有情在生灭变化中流转，依其境界所分之为三层次；系迷于生死轮回等生存界（即有）之分类，故称作三有生死，或单称三有。又三界迷苦之领域如大海之无边际，故义称苦界、苦海。

②圆通：佛教语。圆，不偏倚；通，无障碍。谓遍满一切，融通无碍，即指圣者妙智所证的实相之理。由智慧所悟之真如，其存在之本质圆满周遍，其作用自在，且周行于一切，故称为圆通。《楞严经》卷二二："阿难及诸大众，蒙佛开示，慧觉圆通，得无疑惑。"

③正觉：意指真正之觉悟。又作正解、等觉、等正觉、正等正觉、正等觉、正尽觉。等者，就所证之理而言；尽者，就所断之惑而言。即无上等正觉、三藐三菩提之略称。梵语意译，音译三菩提。谓证悟一切诸法之真正觉智，即如来之实智，故成佛又称"成正觉"。阿弥陀佛在往昔十劫即成就正觉，最初成佛之瞬间即称为正觉一念。又极乐净土之莲花，为依弥陀如来成就正觉所成之花，故称正觉花。

④唵伽哆地耶娑婆诃：佛语。亦伽啰帝耶娑婆诃（破地狱真言），此咒使一切地狱因为咒语的力量而破除。

【释文】

该诗为甘肃陇南礼县盐官镇原"通明寺"内铁钟残片铭文，现存礼县盐官镇盐井院内。铸于康熙十三年。

  盐官镇位于甘肃陇南礼县境内,临近的比较著名的地方有祁山堡,据当地人说,祁山就是"诸葛亮六出祁山"中的祁山,山上至今还有诸葛亮塑像。盐官镇历史悠久,据说在秦朝的时候就有了,其中的盐井更是闻名,因此盐官镇又被称为卤城。杜甫经过盐官时,有感而发,作诗记述了这里"卤中草木白,轻者官盐烟。官作既有程,煮盐烟在川。汲井岁㹴㹴,出车日连连"的繁荣景象。相传盐井一度涸竭,尉迟敬德行军至此,见一白兔跳跃马前,敬德用箭射之,白兔带箭钻入盐泉,掘之,泉水涌出,于是井盐又复大盛。

图 90　盐官铁钟铭(拓片)

陇东南民间遗散诗碑辑释

成县官店筑路碑诗句

清康熙十六年至咸丰七年（1677—1857年）

【碑文】

　　善意功德
　千年古路一时兴，
　万人积德过贤人。

　　　　　岁次丁巳年仲春月碑记（此句在两诗句中间）
　　　　　以下均为捐资功德地名、主人等姓名（略）

【撰者】
佚名，记载不详。

【释文】
　　此碑位于甘肃陇南成县王磨乡官店村官子沟口古道西侧。碑石为大理石岩质，高181厘米，宽70厘米，厚11厘米。碑额竖刻"皇清"二字，楷书体，其下自右至左横刻楷书"善意功德"四字。碑间刻有李家庄、邱家山、阎殿里、周家沟、崖湾里、冉家河、毕家庄、王家磨、达家庄、次里厂坝里、石家山、吴家山等乡及捐资人姓名和所捐钱数、题款人与石匠籍贯姓名等。碑石正中所刻时间仅有干支而没有年号。清代"岁次丁巳年仲春月"分别有康熙十六年（1677年）、乾隆二年（1737年）、嘉庆二年（1797年）和咸丰七年（1857年）。

　　陇东南地区记载修路架桥、设关置驿的交通碑铭很多，其中不乏歌功颂德的词句。如天水麦积区利桥乡境内的清道光十七年交通碑"上下士农名千里，来往工商扬万里"，民国时陇县凤陇公路通车纪念碑句"以利民行，沟通秦陇"等。

图91　成县官店筑路碑

李瑛诗碑

清康熙二十八年（1689年）

【碑文】

　　元鹤高飞唳碧天[①]，
　　一声清澈[②]到人间。

千秋遗有仙禽在，

何事而今道不传。

康熙己巳孟夏朔三日登崆峒见元鹤，平凉县尉仁和李瑛敬书

【撰者】

李瑛，生卒事迹不详，仁和（浙江省杭州市钱塘县）人，时为平凉县尉。

【注释】

①元鹤：白头鹤。清人避康熙玄烨名讳，称玄鹤为元鹤。又"元鹤仙禽也。世居歧恫之东岩洞中，顶冠舟砂，绪友元裳，翅如车轮，翱翔云表。黄帝问道广成子，与闻至道。帝尧甲申年有双元鹤，至是屡见放世，历今已四千九十余年矣，故亦得附于列仙云。"① 唳：鹤、雁等鸟高亢的鸣叫。"华亭鹤唳，岂可复闻乎？"

②清澈：清晰响亮。宋刘敬叔《异苑》卷一："浔阳姑石山在江之坻。初桓玄西下，令人登之中岭，便闻长啸，声甚清澈。"

【释文】

此诗碑现存于甘肃省平凉市崆峒山朝天门崖壁上，碑体材质石灰岩质，高98厘米，宽60厘米。诗碑刻文为阴刻，行楷书体，共5行，满行11字，文共53字。碑末落款为"平凉县尉仁和李瑛敬书"，诗前题"康熙己巳孟夏朔三日登崆峒见元鹤"。康熙己巳为清康熙二十八年（1689年）。

玄鹤，即灰鹤，还叫千岁鹤、番薯鹤等，全身浅青灰色，脖子上颜色接近黑色，头顶有红色斑点，飞羽灰黑色，次级和三级飞羽延长弯曲成弓状，尾羽黑色，嘴黄绿色，脚灰黑色。栖息于河口湖泊及沼泽湿地，食鱼类、昆虫及小麦、莎草科植物等。

晋朝崔豹在《古今注》载："鹤千岁则变苍，子二千岁则变黑，所谓玄鹤也"。明王圻《三才图会》载："雷山有玄鹤者，粹黑如漆，共寿满三百六十岁，则纯黑。五者，有音乐之节则至，昔黄帝习乐于昆化山，有玄鹤飞翔。"宋罗愿《尔雅翼》将玄鹤释为"鹤之老者"，故人们称它为千岁鹤、长寿鹤。玄鹤很早就名列仙班禽类，因清人避康熙玄烨名讳，也

---

① 张伯魁、朱愉梅：《崆峒山志·柳湖书院志》，平凉市地方志办公室编辑1993年。

称玄鹤为元鹤。自古以来崆峒山就有元鹤栖息，以它为题材的诗歌不在少数，最有名的就属清人汪皋鹤《崆峒元鹤记》《元鹤歌并序》。崆峒山脚下就是弹筝峡，这里的浅水区有很多的鱼类，周围农田种有小麦、谷类等农作物，元鹤经常到这里觅食。崆峒山玄鹤洞就处于崆峒山水库正北的宝庆寺、东台处，据水库不远。

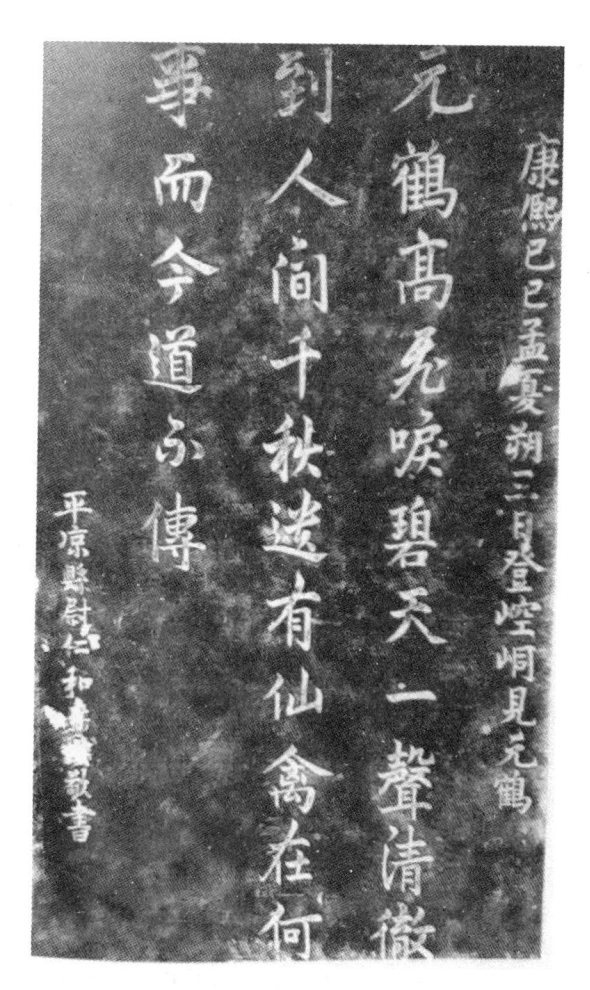

图92 李瑛诗碑（拓片）

陇东南民间遗散诗碑辑释

《秦州谒杜少陵祠》诗碑

清康熙六十一年（1722年）

【碑文】

秦州谒杜少陵祠
先生①忠爱岂微□，心在诗篇几百章。
自□此邦驱去马，谁留遗像冷空堂。
青泥积草②径途险，橡栗黄精③耐岁荒。
小宅争如④南入蜀，花溪云树月苍黄⑤。

康熙壬寅仲冬陇西守古沛郭振仪敬和

【撰者】

郭振仪，生卒事迹不详，时为陇西郡守。《钦定四库全书·甘肃通志》卷二十八《皇清文职官制》载："郭振仪，江南沛县（今江苏省徐州市沛县）人，康熙六十年任庆阳府知府。"

【注释】

①先生：杜甫。
②青泥积草：杜甫在陇右翻越的青泥岭，积草岭。
③橡栗黄精：杜甫在陇右吃过的橡栗子、黄精。
④争如：怎奈。唐骆浚《题度支杂事典庭中柏树》诗："争如燕雀偏巢此，却是鸳鸯不得栖。"
⑤苍黄：灰黄色。《墨子·所染》："见染丝者而叹曰：染于苍则苍，染于黄则黄。"后来用"苍黄"比喻事物的变化。

【释文】

诗碑现存于甘肃天水市一藏友家中，据收藏者自述此诗碑碑阳除诗文外，在诗碑右上角和左下角分别有钤印一处和钤印两处，碑阴刻有功德名。诗碑末题刻时间为康熙壬寅年，应为康熙六十一年（1722年）。康熙在位61年，即康熙元年（1662年）至康熙六十一年（1722年）。

关于作者郭振仪其人其事文献资料记载不多，《高宗实录》记载郭振仪生平事迹。《大清高宗纯（乾隆）皇帝实录》四十七《大清高宗法天隆运至诚先觉体元立极敷文奋武孝慈神圣纯皇帝实录》卷之三百七十九载："乾隆十五年，庚午，十二月，乙酉，上诣皇太后宫问安"。

  刑部奏、审明革职拏问之云南巡抚图尔炳阿。于已故永善县知县杨茂亏空银米。不即参追。转令布政使宫尔劝、驿盐道郭振仪设法弥补。应照明知侵盗钱粮故纵律拟流。得旨。朕以图尔炳阿身任巡抚兼署总督。其于通省吏治，全不留心整饬，一任属员恣意侵贪。如宫尔劝、郭振仪等司道大员，侵蚀累累皆毫无觉察，深负朕恩是以革职拏交刑部治罪。其罪即在此。该部乃只就杨茂一案草率问拟，以流罪完结避重就轻甚属错谬。岂谓朕省方远出驻跸之次，于事机偶未经意该部，遂尔疏略从事耶？著传旨严行申饬，寻奏图尔炳阿身任封疆，瞻徇欺隐，于属县亏空不参，敢代弥补。且句道大员近在同城，侵蚀累累毫无觉察，应比照监守自盗钱粮、银一千两以上律，拟斩监候，其侵亏银两。俟宫尔劝、郭振仪等各案审结后著追。得旨。图尔炳阿依拟应斩，著监候秋后处决。余依议。

图93　秦州谒杜少陵祠诗碑

林毓俊诗碑

清康熙年间（1662—1722年）

【碑文】

　　　　登崆峒
谈来①山鸟语皆清，似与游人说道情。
不负当年劳帝子②。却从此地礼③先生。
松留世外④□高色，鹤带烟边一点明。
最是耳根⑤澹纯处。广长⑥妙舌有溪声。
　　　赠问道官濯虚道人
置身直在羲农⑦前，人得此山便半仙⑧。
似我无缘能学佛，知君有道不参禅⑨。
云因飞倦唯归岫⑩，月到明时已上天。
世路⑪从来难展足，自然踪迹寄林泉。
　　　　石　　桥⑬
　　　明时韩王所凿
放却⑭溪流别有因，其如引□出山人。
仙源⑮自是问津少，好向凡间洗俗尘⑯。

　　　　　　　　　　　　闽莆林毓俊题

【撰者】

林毓俊，生卒年月，事迹不详，福建莆田人，林毓俊撰有《纪游诗草》八卷、文集三卷。

【注释】

①谈来：谈笑中走来。

②劳帝子：帝子，指黄帝。这里指黄帝问道广成子。《庄子·在宥》："黄帝立为天子十九年，令行天下，闻广成子在于空同之山，故往见之。曰："闻吾子达于至道，敢问至道之精。吾欲取天地之精，以佐五谷，以养民人。吾又欲官阴阳，以遂群生，为之奈何？"广成子曰："而所欲问

者，物之质也；而所欲官者，物之残也。自而治天下，云气不待族而雨，草木不待黄而落，日月之光益以荒矣。而佞人之心翦翦者，又奚足以语至道！"黄帝退，捐天下，筑特室，席白茅，间居三月，复往邀之。"

③礼：表示尊敬的态度和动作。

④世外：尘世之外，世俗之外。唐李白《杂题》诗序："乘兴踏月，西入酒家。不觉人物两忘，身在世外。"

⑤耳根：佛教语。六根之一，指对声境而生耳识者。《楞严经》卷三："耳根劳故，头中作声。"

⑥广长：犹广大。元姚燧《皇帝尊号玉册文》："幅员广长，振古无伦。"

⑦羲农：伏羲氏和神农氏的并称。《文选·班固〈答宾戏〉》："基隆于羲农，规广于黄唐。"张铣注："羲，伏羲也；农，神农也。"

⑧半仙：半似仙人，指登高山的人。宋范成大《山顶》诗："翠屏无路强攀缘，我与枯籐各半仙。"

⑨参禅：禅宗的修持方法。有游访问禅、参究禅理、打坐禅思等形式。

⑩岫：山洞。

⑪世路：世情，世事。这里指宦途。《后汉书·崔骃传》："子苟欲勉我以世路，不知其跌而失吾之度也。"

⑫林泉：指隐居之地。唐骆宾王《上兖州张司马启》："虽则放旷林泉，颇得闲居之趣。"

⑬石桥：即崆峒山聚仙桥，在崆峒前山麓泾河河谷中，原是为崆峒十二景之一的"仙桥虹跨"现已不存。明人罗潮《仙桥虹跨》诗云："仙桥飞渡壑，横亘长虹卧，来往闲游者，不信天边过。"明代嘉靖二十九年（1550年），泾河水暴涨，将其上的木桥冲毁。韩王妃出资聘人在河床下开始凿石洞，引水下泻，河面上就有了一座天然石桥，蔚为壮观，成为一景，称"聚仙桥"。清人赵汝翼采辑平凉八景时称"仙桥虹跨"。

⑭放却：放下。唐许岷《木兰花》词："宝筝金鸭任生尘，绣画工夫全放却。"

⑮仙源：借指风景胜地或安谧的僻境。明顾大典《青衫记·郊游访兴》："花光艳，草色新，且停骖向仙源问津。"

⑯俗尘：世俗人的踪迹。唐李颀《题璿公山池》诗："此外俗尘都不染，唯余玄度得相寻。"

【释文】

林毓俊诗碑现存于甘肃平凉崆峒山太和宫，为砂岩质刻石一方，高46厘米，宽78厘米。碑文为阴刻行书，共14行，字数长短不一，满行有13至15字。碑末落款："闽莆林毓俊题"。

图94　林毓俊诗碑（拓片）

汤其昌诗碑

清康熙晚期

【碑文】

　　恭和卢大中丞题玉泉观杜少陵祠原韵
　　　　　　一
　　文彩风流未杳茫①，秦州杂咏纪篇章。
　　缠绵忠爱存住句，阅历羁愁②剩草堂。
　　喷玉泉流源未竭，参天崖立径何荒。
　　中丞③怜调新词宇，瑞气遥瞻正郁苍④。

二

谁谓开元事混茫⑤，感怀喜得和佳章。
多君能识诗中画，愧我唯登室外堂。
书卷尚留秦塞曲，钓竿已掷陇云荒。
东柯南廓⑥皆遗迹，欲表芳微鬓未苍。

【撰者】

汤其昌，姚江（今浙江余姚）人，监生，清康熙晚期任秦州知州。

【注释】

①文彩：即文采，泛指文辞。宋司马光《进〈瞻彼南山诗〉表》："谨成《瞻彼南山》诗七章，随表上进，文采鄙野。"杳茫：渺茫，迷茫。唐牟融《山中有怀李十二》诗："林前风景晚苍苍，林下怀人路杳茫。"

②羁愁：旅人的愁思。南朝齐江孝嗣《北戍琅琊城》诗："薄暮苦羁愁，终朝伤旅食。"

③中丞：官名。汉代御史大夫下设两丞，一称御史丞，一称御史中丞。因中丞居殿中而得名。这里指诗中"卢大中丞"。

④瑞气：瑞应之气。泛指吉祥之气。《晋书·天文志中》："瑞气：一曰庆云。若烟非烟，若云非云，郁郁纷纷，萧索轮囷，是谓庆云，亦曰景云。此喜气也，太平之应。二曰归邪，如星非星，如云非云。或曰，星有两赤彗上向，有盖，下连星。见，必有归国者。三曰昌光，赤，如龙状；圣人起，帝受终，则见。"郁苍：郁郁葱葱。草木苍翠茂盛的样子。北魏郦道元《水经注·汶水》："仰视岩石松树，郁郁苍苍，如在云中。"

⑤开元：泛指开端，开头。汉班固《典引》："厥有氏号，绍天阐绎者，莫不开元于太昊皇初之首。"混茫：亦作"混芒"，混沌蒙昧。指上古人类未开化的状态。《庄子·缮性》："古之人，在混芒之中。"

⑥东柯南廓：天水市麦积区东柯谷，天水市南郭寺。

【释文】

"汤其昌诗碑"现存天水市秦州区玉泉观碑廊，碑体保存完好，为长方体，碑面涂抹严重，但字迹尚能辨认。

玉泉观李杜祠为纪念李白、杜甫而建，始建于明嘉靖年间，顺治十一年（1654年）秦州地震时毁，顺治十三年（1656年）宋琬曾捐资修复，此后乾隆间秦州知州李铉、光绪间秦州知州张珩、同治十年（1871年）分巡巩秦阶道董文涣均有不同程度的修建。"文化大革命"时被毁。民国《天水县志》卷二《建置志玉泉观》载"跨天靖山近郊胜境也。门有溪水桥，其上曰遇仙，水东流而合于蒙，南入籍，过桥西上左有土崖老柏蟠其上，根露而拔起，奇观也，再上北折又有桥曰通仙，逾桥直上皆神祠，途分东西，东北去有老子庙，折而西则为静观亭，亭后为诸葛武侯韩魏公祠，南为李杜祠，东南有选胜亭，北数十步则仓颉庙。属经变乱，今唯正殿依然。自外坍塌拆毁之余改为营房。"乾隆二十九年（1764年）任秦州知州的国栋作《李杜祠》诗曰："累朝李杜并齐名，俎豆文坛此合并。诗史诗仙千古壮，忧君忧国两心明。相依严武谁怜容，得志王璘岂弄兵。无限牢愁难对语，庙庭风雨泣三更。"户部主事杨恩曾作《李杜祠》云："吁嗟天水一抔土，两贤遗迹留今古。磊落崎嵌千载人，流离奔走一生苦。淋漓醉墨帝王前，怨起清平第二篇。言路岂能留暗相，覆师不见涛斜川。祸福自掇宁自保，当时无乃感草草。失脚千重云雾深，去国一日乾坤老。蜀道崎岖走欲僵，何日金鸡下夜郎。来阳县外船难进，采石江头事可伤。当时不得一日乐，后世徒瞻万丈光。秦川城下聊回步，手拂尘埃开像塑。安知天靖山头今日祠，不是二贤昔日经行处。并袂联榻俨若生，安得杯酒一相赓？瓣香拜罢高回首，满目山川无限情。"此外还有清顺治间罗森曾《玉泉谒李杜祠二首》，明人胡缵宗《游玉泉观次韵》，明秦州进士白士卿《九日登玉泉观》等。

图95　汤其昌诗碑（拓片）

图96 汤其昌诗碑（拓片局部）

郡署咏怀古迹诗碑

清乾隆初（1736年）后
【碑文】

　　郡署咏怀古迹五首用杜工部①韵
艰难王业怀周室②，窜迹③当年戎狄间。
九鼎几经移传舍④。孤坟犹得占荒山。
本支⑤百世谁祠祭，樵牧⑥成群任往还。
陵下至今流恨水，东迁错计弃函关⑦。

残碣犹闻父老悲，古之遗爱有州师。
梁公精爽留千载⑧，唐祚⑨安定系一时。

九庙[10]有灵迁太后，五王[11]何事纵三思。
秉钧[12]国老若还在，斩草除根定不疑。

镇朔楼[13]高锁北门，名臣经略此山村[14]。
云横故垒秋风起，鸦噪荒祠落照昏。
忧乐[15]俱关天下计，甲兵直夺夏人魂[16]。
文经武纬[17]传青史，景范堂中好细论[18]。

靖难燕兵如破竹[19]，戈铤直指景阳宫[20]。
仓皇督战沟河上，慷慨捐躯鼎镬[21]中。
星应文昌归碧落[22]，鹤栖华表[23]泣村翁。
段公[24]祠宇相邻并，碧血丹诚[25]故自同。

明代风骚称七子[26]，李公[27]气慨独清高。
批麟谏草留鸾掖[28]，垂珮仙班识凤毛[29]。
吴越人知尊北学，空同藻应厌词曹[30]。
暮年飘泊多惆怅，故国春田入梦劳。

庆阳知府澄海杨缵绪题

【撰者】

杨缵绪（1697—1771年），字式光，号节庵，又号紫川，广东大埔县百侯镇侯南村人。幼承父训，聪颖好学，十岁能文。康熙六十年（1721年）25岁举进士，殿试二甲四十六名，钦点翰林院庶吉士，改任吏部员外郎，再升任监察御史，协理陕西道事。缵绪性格耿直，为官清正，甲辰年（1724年）钦命顺天闱监试，因焦弘勋案招致革职返乡。受广东省大司马鄂弥达、大中丞杨公，大方伯甘公聘为粤秀书院掌教，他教授有方，培养了不少人才。乾隆元年（1736年）特旨征召，后历任甘肃阶州、庆阳府知府、江苏松江府知府、广西桂林府知府、泗城知府兼摄南宁府、浙江分巡金（华）衢（州）严道等职。乾隆二十二年（1757年），高宗南巡，缵绪对称旨，擢陕西按察使，疏请编查保甲，会巡道巡行各属，实力稽查，以收实效。在任三年，悉心平反，多所昭雪。乾隆二十四年

(1759年）告老还乡，诰授通议大夫。一生熟读经史，手不释卷，著有《粤秀书院课艺》《佩兰斋诗文集》等。

【注释】

①杜工部：唐代著名诗人杜甫。

②周室：周王朝。《左传·僖公四年》："五侯九伯，女实征之，以夹辅周室。"

③窜迹：遁迹，隐迹。《后汉书·方术传上·段翳》："翳遂隐居窜迹，终于家。"

④九鼎：相传夏禹铸九鼎，象征九州，夏商周三代奉为象征国家政权的传国之宝。战国时，秦楚皆有兴师到周求鼎之事。周显王时，九鼎没于泗水彭城下。唐武后、宋徽宗也曾铸九鼎。《史记·封禅书》："禹收九牧之金，铸九鼎。皆尝鬺烹上帝鬼神。遭圣则兴，鼎迁于夏商。周德衰，宋之社亡，鼎乃沦伏而不见。"后亦以九鼎借指国柄。南朝宋谢瞻《张子房诗》："力政吞九鼎，苛慝暴三殇。"传舍：古时供行人休息住宿的处所。《战国策·魏策四》："今鼻之入秦之传舍，舍不足以舍之。"

⑤本支：亦作"本枝"。同一家族的嫡系和庶出子孙。《汉书·韦玄成传》："子孙本支，陈锡无疆。"

⑥樵牧：樵夫与牧童。也泛指乡野之人。唐李白《古风》之五八："荒淫竟沦没，樵牧徒悲哀。"

⑦函关：函谷关的省称。隋杨素《赠薛播州》诗之二："函关绝无路，京洛化为丘。"

⑧梁公：梁国公，即狄仁杰。字怀英，唐代并州太原（今山西省太原南郊区）人。唐（武周）时杰出的政治家，武则天当政时期宰相。举明经。历官并州都督府法曹、大理丞、侍御史、宁州豫州刺史等，曾出任宁州（今甘肃宁县正宁一带）刺史。在任期间，重视农业生产，积极治理壅塞的河道，劝农植桑，使当地"好稼穑、植五谷"的风气再度兴起。其时宁州为各民族杂居之地，狄仁杰注意妥善处理少数民族与汉族的关系"抚和戎夏，内外相安，人得安心。"宁州各族人民都对狄仁杰十分爱戴。唐垂拱四年（688年）春擢升为冬官（工部）侍郎。精爽：精神。《左传·昭公七年》："用物精多，则魂魄强，是以有精爽至于神明。"

⑨唐祚："梁移唐祚"，指后梁篡夺了唐朝的政权，唐朝末年朱温参

加了黄巢率领的农民起义,后又投降了唐朝,被任命为宣武军节度使,逐渐发展成了当时最大的藩镇军阀,并被封为梁王。公元907年朱温废唐哀帝,篡唐称帝,国号"大梁",史称后梁,这就是"梁移唐祚"一事。"祚"是指皇位。

⑩九庙:指帝王的宗庙。古时帝王立庙祭祀祖先,有太祖庙及三昭庙、三穆庙,共七庙。七庙,指(父、祖、曾祖、高祖)庙、(高祖的父和祖父)庙及始祖庙。王莽增为祖庙五、亲庙四,共九庙。后历朝皆沿此制。《汉书·王莽传下》:"取其材瓦,以起九庙。"

⑪五王:指唐代张柬之、敬晖、崔玄晖、袁恕己、桓彦范。武则天神龙元年(705年)张柬之等五人发动政变,重立中宗为帝,复国号唐,以功皆封郡王。唐颜真卿《宋开府碑》:"清宫问罪,事出五王。"事见《新唐书·则天皇后纪》。

⑫秉钧:比喻执政。即取秉钧当轴之意。钧,制陶器所用的转轮。《旧唐书·崔彦昭传》:"秉钧之道,何所难哉。"

⑬镇朔楼:范仲淹(文正公)出任环庆路经略安抚使兼庆州知州时,为防御西夏入侵,在今庆城的北城门上修建了镇朔楼,以观壮瞻。35年后,范仲淹的次子范纯仁(忠宣公),以龙图阁直学士知庆州,并重修镇朔楼,在其梁栋上刻以"宋熙宁九年岁次丙辰二月壬子高平范纯仁重建"等字。镇朔楼一名威武楼,又名筹边楼,因其气势雄伟壮观,有"天开雄胜,险设金汤"之称。此后的明朝弘治、正德、崇祯,清朝的顺治、乾隆等朝均有修葺。

⑭名臣:指范仲淹。经略:经营治理。又指明清两代有重要军事任务时特设经略,掌管一路或数路军、政事务,职位高于总督。这里指环庆路经略安抚使范仲淹。

⑮忧乐:范仲淹所说的"忧乐"是特指为官者的"忧"与"乐",一种品质和精神,其所主张的"先忧后乐"观,也可以说是为官者的官德。即"先天下之忧而忧,后天下之乐而乐"。

⑯甲兵:披甲的士兵,亦指军队。《荀子·王制》:"故不战而胜,不攻而得,甲兵不劳而天下服。"夏人:北狄之人。在当时的中国(西周东都洛阳)看来,其北的居民即是北狄之人,不在华夏之内。于是大力排斥北方少数民族。

⑰文经武纬：谓文事武功都很出色。宋范仲淹《奏上时务书》："我国家文经武纬，天下大定。"

⑱景范堂：庆阳府署内有"景范堂"又名"二范遗爱堂"。细论：详论。宋范成大《谒南岳》诗："奇事不胜纪，重游当细论。"

⑲靖难：靖难之役，明太祖把儿孙分封到各地做藩王，藩王势力日益膨胀。他死后，孙子朱允炆（年号为建文）即位。即建文帝，他采取一系列削藩措施，严重威胁藩王利益，坐镇北平的明太祖第四子燕王朱棣起兵反抗，随后挥师南下，史称"靖难之役"。1402年，朱棣攻破明朝京城南京，战乱中建文帝下落不明。同年，朱棣即位，就是明成祖。第二年，改元永乐，改北平为北京。1421年，迁都北京，称北京为京师，南京为留都。燕：中国周代诸侯国名，在今河北省北部和辽宁省南部。

⑳景阳宫：为内廷东六宫之一，位于钟粹宫之东、永和宫之北。明永乐十八年（1420年）建成，初名长阳宫，嘉靖十四年（1535年）更名景阳宫。

㉑鼎镬：古代的酷刑，用鼎镬烹人。《汉书·郦食其传赞》："郦生自匿监门，待主然后出，犹不免鼎镬。"宋文天祥《正气歌》："鼎镬甘如饴，求之不可得。"

㉒碧落：道教语，天空，青天。唐杨炯《和辅先入昊天观星瞻》："碧落三乾外，黄图四海中。"

㉓鹤栖华表：即鹤归华表。晋陶潜《搜神后记》卷一："丁令威，本辽东人，学道于灵虚山。后化鹤归辽，集城门华表柱。时有少年，举弓欲射之。鹤乃飞，徘徊空中而言曰：'有鸟有鸟丁令威，去家千年今始归。城郭如故人民非，何不学仙冢垒垒。'遂高上冲天。"后常用"鹤归华表"感叹人世的变迁。唐赵嘏《舒州献李相公》诗："鹤归华表山河在，气返青云雨露全。"

㉔段公：段秀实，字成公。汧阳（今陕西省千阳县）人。官至泾州（治所在今甘肃省平凉市泾川县北）刺史兼泾原郑颍节度使。《旧唐书·卷一百二十八·列传第七十八》载："寻拜秀实泾州刺史、兼御史大夫，四镇北庭行军泾原郑颍节度使。三四年间，吐蕃不敢犯塞，清约率易，远近称之。非公会，不听乐饮酒，私室无妓媵，无赢财，退公之后，端居静虑而已。"唐代宗广德二年（764年），因邠宁节度使白孝德的推荐，段秀

实任泾州刺史。德宗建中年间,泾原士兵在京哗变,德宗仓皇出奔,叛军遂拥戴原卢龙节度使朱泚为帝。当时段秀实在朝中,以狂贼斥之,并以朝笏廷出朱泚面额,后被加害,追赠太尉。

㉕丹诚:赤诚的心。此段诗句有借靖难之变引出段公,表达作者对此段历史的认同和看法。

㉖七子:明弘治、正德年间(1488—1521年)的文学流派。成员包括李梦阳、何景明、徐祯卿、边贡、康海、王九思和王廷相七人,以李梦阳、何景明为代表。世称"前七子"。约在嘉靖二十七年(1548年),由进士出身任职于京师的李攀龙、王世贞相结交讨论文学,决定重接李梦阳、何景明等人复古的"旗鼓"。后二年,徐中行、梁有誉、宗臣与李攀龙、王世贞结成诗社,遂有"五子"之称,后又增谢榛、吴国伦,这就是通常所说的"后七子"。

㉗李公:李梦阳,文学家,诗人。字献吉,号"空同",生于明宪宗成化八年(1472年),庆阳人。弘治进士,曾任户部郎中,因反对宦官刘瑾下狱。瑾败,迁江西提学副使。李梦阳倡言"文必秦汉,诗必盛唐",反对"台阁体"文风,与何景明等人遥相呼应,是为"前七子"领袖。李梦阳在诗歌理论批评方面贡献最大,他所提出的"古体学习汉魏,近体学唐诗","真诗乃在民间"影响相当深远。李梦阳论诗重法,对民歌在文学上价值有所肯定,时至今日,余音袅袅,流向深远。李梦阳有《空同集》行世,凡一千八百又七篇(首)。《自书诗》师法颜真卿,结体方整严谨,不拘泥规矩法度,学卷气浓厚。

㉘谏草:谏书的草稿。裴松之注引三国魏鱼豢《魏略》:"逯受教,谓其同僚三主簿曰:'今实不可出,而教如此,不可不谏也。'乃建谏草以示三人。"鸾掖:宫殿边门,借指宫殿。南朝梁江淹《齐太祖高皇帝诔》:"裋缠鸾掖,悲赴紫扃。"

㉙仙班:借指朝班。宋黄庭坚《同子瞻韵和赵伯充团练》诗:"金玉堂中寂寞人,仙班时得共朝真。"凤毛:指人的华美风度和杰出才华。唐李白《感时留别从兄徐王延年从弟延陵》诗:"令弟字延陵,凤毛出天姿。"

㉚空同:李梦阳号"空同"。词曹:指文学侍从之官。亦借指翰林。唐高适《送柴司户充刘卿判官之岭外》诗:"月卿临幕府,星使出

词曹。"

【释文】

此碑原在甘肃庆阳旧府署二门外承流宣化坊侧，据杨景修《庆阳金石记》载，此碑高七尺，分四层，字径寸，正书，碑今已佚。《庆阳金石记》。"艰难王业怀周室，窜迹当年戎狄间。九鼎几经移傅舍。孤坟犹得占荒山"句中"傅"字有误，查相关资料应为"传"字，其繁体为"傳"，应为抄录人笔误，将"傳"字误抄为"傅"字。《郡署咏怀古迹五首用杜工部韵》即取杜甫《咏怀古迹五首》韵而作，分别对庆阳的周先祖不窋、狄梁公狄仁杰、范文正公范仲淹、段公段秀实、李公李梦阳五人进行歌颂。《咏怀古迹五首》是杜甫于唐代宗大历元年（766年）从夔州（治今重庆奉节）来到三峡，游江陵、归州一带写成的组诗。这组诗是咏古迹怀古人进而感怀自己的作品。作者先后游历了宋玉宅、庾信古居、昭君村、永安宫、蜀先主庙、武侯祠等古迹，对于古代的才士、国色、英雄、名相，深表崇敬，写下了《咏怀古迹》五首，以抒情怀。第一首写庾信。诗中赞美庾信，从而由庾信的遭遇联系起自己的境况。第二首写屈原弟子宋玉，既表明诗人对他的崇拜，又深感同样的悲凉寂寞，感慨当今国运的兴衰，句中含有讽喻。第三首写王昭君，全诗发出怨恨之声，以琵琶作为昭君的化身。第四首通过老百姓的四时祭祀刘备崩驾地，表达了对刘备和孔明君臣的崇拜之情和对自己漂泊生活的感慨。第五首对诸葛亮做出甚高的评价，有极强艺术感染力。此五组诗对历史人物凄凉的身世、壮志未酬的人生表示了深切的同情，并寄寓了自己仕途失意、颠沛流离的身世之感，抒发了自身的理想、感慨和悲哀。组诗语言凝练，气势浑厚，意境深远。

附：杜甫《咏怀古迹五首》
支离东北风尘际，漂泊西南天地间。
三峡楼台淹日月，五溪衣服共云山。
羯胡事主终无赖，词客哀时且未还。
庾信平生最萧瑟，暮年诗赋动江关。

摇落深知宋玉悲，风流儒雅亦吾师。

怅望千秋一洒泪，萧条异代不同时。
江山故宅空文藻，云雨荒台岂梦思。
最是楚宫俱泯灭，舟人指点到今疑。

群山万壑赴荆门，生长明妃尚有村。
一去紫台连朔漠，独留青冢向黄昏。
画图省识春风面，环佩空归月夜魂。
千载琵琶作胡语，分明怨恨曲中论。

蜀主窥吴幸三峡，崩年亦在永安宫。
翠华想象空山里，玉殿虚无野寺中。
古庙杉松巢水鹤，岁时伏腊走村翁。
武侯祠屋常邻近，一体君臣祭祀同。

诸葛大名垂宇宙，宗臣遗像肃清高。
三分割据纡筹策，万古云霄一羽毛。
伯仲之间见伊吕，指挥若定失萧曹。
运移汉祚终难复，志决身歼军务劳。

韩范祠诗刻

清乾隆二十六年（1761年）

【碑文】

一庆□出□，那复念象山①。
姓氏惊茴房②，勋名震庆环③。
蘉④祠秋树老，野戎暮云间。
往事今堪溯⑤，经营⑥想昔艰。

五　清代

【撰者】

赵本植，生卒年不详，浙江上虞（浙江省绍兴市东部）人，曾任宁夏知府，乾隆二十三年（1758年）补任庆阳知府。赵本植处事精详，巡察五属不惮劳，修葺庆阳镇朔楼，创设银川书院、凤城书院。

【注释】

①象山：即象山县，是浙江宁波市下辖县，位于东海之滨，居长三角地区南缘、浙江省东部沿海，位于象山港与三门湾之间，三面环海，两港相拥。唐神龙二年（706年）立县，因县城西北有山"形似伏象"，故名象山。象山应是作者的家乡，作者来到庆阳，想念家乡而提到象山。

②酋虏：少数民族首领。虏，中国古代对北方外族的贬称。

③庆环：即环庆路。北宋时期环庆路管辖庆州、环州、邠州、宁州、乾州。宋康定二年（1041年）后设陕西路置环庆路经略安抚使，辖境包括今陕西长武、武功、旬邑、礼泉等县间地及甘肃环县以东等地区，治所在庆州（今甘肃庆阳）。

④蟇：《广韵》："蟇，小貌。"

⑤溯：追求根源或回想。

⑥经营：规划营治。《史记·项羽本纪论》："自矜功伐，奋其私智而不师古，谓霸王之业，欲以力征经营天下，五年卒亡其国。"

【释文】

此碑原在甘肃庆阳县城南街韩范祠大门壁，据杨景修辑《庆阳金石记》载，此诗碑呈正方形，长宽均一尺五寸左右，字径大小一寸，正楷书体，现损毁不见，为清乾隆二十六年庆阳知府赵本植题。

甘肃庆阳县城南街周祖庙还有一清乾隆二十六年碑刻《周祖庙诗刻》，诗曰："有基开帝业，无国窜戎原。文士崇羲勺，村农奠酒尊。山围云气暖，溪抱雨声喧。不见荒岗上，牛羊践墓门。"也为赵本植所撰。

赵本植在庆阳、宁夏颇有政绩。乾隆十八年（1753年）在府城（今银川城区）光化门内街东侧创设银川书院（约在承天寺稍东偏南处），这是目前发现最早的以银川作为宁夏府城的别名而正式命名的机构。清乾隆二十六年赵本植创建凤城书院，建于府署左隙地。清乾隆二十七年（1762年）赵本植编纂《庆阳府志》。

赵本植籍贯，一说为武林人，作者也在碑刻中多用武林指代其籍贯，而从上诗句"一庆□出□，那复念象山"。得知其籍贯并非武林（旧时杭州的别称，以武林山得名）而是上虞，武林距离象山几百公里，象山则属上虞地区。

元善诗碑

元善，清嘉庆十一年（1806年）

【碑文】

空桐高峙①势争雄，变幻长看雾雨濛。
下界交流泾汭②水，危巅寒逼桧杉③风。
轩皇问道④苍崖上，元鹤藏真翠壁中。
我祖当年制边署，探奇⑤曾此咏琳宫。

元善于嘉庆壬戌癸亥年宰平凉者二载，越乙丑又莅此土，偕老学使仁和马光禄秋药先生登崆峒披榛莽未得先尚书，渔石公遗碑摩挲刜鲜，手泽如新，敬次原韵，勒石于傍以志勿忘世德云。

丙寅春仲七世孙元善谨识

【撰者】

元善，清嘉庆年间人，其余不详。

【注释】

①空桐：即崆峒山，碑刻中还有"空同"等写法。高峙：高高耸立。晋潘岳《闲居赋》："浮梁黝以迳度，灵台杰其高峙。"

②泾汭：泾河和汭河。泾河是渭河支流，发源于六盘山腹地的马尾巴梁，东流经平凉、陕西长武县、政平、亭口、彬县、泾阳等地，于高陵县陈家滩注入渭河。汭河是黄河水系泾河中上游的一级支流，发源于六盘山、陇山东麓即平凉市华亭县境内，流经华亭、崇信、泾川三县，在泾川王母宫回山脚下汇入泾河。今泾川县西部有汭丰乡，以汭河沿岸丰收之意

命名。

③桧杉：桧指一种常绿乔木，有香气，可作建筑材料。亦称"刺柏"。杉也是一种常绿乔木，树干高直，木材白色，质轻，有香味，可用于建筑和制器具。

④轩皇问道：轩皇即黄帝轩辕氏。汉张衡《同声歌》："众夫所希见，天老教轩皇。"轩皇问道指崆峒山山崖"黄帝问道处"。

⑤探奇：寻找奇景。唐王维《蓝田山石门精舍》诗："探奇不觉远，因以缘源穷。"

【释文】

诗碑现存于甘肃省平凉市崆峒山东台宝庆寺遗址附近，碑体为石灰岩材质，高81厘米，宽约70厘米。诗文为阴刻楷书，共11行，满行13字。碑末题"元善于嘉庆壬戌癸亥年宰平凉者二载，越乙丑又莅此土，偕老学使仁和马光禄秋药先生登崆峒披榛莽未得先尚书，渔石公遗碑摩挲剔鲜，手泽如新，敬次原韵，勒石于傍以志勿忘世德云。丙寅春仲七世孙元善谨识"。丙寅应为清嘉庆十一年（1806年）。

图97 崆峒山（摩崖）

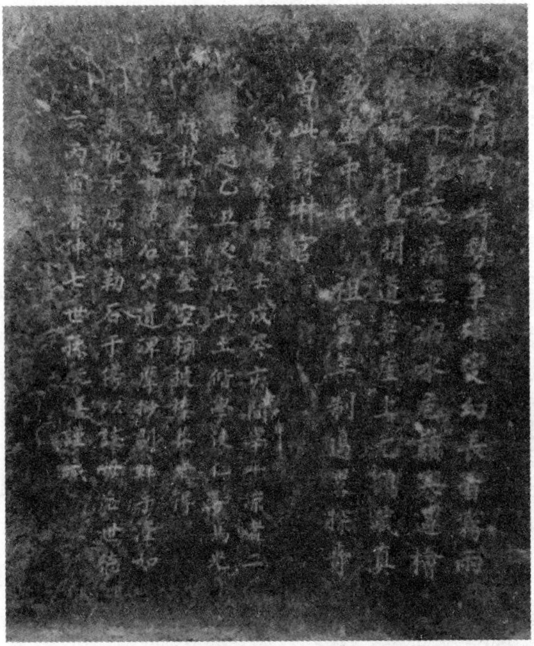

图98 元善诗碑

重修梓潼帝君祠并建碑亭记

清嘉庆十七年（1812年）

【碑文】

昔予尝以事至兰省，暇日游五泉胜地，由山麓景行见释迦古□数处，前人题咏甚多，予弗详览。至山半，仰观宫殿壮丽，采色陆离，肃穆瞻拜，唯我帝君文昌位也。乃叹山之巨镇在兹，彼文殊如来之祠特附焉，顾非在昔名公经画甚善，乌能正位得体如此哉！今圣天子隆文重武，涣号天下。以文昌、关帝并尊春秋，覃发乎未闻，令佛老之教，得出于儒宗右也。则知道其所道，德其所德者，徒拟于河海之卑耳，奚喻日月之经天哉！

吾州城北玉泉山有文昌帝君旧祠，乃位置于西，偏其南面者为老氏三清。及披览元时遗碣，其重修犹仍故址，斯乃后之人谬为改作而非创始者，咸慨叹之。忆二年前，予与云博舒君闲步，目击荒芜蹙然改容。舒君乃会同心诸友，付于序文，远募于伊、凉、重庆、略阳，近及于平居交游，其承乏者独任之。爰鸠工于今年四月初吉，凡梁桷板楹之腐黑挠折者，盖瓦级砖之破缺者，赤白漫漶之不鲜者，治之，则已无恧于昔。又以朱绿二像逼近帝座，稍移列前廊下，左右置侍从乘驹，可谓规模大矣。徐念祠外有前人碑碣剥落，霜露愈久，将弗识也，因复构一亭，列碑三面而恢廊其中。予闻而叹美曰："君之为此，意殆深远哉！匪真贞珉永垂。"若当盛夏，有勤修者潜心于此，以神之启牖，山之钟灵。业无患不精，名无虑弗成乎！于是从事黾勉，讫工于八月望日，而友人于扑张君谓予曰："兹义举也，不可忽志。研朱载书，吾其任之。君盍叙厥始终乎！"

予乃不辞固陋，聊以抒同盟之志详，事为之迹，系之以诗曰：

维帝与王，正位立极。岂比乾元①，退老西北。
李唐家风，庸俗是则。元氏碑存，胡②弗辨哲。
祠久寂寥，屋生杞棘。零雨其濛，漏声弗息。
凡属同人，触目心恻。有担荷者，无俟辅翼③。
朝夕鸠工④，未遑暇食⑤。盛暑往来，冒雨登陟。
营度内外，既匡且饰。丹臒堅茨⑥，翚飞⑦鸟革。
潇洒碑亭，凌空峻巘⑧。风檐展读，古道照色。
昭兹来许，匪异人职。谁尸其功，舒君之德。

大清嘉庆十七年岁次壬申秋八月谷旦

【撰者】

杨如松，生平事迹不详，清嘉庆年间人。

【注释】

①乾元：就是乾之元，乾是天，元是始，乾元既是天道之始。

②胡：乱，无道理，胡来，胡闹，胡吹，胡言乱语。

③辅翼：辅佐，辅助。

④鸠工：聚集工匠。

⑤未遑：没有时间顾及，来不及。汉扬雄《羽猎赋》："立君臣之节，崇贤圣之业。未遑苑囿之丽、游猎之靡也。"暇食：犹言坐食，悠然而食。唐韩愈《送浮屠文畅师序》："今吾与文畅，安居而暇食，优游以生

死,与禽兽异者,宁可不知其所自邪!"

⑥丹雘:可供涂饰的红色颜料,涂饰色彩。墍茨:泛指涂饰墙壁。清钮琇《觚剩续编·蜂君臣》:"室以板为之,背穹而旁杀,四周加以墍茨,前后多穿小隙,为出入之门。"

⑦翚飞:翚,一种有五彩羽毛的野鸡。《诗·小雅·斯干》:"如翚斯飞。"朱熹《诗传通释》卷十一:"其檐阿华采而轩翔,如翚之飞而矫其翼也。"后以"翚飞"形容宫室的高峻壮丽。

⑧巍:高峻的样子。

【释文】

碑石现存甘肃天水市秦州区玉泉观碑廊。碑高1.92米,宽0.66米,字体楷书,清嘉庆年间杨如松书。

图99 重修梓潼帝君祠并建碑亭记碑

五 清代

恩师刘老夫子赞并塔铭

道光元年（1821 年）

【刻文】

　　　　恩师刘老夫子①赞
以灵②悟彻太玄，一志③掀翻后先。
混俗和光④住世，逍遥自在随缘⑤。
栖隐云山⑥演道，阐真四十余年⑦。
三教⑧圣人秘旨，洋洋发泄精研⑨。
劈邪扶正功大，警世度迷⑩愿坚。
有功不自居德，功德洵⑪无际边。
行完名注紫府⑫，传诰顺时承天⑬。
羽化⑭金蝉脱壳，崇山筑塔长眠。
唯！道气常存于宇宙⑮，慈云普覆于大千⑯。

　　恩师刘老夫子塔铭
巍巍宝塔，体像玲珑。
前后朗彻⑰，内外阁通⑱。
天地位育⑲，无始无终。
虚实完毕，不色不空⑳。
寥寥独立，寂寂山中。
包罗万象，三十六宫㉑。
仪耸峙而同华岳，世瞻仰而并衡嵩㉒。

道光元年岁次辛巳春正月
沐恩弟子唐琏敬题

【撰者】

　　唐琏（1757—1836 年），字汝器，号介亭，别号栖云山人，又称松石老人。甘肃兰州人，家境贫寒，少年辍学，一生多坎坷，二十丧偶，终生不再娶。唐琏重视书道，认为书法与人品必须一致，书如其人。唐琏绘画，师出多门，曾撰《作画管论》，画多以山水为主，间画花鸟人物，代表作有《栖云山人绘云游古迹图册》。唐琏又深谙医道，兼通琴谱，其传世作品尚有《证道录》《书画琐言》《信手拈来》《松石斋印谱》等，后人均收集于《松石斋集》中。

【注释】

①恩师刘老夫子：即唐琏师傅刘一明（1734—1821 年），清代著名道士、内丹家。号悟元子，别号素朴散人。山西平阳府曲沃县（今山西闻喜县东北）人。全真道龙门派第十一代传人。他的"人元大丹论"主张"阴阳无形""先天真气"与"十二经脉之气"感应产生阴阳变化。强调"混俗和光"式的修丹之道。光绪年间《重修皋兰县志》："刘一明，生于富户，家有万金，弃之隶道士籍。"刘一明为陇上著名的道医，乾嘉时期闻名陇上。医术著作有《眼科启蒙》《经验奇方》《经验杂方》等。中年后隐居榆中县栖云山，修道传教著述立说。撰有《周易阐真》《悟真阐幽》《修真辨难》《象言破疑》《修真九要》等。

②灵：心灵。太玄：深奥玄妙的道理。《老子》："玄之又玄，众妙之门。"谓道家所称的"道"深奥难识，万物皆出于此。后因以"玄妙"指"道"。汉牟融《理惑论》："（牟子）锐志于佛道，兼研老子五千文，含玄妙为酒浆，习《五经》为琴簧。"

③一志：一心一意，全神贯注。后先："先天、后天"，出自《周易·乾》："先天而天弗违，后天而奉天时。"八卦有两个，一个是"先天八卦"即"伏羲八卦"，一个是"后天八卦"即"文王八卦"。"伏羲八卦图"包括"伏羲八卦次序图"和"伏羲八卦方位图"两个图式。"文王八卦图"包括"文王八卦次序图"和"文王八卦方位图"两个图式。

④混俗和光：即和光同尘之意，语出《道德经》第四章："挫其锐，解其纷，和其光，同其尘。"这里指大隐市朝之意。

⑤随缘：佛教语。谓佛应众生之缘而施教化。缘，指身心对外界的感触。南朝宋宗炳《明佛论》："然群生之神，其极虽齐，而随缘迁流，成麤妙之识，而与本不灭矣。"

⑥云山：栖云山。

⑦阐真：阐明真理。四十余年：刘一明于乾隆四十四年（1779 年）46 岁时至金县（今甘肃榆中）栖云山（今兴隆山）留驻，到道光元年（1821 年）坐化，计四十二年。

⑧三教：即儒释道三教合一。全真派祖师王喆以道教《道德经》、儒教《孝经》和佛教《般若心经》作为道徒的必修经典，道教南宗张伯端也认为"教虽为三，道乃归一"。

⑨洋洋：洋洋洒洒。精研：犹精深。宋苏轼《祭单君贶文》："博学工诗，数术精研。"

⑩度迷：使迷者醒悟。

⑪洵：诚实，实在。

⑫名：通"明"，即明白，清楚。《老子·四十七章》"是以圣人不行而知，不见而名"。注：注册报到。紫府：道教称仙人所居。晋葛洪《抱朴子·祛惑》："及到天上，先过紫府，金床玉几，晃晃昱昱，真贵处也。"

⑬诰：告诫之文。顺时：谓顺应时宜，适时。《左传·成公十六年》："礼以顺时，信以守物。"李善注："顺时，应秋以征也。承天：承奉天道。《易·坤》："至哉坤元，万物资生，乃顺承天。"

⑭羽化：指飞升成仙，用作道教徒死亡的婉辞。《晋书·许迈传》："玄自后莫测所终，好道者皆谓之羽化矣。"

⑮宇宙：天地。《淮南子·原道训》："横四维而含阴阳，纮宇宙而章三光。"高诱注："四方上下曰宇，古往今来曰宙，以喻天地。"

⑯慈云：佛教语。比喻慈悲心怀如云之广被世界、众生。南朝梁简文帝《大法颂》："慈云吐泽，法雨垂凉。"大千：佛教语，谓大千世界。一四洲为一小世界；千四洲，千六欲天下梵天名一小千世界；一千小千世界、一千二禅天，名中千界；一千中千界、一千三禅天名大千界。

⑰朗彻：通达无阻。

⑱阁通：佛龛之门，神庙之闱（两侧的小门），各个相通。

⑲天地位育：即天地各占其位。《中庸》："致中和，天地位焉，万物育焉。"《易·系辞上》："天地设位，而易行乎其中矣。"

⑳色：佛语，为物质存在之总称。即五蕴中之色蕴，五位中之色法

（与心法相对）。乃质碍（占有一定空间），且会变坏者。空：佛语，意译为空无、空虚、空寂、空净、非有。一切存在之物中，皆无自体、实体、我等，此一思想即称空。亦即谓事物之虚幻不实，或理体之空寂明净。

㉑三十六宫："三十六"之数，道教引为"天罡"之数，与八卦相关。

㉒华岳、衡嵩：指五岳，即华山、泰山、衡山、嵩山、恒山。这里以五岳象征刘一明的精神、气质、灵气、灵性和仙道五境界。

【释文】

据《榆中县志·文化编·古迹遗址》载，榆中栖云山新庄沟山顶阴面山坡台地建有清刘一明墓，墓地有冥塔，塔的正面镶嵌有0.6米见方的石铭镌刻唐琏所撰赞铭，"文革"期间，坟被毁，石铭也随之不见。

唐琏十四岁拜刘一明为师学道，成为全真龙门派俗家弟子，并学习书法、医学。他学习书法非常刻苦，常效法古人"坐则画地，卧则画被，务使铁砚磨穿"的精神，恩师仙逝后不久，道光元年春正月，唐琏写下这首"刘老夫子赞并塔铭"，作者饱含真情地撰写刘一明事迹，内容精准到位，书法别具一格，通篇为行书。

旌表七品寿民王公碑记

清咸丰三年（1853年）

【碑文】

　　旌表七品寿民王公碑记
　　虞庠①尚齿，礼重祝鸠②，
　　汉殿引年③，诗歌鹿鸣④。
　　曲几⑤软轮之典，□衣缥⑥笔之荣。
　　史牒⑦腾辉，贞珉⑧生色。

我朝厚泽深仁，重熙⑨累治。仰□云之纪缦，乐化日之舒长⑩。襲轩鼓舞，遐畅⑪福林，伴奂⑫优游。宏开□域，以生以养，不知壶里春秋，有千有年⑬，几忘山中甲子⑭，固不独菊水溪边，人多黄发，芝山路□，客尽白眉也。懿唯旌表百有一岁寿民，给与"升平人瑞"⑮字样，王征君讳君敬，字恪庵。起自琅琊之胄⑯。生于郁郅⑰之乡，秉质温淳，持躬敦厚，孝友⑱油然，任天而动，率真少许，与古为徒，耕仍兼读，持缙抱朴⑲之书，士偶通商，不计然明⑳之富，一经教子。佐绩六曹㉑，五夜㉒课孙。蜚声四术㉓，田园乐志，人居怀葛㉔之间，山水怡神，世在羲皇以上，克膺㉕多福，获享大龄，比穆陵之吕望㉖，仅少年年方沣水之姬文㉗，尚多四岁，郡县造庐而存问，朝廷授简㉘，以褒扬九重宸翰㉙，光悬日月之华，五色官袍，灿夺云霞之气，沟千秋之旷典㉚，为百世所稀逢。

　　大木千章㉛，知与祥麟威凤，同黼黻受皇猷㉜。
　　丰碑百尺，庶几㉝白鹿青鸾，永连蜷㉞于仙迹。

【撰者】

高希贤，生卒年月不详，清甘肃庆阳人，字圣阶，号勉斋。道光十五年（1835年）进士，授四川盐源县知县。四川土俗，订婚聘礼过重，盐源尤甚，有以二三百金为礼者，以故，贫多不能及时嫁娶，处于有"白首待字"之概。高希贤抵任，以古礼劝谕士民，翕然从风，恶习遂革。县人吁为"高青天"①。

【注释】

①虞庠：周代学校名。《礼记·王制》："周人养国老于东胶，养庶老于虞庠"。郑玄注："虞庠在国之西郊。虞庠亦小学也。西序在西郊，周立小学于西郊……周之小学为有虞氏之庠制，是以名庠云。其立乡学亦如之。"或曰，虞庠有二义。尚齿：尊崇年长者。《礼记·祭义》："是故朝廷同爵则尚齿。"郑玄注："同爵尚齿，老者在上也。"

②祝鸠：鸟名。天将雨时其鸣甚急，俗称水鹁鸪。古代说祝鸠是掌管教化的官。

③引年：谓古礼对年老而贤者加以尊养，亦指鹿鸣宴。后用以称年老

---

① 罗康泰：《甘肃人物志》，甘肃人民出版社2006年版，第51页。

辞官。《礼记·王制》："凡三王养老，皆引年。八十者一子不从政，九十者其家不从政。"

④鹿鸣：古代宴群臣嘉宾所用的乐歌。源于《诗·小雅·鹿鸣》。据清代学者研究，《鹿鸣》的乐曲至两汉、魏、晋间尚存，后即失传。

⑤曲几：曲木几。古人之几多以怪树天生屈曲若环若带之材制成，故称。软轮：用蒲包裹的车轮，取其柔软不致颠簸。《后汉书·明帝纪》："尊事三老，兄事五更，安车软轮，供绥执授。"李贤注："软轮，以蒲裹轮。"

⑥缥：青白色的丝织品。

⑦史牒：犹史册。《晋书·隐逸传·辛谧》："伯夷去国，子推逃赏，皆显史牒，传之无穷。"

⑧贞珉：石刻碑铭的美称。元余阙《化城寺碑》："斫辞贞珉，永告无敩。"

⑨重熙：旧时用以称颂君主累世圣明。三国魏何晏《景福殿赋》："至于帝皇，遂重熙而累盛。"

⑩舒长：汉王符《潜夫论·爱日》："治国之日舒以长，故其民闲暇而力有余。"后因以借指安宁，太平。

⑪遐畅：远扬。

⑫伴奂：闲逸自在貌。

⑬有年：丰年。《书·多士》："今尔惟时宅尔，邑继尔居，尔厥有干有年于兹洛。"孔传："汝其有安事有丰年于此洛邑。"

⑭甲子：甲，天干的首位；子，地支的首位。古代以天干和地支递次相配，如甲子、乙丑、丙寅之类，统称甲子。从甲子起至癸亥止，共六十年，故又称为六十甲子。古人用以纪日或纪年。春秋，甲子泛指岁月，光阴。

⑮升平人瑞：升平，太平。人瑞，人事方面的吉祥征兆。亦指有德行的人或年寿特高者。汉王褒《四子讲德论》："今海内乐业，朝廷淑清。天符既章，人瑞又明。"

⑯琅琊：地名。可能指秦始皇时于琅琊山上所建之琅琊台。胄：帝王或贵族的子孙。

⑰郁郅：秦昭襄王三十六年（前271年）灭义渠后所置，属北地郡，

故治在今甘肃庆城县。东汉末年,羌胡入侵时废。

⑱孝友:事父母孝顺、对兄弟友爱。

⑲缡:通"翻"。抱朴:持守本真,不为外物所诱惑。《老子》:"见素抱朴,少私寡欲。"

⑳然明:点火以照明。

㉑佐:辅助,帮助。六曹:东汉开始尚书分六曹治事,有三公曹、吏曹、二千石曹、民曹、主客曹,其中三公曹尚书为二人,故称"六曹"。后主客曹分为南、北两主客曹,仍称"六曹"。魏晋以后,尚书六曹屡有变更,至隋尚书省分吏、殿中(左户)、祠、五兵、都官、度支六部。唐定为吏、户、礼、兵、刑、工六部。故后世亦以"六曹"称六部。隋唐前,曹即尚书;隋唐后,曹为各部尚书的下属机构。如隋度支尚书之下属为度支、仓、左户、右户、金、库六曹。唐时州府佐治之官亦分"六曹",即功曹、仓曹、户曹、兵曹、法曹、士曹。故俗以六曹为地方胥吏之通称。

㉒五夜:即五更。《文选·陆倕〈新刻漏铭〉》:"六日不辨,五夜不分。"李善注引卫宏《汉旧仪》:"昼夜漏起,省中用火,中黄门持五夜。五夜者,甲夜、乙夜、丙夜、丁夜、戊夜也。"

㉓蜚声:扬名,驰名。明李贽《过桃园谒三义祠》诗:"桃园桃园独蜚声,千载谁是真弟兄。"四术:诗、书、礼、乐四种经术。《礼记注疏》卷五十:"乐正崇四术,立四教,顺先王诗、书、礼、乐以造士,春秋教以礼、乐,冬夏教以诗、书。"

㉔怀葛:无怀氏、葛天氏的并称。二人皆为传说中的上古帝王名。古人以为其世风俗淳朴,百姓无忧无虑。

㉕克膺:才能够享受。

㉖吕望:即周初人吕尚,尚年老隐于渔钓。文王出猎,遇于渭滨,与语大悦,曰:"吾太公望子久矣。"故号之曰太公望。后世亦称吕望。

㉗姬文:即周文王。

㉘授简:给予简札。谓嘱人写作。语出南朝宋谢惠连《雪赋》:"梁王不悦,游于兔园……授简于司马大夫,曰:'抽子秘思,骋子妍辞,俾色揣称,为寡人赋之。'"

㉙九重宸翰:帝王的墨迹。唐沈佺期《立春日内出彩花应制》诗:

"花迎宸翰发，叶待御筵披。"

㉚旷典：前所未有的典制。

㉛千章：指大树千株。

㉜黼黻：绣有华美花纹的礼服；借指爵禄，辅佐。皇猷：帝王的谋略或教化。南朝梁沈约《齐太尉文宪王公墓铭》："帝图必举，皇猷谐焕。"

㉝庶几：有幸，希望，但愿。《汉书·公孙弘传》："朕夙夜庶几获承至尊。"

㉞连蜷：长曲貌。《文选·扬雄〈甘泉赋〉》："蛟龙连蜷于东厓兮，白虎敦圉乎昆仑。"李善注："连蜷，长曲貌也。"

【释文】

据《庆阳金石记》载，"旌表七品寿民王公碑"现存于庆阳县城嘉会门外，高七尺，宽二尺，正书；四川南充人高希贤撰于咸丰三年四月，此碑现存留不详。

旌表是朝廷赐予臣僚百姓的一种崇高荣誉和奖赏，也是古代统治者提倡封建德行的一种方式。这些受到旌表的人，既让家族享受到很高荣耀，又能得到官府的经济奖赏。《清史稿·孝义传》旌表制度篇载："清兴关外，俗纯朴，爱亲敬长，内憨而外严。既定鼎，礼教益备，定旌格，循明旧。"历代王朝倡导封建礼教，为品德优秀的人树立匾额、碑石、牌坊等进行彰显和标榜，达到惩恶扬善、美化风俗、教化民众、和谐社会的目的。自秦以来，历代朝廷对义夫、节妇、孝子、贤人、隐逸等大加推崇，受旌表者得先由地方的里甲上报给县衙，由县衙派人核实资格后呈报于府，由府复核之后呈礼部，再由礼部发文，向府、州县、里甲等层级要求勘保之后，再由礼部交所属的按察院作最后审定，由礼部统一奏请旌表，获准之后，即可行文当地政府，对受旌表者赐以匾牌或修造牌坊，并给以不同程度的优待。旌表与律法构成了古代社会完备的法律体系。清康熙皇帝时尤为明显，他亲手制定的"圣谕十六条"，提倡"敦孝第、明礼让、训子侄"，有了具体的条文制度。其中"旌表寿民寿妇"条规定凡寿民至百岁者均请礼部复议具题奉旨旌表，建立"寿民坊"，上书"升平人瑞"字样（寿妇书"贞寿之门"）。其中包括"兄弟同臻百岁者""夫妇同登百岁者""年届百岁五世同堂者""上事祖父下逮元亲见七代者"等。旌表制度对当今的社会和谐仍有着积极示范作用。

诸如此类的旌表石碑陇右地区都有很多，如清水县出土的"节孝"妇德旌表石碑就有三通，分别是：乾隆五十八年奉立的"大清旨旌表节孝处士雍庠妻赵氏恩荣碑"、宣统年间的"大清旌表节孝监生左弼妻鲁氏碑"、"皇清旌表节孝庠生刘洵之妻程氏碑"。（见图100）

图100 清水大清旨旌表节孝处士雍庠妻赵氏恩荣碑

新寺逸园诗

清咸丰八年（1858年）

【碑阳】

逸园飞来渠记

余于三弟叔告、四弟季南仅二三岁之长，为儿时皆好种树莳花①，及长，又好石、好山水，凡百里而近者，罔弗游目，千里而遥者，以亲老不敢远游，且惮其劳。既自念曰：远者不能游，近者又不得常游，何若使诸景来吾前，而三人卧以游之乎？因于舍旁隙地治为园。颜曰，逸欲②一劳永逸也。于是仆人某购得四方花木数十种，则名花可来，嘉树可来。龙川之北为青山，其峰为卓笔、为笔架、为马、为狮，又有似老人佝偻者，儿童拱立者，侧视者，不可名状者，东西绵亘几四十里，统若列屏。然而吾园适面之层峦叠嶂，招之皆可来，又得奇石数品，则米老之所呼为丈者，亦未尝不惠然肯来焉。然昔人云，有水园绕活。而园高川卑③，是滔滔者难挽之来，不终日为园之一大缺陷欤！叔告曰，吾能导之来，余漫应之。月余，忽告余曰：水来矣。余曰：除是飞来，曷云能来？果超数仞之崖，越五丈之洞穿垣入户，汩汩④然来矣。余且惊且喜，遂名以"飞来渠"而记之。噫，自道光癸卯始为园，咸丰癸丑八月初吉海渠，丙辰夏五亭阁亦落成，而季南已于辛亥八月仙去矣，终无术⑤令其跨鹤⑥飞来而三人同卧以游之也，悲夫！

咸丰丁巳榴月仲经成大猷记并咏

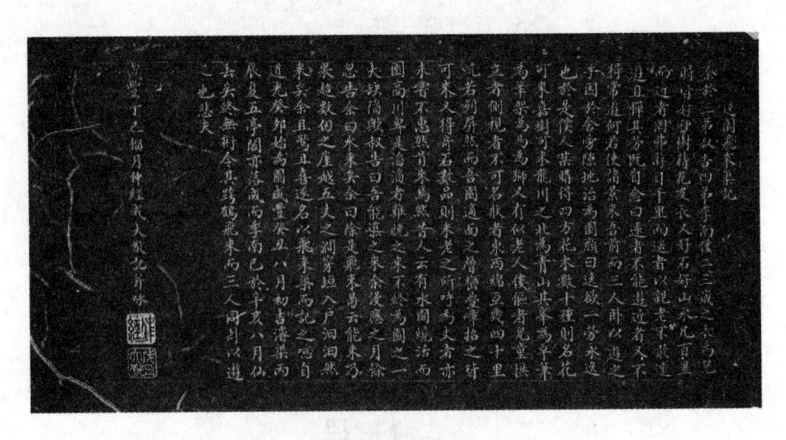

图 101　逸园飞来渠记（拓片）

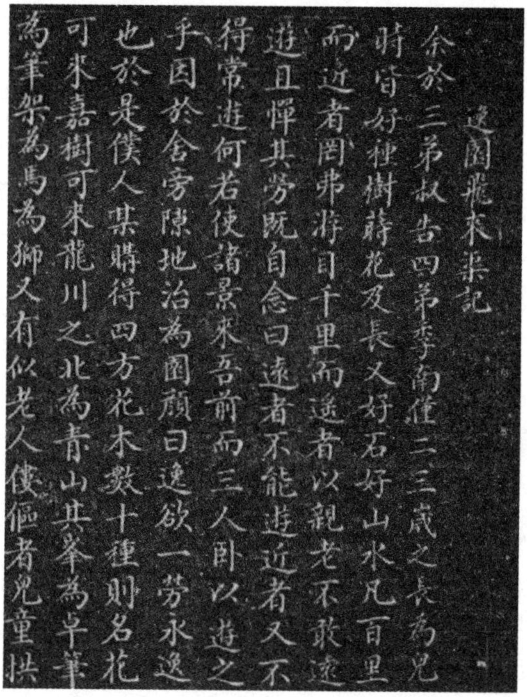

图102　逸园飞来渠记（局部拓片）

【碑阴】

飞来渠

逸园住山腰，龙川⑧绕足下。
吸之或能上，长虹不可假。
忽然入户流，疑是飞来者。

种树轩

儿时学种树，嬉戏聊复尔。
而今过四旬，所好犹在此。
以好⑨名其轩，吾将老于是⑩。

三生石斋

同游觅奇石，同得复同看。

伤哉曼卿子[11]，竟弹蓉城冠（谓四弟季南）。
额题三生石，吾欲访圆观。

铸文局[12]
国朝杨琼芳，梦入文昌府。
旁设鼓铸炉，残缺皆代补。
建炉化旧文，好梦能续否？

舒啸阁
晋代有逸民[13]，诗词无不妙。
我阁借其名，未免旁人笑。
不能学其词，但能学其啸。

画舫亭
昔者元真子[14]，汛宅而浮家[15]。
兴来一歌咏，流水间桃花。
建亭像画舫，侬其钓徒耶。

芙蓉岛
叠石当池心，芙蓉面面绕。
仿佛海中山，何妨名以岛。
戏为庄叟定，此大蓬莱小。

群芳洞
我本为小人，学稼还学圃。
草木水陆兼，日与群芳伍。
洞成抚手招，咸来此其府。

柳眠亭
宅边建小亭，意欲守闾里[16]。
胡名以柳眠，实者庐之矣。

非敢效三眠⑰,且令学三起。

　　　　引水庵
水口肯飞来,趋进势如隼⑱。
到此门户多,恐其认未准。
急急结茅庵,晨夕好相引。
仲经成大猷、叔告成嘉猷,男嗣武、述武、绍武、祖武,孙应麋、应鹤同勒石

　　　　　　　　古长安怡□刘德华书
　　　　咸丰戊午桂月吉日立富邑咸春荣刻

【撰者】

成大猷(1811—?)字仲经,号逸园、逸园老人、拙鸠庵老人,清末甘肃巩昌府人(今漳县新寺镇桥头村)人,贡生。成大猷嗜学能文,尤工于诗,诗作有《滴水崖观瀑布歌》《汪陵丰碑》《首阳怀古》《逸园十景诗》《贵清山避乱八首》《渔山瀑布》等。他性喜花木,以花园名为号,书斋名"七一山房"。同治年间(1862—1874年)逸园毁于兵乱,而山房幸存,此后更名为"耐劫",终生课读其中,著有《逸园诗草》二卷。①

【注释】

①莳花：栽花。

②逸欲：谓贪图安逸,嗜欲无节。《书·皋陶谟》："无教逸欲有邦,兢兢业业,一日二日万几。"

③卑：低。

④汩汩：象声词。形容水或其他液体流动的声音。《文选·木华〈海赋〉》："崩云屑雨,浤浤汩汩。"李善注："浤浤汩汩,波浪之声也。"

⑤无术：没有办法。《管子·治国》："今也仓廪虚而民无积,农夫以粥子者,上无术以均之也。"

⑥跨鹤：乘鹤,骑鹤。用作逝世的婉辞。

---

① 罗康泰：《甘肃人物辞典》,甘肃民族出版社2006年版,第20页。

⑦龙川：龙川河属于渭河支流，河流全长60千米，发源于甘肃岷县红土岘梁，河流自西向东，流经漳县石川、四族、马泉、新寺四个乡镇，在新寺镇晋坪村与榜沙河汇合流入武山县。龙川河岸植被茂盛，风景优美。

⑧好：爱好，这里指成大猷号逸园、逸园老人。

⑨于是：在此。《穀梁传·僖公三十三年》："百里子与蹇叔子送其子而戒之曰：'女死，必于殽之岩唫之下，我将尸女于是。'"

⑩卿子：尊称，即公子。

⑪铸文局：清袁枚《子不语·铸文局》载："句容杨琼芳，康熙某科解元也。场中题是譬如为山一节，出场后，觉通篇得意，而中二股有数语未惬。夜梦至文昌殿中，帝君上坐，旁列炉灶甚多，火光赫然。杨问：'何为？'旁判官长须者笑曰：'向例：场屋文章，必在此用丹炉鼓铸。或不甚佳者，必加炭之锻炼之，使其完美，方进呈上帝。'杨琼芳急向炉中取观，则己所作场屋文也，所不惬意处业已改铸好矣，字字皆有金光，乃苦记之。一惊而醒，意转不乐，以为此心切故耳，安得场中文如梦中文耶！未几，贡院中火起，烧试卷二十七本，监临官按字号命举子入场重录原文。杨入场，照依梦中火炉上改铸文录之，遂中第一。"

⑫逸民：裴頠（267—300年），字逸民，河东闻喜（今属山西）人，西晋大臣、玄学家、散文家。弘雅博学，少年得志，历任散骑侍郎、散骑常侍、河内太守、屯骑校尉、右军将军、侍中等职。善辩析理，时人称"言谈之林薮"，著作有《崇有论》和《辩才论》，有文集十卷（《唐书·经籍志》《隋书》注作九卷）传于世。

⑬元真子：即玄真子。唐张志和的别号。《新唐书·隐逸传·张志和》："（张志和）坐事贬南浦尉。会赦还，以亲既丧，不复仕，居江湖，自称烟波钓徒。著《玄真子》，亦以自号。"

⑭浮家：即浮家泛宅，谓以船为家，浪迹江湖。《新唐书·隐逸传·张志和》："颜真卿为湖州刺史，志和来谒，真卿以舟敝漏，请更之。志和曰：'愿为浮家泛宅，往来苕霅间。'"

⑮闾里：平民聚居之处。《周礼·天官·小宰》："听闾里以版图。"贾公彦疏："在六乡则二十五家为闾，在六遂则二十五家为里。闾里之中有争讼，则以户籍之版、土地之图听决之。"

五 清代

⑯三眠：即柳三眠。传说汉苑中柳树一日三起三倒，如人一日三眠。宋无名氏《漫叟诗话》："尝见曲中使柳三眠事，不知所出。后读玉溪生《江之嫣赋》云：'岂如河畔牛星，隔岁止闻一过；不比苑中人柳，终朝剩得三眠。'注云：'汉苑中有柳，状如人形，一日三起三倒。'"

⑰隼：鸟类的一种，名"鹘"，翅膀窄而尖，上嘴呈钩曲状，背青黑色，尾尖白色，腹部黄色。饲养驯熟后，可以帮助打猎。

【释文】

诗碑已佚，仅拓片存于甘肃漳县。此碑为阴阳两面刻，碑阳刻《逸园飞来渠记》一篇，碑阴刻成大猷《飞来渠》《种树轩》《三生石斋》《铸文局》《舒啸阁》《画舫亭》《芙蓉岛》《群芳洞》《柳眠亭》《引水庵》诗作十首，书体为正楷。《逸园飞来渠记》碑末书"咸丰丁巳榴月仲经成大猷记并咏"，碑阴末书"仲经成大猷、叔告成嘉猷，男嗣武、述武、绍武、祖武，孙应麋、应鹤同勒石，古长安怡□刘德华书，咸丰戊午桂月吉日立富邑咸春荣刻"。咸丰丁巳榴月应为清咸丰七年（1857年）农历五月，咸丰戊午桂月应为清咸丰八年（1858年）阴历的八月，刻碑、立碑比作诗时间晚一年。

新寺是漳县的一个重要乡镇，这里文化底蕴深厚，有新石器时代遗址及多处汉代大型墓葬。成大猷家族就在新寺镇桥头村，成氏太祖虹桥公耕读立第，有诗书传家，是桥头村的创始人，成大猷诗如其人，性格豪放，其诗作恣肆洒脱，酣畅淋漓。著作《逸园诗草》存诗四百多首。

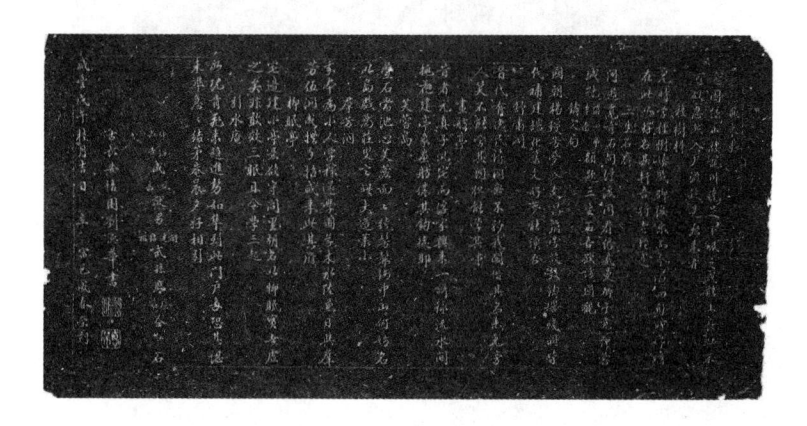

图103　新寺逸园诗（拓片）

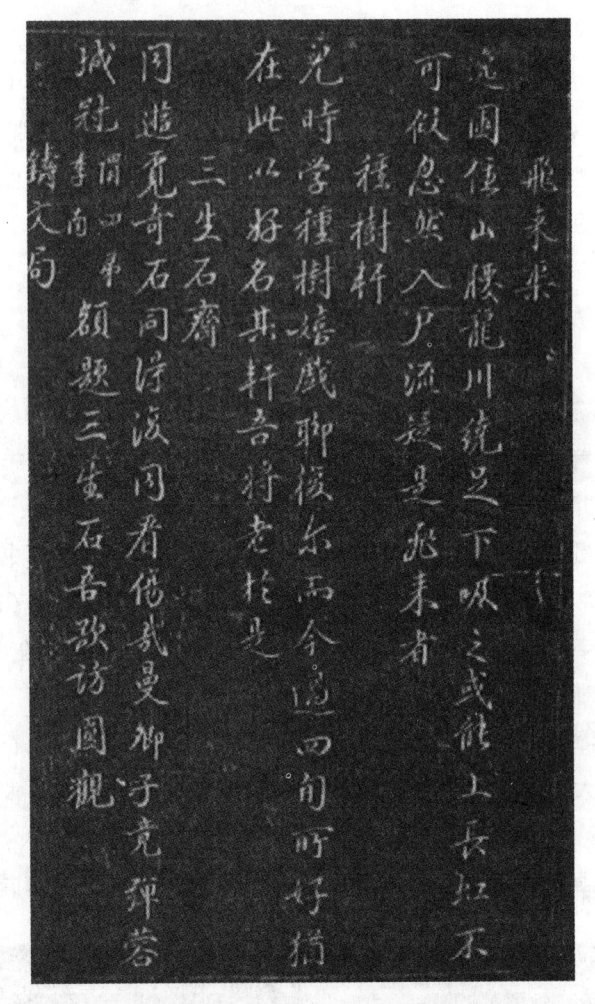

图104　新寺逸园诗（局部拓片）

古槐诗刻三

清咸丰八年（1858年）

【碑文】

　　大堂东阶下，古槐一株，千余年物矣，十余年前，被风吹倒，中皆朽坏，唯尺许宽一皮。连而不断者如长虹饮涧焉，余皆为□物，十已去其八九，忽顶上生双芽，人以为异，用石撑之，十数年来，居然又成一树，然木上尺许一皮，欲通数丈生气，可不危哉，余故培其根本，盛共枝叶，以望其将来捧日凌云之心云。遂赋二韵，咸丰戊午。

偃仰[1]东墙下，风霜历有年。披肝迎素月[2]，沥胆[3]对青天。
一脉通生气[4]，双枝接本渊。略施培[5]植力，助尔上云巅。

阅历经年久，身穷心不穷。开怀吟夜月，坦腹[6]卧春风。
非效求伸蠖[7]，应知已化虹。青云敷顶上，得雨便凌空。
纳恩登额

和韵：
清阴浓郁郁，一卧在何年。夹道低垂市，□柯别有天。
勤难随俯仰，节自凛[8]水渊。还卜三公[9]贵，龙楼接翠巅。

庭槐余老干，生意[10]总无穷。愿效三千岁，长披廿四风[11]。
阴仍滋化雨，势宛类倾虹。吏守知难犯，凌云仰碧空。
祝寿昌

和韵：
学山留睡态，高卧百千年。质古能医俗，心空可对天。
枕应横夹道，梦不到深渊。再问三公兆，余阴荫石巅。

岂必重衾恋[12]，南柯梦[13]不穷。赏槐贪好夜，卧月畅和风。
瘦影形怜鹤，生计[14]气吐虹。况逢栽植厚，搔首到天空。
何泳梅

【撰者】

纳恩登额、祝寿昌、何泳梅，三人均为清咸丰年间人，三人生平事迹记载不详。

【注释】

①偃仰：俯仰。《后汉书·李固传》："固独胡粉饰貌，搔头弄姿，盘

旋偃仰，从容冶步，曾无惨怛伤悴之心。"

②披肝：即披肝胆，表示以真诚相见。《汉书·路温舒传》："披肝胆，决大计。"素月：皓月，明月。晋陶潜《杂诗》之二："白日沦西阿，素月出东岭。"

③沥胆：谓竭尽忠诚。唐崔融《代皇太子请起居表》："沥胆陈祈，焦心觐谒。"

④生气：活力，生命力。唐司空图《二十四诗品·精神》："生气远出，不著死灰。"

⑤培植：栽种培育。《宋史·卢秉传》："亭沼如爵位，时来或有之；林木非培植，根株弗成大，似士大夫立名节也。"

⑥坦腹：舒身仰卧；坦露胸腹。唐杜甫《江亭》诗："坦腹江亭暖，长吟野望诗。"

⑦蠖：尺蠖蛾的幼虫，生长在树上，行动时身体一屈一伸地前进，是害虫。简称"蠖"。

⑧凛：严肃，严正有威势。

⑨三公：古代中央三种最高官衔的合称。明清沿周制，以太师、太傅、太保为三公。

⑩生意：生机，生命力。元宫天挺《范张鸡黍》第一折："阴阳运，万物纷纷，生意无穷尽。"

⑪廿四风："二十四番花信风"的简称。古人把从小寒到谷雨八个节气中的每一节气分为三个候，共二十四候，每候五日，应以一花，始于梅花，终于楝花，共二十四个花期。风应花期而来，称"花信风"。《二十年目睹之怪现状》第二十五回："楼东乙字初三月，亭北丁当廿四风。"又："一年十二个月，每月两番花信。"

⑫岂必：犹何必。用反问的语气表示不必。清顾樵《秋夜柬顾茂伦》诗："哀乐境所遇，岂必雍门琴！"衾：尸体入殓时盖尸的东西。

⑬南柯梦：泛指梦。亦比喻一场空。元郑德辉《倩女离魂》第三折："分明见王生，说得了官也，醒来却是南柯一梦。"

⑭生计：保全生命的办法。

【释文】

据《庆阳金石记》载，诗碑现存于甘肃庆阳旧府署土地祠大门壁，长方石，纵一尺五寸，横二尺，字径三分，正书。诗为咸丰八年庆阳知府纳恩登额等题。

林之望乞假养疴留别鸣鹤园二首并跋

清同治八年（1869年）

【碑文】

乞假养疴①留别鸣鹤园二首并跋
折柳金城倍黯然，鹧鸪②声里独扬鞭。
三年宦味③蔬香地，万种离情芍药④天。
驿路愁闻行旅断，乔柯⑤喜见故人迁。
关心富贵花前客，可待重来对绮筵⑥。

群芳憔悴竟如何，护惜还期灌溉多。
草木定沾新雨露，风云犹恋旧山河。
屯田智略思充国。荡寇勋名仰伏波。
唯原边疆安稼穑⑦，不妨岁月老岩阿⑧。

将别兰垣，念及三年以来与诸寅好交游暨诸绅董共济艰难，情殊恋恋，作此寄怀。同治八年三月中浣，皖北林之望初稿。

【撰者】

林之望（1811—1884年）字伯颖，又字远村，清末诗人。安徽省凤阳府怀远县城关岫河街人，祖籍福建莆田，自幼家贫，生性聪颖，道光二十四年（1844年）中江南解元，翌年中进士，二十七年（1847年）入翰林院。咸丰六年（1856年）任御使，同治元年（1862年）代理陕甘总督。光绪元年（1875年）充任湖北乡试提调、布政使等职，不久辞官归故里。光绪四年（1878年）被聘为摄纂，参与重修《安徽通志》。离任时将自己积蓄的俸养大部充当军饷和赈灾之用（时逢西北大旱），百姓拦道依依泣别。后在合肥一带为庠贡诸生教授，主讲于庐阳书院、赓阳书院。诗文闻名江淮，与林介弼时有"江左二林"之称誉。著作现存有

《荆居书屋诗文集》《春明馆赋稿》《蒙养金鉴》《觉世经解》，合著《江左二林文集》等。

【注释】

①乞假：请托，请假。《史记·高祖本纪》"常告归之田"。司马贞《索隐》引三国吴韦昭曰："告，请归乞假也。"养疴：亦作"养痾"。养病。《后汉书·文苑传下·高彪》："公今养痾傲士，故其宜也。"

②鹧鸪：借指鹧鸪鸣声。宋辛弃疾《菩萨蛮·书江西造口壁》词："青山遮不住，毕竟东流去。江晚正愁余，山深闻鹧鸪。"

③宦味：做官的情味。明高叔嗣《再过紫岩寺》诗："宦味再鸡肋，官程任马蹄。"

④芍药：多年生草本植物。五月开花，花大而美丽，有紫红、粉红、白等多种颜色，供观赏，根可入药。《诗·郑风·溱洧》："维士与女，伊其相谑，赠之以勺药。"勺药即"芍药"。后因以"芍药"表示男女爱慕之情，或以指文学中言情之作。南朝陈徐陵《〈玉台新咏〉序》："清文满箧，非唯芍药之花；新制连篇，宁止蒲萄之树。"

⑤乔柯：高枝。晋陶潜《杂诗》之十二："年始三五间，乔柯何可倚？"逯钦立校注："乔柯，高枝。"宋曾巩《秋声》诗："乔柯与长谷，秀色故未浼。"

⑥绮筵：华丽丰盛的筵席。唐陈子昂《春夜别友人》诗之一："银烛吐青烟，金樽对绮筵。"

⑦稼穑：耕种和收获，泛指农业劳动。《书·无逸》："厥父母勤劳稼穑，厥子乃不知稼穑之艰难。"

⑧岩阿：山的曲折处。汉王粲《七哀诗》："山岗有余映，岩阿增重阴。"《文选·潘岳〈河阳县作〉诗之二》："川气冒山岭，惊湍激岩阿。"吕良注："岩阿，山曲也。"

【释文】

诗碑现存于甘肃省博物馆。碑文书体为行楷，刻七言律诗二首。高0.39米，宽0.61米。当时作者在兰州鹤园养病，正逢战乱时期，诗歌借物抒怀，表述了作者对国家命运的担忧和期望，通过诗句也表现出作者复杂的思乡之情。

五 清代

左宗棠《周公祠碑》

清同治十年（1871年）

【碑文】

同治十年五月十五日，总统甘南诸军二品顶戴，前福建延建邵兵备道周君卒于军。余疏君仕履及以死勤事状闻于朝，天子轸悼，加赠内阁学士，荫一子入监读书。又二年，关陇底定，秦州人士追念遗德，请祠祀之，余又以闻，诏旨报可。于是州人卜地于州之天靖山，庀材鸠工，因高而堂，就夷而墀，缭以周垣，荫以嘉树，凡为屋若干楹。于十三年五月落成，奉君栗主居中，妥灵揭虔，神人悦喜。而权知州黄君鬻先复请余文，其丽牲之，周君少时，从余读书，资识英敏，学有心得。余奉命视师东南，君从余戎幕，凡可以赡军恤民，为地方计久远者，不避贵要，助余成之，群议翕訾以相摇撼，君一切不顾，守意自如。后从余度陇亦然，故当其任事，群小汹汹，及逾时历岁，功效众著，毁去而誉独存，公道之不泯，实政之不可久淹也如此。

君讳开锡，字受三，湖南益阳县人。名宦，周公振之嗣子也。广西盗起，从胡文忠公于鄂权沔阳州知州，湖北州县减浮粮蠲堤工土费，自沔始。曾文正公督两江时，召置戎幕。余奉命抚浙，君乃辞曾而之我。积功洊擢浙江温处道。余督闽浙，君从入闽，调延建邵道未上，署福建布政使。余去闽，君护抚篆，盖稍稍通显矣，而为忌者所沮。及余西征，三年方移节度陇，趣攻北路，而南路陇军挫于狄道，士气销靡，不可朝夕，将士无足任者，适君转闽饷至，遂疏留君总统甘南诸军，兼理民事。君罢捐粮之令，汰冗卒，勤耕垦，定课税，革陋规，踔厉风发，人之谤君者视闽为甚，然卒得平和，年余巩秦称治，旋用兵复狄道、渭源两城，进规洮岷河州。适里头勇丁溃变，君禽其凶逆磔之，贷附和者死，反侧以安，而君之心力亦自此耗矣。明年三月疾作，支离寐枕，筹兵筹粮筹饷筹运造车船，通道路营度庶务一如乎昔，吏泣请少休，君不顾也，于时疾日进矣。五月十日以事赴秦州，进四十里气绝，稍苏升还巩昌，五日遂卒。呜呼！君以闽吏任陇之艰，拯苦扶危，不屑营脱，殚智罄虑于国于民，沉瘵殒身，仅及中岁，可不谓忠欤！而弥留之顷，赋诗自悼，犹谓君亲两负，从

— 301 —

余未终，其素所存者可知也。世乃啧啧而持其后，小人好议论，而不乐成人之美，亦如此哉！然至今日，谤焰既息，讴思在民，怀德颂功，奉以禋祀。朝论亦翕然称之，知劳臣所获不在彼而在此也！君家世行，谊具沅陵吴大廷所作墓铭，兹掇其大者书于碑，为歌词系之，以永秦人之思。

生劳苦兮死可休，虚飘飘兮灵之游。
眷西土兮聊淹留①，涉汉水兮临浙江。
浩闽海兮波汤汤，谤诼短兮讴吟长。
秦之州兮君所止，施号令兮民大喜。
饥者饱兮痿者起，风飒飒兮云冥冥②。
灵之来兮如平生，叱驺从兮杨麾旌③。
升几筵兮享牲糈④，昭精禋兮灵福尔⑤。
驱螟贼兮殚⑥狼虎，归祠庙兮山之隅。
民报祀⑦兮终如初，祉⑧耿耿兮安可诬。

【撰者】

左宗棠（1812—1885年）字季高、朴存，号上农人，湖南湘阴人（今湖南湘阴县界头铺镇），自幼聪颖，14岁考童子试中第一名，道光十二年（1832年）中举，晚清名臣、军事家、政治家，洋务派运动倡导人。历任兵部郎中、浙江巡抚、闽浙总督、陕甘总督、两江总督兼南洋通商大臣、军机大臣等职。左宗棠为钦差大臣督办陕甘军务期间，曾率军入陕西围剿西捻军，镇压西北反清回民军。光绪元年（1875年）督办新疆军务，率兵讨伐阿古柏，先后收复乌鲁木齐、和阗（今和田）等地，阻遏了英、俄对新疆的侵略，后封恪靖侯。左宗棠在陕甘任职期间，镇守西北前后有十二年，同时发展文化、兴办工业、发展农业、为甘肃的经济发展做出了积极的贡献。在两次率部西征途中，一边修桥筑路，一边沿途种植榆杨柳树。从兰州到肃州，从河西到哈密，从吐鲁番到乌鲁木齐，除戈壁外，凡左宗棠湘军所到之处所，柳树成荫，连绵不断，后人称其为"左公柳"。著有《楚军营制》。奏稿、文牍等辑为《左文襄公全集》。

【注释】

①淹留：逗留，滞留。

②冥冥：高远，渺茫。
③驺：古代养马的人。麾旌：指挥旗，后多指将帅之旗。
④几筵：犹几席。几席乃祭祀的席位，后亦称灵座。牲糈：祭神用的牲畜和精米。
⑤昭：光，亮光。禋：祭名。升烟祭天以求福。
⑥殪：杀死。
⑦祀：祭祀，祀天，祀祖。
⑧祉：福，"既多受祉"。

【释文】

碑石原存甘肃天水市秦州区玉泉观，现存留不详。碑文录自民国二十八年（1939年）版《秦州直隶新志续编·艺文》。

左宗棠题书崆峒碑

清同治十年（1871年）

【碑文】

　　木病斯瘿①，石灵成影，高平之山，孕兹奇景。
　　猿公②著藤，山果坠岭，摩挲③几遭，尘空光炯④。
　　金积既平，泐石⑤崆峒，叵奈⑥□□，笔刀莫呈。
　　马肆⑦献奇，志之云幸，用供古佛，聊慰寂静。

同治十年三月，厥人获白石三尺，天然画图，书此泐其上，永供佛寺为此邦祈福也。

【撰者】

左宗棠，介绍同上。

【注释】

①瘿：中医指多因郁怒忧思过度，气郁痰凝血瘀结于颈部，或生活在山区与水中缺碘有关的病。可分为"气瘿""肉瘿"及"石瘿"等。此指树瘿，树结。
②猿公：汉赵晔《吴越春秋·勾践阴谋外传》："越有处女出于南林，

陇东南民间遗散诗碑辑释

国人称善……越王乃使使聘之，问以剑戟之术。处女将北见于王，道逢一翁，自称曰袁公，问于处女：'吾闻子善剑，愿一见之。'女曰：'妾不敢有所隐，唯公试之。'于是袁公即杖箖箊竹，竹枝上颉桥，末堕地，女即捷末，袁公则飞上树，变为白猿。"后以"猿公"指剑术高明的隐者。

③摩挲：揉搓，抚摸。《礼记·郊特牲》："汁献涗于盏酒。"汉郑玄注："摩莎沛之，出其香汁。"

④炯：光明，明亮。

⑤泐石：即勒石，刻字于石。亦指立碑。

⑥叵奈：亦作"叵耐"。不可容忍；可恨；无奈。《敦煌曲子词·鹊踏枝》："叵耐灵鹊多漫语，送喜何曾有凭据。"

⑦马肆：买卖马等牲畜的市场。宋王谠《唐语林·补遗》："兴元中，有知马者曰李幼清，暇日常取适于马肆。"

【释文】

左宗棠题书崆峒碑原存甘肃平凉崆峒山太和宫，今存平凉市博物馆。左宗棠题书崆峒碑又叫《崆峒玉碑赞》，碑高97.6厘米，宽54.6厘米，厚10.2厘米，白玉石质。文系左文襄公宗棠亲笔撰书。左宗棠曾任陕甘总督，同治八年驻甘肃平凉期间禁种鸦片，组织植树，安民复学，恢复地方秩序。同治十年（1871年）三

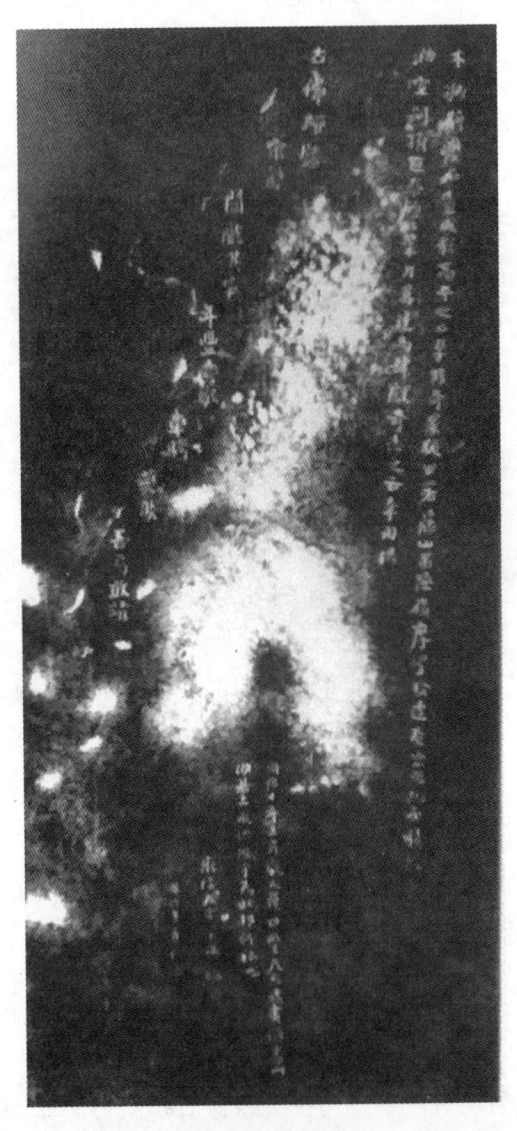

图105　左宗棠题书崆峒碑（拓片）

— 304 —

月左宗棠作《崆峒玉碑赞》。

武都万象洞叶恩沛《游万象洞》四律诗碑

清光绪九年（1883年）

【碑文】

光绪癸未小春月朔，偕李敦山、李春生二军门，金子清、李云溪二大令，董尧臣、广文朱鸣轩二尹，乔梓兼携镏婿灿儿游万象洞，旋蒙贾子安、唐从亭、宗少阜诸公招饮灵应宫，并送敦山兄之白马关，偶成四律，兼东余润堂明府张仙洲、张时泉、镏见堂三广文。

万象包罗[①]一洞天，鸿蒙[②]开辟是何年。
桃源[③]有记凭谁见，蓬岛[④]多仙自古传。
偕友登临[⑤]情不尽，呼儿指点景无边。
从今始悟人间事，到处勾留[⑥]岂偶然。
鞚掌[⑦]仍偷半日安，天然古洞共盘桓[⑧]。
四围苍翠滴苔[⑨]滑，一片幽奇[⑩]峭壁观。
涉险顿消尘世念，指迷休[⑪]作画图看。
无端欲起穷源想，只恐神仙际遇难[⑫]。
脱却征衫[⑬]学治来，廿年宦辙眼频开[⑭]。
山川始信钟灵[⑮]异，身世何尝等草莱[⑯]。
不见赤苍迷洞口，漫疑仙子下天台。
残碑断碣今犹在，几度摩挲首屡回。
敢言为政号风流，胜迹游踪次第收[⑰]。
多士情深犹涤盏[⑱]，将军令肃岂防秋[⑲]。
郊原相送催行骑，驿路分驰动别愁。
更喜丛祠新庙貌，年年报赛答神庥[⑳]。

幼芝叶恩沛题

【撰者】

叶恩沛，安徽歙县人，时为阶州知州，曾增修《阶州直隶州续志》

— 305 —

三十三卷。光绪十二年（1886年）叶恩沛在州衙后北城墙上，依北山而面白龙江建"来凤楼"以培植文风。

【注释】

①万象包罗：包含容纳一切。形容内容丰富，无所不有。

②鸿蒙：古人认为天地开辟前是一团混沌的元气，这种自然的元气叫鸿蒙。

③桃源："桃花源"的省称，又指桃源洞。出自晋陶潜《桃花源记》，后用以指避世隐居的地方，亦指理想的境地。唐杜甫《北征》诗："缅思桃源内，益叹身世拙。"

④蓬岛：即蓬莱仙岛。唐李白《古风》之四八："但求蓬岛药，岂思农扈春。"

⑤登临：登山临水，也指游览。语本《楚辞·九辩》："憭慄兮若在远行，登山临水兮送将归。"

⑥勾留：逗留，停留。唐白居易《春题湖上》诗："未能抛得杭州去，一半勾留是此湖。"

⑦鞅掌：谓职事纷扰烦忙。《诗·小雅·北山》："或栖迟偃仰，或王事鞅掌。"孔颖达疏："传以鞅掌为烦劳之状，故云失容。言事烦鞅掌然，不暇为容仪也，今俗语以职烦为鞅掌，其言出于此传也。故郑以鞅掌为事烦之实，故言鞅犹荷也。"

⑧盘桓：徘徊，逗留。《文选·班固〈幽通赋〉》："承灵训其虚徐兮，伫盘桓而且俟。"李善注："盘桓，不进也。"

⑨苔：苔藓。

⑩幽奇：幽雅奇妙。宋梅尧臣《寄滁州欧阳永叔》诗："烂漫写风土，下上穷幽奇。"

⑪指迷：犹解惑。谓指点使不迷惑。宋欧阳修《再和圣俞见答》："嗟哉我岂敢知子，论诗赖子初指迷。"

⑫际遇：机遇，适逢其遇。宋陆游《老学庵笔记》卷十："盖院有僧尝际遇真庙，召见赐衣及香烛故也。"

⑬征衫：旅人之衣。宋楼钥《水涨乘小舟》诗："一番冻雨洗郊丘，冷逼征衫四月秋。"

⑭廿年：二十年。宦辙：指仕宦之路；为官之行迹、经历。

⑮钟灵：钟指凝聚，凝聚了天地间的灵气。

⑯草莱：莱古代指郊外轮休的田，亦指田废生草。

⑰次第：犹光景，情形。唐刘禹锡《寄杨八寿州》诗："圣朝方用敢言者，次第应须旧谏臣。"宋李清照《声声慢》词："梧桐更兼细雨，到黄昏、点点滴滴。这次第，怎一个愁字了得。"又指条理；头绪。《南齐书·周山图传》："知卿绥边抚戎，甚有次第，应变策略，悉以相委。"

⑱盏：戈声，小的杯子。唐韩愈《酬振武胡十二丈》："横飞玉盏家山晓，远蹀金珂塞草春。"

⑲防秋：古代西北各游牧部落，往往趁秋高马肥时南侵。届时边军特加警卫，调兵防守，称为"防秋"。《旧唐书·陆贽传》："又以河陇陷蕃已来，西北边常以重兵守备，谓之防秋。"

⑳报赛：古时农事完毕后举行谢神的祭祀。《周礼·春官》："将事侯禳祷祠之祝号。"唐贾公彦疏："求福谓之祷，报赛谓之祠。"神庥：神灵护佑。前蜀杜光庭《王虔常侍北斗醮词》："答往愿于当年，期降恩于此日，永当修奉，以荷神庥。"

【释文】

诗碑现存于甘肃武都万象洞。清光绪十二年《阶州直隶州续志·艺文》收录除个别字句略有微异，内容基本相同。诗碑没有题目，诗前有一段小序，其内容为"光绪癸未小春月朔，偕李敦山、李春生二军门，金子清、李云溪二大令，董尧臣、广文朱鸣轩二尹，乔梓兼携镏婿烱儿游万象洞，旋蒙贾子安、唐从亭、宗少阜诸公招饮灵应宫，并送敦山兄之白马关，偶成四律，兼东余润堂明府张仙洲、张时泉、镏见堂三广文"。碑末题"幼芝叶恩沛题"句及"幼芝"二字印钤。据此，诗碑应为叶恩沛亲题墨迹。光绪癸未即光绪九年（1883年）。序中灵应宫，今在武都区白龙江畔，下游距万象洞约五里。全诗以记游为线索，通过对万象洞美景进行描写，既抒发了对探险之路的勃勃兴致，也表露出对人世沧桑淡淡感悟，诗末表达了作者的政治诉求和朋友离别时的忧愁，用"更喜丛祠新庙貌，年年报赛答神庥"句来慰藉、答谢上天神灵的恩赐。

李炳麟《七言诗四首并跋》

清光绪十一年（1885年）

【碑文】

家君治成邑三年矣，麟亦需次西安，久疏定省，光绪乙酉冬，奉差赴汉中，绕道省亲，适叶公补修同谷草堂征诗落成，麟依韵和酬嘱同补壁，聊诚一时鸿印[1]云耳。

其一
结屋县崖深复深，骚坛崒崒[2]此登临。
芳尊载酒独怀古，老树拏云[3]直到今。
大雅回澜诗万卷，飞泉挂壁峡[4]千寻。
追思天宝[5]流离日，遥望家书抵万金[6]。

其二
许身稷契[7]本无妨，地老天荒[8]胜草堂。
兵燹[9]飘零怀弟妹，鬼神歌泣有文章。
眼中寒畯万间庇[10]，石上因缘一瓣香[11]。
俯仰同时谁伯仲[12]，谪仙[13]旗鼓尚相当。

其三
千秋诗史总无惭，未饮廉泉[14]早励贪。
风雨乱崖自悲壮，乾坤万象尽包涵。
居怜同谷歌传七[15]，律冠唐人味得三[16]。
凭吊黄蒿[17]古城水，只余明月映寒潭。

其四
荒祠云树自纵横，谷暗风号虎豹惊。
入庙馨香[18]千古祀，思君忠爱一心诚。
东柯[19]流寓天涯感，南国亲多旧雨情。
何日得瞻严仆射[20]，不教知己负平生。

蓝翎五品衔陕西候补知县楚南李炳麟题并书

李炳麟，湖南楚南人，陕西候补知县

五　清代

【撰者】

李炳麟，湖南益阳人，时为陕西候补知县，光绪二十九年（1903年）任陕西平利县知县，后立有军功，光绪三十一年（1905年）任陕西省榆林县知县。诗刻跋"家君治成邑三年"中"家君"为李焌，曾于光绪九年（1883年）为成县知县，李炳麟为李焌之子。

【注释】

①鸿印：鸿爪，比喻往事留下的痕迹。清黄景仁《和仇丽亭》："鸿爪游踪首重回，经年襁褓逐尘埃。"

②骚坛：诗坛。明徐复祚《投梭记·折齿》："风流名士压骚坛，乌鬼宁同仙鹤班。"清袁于令《西楼记·砥志》："交好，无非词苑名流，与那骚坛年少，怎拼舍滢滢西楼月夜花朝。"崒崒：高耸貌。唐杜甫《桥陵诗三十韵因呈县内诸官》："高岳前崒崒，洪河左滢溁。"仇兆鳌注："崒崒，耸峙貌。"

③拏云：犹凌云。唐僧鸾《赠李粲秀才》诗："骏如健鹘鹗与鹠，拏云猎野翻重霄。"亦喻志向高远。王琦汇解："拏云，喻言高远。"

④峡：两山间的溪谷。

⑤天宝：唐玄宗李隆基的年号（742—756年）。

⑥万金：用以形容贵重或比喻贵重之物。

⑦许身：犹自许。唐杜甫《自京赴奉先县咏怀五百字》："许身一何愚，窃比稷与契。"唐刘蜕《移史馆书》："今虽蛊惑病妄，犹将自复其意，况逢足下以中正许身，以仁义自任者乎？"稷契：稷和契的并称。唐虞时代的贤臣。汉王逸《九思·守志》："配稷契兮恢唐功，嗟英俊兮未为双。"

⑧地老天荒：犹言地为之老，天为之荒。形容极其感人；经历的时间长久。元费唐臣《贬黄州》第一折："诗吟的神嚎鬼哭，文惊的地老天荒。"

⑨兵燹：因战乱而造成的焚烧破坏等灾害。《宋史·神宗纪二》："丁酉，诏：岷州界经鬼章兵燹者赐钱。"

⑩寒畯：出身寒微而才能杰出的人。五代王定保《唐摭言·好放孤寒》："李太尉德裕颇为寒畯开路，及谪官南去，或有诗曰：'八百孤寒齐

下泪,一时南望李崖州。'"庇:遮蔽,掩护。

⑪瓣香:佛教语。犹言一瓣香,一炷香。佛教禅宗长老开堂讲道,烧至第三炷香时,长老即云这一瓣香敬献传授道法的某某法师。后以"一瓣香"指师承或仰慕某人。宋陈师道《观充文忠公家六一堂图书》诗:"向来一瓣香,敬为曾南丰。"按,曾巩(南丰)为陈师道的老师。

⑫伯仲:比喻事物不相上下。晋王羲之《与谢安书》:"蜀中山水,如峨眉山,夏含霜雹,碑板之所闻,崑仑之伯仲也。"

⑬谪仙:受处罚降到世间的仙人。常用以称誉才学优异的人。这里专指李白。唐孟棨《本事诗·高逸》:"李太白初自蜀至京师,舍于逆旅。贺监知章闻其名,首访之。既奇其姿,复请所为文。出《蜀道难》以示之。读未竟,称叹者数四,号为'谪仙'。"

⑭廉泉:廉泉井,据说井中的水,赃官、不肖子孙喝了都会头疼闹肚子。明朝修建包公祠时给这口井修建亭子,称为廉泉。

⑮同谷歌传七:即杜甫《乾元中寓居同谷县作歌七首》(简称《同谷七歌》),是杜甫处于穷愁绝境之时的倾心之作,七言组诗带有浓厚的主观色彩,有强烈抒情感染力,也是杜诗中闪耀着卓异光彩的重要作品,为我国古代诗歌发展史上不可多得的佳作。萧涤非《杜甫诗选注》曰:"长歌可以当哭",明胡应麟语见仇兆鳌《杜诗详注》曰:"奇崛雄深"的"绝唱"。

⑯得三:推敲得很多。

⑰凭吊:亦作"凭吊"。谓对着遗迹遗物感慨往古的人或事。清徐夜《富春山中吊谢皋羽》诗:"疑向西台犹恸哭,思当南宋合酸辛。我来凭吊荒山曲,朱鸟魂归若有神。"黄蒿:枯黄了的蒿草,亦泛指枯草。《汉书·五行志中之上》:"长安城南有鼠衔黄蒿、柏叶,上民冢柏及榆树上为巢。"

⑱馨香:散播很远的香气。《国语·周语上》:"其德足以昭其馨香,其惠足以同其民人。"韦昭注:"馨香,芳馨之升闻者也。"

⑲东柯:天水麦积镇东柯谷。

⑳严仆射:仆射,官名。秦始置,汉以后因之。汉成帝建始四年(前30年),初置尚书五人,一人为仆射,位仅次尚书令,职权渐重。汉献帝建安四年(199年),置左右仆射。唐宋左右仆射为宰相之职。宋以

— 310 —

后废。严仆射为严武之父或严武本人。

【释文】

李炳麟评杜诗碑《七言诗四首并跋》，诗成光绪十一年（1885年）冬，诗碑现存于甘肃陇南市成县杜公祠内碑廊，其高56厘米，宽90厘米，行数21，字径约3.5厘米见方，书体为隶书，品相保存基本完好。清光绪十一年甘肃学政陆廷黻、知州叶恩沛发起重修草堂，知县李焌主其事，修葺后的草堂宽敞高大，气势宏伟，令游人驻足流连忘返。《阶州续志》载："李焌，湖南益阳人，曾于光绪九年（1883年）知成县。"这四首诗对杜甫由秦入蜀的经历做了一个全面回顾，在对杜甫伤时忧国的忠爱诚心给予充分肯定之外，还对李杜二人的诗学地位做了评价。诗评发现了杜甫同谷诗一改往昔博大深沉、沉郁顿挫的主体风格，用擒幽撷奥笔法，把同谷山川写得"出鬼入神"，显然对江西诗派延续到清代的瘦劲奇崛诗风产生过深远的影响。

图106 李炳麟《七言诗四首并跋》诗碑（拓片）

旭谷诗碑

清光绪十七年（1891年）

【碑文】

谪落①红尘四十年，光阴虚度葛藤②缠，
从今顿觉精神少，何必还将世态③牵。
弃却浮华④全我愿，拿来慧剑斩情缘⑤，
文烹武炼⑥常升进，放下摊头⑦了太玄。

光绪辛卯涂月晦日山右旭谷因病口占

【撰者】

旭谷，清代崆峒山习武道士，曾居崆峒山太和宫四十年余年。

【注释】

①谪落：原指神仙受了处罚降到人间。这里指出生，来到，有落难之意。红尘：佛教、道教等称人世为"红尘"。

②葛藤：原指葛的藤蔓，比喻事物纠缠不清或话语啰唆烦冗之意。此指世间烦心事，病痛等。

③世态：世俗的情态，多指人情淡薄。唐戴叔伦《旅次寄湖南张郎中》诗："却是梅花无世态，隔墙分送一枝春。"

④浮华：指虚浮不实的荣华富贵。唐贾岛《寓兴》诗："浮华岂我事，日月徒蹉跎。"

⑤慧剑：佛语，以智慧比喻利剑，谓智慧能断除一切烦恼魔障，故称慧剑。语本《维摩经·菩萨行品》："以智慧剑，破烦恼贼。"情缘：指世间一切纷扰情缘。

⑥文烹武炼：指道家炼药，炼先天混元至精，精炼在身，皆化为气，即谓之曰炼精化气。此指专心修炼。

⑦摊头：摊子。太玄：深奥玄妙的道理。三国魏嵇康《赠兄秀才入军》诗之十五："俯仰自得，游心太玄。"

五　清代

【释文】

诗碑现存于甘肃省平凉市崆峒山隍城献殿南墙，碑体材质为砂岩质，高32厘米，宽32厘米。碑文为阴刻楷书，共9行，满行8字，碑末落款为"光绪辛卯涂月晦日山右旭谷因病口占"，光绪辛卯应为清光绪十七年（1891年）。

图107　旭谷诗碑

槐树关革除关卡陋规碑

清光绪二十一年（1895年）

【碑文】

　　槐树关
　　近关效尤，陋习纷张[①]。
　　抽取货物，征收客商。
　　往来行人，目惨心伤。

— 313 —

宪德②高厚，革除陋章。
年沿代远，世代传扬。

光绪廿一年绅耆③公立

【撰者】

撰者不可知。应为众乡绅。

【注释】

①纷张：纷扬，扩张，蔓延。

②宪德：准则和规范法令的恩惠。

③绅耆：耆，年老，六十岁以上的人。绅耆指年老有声望的人。清潘荣陛《帝京岁时纪胜·十一月冬至》："绅耆庶士，奔走往来。"

【释文】

此碑现存甘肃临夏县西南约二十公里处的双城乡柴市街村民贺海林家。石碑镶嵌于西院墙，墙上碑石为花岗岩质，高116厘米，宽65厘米，厚约20厘米，两面刻。其正面碑额横刻有"流芳百世"四字。碑阴碑额自右至左横刻有"槐树关"三字，碑文皆自右至左竖刻。由于碑面未经打磨，且石质粗糙，字迹大多模糊不清。然碑文所述，事关清代末年为革除关禁陋规，以利行人客商，便于地方交通往来之事。

诗碑反映出当时商贾运输存在的严重问题，即清政府的黑暗和危机四伏的社会矛盾，预示了满清王朝走向灭亡的命运。当地绅耆自发去维护一方秩序，体现出他们的淳朴善良、为国家命运

图108　革除关卡陋规碑碑阴拓片

的担忧。

善昌诗碑一

清光绪三十四年（1908年）
【碑文】

　　斜日又将沉，携筇①下西岭。
　　穿林缓缓行，一路赏幽景。
　　木叶②未全红，秋岚③浸衣冷。
　　晚钟忽催人，欲归恋佳境。
　　回首看碧峰，一僧入云影。
　　　　戊申秋日游崆峒归途作录尘，旭谷道人哂致长白觉罗善昌题

【撰者】
觉罗善昌：长白（今吉林省延边朝鲜族自治州安图县和白山市）人，满洲正蓝旗人。1908年任平凉知府，题诗颇多，现存诗有《住北台有感》五首、《无题》等。

【注释】
①筇：古书上说的一种竹子，可以做手杖。
②木叶：树叶。《楚辞·九歌·湘夫人》："袅袅兮秋风，洞庭波兮木叶下。"
③秋岚：秋日山林的烟霭雾气。唐岑参《六月三十日水亭送华阴王少府还县》诗："残云收夏暑，新雨带秋岚。"

【释文】
此诗名为"游崆峒归途"，碑现存于甘肃省平凉市崆峒山，镶嵌于太白殿墙上，碑为灰砂岩质，高39厘米，宽42厘米，题诗为阴刻楷书，共9行，满行9字。碑末书"戊申秋日游崆峒归途作录尘，旭谷道人哂致长白觉罗善昌题"，戊申为清光绪三十四年（1908年）。

　　附：觉罗善昌《住北台有感》

其一
天外哀鸣一雁飞，山窗独倚又夕晖。
他乡有酒宁辞醉，故里无家亦想归。
妻子尚分三处寄，市朝已届两年非。
挑灯夜忆平生事，似我遭逢自古稀。

其二
闻说千秋上，神仙此地多。谁骑玄鹤去，我访赤松过。
酒但邀山饮，诗聊待月哦。白云分一榻，几日宿岩阿。

其三
眼底碧森森，楼临万壑深。平看山中鸟，俯听涧松吟。
枯坐得禅意，忘机生道心。诸天忽破寂，一磬荡清音。

其四
到此山更好，奇峭莫能名。云就峰头养，松争石隙生。
寻幽谁有癖，坐久我忘情。但得游仙境，何须问广成。

其五
大乱谁能已，幽栖我自闲。孤亭一杯酒，落日万重山。
日与天俱远，心共石头顽。赤松呼不起，独醉白云间。

图 109　善昌诗碑一（拓片）

善昌诗碑二

清光绪三十四年（1908年）

【碑文】

举手招元鹤，回头唤赤松①。
呼来筵前②酌美酒，与我万古③开心胸。
千山万壑忽不见，天地混茫④白一片。
云海仿佛黄山看，万倾银涛翻四面。
九霄此日天门开⑤，灵山⑥恰遇真仙来。
飘然何妨竟飞入，倚亭共举陴筒杯。
座中佳客尽不俗，大笑狂呼少拘束。
王母欲步广成⑦惊，欲前不前复踯躅。
果是⑧天上是人间，开宴乃在浮云端。
此时下界⑨人仰望，当以我辈为神仙。
人生此乐何处有？千古一时莫轻负。
忘形⑩何必问主宾，胜会⑪不常君识否！

戊申秋日偕诸友人栖翠亭饮酒即席作
长白觉罗善昌题

【撰者】

觉罗善昌，同前。

【注释】

①赤松：常绿乔木，树皮较薄，淡黄红色。木材质粗，较坚韧，供建筑、造纸等用，树干可采松脂。又为观赏树。

②筵前：酒席前。

③万古：万代，万世。形容经历的年代长久。《北齐书·文宣帝纪》："（高洋）诏曰：'朕以虚寡，嗣弘王业，思所以赞扬盛绩，播之万古。'"

④混茫：模糊，看不清。

⑤九霄：天之极高处，高空。晋葛洪《抱朴子·畅玄》："其高则冠盖乎九霄，其旷则笼罩乎八隅。"天门：天宫之门。《楚辞·九歌·大司

命》:"广开兮天门,纷吾乘兮玄云。"

⑥灵山:对山的美称。唐刘斌《咏山》:"灵山峙千仞,蔽日且嵯峨。紫盖云阴远,香炉烟气多。"

⑦王母:传说中的女神王母娘娘。广成:广成子。踟蹰:徘徊不进貌。

⑧果是:果真是,果然是。宋黄庭坚《减字木兰花·登巫山县楼作》词:"更值清明风雨夜,知道愁辛,果是当时作赋人。"

⑨下界:人间,对天上而言。此指山下。唐白居易《曲江醉后赠诸亲故》诗:"中天或有长生药,下界应无不死人。"

⑩忘形:谓朋友相处不拘形迹。唐白居易《效陶潜体诗》之七:"我有忘形友,迢迢李与元。"

⑪胜会:谓脱俗的兴会,不凡的风度。《晋书·谢尚传》:"(尚)始到府通谒,导(王导)以其有胜会,谓曰:'闻君能作《鸲鹆舞》,一坐倾想,宁有此理不?'尚曰:'佳!'便著衣帻而舞。导令坐者抚掌击节,尚俯仰在中,傍若无人。"

【释文】

诗碑现藏于甘肃平凉市崆峒山文物管理所,碑体为砂岩质,中间有断痕,右上角残,高34厘米,宽56厘米。诗文碑文为阴刻楷书,共16行,满行12字,碑末书"戊申秋日偕诸友人栖翠亭饮酒即席作,长白觉罗善昌题"。戊申为清光绪三十四年(1908年)。

图110 善昌诗碑二(拓片)

善昌诗碑三

清光绪三十四年（1908年）

【碑文】

昆仑①万里来，东走入陇塞②。余脉尚未尽，秀气忽独萃。陡起崆峒山，突兀③矗天外。平时隔城看，云烟日万态。不必入其中，仙境已可爱。到郡半年余，攀跻④愿始遂。蹑足⑤历石磴，健步不觉惫。迎面奇峰来，回首峭壁退。磐岩复回谷，愈深愈幽邃⑥。佳景看不穷，林峦随向背。更喜草木多，满衣泼湿翠。岩腹与峰腰，往往有僧寺。结构各不同，大半随山势。楼阁飞半空，到处宜小憩。努力登绝顶，不敢久留滞。日暮达峰巅，俯视邈无际。万壑如潮涌，碧浪卷平地。极目尽三秦⑦，混茫⑧但一气。不知眼界宽，转觉乾坤隘。天风自下吹，飘飘动衣袂。一时竟忘我，安知有尘界。恍惚遇轩辕⑨，寂历当上世⑩。何必攀龙髯⑪，斯游亦快意！

戊申夏日游崆峒绝顶太和宫录，尘旭谷道人哂致长白觉罗善昌题

【撰者】

觉罗善昌，介绍同上。

【注释】

①昆仑：昆仑山。在新疆西藏之间，西接帕米尔高原，东延入青海境内。山势极高峻，多雪峰冰川。古代神话传说，昆仑山上有瑶池、阆苑、增城、县圃等仙境。

②陇塞：古时陕西、甘肃一带为边塞地区，故称。

③突兀：亦作"突杌""突屼"，高耸貌。《文选·木华〈海赋〉》："鱼则横海之鲸，突杌孤游。"李善注："突杌，高貌。"

④攀跻：犹攀登。三国魏刘劭《人物志·体别》："休动磊落，业在攀跻，失在疏越。"

319

⑤蹑足：轻步行走，唐封演《封氏闻见记·绳妓》："妓者先引长绳，两端属地，埋鹿卢系之。鹿卢内数丈立柱以起绳，绳之直如弦。然后妓女自绳端蹑足而上，往来倏忽之间，望之如仙。"

⑥邃：深远。

⑦三秦：指关中地区。项羽破秦入关，把关中之地分给秦降将章邯、司马欣、董翳，因称关中为三秦。

⑧混茫：模糊，看不清。

⑨轩辕：传说中的古代帝王黄帝的名字。传说姓公孙，居于轩辕之丘，故名曰轩辕。曾战胜炎帝于阪泉，战胜蚩尤于涿鹿，诸侯尊为天子。后人以之为中华民族的始祖。《楚辞·远游》："轩辕不可攀援兮，吾将从王乔而娱戏！"这里指崆峒山轩辕黄帝问道广成子的地方。

⑩寂历：凋零疏落。《文选·江淹〈王徵君微〉诗》："寂历百草晦，欻吸鹍鸡悲。"李善注："寂历，凋疏貌。"一说闲旷貌，见吕向注。上世：远古时代，先代，前辈。

⑪龙髯：龙之须。《史记·封禅书》："黄帝采首山铜，铸鼎于荆山下。鼎既成有龙垂胡髯下迎黄帝。黄帝上骑，群臣后宫从上龙七十余人，龙乃上去。余小臣不得上，乃悉持龙髯，龙髯拔，堕，堕黄帝之弓。百姓仰望黄帝即上天，乃抱其弓与胡髯号，故后世因名其处曰鼎湖，其弓曰乌号。"后用为皇帝去世之典。唐李峤《汾阴行》："自从天子向秦关，玉辇金车不复还。珠帘羽扇长寂寞，鼎湖龙髯安可攀？"

【释文】

诗碑原存于甘肃平凉崆峒山，碑体呈长方形，高50厘米，宽75厘米。诗碑没有题目，碑末书"戊申夏日游崆峒绝顶太和宫录，尘旭谷道人，哂致，长白觉罗善昌题"，戊申应为光绪三十四年（1908年）。此诗碑写于1908年夏天，觉罗善昌来崆峒山避暑，登上山顶，游览太和宫，并题写此五言诗赠于旭谷道人。此诗内容丰富翔实，从多角度多方位描写了崆峒山的美景。

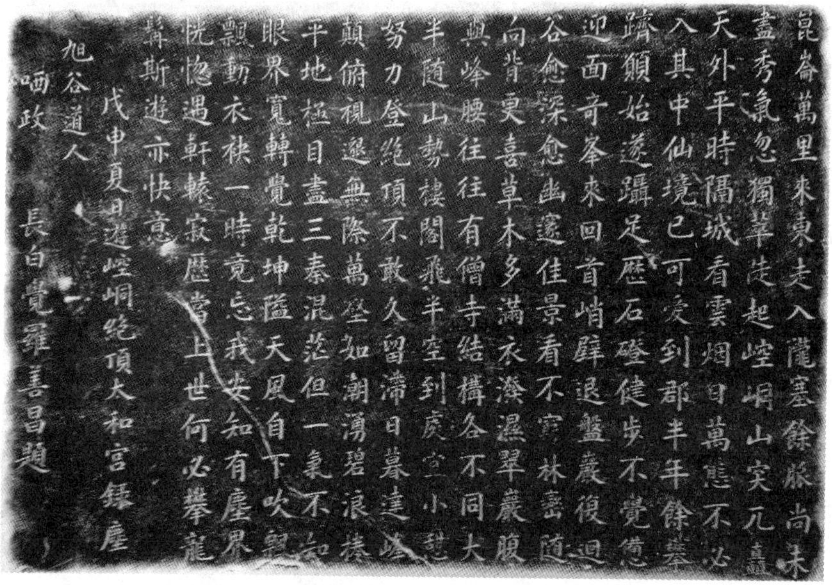

图111 善昌诗碑三（拓片）

叶正荍《登崆峒山二首》诗碑

清代

【碑文】

其一

拜道名山首自皇，从无复上白云乡。
摩崖片日光难下，挂壁疏藤老未荒。
玄鹤不供人近玩，青松宁解世苍茫①。
桥南剑□曾留迹，浪俯飞升寥廓②翔。

其二

纵有髯③板莫逮臣，只须肯作此山人。
为开蕊笈聊观化④，不羡桃源⑤始避秦。

未许渔樵来⑥问世，全凭草木以知春。

何时乞与金莲⑦戴，手种泾河一水滨⑧。

古谯叶正蓁题

【撰者】

叶正蓁，任平凉司理时，曾于清顺治十六年（1659年）补刻《赵浚谷集》十六卷，其他事迹不详。

【注释】

①苍茫：广阔无边的样子。晋潘岳《哀永逝文》："视天日兮苍茫，面邑里兮萧散。"

②寥廓：辽阔的天空。《汉书》卷五十七《司马相如传下》："观者未睹指，听者未闻音，犹焦朋已翔乎寥廓，而罗者犹视乎薮泽，悲夫！"颜师古注："寥廓，天上宽广之处。"

③髯：两腮的胡子，泛指胡子。

④笈：书箱。观化：观察变化、造化，引申为死亡的婉辞。《庄子·至乐》："且吾与子观化而化及我，我又何恶焉！"

⑤桃源："桃花源"的省称。明张煌言《赠卢牧舟大司马》诗："并州正有来苏望，忍说桃源可避秦。"

⑥渔樵：指隐居。南朝梁刘孝威《奉和六月壬午应令》："神心重丘壑，散步怀渔樵。"

⑦金莲：金饰莲花形灯炬。《新唐书》卷一百六十六《令狐绹传》："（绹）夜对禁中，烛尽，帝以乘舆、金莲华炬送还，院吏望见，以为天子来。"后用以形容天子对臣子的特殊礼遇。亦作"金莲花炬"。

⑧水滨：水边。《左传·僖公四年》："昭王之不复，君其问诸水滨。"

【释文】

叶正蓁《登崆峒山二首》诗碑现存平凉崆峒山。

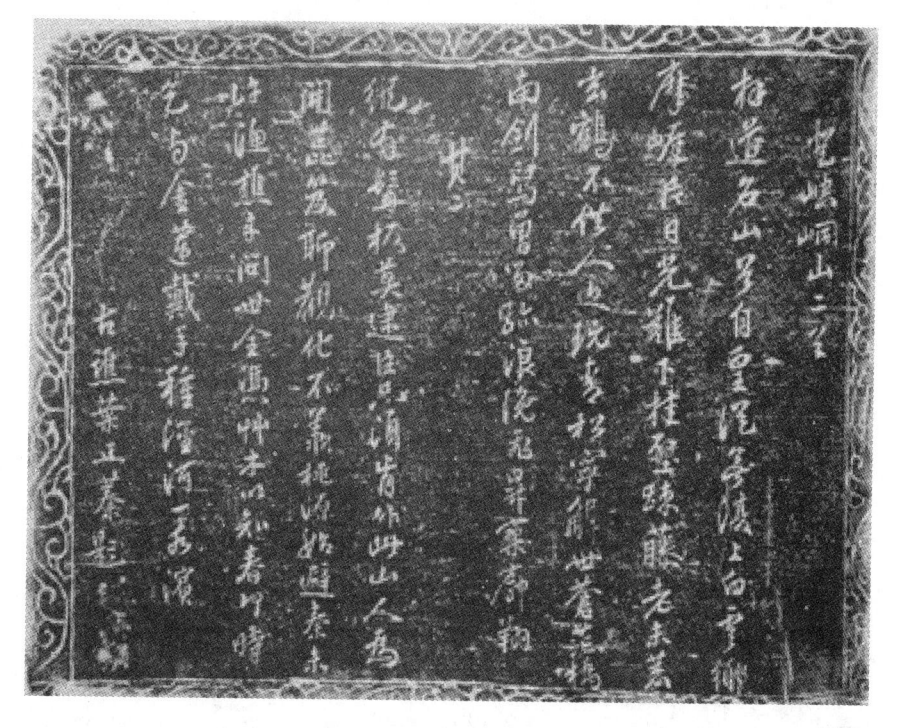

图112 叶正蓁《登崆峒山二首》诗碑（拓片）

题壁

清代晚期

【题壁文】

放怀[①]天下小，世事不胜悲。
沧海横流[②]日，神州坐困[③]时。
政繁循吏[④]少，敛重[⑤]庶民疲。
仗剑一樽酒，高歌慰所思。

【撰者】

孙积善（1860—1930年），字庆伯，号约庵，自号钢条老叟、了然道人。清甘肃庄浪水洛镇人。幼时聪慧颖悟，过目不忘。光绪十五年（1889年）己丑科以第十六名中举人，光绪二十四年（1898年），礼部会试失意，但因仪表英伟，钦差雅爱，特选大挑一等举人。光绪二十八年（1902年）任四川筠连知县。在任期间清正廉明，当地民众赠匾曰"恩周部屋，泽遍花封，琴台在目，杯水如心，鉴如朗月，袖满清风，万家生佛，一路福星。"后又任南溪知县。著有诗集《犊奴小草》，在甘肃兰州曾刊行《新订古本大学》。

【注释】

①放怀：开怀，放宽心怀。唐温庭筠《春日偶作》诗："自欲放怀犹未得，不知经世竟如何？"

②横流：放纵恣肆。宋朱熹《答林择之》："人欲横流，天理几灭。今而思之，怛然震悚。"

③坐困：谓据守一地而无出路。《清史稿·王杲传》："王杲以贡市绝，部众坐困，遂纠土默特、泰宁诸部，图大举犯辽沈。"

④循吏：守法循理的官吏。《史记·太史公自序》："奉法循理之吏，不伐功矜能，百姓无称，亦无过行。"

⑤敛重：征收赋税很重。

【释文】

孙积善在甘肃平凉作此《题壁》诗外，于庄浪县城南紫荆山还存有一首《紫荆赏花》，诗曰："洛城三月四月间，紫荆花开紫荆山。红云一朵天外来，俗草凡英一笔删。千树万树总同花，绛云仙子晒丹砂。一同幻成花一朵，武陵仙桃娇妖娜。"今庄浪县档案馆存有孙积善书法作品（如图113）。

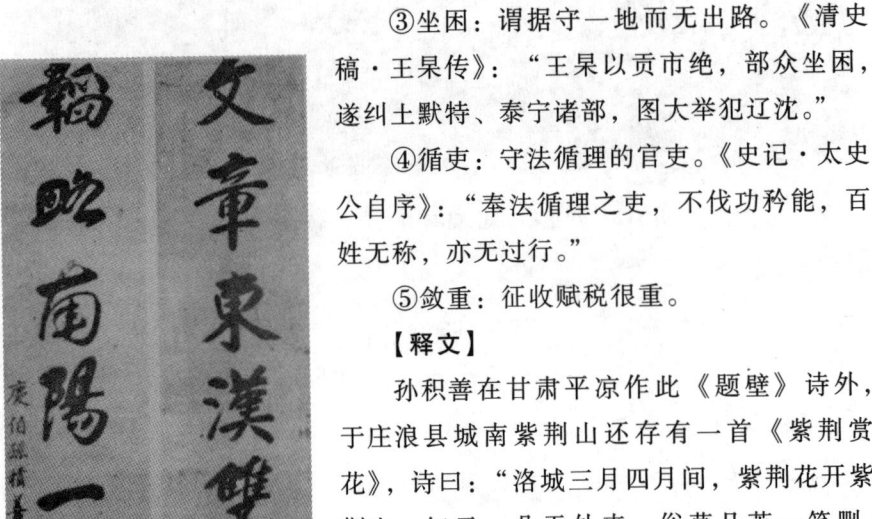

图113 孙积善书法

太昊宫诗碑

清（年代不详）
【碑文】

太昊宫①
开辟洪荒②际，心参筵化源③。
□墙蟠④地服，遗像迨⑤天□。
古柏藏风雨，残碑历□□。
何□龙马云，此日□□□。

莱芜吴鸿□

【撰者】
吴鸿，生平事迹不详。
【注释】
①太昊宫：在甘肃省天水市西关，俗称伏羲庙或人宗庙。
②洪荒：混沌蒙昧的状态，借指太古时代。
③筵：古时铺在地上供人坐的垫底的竹席，古人席地而坐，设席每每不止一层，紧靠地面的一层称筵，筵上面的称席，筵亦席也。化源：教化的本源。唐韩愈《顺宗实录五》："昭宣化源，发扬大号。"
④蟠：屈曲，环绕，盘伏，蟠蜿。
⑤迨：等到，达到。
【释文】
诗碑现存于甘肃天水市伏羲庙东碑廊，碑面有破损，刻诗为五言律一首。落款"莱芜吴鸿"，未署题刻时间，疑吴鸿为大清年间人，其人事迹记载不详。

图114　太昊宫诗碑（原碑）

图 115　太昊宫诗碑（原碑局部）

图 116　伏羲庙东碑廊

六

民 国

罗湘琳碑

民国二年（1913年）

【碑阳】

     为国流血
壮哉先生，三秦伟人①，热心铁血，仗剑孤征，
游说陇上，志在澄清，为民请命，为国维新，
异乎明珠，暗投井中，威武不屈，谈笑自雄，
缧绁非罪②，斧钺③增荣，龙逢④虽戮，夏命终倾，
肇造⑤共和，枢纽乾坤，名垂山岳，功昭日星，
先生之愿，偿乎九京⑥，今代改葬，树碑铭勋，
诔词⑦致祭，表情幽冥⑧。

【撰者】

  赵惟熙（1863—1917年），字芝山，江西南丰人，清光绪十五年（1889年）翰林。1909—1911年任甘肃宁夏知府，后升任甘肃巡警道、甘肃护理布政使。中华民国成立后，兰州官绅共推赵惟熙以官方身份领衔通电"甘肃承认共和"，总统袁世凯于1912年3月15日任赵惟熙为甘肃都督。在任职期间专权纳贿，任用私人，压制舆论，搜捕革命党人，致省议会共和派与督署封建保守派冲突日烈。又离间回汉军民关系，公开卖官鬻爵，经各方反对，政令难展，无奈于1913年5月1日请假回北京（至

1914年3月15日始准辞职)。① 赵惟熙喜文工书，偶作小品设色竹石，颇饶雅逸之趣。著有《韬养斋笔记》。

【注释】

①三秦：指关中地区。

②缧绁：捆绑犯人的黑绳索。借指监狱，囚禁。《论语·公冶长》"虽在缧绁之中，非其罪也。"

③斧钺：斧和钺，古代兵器，用于斩刑。借指重刑。

④龙逄：亦作"龙逢"。即关龙逄。夏之贤人，因谏而被桀所杀，后用为忠臣之代称。《庄子·胠箧》："昔者龙逄斩、比干剖。"

⑤肇造：谓始建。《书·康诰》："唯乃丕显考文王，克明德慎罚；不敢侮鳏寡，庸庸，祗祗，威威，显民。用肇造我区夏，越我一二邦以修我西土。"

⑥九京：即九原，九泉。春秋时晋大夫的墓地。指地下、墓地。

⑦诔词：亦作"诔辞"。悼念死者的文章。

⑧表情：表达感情、情意。汉班固《白虎通·姓名》："人所以相拜者何，所以表情见意，屈节卑体尊事之者也。"幽冥：借指死者。《晋书·礼志中》："每感念幽冥，而不得终苴絰于草土，以存此痛。"

【释文】

《罗湘琳碑》原立于甘肃天水清水县东郊，碑文录自民国《清水县志》，碑文由赵惟熙撰。碑系两面刻，碑阳刻"为国流血"诗文，碑阴刻"罗佩珩先生之墓"。

罗湘琳，字佩珩，陕西汉中府南郑县南关人，清拔贡。时参加陕西革命军起义，响应武汉，初为掌军书记，后为万军参谋、关陕革命的策划者。辛亥年冬，清朝大员甘督长庚与升允率各路马步全军出师讨陕。于是北自邠乾，南抵汧凤，兵连祸结，生灵涂炭。三秦人士发起陕甘汉回联合会。罗佩珩是会中有力分子，他不避艰险于辛亥十月中旬，只身携带会函赴清水，目的在面见宣化岗马教主，传达联合会的意图，并劝说马教主，请其出面调解兵祸。罗佩珩行至马鹿镇即被驻军所捕入狱。辛亥年十一月六日就义于清水西城门河畔。遗骸由当地士绅草葬于西郊田畔。次年春三

---

① 罗康泰：《甘肃人物辞典》，甘肃民族出版社2006年版，第351页。

月清明节，由甘肃军政府赵惟熙派人协同陕军代表张水生择地于东郊，改葬南道河口，并树"为国流血"碑。①

留别庆阳父老诗石刻

民国五年（1916年）

【碑文】

文明故国启神州，齑地①东来亦庄游。
怀宝多迷天子掌②，称觥重念笃公刘③。
我胆茂草伤周道，天遣花门戍古丘④。
州载红羊逢劫语⑤，不堪父老咏同仇⑥。
旧邦新命灌东瀛⑦，北地人民尚朴贞⑧。
春洒有情觞寿考⑨，秋风无化⑩梗顽氓。
屠刀不解菩提果⑪，刺血难寻狗盗盟⑫。
怕看石头门上火，池鱼不死亦余生⑬。
狂脸急浪涌长空，树影湖光荡漾中。
忍把热心销寸铁⑭，恐令凉血汗青铜⑮。
椒山⑯有胆何须乐，楼遂无声竟拈风。
回首公堂琴裹曲，听音谁识爨余桐⑰。
念彼民情诚太愚，伤心出主人寻奴。
瑑瀛自喙⑱天怜我，粪厩⑲同艰力勉余。
图籍已归群岛⑳约，田畴㉑何恤诵人兴。
外人历古难为政，保种时基爱国初。
一官一邑一家人，外侮甘心竟比邻。
商战绵绵开海陆，文场冉冉入钩沦㉒。
待看林总五丝㉓命，都在东西万石钧㉔。
时局亦须知大略，岂能常作葛天民㉕。
苌血成青㉖泥作坊，河山旷览问谁疆。

---

① 温小牛：《清水碑文研究》，中国文史出版社2008年版，第219页。

四千年后今遗种[22]，亿兆人中共主张[23]。
杯酒分浇母我醉，田园归去为谁忙。
功名已换清风柳，待植先生五柳堂[24]。

诗词一道，学愧趋庭，风流之政，何敢轻许？然中情所结，不得不借词以达之。此留别诸章所由作也，尚祈大雅君之，不吝教诲幸矣！

民国五年庆阳县知事赵铉题并行书

【撰者】
赵铉，生卒年不详，字希潜，民国时曾任庆阳知事。

【注释】
①豳地：古地名，也作邠，在今陕西旬邑、彬县一带。《汉书·地理志》云："昔后稷封釐，公刘处豳，太王徙岐，文王作酆，武王治镐，其民有先王遗风，好稼穑，务本业，故豳诗言农桑衣食之本甚备。"

②怀宝：拥有宝物。唐王泠然《论荐书》："今岁大旱，黎人阻饥，公何不固辞金银，谓赈仓廪，怀宝衣锦，于相公安乎？"天子掌：皇帝的手心。

③称觥：举杯祝寿。清昭梿《啸亭续录·伊总宪》："穆司马彰阿告余曰：'吾侪家长称觥之期，其子弟仆长，尚预戒同事勿以不祥事见知。今万寿令节，伊公以惑乱人语入告，何其舛也？'"重念：犹再思。宋周密《齐东野语·赵伯美》："嘉庆（赵伯美）为大蓬供职，后复有申省状云：'重念嘉庆重遭诬罔，沮于威势，不容分疏。'"公刘：古代周族的领袖。传为后稷的曾孙。他迁徙豳地（今陕西旬邑）定居，不贪享受，致力于发展农业生产。后用为仁君的典实。《隶释·汉蜀郡属国辛通逵李仲曾造桥碑》："西征鄙国，抚育犁元，除烦省苛，公刘之仁。"

④天遣：上天的责罚。花门：山名，在蒙古四部额济纳旗的居延海北三百里。唐初在该处设立堡垒，以抵御北方外族。天宝时为回纥占领，后以"花门"为回纥的代称。唐杜甫《哀王孙》诗："花门剺面请雪耻，慎勿出口他人狙。"古丘：这里指庆阳。

六　民国

⑤红羊逢劫语：即红羊劫指国难。古人以为丙午、丁未是国家发生灾祸的年份。丙丁为火，色红；未属羊，故称。宋代柴望作《丙丁龟鉴》，历举战国到五代之间的变乱，发生在丙午、丁未年的有二十一次之多。唐殷尧藩《李节度平虏诗》："太平从此销兵甲，记取红羊换劫年。"

⑥不堪：不能忍心，不能忍受。同仇：谓共同赴敌，对敌人表示共同的愤慨。《诗·秦风·无衣》："修我戈矛，与子同仇。"

⑦旧邦：以前的国家，这里指大清朝。东瀛：东海，此指日本。

⑧朴贞：朴素、朴实有节操。

⑨春洒：春天阳光雨露洒遍大地。寿考：年高，长寿。

⑩无化：无变化。

⑪菩提果：即菩提子，产于雪山附近。其树属一年生草本，夏秋之间结实，圆而色白，有坚壳，如珐琅质，俗用为念佛之数珠，故称菩提子。木本者为其别种，我国唯天台山有之，称为天台菩提。又于《本草纲目》无患子条，举出无患子之七种异名，其中之一即称菩提子。此指佛家善缘之善果。

⑫刺血：即刺血济饥。指佛教世尊与憍陈如等五比丘过去之因缘故事。昔时阎浮提有国王，名为弥佉罗拔罗，慈悲仁厚，常以十善教诲士庶，以至诸啖人血气之疫鬼，亦摄持身口意而敦从十善，然日久不免饥赢困乏。一日有五夜叉来至王所，请求解困，王因哀愍乃自刺身体五处，以鲜血供五夜叉饮之。王复告知五夜叉，他日成佛，当以法身之戒定慧血，灭除彼等三毒诸欲，令得涅槃安稳之境。弥佉罗拔罗王即世尊之前身，五夜叉即五比丘，故世尊初成道时，五比丘以此因缘首先得度。狗盗：伪装成狗进行偷盗，后泛指窃贼。这里指窃国贼。

⑬余生：即忧患余生，指饱经艰难困苦之劫后余生。

⑭寸铁：指短小的或极少的兵器。宋苏轼《聚星堂雪》诗："当时号令君听取，白战不许持寸铁。"

⑮青铜：这里指刀剑。清张大受《呈竹垞先生四十韵》："抡才弘铁网，校艺试青铜。"

⑯椒山：杨继盛（1516—1555年）字仲芳，号椒山，河北容城人，进士。在兵部武选司任上，因上疏《请诛贼臣疏》，弹劾权奸被严嵩诬陷入狱。在狱中受尽酷刑，曾用碎瓷片豁治刑伤。嘉靖三十四年（1555年）

被严嵩处死，刑前曾自云："椒山自有胆，何蚺蛇胆为。"死时年仅40岁。隆庆帝继位为其昭雪，追封太常寺少卿，赐谥忠愍。

⑰爨余桐：即爨桐，语本《后汉书·蔡邕传》："吴人有烧桐以爨者，邕闻火烈之声，知其良木，因请而裁为琴，果有美音，而其尾犹焦，故时人名曰'焦尾琴'焉。"后因以"桐爨"喻良材被毁或大材小用。爨，烧火做饭。宋陆游《杂言示子聿》诗："福莫大于不材之木，祸莫惨于自跃之金。鹤生于野兮，何有于轩？桐爨则已兮，岂慕为琴？"

⑱瑑：玉器上雕刻的凸起的花纹。㖘：指狗的声音。

⑲粪厕：指肮脏的环境。

⑳图籍：地图和户籍，常指疆土、人民。《荀子·荣辱》："修法则、度量、刑辟、图籍，不知其义，谨守其数，慎不敢损益也。"杨倞注："图谓模写土地之形，籍谓书其户口之数也。"群岛：这里指日本。

㉑田畴：泛指田地。《礼记·月令》："（季夏之月）可以粪田畴，可以美土疆。"孙希旦集解引吴澄曰："田畴，谓耕熟而其田有疆界者。"

㉒钩论：此指愚化、欺骗的言论。

㉓五丝：五彩线，也叫五彩长命缕、续命缕等，由红、黄、蓝、绿、紫五种颜色组成。明余有丁《帝京五日歌》云："系出五丝命可续"。

㉔石钧：钧和石。古代重量单位。一钧合三十斤，四钧为一石。

㉕葛天：即葛天氏，传说中的远古帝名。一说为远古时期的部落名。宋罗泌《路史·禅通记》："葛天者，权天也，爰㩳旋穹作权象，故以葛天为号。其为治也，不言而自信，不化而自行，荡荡乎无能名之。"葛天民，这里指自享其乐的人。

㉖苌血成青：语出宋岳珂《鄂忠武王出师疏帖赞》："苌血遂碧，狐史漫青"。苌，即苌弘，字苌叔，《庄子·外物》载："人主莫不欲其臣之忠，而忠未必信，故伍员流于江，苌弘死于蜀，藏其血三年而化为碧。"苌血成青也可为"化血成碧"，比喻一个人精诚忠正。

㉗遗种：传种，繁育后代。《国语·越语下》："又一年，王召范蠡而问焉，曰：'吾与子谋吴，子曰：未可也，今其稻蟹不遗种，其可乎？'"

㉘亿兆：极言其数之多。《书·泰誓中》："受有亿兆夷人，离心离德。"主张：主宰，做主。《庄子·天运》："天其运乎？地其处乎？日月其争于所乎？孰主张是？孰维纲是？"

㉙五柳堂：陶渊明，又名潜，字元亮，号"五柳先生"，东晋末年诗人。陶潜之后人建"五柳堂"以示对先人的尊崇之情，院中五棵柽柳与五柳堂寓意相呼应。一说陶潜有五子，因而后裔乃以五柳为堂号。

【释文】

据《庆城金石记》载此碑原在甘肃庆阳鹅池亭壁，为长方石两块，碑体各长二尺，高一尺五寸，字径六分大小，正楷书体，后被损毁，现已不存，也不见拓片存世。末题"民国五年（1916年），庆阳县知事赵铉题并行书"。

关于赵铉记载不多，在庆阳鹅池碑刻《鹅池谦集诗》中有关赵铉的一段介绍，即民国赵希潜书跋中云：

建侯道尹铉于光绪甲辰出宰皋邑，得仰慕其文章气节，震耀一时，以出仕江左，心仪政声，不获识荆为恨。未数年，公解组归，杜门不出，铉亦因公困踬，不与缙绅先生游。岁大饥，公总筹赈事，乃捐腫顶为桑梓助，始悉公之道之德，所由来也远矣。民国纪元，铉复由金调皋，当时鼎革，政治纷沓，处士横议，公箝口结舌，不谈时事。躬耕北山，暇以诗酒自娱，不履城市；乙卯，甘将军巡按使张公勋帛闻行谊，顾庐往聘，为使署顾问得就之，秋中奉委按陇，以轻刑惜民为宗旨。适铉戴罪环庆，公抗言伟论，有古祁奚直道风。犹记高平游崆峒寄诗有云："炉锤同一冶，根荄难诘究。"数语，其期次慷慨，固自有在。然知己之感，触念而来。今鹅池谦集上石诗成，爰得其所知一二于平昔者，谨附于后，俾后之人，读是诗，抒公遗事。毋徒以章句之末为颂，不知其人不可也。

香水洞刘朝陛摩壁刻石

民国七年（1918年）

【刻文】

戊午二月日癸酉，崎岖马蹶①龙峡口。
皤皤②三老雪盈颠，扪葛扪③萝石缝走。

洞门咫尺④不可攀，其道更比登天陡。
吁喘汗流到洞中，津津遍体洗宿垢⑤。
洞宏数亩容千人，怪石嶙峋⑥无不有。
石鼓高盘大十围，一扣一鸣喜再扣。
上复间生古籀文⑦，摩挲难识类蝌蚪⑧。
佛老⑨面壁几千年，世人每憾拜其后。
因何不显古须眉，隐示愚氓⑩难援手。
神龙今已飞上天，灵迹尚流石上久。
石溜喷珠挂洞前，涓滴不溢炊茶臼⑪。
若能终老此洞天，直视浮云如苍狗⑫。
夕阳冉冉至山腰，徘徊欲去犹回首。
探幽今日谁伴行，邑绅汪君［慕之］姚受卿。

知成县事皖南合肥刘朝陛建候氏题
同行前知陕西登城县事邑人汪时悫
委任成县奉祀员贡生姚蕊唐书
督工生员武尽伦、武尽忠、汪永清
石工郑万育刊

【撰者】

刘朝陛，生卒年不详，安徽合肥人，民国时曾任成县、镇番县等地县长，在成县杜甫草堂现存其对联一副，内容为"一谷风清问先生真穷极到此；四壁诗满笑后人何胆大如斯？"

【注释】

①蹶：踏，踩；挫折。
②皤皤：白发貌，形容年老。《汉书·叙传下》："营平皤皤，立功立论。"颜师古注："皤皤，白发貌也。"
③扪萝：攀缘葛藤。南朝范云《送沈记室夜别》诗："扪萝正忆我，折桂方思君。"
④咫尺：周制八寸为咫，十寸为尺，形容距离近。谓接近或刚满一尺。唐柳宗元《石渠记》："渠之广，或咫尺，或倍尺。"《左传·僖公九年》："天威不违颜咫尺。"

⑤宿垢：所积的污垢。《晋书·礼志下》："汉仪，季春上巳，官及百姓皆禊于东流水上，洗濯祓除去宿垢。"

⑥嶙岣：形容沟壑、山崖、建筑物等重迭幽深。唐韩愈《送惠师》诗："遂登天台望，众壑皆嶙岣。"

⑦籀文：我国古代汉字的一种书体，也叫"籀书""大篆"。因著录于《史籀篇》而得名。字体多重迭。春秋、战国间通行于秦国，与篆文近似。今存石鼓文即这种字体的代表。《法书要录》卷七载唐张怀瓘《书断上·籀文》："案籀文者，周太史史籀之所作也。与古文大篆小异，后人以名称书，谓之籀文。"

⑧摩挲：模糊。宋陆游《睡起遣怀》诗："摩挲困睫喜汤熟，小瓶自拆山茶香。"蝌蚪：古文字体的一种，笔画多头大尾小，形如蝌蚪，故称蝌蚪书。清沈起凤《谐铎·荆棘里》："老人挈周登舟达岸，岸上树靡石，镌金碧大字，类蝌蚪书，周不能辨。"

⑨佛老：佛家和道家的并称。佛家以佛陀为祖，道家以老子为祖，故称。唐韩愈《进学解》："先生之业可谓勤矣，觝排异端，攘斥佛老，补苴罅漏，张皇幽眇。"

⑩愚氓：愚民，愚昧之人。清恽敬《文昌宫碑阴录》："本朝承平既久，上下以休养为福，愚氓积煽，遂盗兵戈。"

⑪茶臼：盛茶的器具，用石头或木头制成，中间凹下。

⑫苍狗：天狗，古代以为不祥之物；以比喻世事变幻无常。元袁桷《送牟景阳信州监征》诗之一："世事不知苍狗变，机心端与白鸥眠。"

【释文】

"香水洞刘朝陛题记摩壁刻石"现存陇南成县陈院镇武山村香水洞南壁，刻于民国七年（1918年），书体为正楷。

香水洞，又称响水洞，在成县陈院镇武山村黄家河下游的龙门峡中，西距县城约十公里。香水洞四周峰峦屏蔽，洞口顶部有清流泻下，洞下溪水潺潺、景致奇特，很早就是当地人寻幽探胜的佳地，明代有"香洞流泉"之称。香水洞中怪石林立，其中一石形如蟠龙，石上有纹，酷似龙鳞，故称"龙石留形"。香水洞深处还有一钟乳石，外形如坐佛状，前石桌上落满石花如蝌蚪文，《成县旧志》称这一景观为"古佛诵经"。明邑令谢镛有《香水仙洞》诗曰："乘舆探奇不惮险，仙源一径入山关。数重垒障云迷洞，百尺飞泉水作濂。瑶草千年仍是碧，蟠龙万骥总可潜。凋残地主何缘到，问俗伤心泪欲沾。"

图 117　香水洞刘朝陛题记（摩崖）

图118　香水洞刘朝陛题记（局部）

汪若南诗画碑

民国八年（1919年）

【碑文】

一

醉写琅玕势纵横①，千枝万叶数不清。
世事②由来应似此，何须个个要分明。

筱泉爪痕③

图119 汪若南诗画碑一（拓片）

六 民国

二

坐向山根④伴水崖，浓荫常护野人家⑤。
只因别具凌云格⑥，不肯轻开五色花⑦。

友菊子

图120 汪若南诗画碑二（拓片）

三

露涤铅华节⑧，风摇青玉枝。
依依⑨似君子，无地不相宜⑩。

刘禹锡诗，伴琴道人

图 121 汪若南诗画碑三（拓片）

六 民国

四

小凤凰声吹嫩叶，短蛟龙尾袅轻烟。

录板桥诗句，己未年汪若南指笔。

图122 汪若南诗画碑四（拓片）

【撰者】

见释文中四人，分别为汪若南、友菊子、刘禹锡、方干。

【注释】

①琅玕：形容竹之青翠，亦指竹。唐杜甫《郑驸马宅宴洞中》诗："主家阴洞细烟雾，留客夏簟青琅玕。"仇兆鳌注："青琅玕，比竹簟之苍翠。"纵横：雄健奔放，多貌。《文选·左思〈吴都赋〉》："钩饵纵横，网罟接绪。"张铣注："纵横，言多也。"

②世事：指世上的事，尘俗之事；社交应酬、人情世故等。

③爪痕：鸿爪，指留下的印迹。宋苏轼《和子由渑池怀旧》："人生到处知何似？应似飞鸿踏雪泥。泥上偶然留指爪，鸿飞那复计东西？"后用"鸿爪"比喻往事留下的痕迹。

④山根：山脚。汉焦赣《易林·贲之明夷》："作室山根，人以为安；一昔崩颠，破我壶飧。"

⑤浓荫：浓密的树荫。野人：借指隐逸者。唐元稹《晨起送使病不行因过王十一馆居》诗之二："野人爱静仍耽寝，自问黄昏肯去无？"

⑥凌云：直上云霄。多形容志向崇高或意气高超。《史记·司马相如列传》："相如既奏《大人》之颂，天子大说，飘飘有凌云之气，似游天地之间意。"格：品格，格调。

⑦五色花：这里指色彩丰富、鲜艳的花朵。

⑧铅华：比喻虚浮的尘埃。也说竹节一般呈黑色，所以说为铅粉节，即铅华节。

⑨依依：轻柔披拂貌。《诗·小雅·采薇》："昔我往矣，杨柳依依；今我来思，雨雪霏霏。"

⑩相宜：合适。

【释文】

汪若南诗画碑又名"风晴雨露竹枝图"，此四通诗画碑现存于甘肃省平凉市，镶嵌于崆峒山管理局院内墙壁上，碑体材质为石灰石质，四方一样大，高92厘米，宽39厘米，上题画诗，款尾有钤印。刻画内容均为竹子，画都为汪若南所画，每幅图都有一首诗，第一通诗画碑中诗句是汪若南自己所作，第二首诗是友菊子所作，友菊子可能是汪若南的好友，第三首是刘禹锡诗《庭竹》中的诗句，第四首是方干（唐代诗人，字雄飞，号玄英,睦州青溪(今淳安)人,擅长律诗,清润小巧,且多警句,后人赞他"身无一寸禄,名扬千万里")的《题新竹》中诗句,全诗内容为"青苔刷破植贞坚,细碧竿排郁眼鲜。小凤凰声吹嫩叶,短蛟龙尾袅轻烟。节环腻色端匀粉,根拔秋光暗长鞭。怪得入门肌骨冷,缀风黏月满庭前。"而碑中刻为"小凤凰声吹嫩叶,短蛟龙尾袅轻烟。录板桥诗句,己未年汪若南指笔。"这显然是作者笔误。诗画碑刻于民国八年(1919年)。

汪若南(1872—1960年),字小泉,号半塘、伴琴道人,祖籍安徽,清同治年间其父从湖南随左宗棠军移民来平凉,定居平凉西川。小泉幼年即聪颖力学,喜诗赋文词,博览群书,成为当时佼佼者。光绪十六年(1890年),清廷举行全国大考,汪若南赴兰州应试,取功名。汪若南的书法、绘画、金石治印技艺也很精妙,四十岁前后攻书法绘画,尤擅竹兰,时与曾鲁斋、张观雪为"画坛三友",切磋技艺,诗酒吟唱,余暇种蔬务果,淡泊自守,自得其乐。"高风亮节"四个字是他去世前最后的笔墨,也是他人生的写照。国画《竹图》曾送莫斯科展出。①

南台

民国十年(1921年)

【碑文】

　　碧洞丹台①路几重,苍然暮色落长松。
　　置身已在清虚②府,遥指飞来缥缈③峰。
　　谁放千年玄鹤去,将寻三岛④白云封。
　　翠微⑤空处邀新月,耳畔时闻天半⑥钟。
　　　　　　辛酉七月七日到此已日暮,因寄宿,题诗文昌阁楼壁

【撰者】

　　李士璋,生卒事迹不详,峨眉山高僧,尤工于诗。清朝末期住泾川时曾作《石塔倒悬》诗。民国时云游平凉崆峒山,作诗多首,有《登崆峒

---

① 仇非:《新修崆峒山志》,甘肃人民出版社1996年版,第172页。

放歌（辛酉七月七日作）》《重修回山王母碑》《平凉即事》《铁索梯》《东台》《磨针观》《登中台塔顶第七层，既下入道院小憩》等。著有《崆峒游吟草》。

【注释】

①丹台：道教指神仙的居处。《艺文类聚》卷七八引《真人周君传》："子名在丹台玉室之中，何忧不仙？"

②清虚：清净虚无。《文子·自然》："老子曰：'清虚者天之明也，无为者治之常也。'"

③缥缈：高远隐约貌。《文选·木华〈海赋〉》："群仙缥缈，餐玉清涯。"李善注："缥缈，远视之貌。"

④三岛：指传说中的蓬莱、方丈、瀛洲三座海上仙山，亦泛指仙境。唐郑畋《题缑山王子晋庙》："六宫攀不住，三岛互相招。"

⑤翠微：指青翠掩映的山腰幽深处。《尔雅·释山》："未及上，翠微。"郭璞注："近上旁陂。"郝懿行义疏："翠微者……盖未及山顶屡颜之间，葱郁薆薆，望之矞矞青翠，气如微也。"

⑥天半：犹言半空中。《艺文类聚》卷三九引南朝梁王僧孺《侍宴》诗："蔓草亘岩垂，高枝起天半。"

【释文】

李士璋曾在甘肃平凉泾川城南高峰寺时见到嵩显禅寺碑（此碑今已佚失），作诗《嵩显禅寺碑》一首，诗曰："陈思才藻古今传，七岁吟成抵百篇。嵩显题碑文剥落，泾州吊古意缠绵。搜岩剔藓前朝寺，面壁拈花后代禅。独惜洛神轻一赋，千秋词翰有余妍。"

谒崆峒广成墓诗碑

民国十三年（1924年）

【碑文】

镇原　慕寿祺

天地如不辟①，万世无文明。神仙如不死，亦令世人惊。
渺矣广成子②，厥③号曰大贞。高卧崆峒上。丹成归太清④。

道德无凋谢，生死奚重轻。
碑因岁久龟埋土，洞接天空鹤有声。
始知圣人贵安命，不以怪诞欺愚氓⑤。
世人所重在名利，皇皇⑥夙夜苦经营。
有时终南作捷径，天真⑦丧尽务虚荣。
七尺形骸终有尽，名利枉与南柯⑧争。
名成利就学神仙，未必神仙真长生。
秦皇汉武不解事，精神费尽索渺冥⑨。
请看自古求仙者，灵药何曾炼得成。
我欲闻天语，登皇城。⑩地接羊不烂，台想龟常灵。
五台攀跻兴未穷，峰向雷声高处行。
丹崖铁柱天门启，凭高一啸万山鸣。
岂知崆峒亦枯槁⑪，岂知桑海多变更⑫。
吁嗟仙人骨已朽，墓前古柏空峥嵘⑬。
胡为轩后⑭屈尊亲，下问宫留千秋万岁名。
广成非有长生诀，但于大道得其精。
所以百神兼七圣⑮，往来此山驻云軿⑯。

长安白克彬勒石，大陵王乃固校字

绍堂慕子，陇上诗人。世承家学，著述等身。崆峒旧游，广成松楸。声音展礼，白云上遒。长啸高吟，御风而发。妙笔一支，天花坠落。诗境何似，白也无敌。东阳松崖，追踪长揖。悠悠皇古，攘攘尘寰。九霄清籁，仙骨不凡。委吕书丹，镌吕珉石。增光名山，驰誉大宅。伊也不才，濡毫夙好。缀言附声，爱留鸿爪。

民国十三年夏历甲子大陵王学伊谨跋

【撰者】

慕寿祺（1874—1947年）字少堂，甘肃省镇原县人。清光绪二十九年（1903年）举人。曾任民国甘肃省议会议长、补参议院议员，任参政院参政、甘肃省民政署秘书长、省政府顾问等职。其著作主要有《甘宁青史略》《重修镇原县志》《周易简义》《十三经要略》《西北道路志》《敦煌艺文志》《中国小说考》《甘宁青恒言录》《求是斋丛稿》等二十多部。

【注释】

①辟：开辟。

②广成子：古代传说中的仙人。晋葛洪《神仙传·广成子》："广成子者，古之仙人也。居崆峒之山石室之中。黄帝闻而造焉。"

③厥：指示代词，其；他的。

④太清：天道，自然；三清之一。道教谓元始天尊所化法身道德天尊所居之地，其境在玉清、上清之上，唯成仙方能入此，故亦泛指仙境。晋葛洪《抱朴子·杂应》："上升四十里，名为太清，太清之中，其气甚刚，能胜人也。"

⑤愚氓：愚民，愚昧之人。清恽敬《文昌宫碑阴录》："本朝承平既久，上下以休养为福，愚氓积煽，遂盗兵戈。"

⑥皇皇：皇，通"惶"。惶恐貌，彷徨不安貌。《礼记·檀弓上》："既葬，皇皇如有望而弗至。"《孟子·滕文公下》："孔子三月无君则皇皇如也。"

⑦天真：谓事物的天然性质或本来面目。《庄子·渔父》："礼者，世俗之所为也；真者，所以受于天也，自然不可易也。故圣人法天贵真，不拘于俗。"后以"天真"指不受礼俗拘束的品性。

⑧南柯：唐李公佐作《南柯太守传》，叙述淳于棼梦至槐安国娶公主，封南柯太守，荣华富贵，显赫一时。后率师出征战败，公主亦死，遭国王疑忌被遣归。醒后在庭前槐树下掘得蚁穴，即梦中之槐安国。南柯郡为槐树南枝下另一蚁穴。后指梦境，亦比喻空幻。宋范成大《题城山晚对轩壁》诗："一枕清风梦绿萝，人间随处是南柯。"

⑨渺冥：无凭据而不可信。刘师培《文说》第二："推之班固《两京赋》、左思《三都赋》，言虽成理，事或渺冥。"

⑩天语：天之告语。谓天子诏谕，皇帝所语。唐李白《明堂赋》："听天语之察察，拟帝居之将将。"

⑪枯槁：干枯；憔悴。意衰败。

⑫桑海："桑田沧海"的略语。晋葛洪《神仙传·麻姑》："麻姑自说云：'接侍以来，已见东海三为桑田，向到蓬莱水又浅于往者，会时略半

也,岂将复还为陵陆乎!'"后因以"桑田沧海"喻世事的巨大变迁。元王进之《春日田园杂兴》诗:"桑田沧海几兴亡,岁岁东风自扇扬。"⑬峥嵘:卓越,不平凡。唐张说《唐故夏州都督太原王公神道碑》:"卓荦文艺,峥嵘武节。"

⑭轩后:即黄帝轩辕氏。唐魏徵《奉和正日临朝应诏》:"百灵侍轩后,万国会涂山。"

⑮七圣:指传说中的黄帝、方明、昌寓、张若、䛮朋、昆阍、滑稽七人。《庄子·徐无鬼》:"黄帝将见大隗乎具茨之山,方明为御,昌寓骖乘,张若、䛮朋前马,昆阍、滑稽后车,至于襄城之野,七圣皆迷,无所问途。"北周庾信《至老子庙应诏》诗:"路有三千别,途经七圣迷。"

⑯云轺:神仙所乘之车。以云为之,故云。南朝梁沈约《赤松涧》诗:"神丹在兹化,云轺于此陟。"

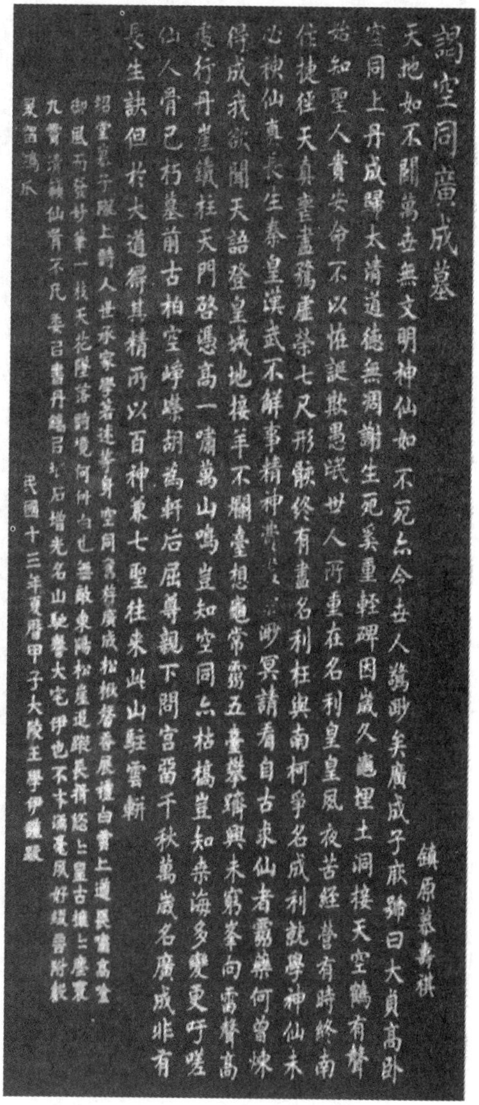

图123 谒崆峒广成墓诗碑一(拓片)

陇东南民间遗散诗碑辑释

图124 谒崆峒广成墓诗碑二（原碑）

图125 谒崆峒广成墓诗碑二（拓片）

【释文】

谒崆峒广成墓诗碑有两块，一块为竖碑，一块为横碑，慕少堂诗碣二（谒崆峒广成墓诗碑二）为横碑，今存于甘肃平凉崆峒山，嵌存在黄帝问道处上天梯路右崖壁上。为石灰岩质一方，高57厘米，宽116厘米。民国十三年（1924年）慕寿祺在甘肃任职期间游览崆峒山，题诗《谒崆峒广成墓》，平凉道员王学伊作跋语泐石。慕少堂诗碑一（谒崆峒广成墓碑一）已佚失，仅拓片存世。两诗碣内容除两行小字外基本一致，慕少堂诗作与王学伊跋文之间有两行小字，慕少堂诗碣二有而慕少堂诗碑一却

— 350 —

没有，小字内容为"长安白克彬勒石，大陵王乃固校字"，从慕少堂诗碣二的碑面及石材外形的磨泐程度看，两碑应为同一时期制成。

慕少堂多次经过平凉，民国时柳湖湖心亭有"少堂图书馆"（于右任题）。1924年他游览崆峒山时题诗《谒崆峒广成墓》。慕少堂出生于书香门第，毕生专注于西北史地研究，自任援川军参谋长等职后，他基本淡出政坛，寓居在兰州潜心治学。慕少堂在其《甘宁青史略》中收集大量金石档案资料。但大多是断碑残碣，慕少堂解释说："盖地方有出土古石刻，爱者视如星凤，求者日多一日。"当然以官员居多。因此，"吏胥往来，拓工交错"，老百姓反复接待，不胜骚扰之苦，但不敢公然毁坏。"遇有匪乱，遂焚以积薪，复沃以水，使全碑剥落殊尽，或分为数块，片段不全。官吏追询，则祸嫁于匪。"

抗日阵亡将士纪念序碑赞诗

民国二十八年（1939年）

【碑文赞诗】

觥觥[①]烈士抗东洋，碧血[②]万丈飞光芒。
青石有缘勒忠碑，人生何幸作国殇[③]。

中华民国二十八年七月七日
抗日阵亡将士纪念碑
庆阳县第三区各界敬立

【撰者】
不详。

【注释】

①觥觥：勇武、刚直的样子。《后汉书·郭宪传》："帝曰：'常闻关东觥觥郭子横，竟不虚也。'"

②碧血：《庄子·外物》："苌弘死于蜀，藏其血，三年而化为碧。"后多用碧血指为正义事业而流血。

③国殇：为国牺牲的人。

【释文】

据《庆阳金石记》载,"抗日阵亡将士纪念序碑"现存于县城大南门外,其高六尺,宽二尺,厚五寸,正面字径五寸,阴序字径七分,均正书。

附:碑阴《抗日阵亡将士纪念碑序》

溯自庐沟事变,日寇穷凶极恶,企图以暴力覆吾国,灭吾种,实现其六十年来传统之大陆政策,我郡各党各派开诚布公,团结一致,举国上下,人人振奋,所有将士,悉数动员。□披炎阳,卧冰雪,昼夜不分,浴血抗日,前赴后继,义无反顾。迄今历二载,歼敌百万,其忠勇浩气,实足于冠古今于寰宇,惊天地而泣鬼神,若方之文丞阳之燕京就义,吏兵部之扬州捐躯,岂先后媲美而已哉!是以我国际地位提高,胜利信念弥固,虽半壁河山沦陷,亦仅系线或点,敌国不唯速战速决之痴梦,被我粉碎无遗,而且人力不继,财源奇涸。反战运动高涨,士卒亡华变日烈,纵有机械毒气之凶残,亦终不能掩饰其外强中干之窘态,我胜敌败,无待蓍龟,此非诸烈士之功而谁之功乎?然来日艰苦,方殷未艾,日寇欲换其末日厄运,一壁族使汪逆,托派傀儡汉奸,加紧破坏团结,煽惑妥协投降。一壁挣扎余威,企攫我西北,略我桂粤,吞我湘赣,以控制心腹,断绝外援,陷我于万劫不复之境域,凡属神明华胄,均应坚持长期抗战,既定国策,肃清内奸,联络外援,杀至鸭绿江畔,收复一切失地,完成先烈遗志,建立三民主义之新中国。则炎黄子孙,永得光荣生存于世界,殉国烈士,庶足以含笑瞑目于九泉,愿我同胞,其共勉之,嗟呼!谁无家室之顾,谁无惜命之心,然为国捐躯,重于泰山,际兹抗战二周年,庆阳各界,特勒石树碑,以彰诸烈士之丰功颐绩,重教万世夕传之无穷焉。谨序并为之赞曰:觥觥烈士抗东洋,碧血万丈飞光芒。青石有缘勒忠碑,人生何幸作国殇。

陶自强题记

民国三十一年(1942年)

【刻文】

访胜①探幽兴未穷,翻疑身到广寒宫②。
太华③秋老峰若似,衡岳④云高路可通。

玉练⑤千寻飞石涧，涛声万壑⑥响松风。

重来陶令惭前哲⑦，漫亦题诗志雪鸿⑧。

民国三十一年祁阳陶自强

【撰者】

陶自强（1905—1982年），字耐存，湖南祁阳潘市镇陶家湾人。陶自强为陶铸胞兄，两人在湖南时加入共产党，参加了秋收起义。后都在白区做地下工作，并同一时期被国民党政府逮捕入狱。入狱后陶铸英勇不屈，而陶自强不久出狱，于民国二十九年至三十一年任成县县长，在成县任职期间常以"二杜甫"自比，善书法，喜好作文赋诗，从不理政务，一切政务均由下属负责人办理，因此在成县题刻甚多，如西狭、杜公祠内碑廊均有题刻。解放前夕，在家乡率县大队起义，后在祁阳中学当了校长，长期从事中学教育工作。著有诗集《沧桑吟草》。

【注释】

①访胜：探访胜地美景。

②广寒宫：传说唐玄宗于八月望日游月中见一大宫府，榜曰"广寒清虚之府"，见旧题唐柳宗元《龙城录·明皇梦游广寒宫》，后因称月中仙宫为"广寒宫"。

③太华：山名。即西岳华山，在陕西省华阴县南，因其西有少华山，故称太华。《山海经·西山经》："又西六十里，曰太华之山，削成而四方，其高五千仞，其广十里，鸟兽莫居。"

④衡岳：南岳衡山。晋左思《吴都赋》："指衡岳以镇野，目龙川而带坰。"

⑤玉练：瀑布。

⑥壑：坑谷，深沟。

⑦前哲：亦作"前喆"，前代的贤哲。《左传·成公八年》："夫岂无辟王，赖前哲以免也"。

⑧志：又为"记"。雪鸿：即雪泥鸿爪，比喻事情过后遗留下的痕迹。清陈康祺《郎潜纪闻》："澄怀园无恙时，二三儒臣，燕直多暇，各就园中寓庐，移花种竹，叠石疏泉，随意自命所居，题之户册，以志雪泥鸿爪，亦佳话也。"

陇东南民间遗散诗碑辑释

【释文】

　　陶自强题记现存于甘肃成县甸山，题记为行书，共5行，刻于一大石上，字径3厘米见方。此摩崖有缺损，但尚能勉强辨认。甸山又称为苍龙岭，在成县红川镇境内，距成县县城二十二公里，背倚西秦岭余脉，每年盛夏农历六月，甸山举行道教盛会，群众络绎不绝，场面宏大。明代万历年间（1573—1620年），道士张三丰也曾游历过此地。清乾隆年间，县令陶万达曾对甸山风景命名，有甸山八景，分别为苍龙叠翠、天池映月、天赐神功、锦屏对峙、万松涛声、松舞干霄、石碣凌空、古老仙洞，并赋诗题咏。

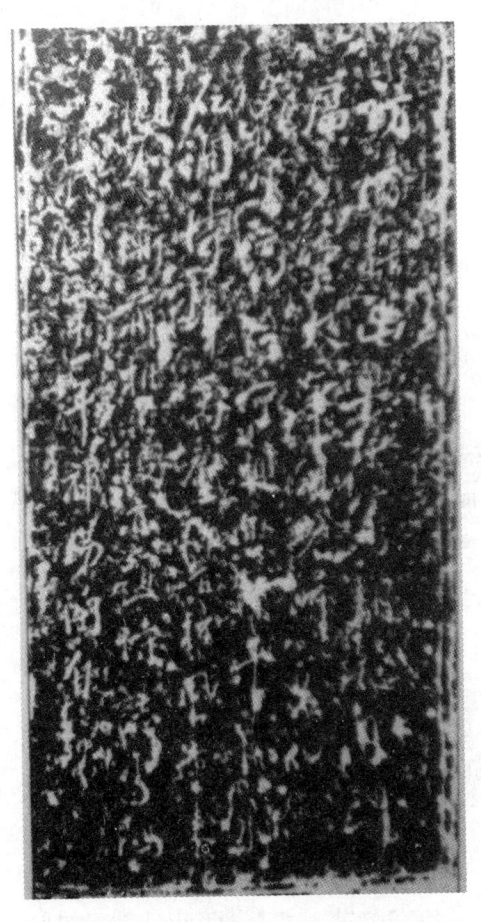

图126　陶自强纪行诗（拓片）

游南谷瀑布歌诗刻

民国三十五年（1946年）

【碑文】

民国三十五年十月十六日与吴云

　　　　　　游南谷瀑布歌
　　南谷灵秀天下钟[1]，翠屏千仞列晴空。
　　宛若奔流匹练[2]坠，乱沫飘洒急雨雾。

— 354 —

银丝条条垂万缕,喷雪团团落九重③。
最好朝晖④升岭东,飞泉潋滟⑤露华浓。
日光映射霞彩曜,五色灿烂若蝃蝀⑥。
我来节序⑦值初冬,山林叶脱岭秀松。
酣坐石前不忍去,景况光怪陆离⑧妙难穷。
若非珠帘洞,疑是水晶宫⑨。
想有鲛人⑩潜织绢,抱来晒在悬崖中。
否则织女弄金梭,机丝⑪千垂倒苍穹。
不然或是龙战野,抑为贯日飞白虹⑫。
穷思此山灵异踪,大造神妙真化工⑬。
世人任教公输巧,讵能倒挽银河碧落通。

邑七十老人杨国桢遁斋题
遗属长子文琦同门人梁秉钧监制

【撰者】

杨国桢,字栋臣,甘肃漳县盐井镇人,系民国末年甘肃著名诗人。

【注释】

①南谷:贵清山南谷瀑布。钟:集中,专一。钟灵毓秀,指美好的自然环境产生优秀的人物。

②匹练:白绢。常用以形容奔驰的白马、光气、瀑布、水面、云雾等。

③九重:九层,九道,泛指多层;指天门;天。

④朝晖:早晨的阳光。

⑤潋滟:水满貌,泛指盈溢。唐刘禹锡《唐故衡州刺史吕君集纪》:"其色潋滟于颜间,其声发而为文章。"

⑥蝃蝀:虹的别名。"蝃蝀之气见,君子尚不敢指。"出自《晋书·隐逸传·夏统》。

⑦节序:节令,节气;节令的顺序。南朝梁江淹《谢仆射游览》诗:"凄凄节序高,寥寥心悟永。时菊耀岩阿,云霞冠秋岭。"

⑧光怪陆离:斑斓错杂;离奇古怪,奇形怪状,五颜六色。

⑨水晶宫:以水晶装饰的宫殿,传说中的龙宫。

⑩鲛人：神话传说中的人鱼；捕鱼者，渔夫。

⑪机丝：织机上的丝。

⑫白虹：日月周围的白色晕圈。《周礼·春官·眂祲》："七曰弥。"汉郑玄注："弥者，白虹弥天也。"

⑬化工：指自然的造化者，自然形成的工巧。语本汉贾谊《鹏鸟赋》："且夫天地为炉兮，造化为工。"

【释文】

"游南谷瀑布歌诗刻"现存于甘肃省漳县新寺镇洞山崖，为民国末年甘肃漳县盐井镇人杨国桢所写，镌刻于崖壁。杨国桢中年以后热心于金石，自己出资在漳县不少风景区内，镌刻自己诗词的得意之作。此碑刻为字数最多、书法艺术较高的镌刻之一。

南谷瀑布又名滴水崖，位于甘肃省定西市漳县城南四十公里的新寺镇高家沟村之西侧，为漳县八景之一，也是甘肃省最壮观的瀑布之一。历代诗人称颂它的诗句很多。

图127 游南谷瀑布诗刻（摩崖）

六　民国

天水麦积山西窟万佛洞铭并序

民国三十六年（1947年）

【碑文】

县人冯国瑞撰并书　　唐万成刻字

《麦积山记》载，启始东晋石窟建造在后魏大统间，详《北史》文皇后乙弗氏传。北周保定初，秦州大都督李允信造七佛龛，庾信[①]制铭，疏山凿洞之工，称六国共修。隋唐以来，建塔增窟，五代时王仁裕犹能题诗绝顶，审未遭三武之劫[②]也。宋熙宁、元祐时，李师中、蒋之奇、游师雄[③]先后登览，题名岩壁。道君崇玄[④]山中累献灵芝[⑤]，敕兴寺宇。前代图绘改饰，多在此时。嘉定末，有《四川制置使司给田公据》碑，颇多故实，唯金元遗迹罕睹。明嘉靖、隆庆时，有冯惟讷、甘茹、胡安[⑥]诸诗碣，惟讷又补刻庾信铭。东窟大佛前阁道，明末尚可通；西窟坠毁特甚，第见槎橱栈架，纵横洞窟而已。国瑞昔尝游焉，始为《山志》[⑦]，略述胜迹，流传稍广；周览之士，游辙日来。既而勘图石窟部位，著窟百有二十。三十五年秋，与甘肃省第四区行政督察专员胡公受谦[⑧]信宿山中，规划补葺，更辟山馆，为游憩之所，两月工告竣。东窟自卧佛洞西经石磴、七佛龛达牛堂之阁道梯栏，均加修牢固。昔之履危陟险者，今坦无恐怖矣。行与天水县长方公定中[⑨]，县人周秉中、李琅、杨克协、李存仁、张如瀚、刘镕等复往游，释本善曰："西窟可穷探矣。"昨者木工文得权架插七佛龛椽栋称能，乃请挟长板，架败栈阁，递接而进，至穷处引索攀援，卒入西窟大佛左之巨洞中。卅六年二月十日事也。洞广阔数丈，环洞二十四佛，十八碑，碑高有五尺者，多浮雕千佛，隐壁悬塑无数。宋人《玉堂闲话》[⑩]记兹山西阁之万菩萨堂甚伟丽，盖即指此洞也。欢喜赞叹，因称"万佛洞"。补修栈阁端资众力，爰用庾信铭[⑪]原韵，铭曰：

谷育千春，乘超八极[⑫]。音沸海潮，响回群息。
简润栗蒸，鼎浮烟直。法相巍峨，总持羽翼。
声寂雪山，梦悬鹫岭。不灭心性，无殊风景。
呵壁能雄，窥渊见影。刹那百劫，妙胜一堂。

陡骇溪壑[13]，未疲津梁[14]。龙藏象负，殊国众香。
窟通鸟道，栈稳禅床[15]。片石胡灵[16]，贻讥开府[17]。
瑞应紫芝[18]，靖康法乳[19]。崖积来辈[20]，碣支础柱。
阁翻贝经[21]，楼散花雨。光昭震旦[22]，遂起秦风。
峙并漠高，剑倚崆峒。中兴仗力，羯运[23]终穷。
维摩[24]稽首，仰瞻网官[25]。

民国三十六年四月天水麦积山建修保管委员会立石

【撰者】

冯国瑞（1901—1963年），字仲翔，号麦积山樵，甘肃天水人，清华大学研究院毕业，幼年受业于清进士任承允、翰林哈锐门下。在文学、诗词、历史、考据、金石、文学以及书法艺术等方面都造诣颇深。梁启超信中曾写道："此才在今日，求诸中原，亦不可多觏。百年以来，甘凉学者，武威张氏二酉堂（即张澍）之外，殆未或能先也。"曾任国立兰州大学中文系系主任，兼任西北师范学院国文系教授、青海省政府秘书长、陕西省政府顾问等职。新中国成立后，任兰州图书馆特藏部主任、甘肃省文物管理委员会主任、省政协委员等职务。自1941年后，冯国瑞对麦积山石窟的研究、宣传、整理和发掘倾注了大量的心血，研究成果引起了国内外学术界的关注，为甘肃天水的文化发展做出了很大贡献。使邵力子大量藏书捐赠天水，建天水图书馆。在弥留之际，命家人将家中所藏的珍贵文物古器名画分别捐赠给麦积山文管所和中国科学院考古研究所。著有《壮游草》《绛华楼诗集》《张介侯先生年谱》《麦积山石窟志》《炳灵寺石窟勘察记》《水木怀想室记》等，辑有《守雅堂稿辑存》《麦积山石窟大事年表》《调查麦积山石窟报告书》《麦积山石窟的古代民族文化艺术》等。文论有《记武威境北凉创始石窟及西夏文草书墨迹与各种刻本》《天水著述考》《兰州中山林发现明成化正德滕氏两墓志记》等二十余篇。

【注释】

①庾信（513—581年），南北朝时期文学家。

②三武之劫：北魏道武帝、北周武帝和唐武宗的合称。他们皆禁佛教，令僧尼还俗，佛家称为"三武之难"或"三武之劫"。宋张商英《护

六　民国

法论》："上世虽有三武之君，以徇邪恶下臣之请，锐意剪除，既废之后随而愈兴。"

③李师中（1013—1078年），字诚之，楚丘（今山东曹县）人，宋代词人。游麦积山时留有《留题二首》刻石。蒋之奇（1031—1104年）字颖叔，北宋常州宜兴（今属江苏）人。十七岁举解元，宋仁宗嘉祐二年（1507年）苏轼和蒋之奇同第"章衡榜进士"，"是科翰林学士欧阳修知贡举，任太常博士"。后又举"贤良方正"。宋神宗时任殿中侍御史。蒋之奇善于理财，以干练称，学识深厚，著作等身，能诗善书，尤工篆书等。游师雄（1037—1097年），武功（今陕西武功西北）人，字景叔，北宋诗人，书法家。宋治平元年（1064年）进士，授仪州司户参军。后历任提点秦凤路刑狱、陕西转运使、朝奉郎加云骑尉、加直龙图阁兼秦州知府、陕州知府等职。著有《分疆录》《绍圣安边策》，麦积山留有其题刻。

④道君崇玄：指北宋皇帝推崇道教。道君，道教神仙谱系中对高位仙官的称谓；玄，道家的学说，道教。

⑤灵芝：当时麦积山产上等灵芝。

⑥冯惟讷（1513—1572年），字汝言，号少洲，山东临朐人。明嘉靖戊戌（1538年）进士，历任宜兴知县，兵部员外郎，提学陕西、两浙，江西左布政使，以光禄正卿致仕。以诗文名世，有《游麦积山四首》刻于麦积山，嘉靖三十九年（1560年）立。并曾仿庾信诗文重刻石立碑于麦积山。他长于文学研究和古籍整理，在临朐冯氏文学府库中另树一帜。著作主要有《青州府志》八卷、《光禄集》十卷。甘茹，生卒年不详，字征甫，号泰溪，四川富顺人，明嘉靖进士。官至山东按察司副使、陕西布政使等职。能诗文、善书法。有《游登麦积山六首与乐山胡公同赋》刻于麦积山，明嘉靖四十三年（1564年）立。胡安，字仁夫，浙江余姚人，曾任陕西右参政使，有诗刻于麦积山石窟东门口崖壁，明嘉靖四十三年（1564年）立。

⑦《山志》：即冯国瑞撰《麦积山石窟志》，由陇南丛书编印社出版（石印本）。

⑧胡公受谦：胡受谦（1895—1948年），少将。湖北安陆人，黄埔军校毕业生。1927年任国民革命军独立第14旅2团3营营长，1930年任第

1师中校参谋、第1师参谋长、补充团团长,抗战爆发后任第1军1师2团团长,1938年任西安军训班班主任,后任甘肃省保安处少将副处长,1941年任甘肃省第四区(天水)行政督察专员兼保安司令,1947年辞职回乡,同年11月任湖北省安陆县县长,1948年2月17日在安陆战役中兵败自杀。1944年至1947年任甘肃省第四区行政督察专员兼保安司令,驻天水县城。冯国瑞与他曾三次上麦积山修补栈阁围栏。

⑨方公定中:即方定中,时为天水县县长,与冯国瑞曾一同四次上麦积山,发现西崖万佛洞。

⑩《玉堂闲话》:十卷,唐末五代王仁裕撰。王仁裕(879—956年),字德辇,五代时期秦州长道县汉阳里(今甘肃礼县石桥乡)人,文学家,诗人。历任秦州节度判官、中书舍人、翰林学士、户部尚书、太子少保等职。晓音律,喜为诗,所作诗达万余首。王仁裕著作有诗集《西江集》等,音乐著作《国风总类》、书法作品《送张禹僻诗》、游记《入洛记》和《南行记》,小说《开元天宝遗事》《玉堂闲话》《见闻录》《王氏见闻录》《唐末见闻录》《续玉堂闲话》。

⑪庾铭:即庾信受秦州大都督李允信邀所撰刻于麦积山的《佛龛铭》。

⑫八极:"文有太极安天下,武有八极定乾坤"。八极拳以雄健暴猛的鲜明风格和挨、崩、挤、靠的贴身技击特点而著称于世,在中国武林众多流派中别具一格、独树一帜。

⑬溪壑:山谷溪涧。

⑭津梁:渡口和桥梁。

⑮禅床:坐禅之床。唐贾岛《送天台僧》诗:"寒蔬修净食,夜浪动禅床。"

⑯胡灵:为北魏胡灵太后,安定临泾(今甘肃泾川)人,临朝听政十三年,为北魏晚期颇具影响的人物。其间大力推崇佛教,曾主持兴建永宁寺,《洛阳伽蓝记》有记载。

⑰贻讥:招致讥责。晋葛洪《抱朴子·疾谬》:"令闻不著,丑声宣流,没有余败,贻讥将来。"开府:庾信,庾开府。

⑱瑞应:麦积山瑞应寺。紫芝:又叫黑芝、玄芝、灵芝。可入药,性温味甘,能益精气,坚筋骨。古人以为瑞草。道教以为仙草。

六　民国

⑲靖康：即1126—1127年4月，是宋钦宗的第一个年号，也是北宋的最后一个年号。北宋使用靖康这个年号一共两年。靖康二年（1127年），金军将徽、钦二帝以及妃嫔、皇子、公主、宗室贵戚、大臣约三千人押送北方，即靖康之耻。在宋徽宗赵佶时期麦积山因产上等进贡灵芝，把应乾寺改名为瑞应寺。法乳：佛教语。以正法之滋味长养弟子之法身，犹如母乳之于幼儿也。《涅槃经》曰："饮我法乳，长养法身。"喻佛法。谓佛法如乳汁哺育众生。

⑳来牟：古代称大麦。

㉑贝经：贝叶经，佛经。元王恽《宋宾客弘道挽辞》："诚身初不离儒行，进读何妨杂贝经。"

㉒震旦：古代印度称中国为震旦。《佛说灌顶经》卷六："阎浮界内有震旦国。"

㉓羯运：指少数民族的命运。羯，指羯族，北方少数民族。

㉔维摩：即《维摩诘经》。通行后秦鸠摩罗什译本，共十四品。唐贾岛《访鉴玄师侄》诗："《维摩》青石讲初休，缘访亲宗到普州。"

㉕閟宫：神庙，列祖列宗牌位陈列处，也指国家政权的重要场所。

【释文】

麦积山万佛洞铭序碑立于甘肃天水麦积山瑞应寺院东配殿前廊，通高1.53米，宽0.60米，厚0.17米，圆额，首行刻碑题，题下刻撰书者及刻字人姓名。碑文书体为楷书十七行，满行四十五字。民国三十六年（1947年）当地木工文得权应邀于2月10日与县长方定中、周秉中、李琅、杨克协、李存仁、张如瀚等人登西崖万佛洞（第133窟）探险，冯国瑞撰书《天水麦积山西窟万佛洞铭并序》并刻石立碑，其内容记述冯国瑞等登上西崖万佛洞探险的经过，并仿庾信佛龛铭而成。

冯国瑞对甘肃石窟艺术的研究、发掘、宣传与维修，倾注了很大的心血，自1941年以后麦积山石窟艺术的发现、研究成果引起了国内外学术界的关注。去世之前将天水家中所藏的珍贵文物古器名画五大箱全部捐赠给麦积山文管所，冯国瑞一生为天水的文化建设做出了积极的贡献。为了纪念冯国瑞先生，在1991年12月12日，其学生及家属在天水隆重举行"冯国瑞九十诞辰学术纪念会"，对其学术思想作了认可和公正的评价。

陇东南民间遗散诗碑辑释

南郭烈士纪念塔碑联赞诗

1953年6月

【碑文赞诗】

鲜血染红旗，革命勋绩垂千古。
丹心照铁衣，歼敌奇功耀史书。

为国家壮烈牺牲光荣事迹传万代；
与人民英勇歼敌辉煌战果照人寰。

【释文】

据《庆阳金石记》载：南郭烈士纪念塔现存于庆阳县城大南门外，水泥建筑，为正方形柱，高二丈余，两层，宽五尺，一九五三年六月一日，邑党政军及各界人民团体建，上层柱四面正书大字"烈士纪念塔"。庆阳县革命烈士纪念塔文如下：

我庆阳县广大人民在我国革命之各个伟大历史时期，在中国共产党和毛泽东主席的英明领导下，进行了坚决英勇的斗争。庆阳人民的优秀子弟，直接参加了土地革命战争，八年抗日民族解放战争，三年人民解放战争以及抗美援朝的伟大斗争。革命先烈们在与内外敌人的残酷斗争中，不屈不挠，再接再励，他们抛头颅，洒热血，全心全意为人民解放的壮丽事业而斗争，直到流尽最后一滴血。烈士们之血，革命之花。革命烈士们的鲜血终于换得了今天和平自由幸福的日子。为人民而死，虽死犹生，烈士们的功勋，万代长存，烈士们的精神，永远活在人民的心里，今在人民政府热忱资助之下，特立庆阳县革命烈士纪念塔。以资留千古，永垂不朽！
甘肃省庆阳县党政军及人民团体撰勒
公元一九五三年六月一日立
革命烈士精神不朽！（中央人民副主席□□□题）

六　民国

为革命事业而牺牲，虽死犹生。（西北行政委员会副主席马明方题）

为革命捐躯，为祖国成仁，烈士精神亘古长存！（中国人民解放军西北军区题）

为人民事业而死，虽死犹生！（中共甘肃省委书记张德生题）

永垂不朽（甘肃省委副书记孙作宾题）

为人民解放事业而牺牲的烈士们精神不死（甘肃省人民政府主席邓宝珊，副主席张德生，马鸿宾，霍维德题）（题字共四层，此系第一层）

碑联：鲜血染红旗，革命勋绩垂千古。丹心照铁衣，歼敌奇功耀史书。为国家壮烈牺牲光荣事迹传万代，与人民英勇歼敌辉煌战果照人寰。

— 363 —

附 录

陇东南铜镜铭文诗

汉（前202年—220年）

【铭文】

汉铜镜铭文一[①]

洁清而白事君，怨污之弁明，玄锡之泽流，京日忘美弘。外承屈兑，灵愿思绝。

汉铜镜铭文二[②]

尚方作镜辟邪，玉泉白虎长相保兮（残）。

汉铜镜铭文三[③]

炼冶铅华清而明，以之为镜宜文章。延年益寿去不祥，与天无极如日月。

汉铜镜铭文四

炼冶铜华清而明，以之为镜宜文章。延年益寿去不羊（祥），长

[①] 刘玉林：《甘肃泾川发现一座东汉早期墓》，《考古》1983年第9期。
[②] 《甘肃省天水县出土的尚方铜镜》，《考古与文物》1987年第1期。
[③] 张亚萍：《甘肃庆阳地区发现汉代铜镜》，《考古》1994年第6期。

夫毋忘，而日月之光。

汉铜镜铭文五
内清而明以昭明，光而像夫日月，心忽而忠而不心云。

汉铜镜铭文六
内清质以昭明，光辉像夫日月，心忽扬而职忠，然雍塞而不泄。

汉铜镜铭文七
炼冶铜华清而明，以之而为镜宜文章，延年益寿而去不羊（祥），长夫毋之日月光。

汉铜镜铭文八
尚方作镜真大好，上有仙人不知老。渴饮玉泉饥食枣，浮游天下遨四海，□□□山兴之□，寿如金石之天保侯王。

汉铜镜铭文九[①]
内清以昭明，光像夫日月。

汉铜镜铭文十
内清质以昭明，光而像夫日而月，心忽扬忠而不泄。

汉铜镜铭文十一
洁清白而事君，怨污之合明，玄锡之流泽，恐疏远而日忘美，承骥（欢）之可说。

汉铜镜铭文十二
炼冶铜华清而明，以之为镜宜文章，延年益寿去不羊（祥），与

[①] 汉铜镜铭文四至汉铜镜铭文八均见何翔《甘肃庆阳地区出土的汉代铜镜》，《考古与文物》1994年第2期。

天无极如日光，千万岁乐未央。

汉铜镜铭文十三

尚方御竟（镜）大毋伤，左龙右虎辟不羊（祥）。朱鸟玄武调阳，子孙具居中央，长保二亲乐富昌，寿敝金石如侯王。

汉铜镜铭文十四

尚方竟（镜）大佳好，上有山人不知老。泪如玉泉□□来，浮游天下遨四海，□回大山灵之草。寿如金石国□□，□未央，宜牛羊。

汉铜镜铭文十五

作佳镜真大好，上有仙人不知老。渴饮玉泉饥食枣，浮游天下遨三（四）海，寿如国宝。

汉铜镜铭文十六

尚方作竟（镜）真大好，上有仙人不知老。□□□□□□，浮游天下遨四海，寿如金石为国保。

汉铜镜铭文十七①

青羊□竟（镜）大毋伤，左龙右虎辟不祥，长保二亲乐未央。

汉铜镜铭文十八②

新有善铜出丹阳，调炼冶竟（镜）大毋伤。左龙右虎掌四彭，朱鸟玄武顺阴阳，子孙备具居中央。长保二亲如侯王，千秋万岁乐未央。

【释文】

以上收藏十八方铜镜均出土于甘肃陇东南地区，铜镜出处已在脚注的

---

① 汉铜镜铭文九至汉铜镜铭文十七见冯国富《固原出土汉代铜镜简论》，《固原师专学报》（社会科学版）1998年第2期。

② 许俊臣、刘得祯：《庆阳博物馆藏汉代四神规矩镜》，《文物》1987年第6期。

附 录

相关书籍、期刊论文中注明。从陇右地区汉代铜镜铭文来看，有三言、四言、五言、七言诗等，但七言诗却是最多出现的形式。这些铜镜上的诗歌，一般具有质朴通俗的特点，折射出汉代民众普遍的价值取向。

铜镜亦称"铜竟"，别名"鉴"。《考工记》："金锡半，谓之鉴燧之齐。"郑玄注："鉴亦镜也。"鉴字又见于《左传·定公六年》："昭公之难，君将以文之舒鼎，成之昭兆，定之（擎）鉴。苟可以纳之，择用一焉。"铜镜即古代梳妆打扮的用具。一般铜制，圆形，照面的一面光亮，可反射人脸，背面常铸花纹、文字等。青铜时代初期出现铜镜，历经商、周、秦、汉，直至明清，长期存在，至近代大量使用玻璃镜后，才被取代。

铜镜发展演变的过程中，作用也逐渐发生变化。《后汉书·西羌传》："或负板案以为楯，或执铜镜以象兵。"晋陆机《与弟云书》："仁寿殿前有大方铜镜，高五尺余，广三尺二寸。"章炳麟《东夷》诗之六："要间鹿卢剑，铜镜能辟邪。"从这些记载不难看出单一镜子功能已衍生出其他功用，如镇鬼降妖辟邪，祛病除魔辟疟，还有佛家的业镜与道家的照妖镜。文中汉铜镜铭文第二、十三、十七、十八就属于镇鬼降妖辟邪的铜镜。

图128　汉铜镜铭文

图129 汉铜镜（局部）

附：汉代其他铜镜铭文

（1）见日之光，天下大明。

（2）见日之光，长毋相忘。

（3）尚方作镜大毋伤，左龙右虎辟不祥，朱雀玄武顺阴阳，子孙备具居中央，长保二亲乐富昌，寿似金石如侯王。

（4）尚方作镜真大好，上有仙人不知老，渴饮玉泉饥食枣，浮游天下邀四海，寿如金石父母保。

（5）久不见，侍前希，秋风起，予志悲。

（6）常与君，相欢幸，毋相忘，莫远望。

（7）大乐贵富，千秋万岁，宜酒食。

（8）日有熹，月有富，乐无事，常得意，美人会，竽瑟侍，贾市程万物。

（9）杜氏作镜四夷服，多贺新家人民息，胡虏殄灭天下复，风雨时节五谷熟，长保二亲受大福，传吉后世子孙力，官位高。

（10）上太山，见神人，食玉英，饮醴泉，驾文龙，乘浮云，宜官秩，保子孙。

（11）朱氏明镜快人意，上有龙虎四时宜，常保二亲宜酒食，君宜官秩家大富，乐未央，宜牛羊。

（12）吾作佳镜自有尚，工师刻做主文章，上有古守（兽）辟非羊（祥），服之寿考宜侯王。

（13）新有善铜出丹阳，和以银锡清且明，左龙右虎掌四彭，朱爵玄武顺阴阳，八子九孙治中央，刻娄博局去（辟）不羊（祥），家常大富宜君王。

（14）内清质以昭明，光辉像夫日月，心忽扬而愿忠，然壅塞不泄。

（15）日有熹，宜酒食，常富贵，乐无事。

（16）长乐未央，家常富贵，积善之家，天赐永昌。

（17）月有惠，日有富，乐无事，常得意，美人会羊（祥）。

（18）长乐富贵长相思，愿毋相忘。

（19）大乐富贵得所好，千秋万岁，延年益寿。

（20）见日之光，所言必当。

（21）长相思，毋相忘，常乐未央。

（22）长相思，毋相忘，常贵福，乐未央。

（23）千秋万岁，长乐未央，结心相思，毋见忘。

（24）长乐未央，长毋相忘。

（25）富贵昌，宜侯王，乐未央。

（26）清冶铜华以为镜，昭察衣服观容颜，清光宜佳人。

（27）炼银铜华以为镜，昭察观容貌，丝组杂还以为信，清光宜佳人。

（28）炼冶铅华清而明，以之为镜宜文章，长年益寿去不祥，与天无极而日月光未央。

另附：汉砖铭文

（1）宜子孙。富番昌。乐未央。

（2）灵殷殷，烂扬光，延寿命，永未央。

（3）国危于累卵，皆曰无伤，称乐万岁，或曰未央。

（4）长乐未央。延年永寿昌。

（5）长乐未央。延年益寿昌。

（6）唯天降灵，延元万年，天下康宁。

陇东南民间灯壁诗刻

【刻文】

其一
云山沧沧，江水泱泱。
先生之风，山高水长[①]。

其二
汉五凤砖[②]，长命富贵。
唐双鱼鉴，和合吉羊[③]。

【注释】

①先生之风，山高水长：云雾中的高山，苍苍茫茫，大江的水浩浩荡荡，先生的品德，比山峰还高，比长江还长。是赞扬先生的高风亮节。

②汉五凤砖：汉指汉代；五凤指年号。指汉代砖的一种。

③唐双鱼鉴：唐指唐代；鉴指铜镜，鉴上雕有双鱼，有把手，常以青铜铸造。羊：通"祥"。

【释文】

两首诗文录自甘肃漳县民间收藏的两个明清时期的灯壁题刻，第一幅灯壁正文图案为山水风景。画面右上角题刻为"云山沧沧，江水泱泱，先生之风，山高水长"。背面有一段话为："夫治家需要克勤克俭，勿忘困苦艰，尤宜且耕且读，莫误子弟英年"。落款为"岁在癸未桃月振邦置于蜀西江油"。在灯壁下方，正面为"江山澄气象"，背面为"冰雪净聪明"。

第二幅灯壁正面是一幅刻图，有双峰连一桥的山水画，下面四个字"匡岫贤踪"。背面是一幅字，文字内容为"汉五凤砖，长命富贵，唐双鱼鉴，和合吉祥"，落款为"戊辰春寿平心"，下面四个字为"西坪古渡"。"云山沧沧，江水泱泱。先生之风，山高水长"句出自范仲淹《严先生祠堂记》。严子陵（前41—39年），名严光，又名遵，字子陵，河南汝州（今河南汝州）人，东汉著名隐士，与东汉光武帝刘秀为好友，曾帮助刘秀起兵。公元25年，刘秀即位，曾多次延聘他出仕，他隐姓埋名，退居富春山，终了富春山。严子陵的人品难能可贵，但当时不知名，直到北宋名臣范仲淹任睦州知州时，在严陵濑旁建了钓台和子陵祠，并写了一篇《严先生祠堂记》，赞扬他"云山苍苍，江水泱泱，先生之风，山高水长"，严子陵才以"高风亮节"昭然于天下。

"汉五凤砖长命富贵；唐双鱼鉴和合吉羊"应是一副祝福吉利喜庆的对联，"长命富贵，和合吉祥"，"五凤砖、双鱼鉴"古代很多文人雅士都将这种铭文雕刻在这两种器皿之上，作为吉祥寓意装饰品，尤其以唐汉两朝的五凤砖和双鱼鉴最负盛名，更是收藏家的最爱，这才有后来的"明月一轮双鱼鉴，稚朴二字五凤砖"之说。

灯壁是陇右民间的一种家具，一般摆放在正厅中央的八仙桌上，多为书香门第的文人雅士及富裕家庭的装饰品，也是家庭文化程度和家族地位的象征。这两个灯壁从形制和结构方面来看，应属于明清以来流传的小型插屏，但又有鲜明的陇东南地方特色。灯壁装饰图案的内容取材广泛，寓意深刻，造型简洁，色调古雅，粗犷中不乏精巧，既有北方民间艺术的一般审美特征，又有深厚的传统文化含义和地方民俗文化特点。

图130 陇南民间灯壁一

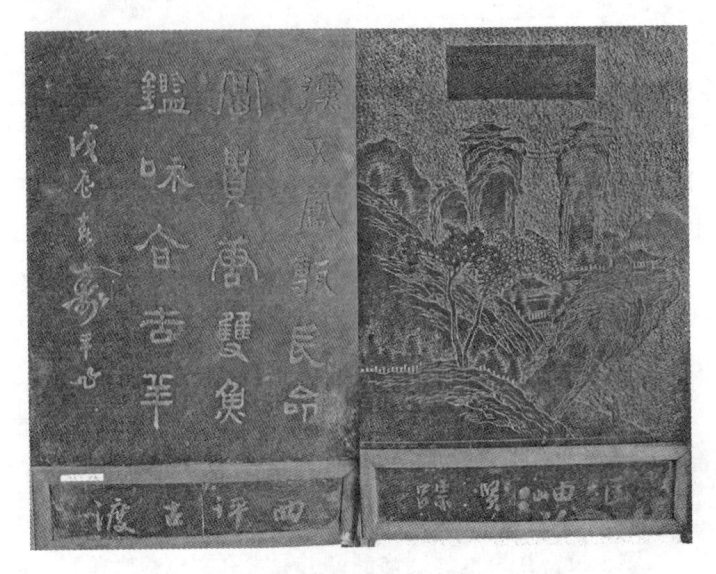

图131　陇南民间灯壁二

万象洞碑刻题诗

万象洞，原名五仙洞，位于陇南市武都区东十五公里处的白龙江南岸、华林山腰，洞穴深不可测，属典型的岩溶地貌。据今二亿五千万年，现已开发"月宫""天宫""龙宫"三大洞天，十一个景区。借光入洞，如临奇幻仙境，洞内题刻墨迹随处可见，题壁多以古代游人漫题为主。现收集如下：

唐兴元元年（784年）题诗曰：

偕友同来到洞天，奇奇幻幻金际间。
十二元魁[①]造仙府，仙人去此几何年？
甲子贞元[②]，仝砚刘暄等写

【注释】

①元魁：传说魁星是文运之神，乃天上的文曲星下凡。魁星连续三次考状元都未中，原因就在他相貌极丑。魁星一怒之下将装书的木斗踢掉，投江而死。魁星虽未中三元，而民间百姓却仰慕其才华，将他尊为神。又

指殿试第一名，即状元。

②甲子贞元：唐代兴元元年（784年）。

按：《仝砚、刘暄题诗》系唐代题壁诗，兴元元年（784年）仝砚、刘暄等人题，现存于万象洞天庭西壁，长24厘米，宽16厘米，楷书体，6行。乙丑年（785年），距今已1230多年，《题诗》字径约2厘米见方，字迹基本清晰。

宋庆历五年（1045年）题留诗曰：

庆历五年孟冬初四日，因游洞过卧龙平留题四十字以示来者。

图132 仝砚、刘暄题诗

待时蟠蛰①洞天春，怒激风雷昼四昏②。
天命为霖③腾跃去，隐然鳞甲④此乎存。
试秘书□知福津事高宝臣

【注释】

①蟠蛰：藏伏。宋司马光《罂盆》诗："海蛙斗怒腹干张，老鲛蟠蛰鳞鬐秃。"

②四昏：四季暗而无光。

③霖：久下不停的雨。

④鳞甲：有鳞或甲壳的水生物的统称。汉蔡邕《汉津赋》："鳞甲育其万类兮，蛟螭集以嬉游。"

按：《高宝臣题诗》为宋仁宗赵祯庆历五年（1045年）福建知县高宝臣题万象洞卧龙坝西侧壁，高50厘米，宽81厘米，楷书，诗7行。唐宋时福津县归武阶郡治管辖，北宋时属秦凤路阶州管辖，福津县治今在武都区三河乡大安庙附近，万象洞为福津县管辖。《方舆胜览·阶州》（卷七十）载："阶州，领福津、将利二县，治福津。"

万象洞《高宝臣题诗》有两处墨书，分别位于卧龙坝西壁和西南壁，跋语与诗文内容相近，题写章法不同，西南壁没有落款。

图 133　万象洞西侧壁高宝臣题留

图 134　万象洞西南壁高宝臣题留

北宋天禧五年（1021年）前卢江子题诗：

附 录

洞深窾窾褥龙蛇①，怪石高幢水滴花。
此景已非凡俗景，更于何处觅仙家。

卢江子作

【注释】

①窾窾：款式，法则。窾，象声词，形容水击石声。空隙。古通"款"。

按：《卢江子题诗》题记未写年月，现存万象洞风洞口西壁，题记面长约30厘米，宽26厘米，楷书体，题记共5行，落款为卢江子。宋释智圆《闲居编·帝年纪序》载："卢江子者，氏族名字则未知之。尝撰《帝年纪》一卷。"

智圆大师（976—1022年），宋代天台宗山外一派的义学名僧，字无外，号中庸子，或称潜夫。钱塘（今杭州）人，俗姓徐。智圆除行禅讲道之外，好读儒书，又喜为诗文。因他隐居孤山，众称为孤山法师。由前文可知卢江子为北宋年间人，智圆成书在1022年前，题记最迟也应在1022年前。

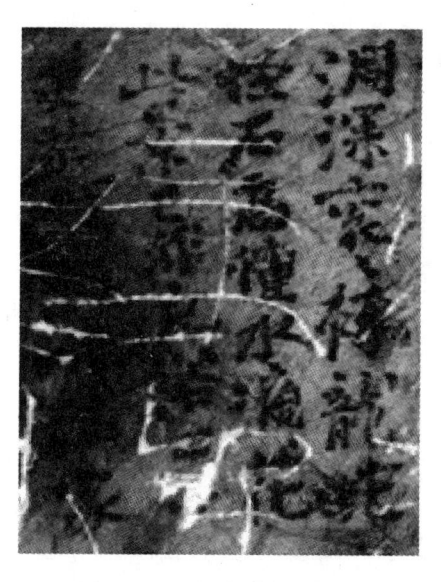

图135 万象洞卢江子题诗

陇东南民间遗散诗碑辑释

南宋淳熙十二年（1185年）题记：

乙巳窎冬三日，石门复回淳熙。
被檄捕张小至，古雍张普参续。

按：乙巳为宋淳熙十二年。宋时石门镇属阶州福津县管辖。该题记证实了这样一段史实：即南宋高宗赵构绍兴四年（1134年），金兀术率十万骑兵，侵入阶州后，石门镇等地失守，吴挺等奋起抗金，历经长达51年的时间，终于在1185年，即南宋淳熙十二年（乙巳年），吴挺、郭均等出师击败金兵，收回石门镇。

明永乐年间张三丰题诗：

脉连地府三冬[①]暖，
窍引天光[②]六月寒。

【注释】

①三冬：冬季的三个月。唐杨炯《李舍人山亭诗序》："三冬事隙，五日归休。"

②天光：日光；天空的光辉。《左传·庄公二十二年》："有山之材，而照之以天光，于是乎居土上，故曰'观国之光，利用宾于王'。"

按：张三丰题诗已不存，多在县志、其他题诗中得知大概位置在万象洞仙人床石壁。张三丰来到万象洞，被此处仙境所迷，并隐居修炼多年，写诗赞颂万象景观。张三丰，长期修炼隐居，颇有名声。曾在陕西宝鸡金台观栖居，后到成州（今陇南成县）金莲洞隐居修炼。明太祖朱元璋仰慕其名，于洪武二十四年（1391年）派遣使臣户部都给事中胡濙访遍天下找张三丰，寻至金莲洞不遇，遂作诗《金莲洞访张三丰不遇》曰："香书久慕嗟无缘，遍访半师感应虔。万载红崖生玉笋，千年碧洞结金莲。云深喜见通明月，雨骤尺逢黯淡天。峭壁真光邀允勤，赤心愿睹白衣仙。"自成县之后又来到万象洞隐居修炼，朝廷使臣胡濙又赶至万象洞不遇。他张三丰一直躲避朝廷使臣，游四川，上武当，下崆峒，足迹几乎遍及全国，从其留诗便知张三丰避诏缘由，诗曰："三丰隐者谁能寻，九室云崖深更深。玄猿伴我消尘虑，有鹤依人引道心。笑披黄冠趋富贵，并无一个是知音。"

明永乐五年（1407年）后，胡濙题诗：

不知今题行归仙，到此了然无□□；
万象森森寻一梦，云梯直上□□□。

胡濙书

按：永乐年间"胡濙题诗"位于万象洞卧龙坝西壁，题诗壁面近正方形，长约38厘米，宽37厘米，书体行书，共5行，由于题壁墨迹有消损，有的诗文字句不能辨识。此题诗与上面张三丰题诗为同一时期所题，胡濙奉旨访张三丰于此不遇而留此诗。胡濙"濙"其他资料也作"淡""滢"等，题记书为"濙"字。胡濙（1375—1463年），字源洁，号洁庵，江苏武进（江苏省南部常州市武进区）人，明代文学家、医学家，朝中重臣，胡濙历仕六朝，近六十年，他为人节俭宽厚，喜怒不形于色，是宣宗"托孤五大臣"之一。建文二年（1400年）进士，授兵科给事中。永乐五年（1407年）起连续十四年在外暗访建文帝朱允炆踪迹。永乐十四年（1416年）回朝，擢礼部左侍郎。永乐十七年（1419年）再次出访江浙湖湘。洪熙元年（1425年），转任太子宾客，兼南京国子祭酒。天顺元年（1457年），英宗复辟，称病辞归。天顺七年（1463年）卒，赠太保，谥"忠安"。著述有《卫生易简方》《芝轩集》《律身规鉴》等。《明史》有传。

明正德八年（1513年）庞寿题诗：

身为家国壮，心同造化流。
我来登眺后，岁月任悠悠。

大明正德八年癸酉二月二日钦兹守备阶文都指挥庞寿题

按："庞寿题诗"现存于万象洞卧龙坝西壁，题壁面长约50厘米，宽36厘米，行书体，纵书5行。落款为"大明正德八年癸酉二月二日钦兹守备阶文都指挥庞寿题"。正德八年为明武宗朱厚照年号，即 1513 年。庞寿，岷州卫（今甘肃岷县）人，时为阶州、文州都指挥使（又称都指挥使司，简称都司），曾任陕西岷州卫指挥使，其余记载不详。万象洞天庭西壁又有其墨书题记，与题诗为同一天所书，曰："守备阶文都指挥庞寿，岷州卫人；知金堂尹赵达，国子生刘九皋、胡澜、王建中，庠生王大夏、孙贤、周凤鸣；阶州掌印千户司永，百户巨鹏。大明正德八年二月二日偕游也。"

图 136　万象洞庞寿题诗

明嘉靖八年（1529 年）题诗：

郡庠生卯希恩、卯希雍、龙门同侍

岩空深邃出尘寰①，万象森罗②一洞天。
玉乳妆成千载景，石津滴就万古幡③。
天窗有窍开幽洞，玉井无门接地涎④。
行尽仙家无觅处，归来不觉兴无边。

嘉靖己丑季冬书

【注释】

①深邃：幽深。《旧五代史·晋书·张筠传》："及罢归之后，第宅宏敞，花竹深邃，声乐饮酒，恣其所欲。"尘寰：即人世间。唐权德舆《送李城门罢官归嵩阳》诗："归去尘寰外，春山桂树丛。"

②森罗：纷然罗列。唐孙揆《灵应传》："轻裘大带、白玉横腰而森罗于阶下者，其数甚多。"

③石津：石头滴下的水。幡：用竹竿等挑起挂着的长条形旗子。

④涎：唾沫，口水。

按："郡庠生卯希恩、卯希雍、龙门同侍"题诗写于嘉靖八年（1529年），现存于万象洞仙人坝东壁，壁面宽约70厘米，横120厘米，楷书，12行。在万象洞卧龙坝西壁，又有卯希恩等同时所书《司昶题壁》，题书为："嘉靖八年季冬十有一日夙，大巡胡老爷、分司许老爷同游赏于此。庠生：司昶、卯希恩、卯希雍、任朝用、樊世玠、龙门；品相：魏尚义、魏朝缙。"

明嘉靖八年（1529年）胡明善题诗：

　　　　游万象洞
岩扃①遥隔世尘幽，烟景苍苍际胜游。
洞里有天开万象，人间何处觅三洲②。
珠幢翳日云英满③，络□浮空石髓流。
愿得玄真④容吏隐，便屋黄发长丹丘⑤。

　　　　　　　　　　　　　胡明善书

【注释】

①岩扃：山洞，借指隐居之处。唐杜甫《桥陵诗三十韵因呈县内诸官》："瑞芝产庙柱，好鸟鸣岩扃。"

②三洲：指传说中的蓬莱、方丈、瀛洲三仙山。明高启《次韵酬张院长见贻太湖中秋玩月之作》："若上洞庭看玉镜，两山应是胜三洲。"

③翳：遮蔽，障蔽。云英：泛指露珠，水珠。唐皮日休《太湖诗·入林屋洞》："屦泥惹石髓，衣湿露云英。"

— 379 —

④玄真：道家称妙道、精气等。语本《老子》："此两者（常有、常无）同出而异名，同谓之玄。"又"道之为物……其精甚真。"

⑤黄发：指年老，亦指老人，《书·秦誓》："虽则云然，尚猷询兹黄发，则罔所愆。"丹丘：传说中神仙所居之地。《楚辞·远游》："仍羽人于丹丘兮，留不死之旧乡。"王逸注："丹丘，昼夜常明也。"

按："胡明善书游万象洞"现存于万象洞天地交泰东壁，壁面高约60厘米，宽132厘米，题壁书体为草书，共11行。胡明善，字两河，南直霍丘（今安徽霍邱县）人，明正德十六年（1521年）进士，嘉靖八年（1529年）为巡按甘肃御史，嘉靖九年（1530年）为巡按陕西监察御史。万象洞卧龙坝西壁《司昶题壁》云："嘉靖八年季冬十有一日夙，大巡胡老爹、分司许老爹同游赏于此"句中"大巡胡老爹"为巡按甘肃御史胡明善，题诗时间"嘉靖八年季冬十有一日"，由此可知此题记题于嘉靖八年（1529年）。

明嘉靖十五年（1536年）
嘉靖十五年元宵后一日，武都郡庠生赵守正于一书

闻道南山幽闲①中，偷向（古洞）静中游。
壮疑物象蟠龙虎，身俨飘飘②驾问洲。
鼓笼天风销烛泪③，悬空石髓刮清流。
兴来欲写忘归赋，云满峰头月满④丘。
落"古洞"二字，次胡两河韵。

【注释】

①幽闲：清静闲适。汉蔡邕《汉太尉杨公碑》："操清行朗，潜晦幽闲。"

②俨：恭敬，庄重。飘飘：形容动荡、起伏。唐欧阳詹《二公亭记》："又钓人飘飘于左右，游禽出没乎前后。"

③鼓笼：指点燃的灯笼。烛泪：蜡烛燃烧时淌下的液态蜡。唐白居易《房家夜宴喜雪戏赠主人》诗："酒钩送盏推莲子，烛泪粘盘垒蒲萄。"

④月满：月圆。《释名·释天》："望，月满之名也。"《后汉书·丁鸿

传》:"闲者月满先节,过望不亏,此臣骄溢背君,专功独行也。"李贤注:"月满先节谓未及望而满也。"

按:嘉靖十五年(1536年)赵守正《次胡两河韵》位于武都万象洞仙人坝东南,题诗壁面长约81厘米,宽51厘米,楷书,7行。诗中"两河"即胡明善字,第二句落下"古洞"二字,题末加补款说明。在仙人坝西壁另有赵守正题壁诗一帧,书"仙洞小□□烟窟□□……",题壁字迹漫漶严重。光绪十二年吕震南篡《阶州直隶州续志·艺文》亦载有赵守正《万象仙洞》诗:"古洞悬崖跨石门,杳无鸡犬任朝昏。遨游会见玄中景,身世浑忘静里存。未审何年分万象,难逢此地倒千尊。花飞鹤去仙人远,谁谓桃花更有村。"

明嘉靖四十三年(1564年)尹继祖题句:

凿破云根[①]藏世界,
展开尘眼见乾坤[②]。
灵武尹继祖题

【注释】

①云根:山石。宋梅尧臣《次韵答吴长文内翰遗石器》:"山工日斲器,殊匪事樵牧。掘地取云根,剖坚如剖玉。"

②乾坤:天地。

按:"尹继祖题句"题诗位于万象洞卧龙坝西壁,壁面高约56厘米,宽20厘米,行书,纵书3行。尹继祖,灵武(宁夏灵武市)人,时为阶州地方都指挥,此题壁书于嘉靖四十三年(1564年)。万象洞南天琼阁西壁又有"尹继祖题壁"曰:"钦依守备,阶州地方都指挥灵武尹继祖。嘉靖四十三年长至日,提兵进洞遂记云。"

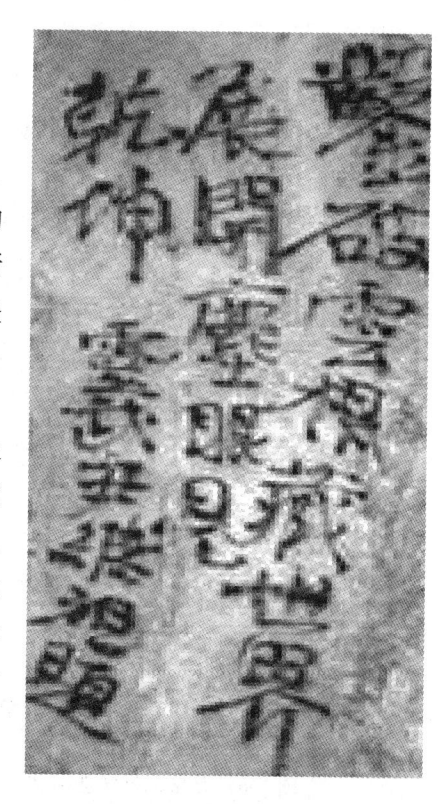

图137 万象洞尹继祖题句

明万历二十一年（1593年）后刘弘业题壁诗曰：
文县守备刘（弘）业题：

洪荒开阐世[1]，疆山次第[2]生。
试问空幽洞，由来气化成[3]。

【注释】

[1]洪荒：混沌、蒙昧的状态，借指远古时代。南朝陈徐陵《在北齐与杨仆射书》："凡自洪荒，终乎幽厉。"阐世：开辟。

[2]次第：依次。《汉书·燕剌王刘旦传》："及卫太子败，齐怀王又薨，旦自以次第当立，上书求入宿卫。"

[3]由来：来由，原因。《宋书·武帝纪中》："吾处怀期物，自有由来。"气化：指阴阳之气的变化，中国古代哲学术语。指阴阳之气化生万物，亦以喻世事的变迁。南朝宋颜延之《重释何衡阳书》："岂获上附伊颜，犹共赖气化。"

按：《刘弘业题诗》现存于万象洞天地交泰东壁，壁面纵51厘米，横36厘米，行书，纵书5行。《刘弘业题诗》未署年月。刘弘业，或"刘宏业"，宁夏人，万历十一年（1583年）武进士，时为文县守备。光绪十二年（1886年）吕震南纂《阶州直隶州续志·名宦上》卷二

图138 万象洞刘弘业题诗

十三载："刘宏业，宁夏卫人，万历二十一年知文县。工诗文、书画。"

明万历三十五年（1607年）陈官定、弟子陈忠炳题诗：

　　山宇①清幽一洞天，愿经岁月已多年。
　　岭□堆石人间续，此处原来不等闲！
　　万历三十五岁丁未五月二十九日　守阶文西固地方容将陈官定
弟子陈忠炳题

【注释】

①山宇：山中的房屋。

按：此题诗现存于万象洞。陈官定为钦差阶文西固参将。

清康熙九年（1670年）连登科题诗：

　　清灵开地府①，我辈地中仙。
　　步□乘龙去，悠悠忘同远②。

　　　　　　　　　　　　庚戌或令旗人阶牧连登科题
　　　　　　　　　　　　官生李舍真书

【注释】

①清灵：犹清冥，即天。地府：迷信说法，人世之外，另有世界，设有百官，专管死人鬼魂的，又称阴间。这里特指万象洞奇异景观。

②悠悠：形容悠闲自在。同远：一同走了很远。

按：连登科题诗现存于武都万象洞。连登科，满族人，清初任成县知县，康熙九年（公元1670年）为阶州牧。光绪十二年（1886年）叶恩沛修、吕震南纂《阶州直隶州续志》载："十三年，吴三桂反，逆当盘踞成邑七载，蹂躏最惨。知县连登科遇难。十九年，我兵至，恢复。"

清代成县令连登科题诗：

— 383 —

何人开辟叩鸿蒙①,万窍天然属鬼工②。
玉柱恍疑③断鳌立,石床仿佛卧龙通。
月窥仙井开云牖④,风涌罡⑤轮地转宫。
便拟一身游象外,因知玄化更无穷。

【注释】

①鸿蒙：古人认为天地开辟之前是一团混沌的元气，这种自然的元气叫作鸿蒙。《庄子·在宥》："云将东游，过扶摇之枝，而适遭鸿蒙。"成玄英疏："鸿蒙，元气也。"

②鬼工：谓事物精妙高超，非人工所能为者。唐李贺《罗浮山人与葛篇》："博罗老仙时出洞，千岁石床啼鬼工。"

③恍疑：犹仿佛。《西游记》第二八回："三四紫巍巍的髭髯，恍疑是那荔枝排芽。"《二刻拍案惊奇》卷五："孩抱何缘亲见帝？恍疑鬼使与神差。"

④云牖：为云雾所笼罩的窗户。唐元稹《清都夜境》诗："楼榭自阴映，云牖深冥冥。"

⑤罡：北斗星的斗柄。

万象洞
清咸丰年间

贾廷珺

不是人世间，包罗万象天。卧龙何日起，玉柱几时悬。
谁凿洪蒙窍，空留丹灶①烟。洞深苔石滑，何处际神仙。

【注释】

①丹灶：炼丹用的炉灶。南朝梁江淹《别赋》："守丹灶而不顾，炼金鼎而方坚。"

清道光五年（1825年）李林万象洞题留：

山水之内奇山水，乾坤以内小乾坤！

咸丰五年（1855年）李林万象洞又题留文：

武都麓门山人李林题咸丰五年春，同友人重游此洞，感前三十年题十四字，遂成一律云：

何年鬼斧劈混沌，万象包罗信有门。
山水之内奇山水，乾坤以内小乾坤。

按：李林万象洞题留现存于武都万象洞。李林，武都麓门山人，在道光五年（1825年）游万象洞题留十四字"山水之内奇山水，乾坤以内小乾坤"。三十年后即咸丰五年（1855年）重游万象洞，在原处又添佳句。

万象洞距陇南武都县城十二公里，海拔1150米，洞内湿潮润滑，小溪潺潺，水滴叮咚，常年恒温14℃左右，是我国北方规模最大、景致最佳的溶洞，号称"北方第一洞"。此洞兼具北国之雄奇，又不失南国之灵秀，是陇上别具一格的旅游胜地。万象洞内石笋如林，景点星罗棋布，石钟乳姿态万千，包罗万象，真可谓是万象竞秀的人间奇景，也不愧为精巧奇特、巧夺天工的艺术品陈列馆。洞内现存石碑、石刻多处，名人墨笔题记密布，又有"地下文化长廊"之称。最早的题记为北周武帝宇文邕建德三年（574年），出巡大臣武定公贺娄慈所题，内容为："大周建德三年五月廿六日，大使武定公，贺娄慈行境至此。"唐、宋、元、明、清、民国各朝各代都有题记，从巡按、刺史、知州、知县及各界名流，河北、河南、四川、山西、陕西、安徽等地署名游客数不胜数。也有阶州直隶州知州叶恩沛所题万象洞匾额"仙源有路"，武都刺史王询"非人间"、贾廷琯的"万象仙洞"洞额，民国时甘宁青检察使高一涵所书的"别有洞天"、赵朴初题写的"万象洞"等醒目大字。

麦积山题留诗

麦积山又名麦积崖，地处"陇上江南"天水，以烟雨麦积、绝壁佛国闻名世界。麦积山海拔1742米，四周山峦叠翠，群峰环抱，松竹丛生，麦积崖一峰崛起，崖壁静立千座佛，古称"秦地林泉之冠"①，是我国秦岭山脉西端小陇山中的一座奇峰，远观麦积山犹如麦垛，因此得名麦积山。山崖、洞壁题记、刻文密布，诗文碑刻除前面介绍外，现整理墨迹题留诗文如下：

明嘉靖二十年（1541年）

万古麦积在，千载永不抹。
古人造古像，试问谁磋凿？

大明嘉靖二十年正月十四日
郡□（会）人阮□、阮□、阮□弟兄三人到此题句

按：此题记在天水市麦积山石窟第十一号窟前壁右侧，墨书。

明天启元年（1621年）

施主恩德大，重新□佛堂。
善念感天地，造福自无疆。

铁匠王化明，画匠侯□、侯相
天启元年四月二十四日书

按：此题记在天水市麦积山石窟第四号崖阁第七龛右壁右上部，墨书。

民国九年（1920年）

何人开此不朽基？与天同寿无须疑。
抹倒亘古创业者①，志向端的是男儿。

---

① 此句录自明崇祯十五年（1642年）刻《开除常住地粮碑》："麦积山为秦地林泉之冠，其古迹系历代敕建者，有碑碣可考，自姚秦至今一千三百余年，香火不绝。"此碑现存天水市麦积山。

附　录

中华民国九年巳□八月，天水镇野人武天恩、傅承民、涂仝，
友人安风伯之四子安按舞游此。

按：此题记在天水市麦积山石窟第五号崖阁中龛正壁左侧，墨书。

民国三十二年（1943年）

诸天②法雨洒晴空，震海潮音梦寐③通。
灵窿重乐觇④祖意，丹梯半火护神工⑤。
十年再到今吾是，众愿欲成善侣同。
游戏预期齐剪纸，散花原不借溪风。
民国三十二年七月卅日，与杨君和亭、张君自振、赵永发、僧本善同游。

幼上时聂从录题。

按：此题记在天水市麦积山石窟第五号崖阁中龛正壁右侧，墨书。

民国二十三年（1934年）

半岩一洞天，活佛在此间。
有人若到此，跪倒把佛参。
玄妙极玄妙，非凡真非凡。
人若能到此，便是大罗仙。
　　民国二十三年徽邑弟子于彩章……（以下五人姓名从略）

按：此题记在麦积山石窟第十一号窟顶部左坡左侧，墨书。

【注释】

①亘古：自古以来。南朝宋鲍照《河清颂》："亘古通今，明鲜晦多。"

②诸天：佛教语。指护法众天神。佛经言欲界有六天，色界之四禅有十八天，无色界之四处有四天，其他尚有日天、月天、韦驮天等诸天神，总称之曰诸天。《长阿含经》卷一："佛告比丘，毗婆尸菩萨生时，诸天在上于虚空中，手执白盖宝扇，以障寒暑风雨尘土。"

③梦寐：谓睡梦。《后汉书·郎𫖮传》："此诚臣𫖮区区之念，夙夜梦寐，尽心所计。"

④觇：窥视，偷偷地察看，观测。

⑤神工：神奇的造诣；非凡的才能；犹能人；神人。南朝梁沈约《到著作省谢表》："路遥难骋，才弱未胜，而神工曲造，雕绚弥叠。"

天水麦积山石窟创建于十六国后秦时期，历朝历代都有续凿和重修，是我国著名的大型石窟寺之一，早在1961年就被国务院公布为第一批全国重点文物保护单位。石窟规模宏伟，造型奇特，保存有大量珍贵的佛教艺术品，被誉为"东方雕塑陈列馆"。这里保留着大量的题留诗刻，作为麦积山历史文化的见证，具有珍贵的史料和文学价值。

张果老登真洞题留诗刻

【碑文】

秦风提举咏"登真洞"
北宋政和二年（1112年）
三千行满末骖鸾①，闲卧空山不计年。
云锁洞门清扣玉，石流甘液泠②飞泉。
青驴去踏红尘里，白鹤夹归玉柱前。
试看高真③栖隐处，此中疑似蔚蓝天。

　　　明　马在田诗
洞口烟霞五色④文，洞深一窦⑤杳难分。

桃花乱落涧中水，芝草自生石畔云。
去去⑥白驴何日返，寥寥石鼓⑦几回闻。
谁人传得长生术，我欲相从一问君。

　　果老遗迹
　　　清　邑人罗璋
古洞馀仙迹，空名只是浮。
杵声⑧山久寂，棋局岭徒留。
烂斧失柯⑨影，残碑没记游。
往来街道硌⑩，瞻眺⑪几时休。

【注释】

①骖鸾：谓仙人驾驭鸾鸟云游。江淹《别赋》："驾鹤上汉，骖鸾腾天。"吕向注："御鸾鹤而升天汉。"

②泠：清凉。

③高真：得道成仙的人。前蜀杜光庭《贾璋醮青城丈人真君词》："瑶宫璿阙，深秘于洞台；翠壁丹崖，仰呀于云雾。高真之所栖息，上圣之所宴游。"

④五色：泛指各种颜色。《老子》："五色令人目盲，五音令人耳聋，五味令人口爽。"

⑤窦：孔，洞。杳：幽暗，遥远广大。

⑥去去：谓远去。汉苏武《古诗》之三："参辰皆已没，去去从此辞。"

⑦寥寥：形容数量少、寂寞孤单。唐权德舆《舟行见月》诗："月入孤舟夜半晴，寥寥霜雁两三声。"石鼓：这里指鼓形大石亦指战国时秦国留存下来的文物刻石，形像鼓。

⑧杵声：以杵捣物声、夯土声、捣衣声。南朝宋谢惠连《捣衣》诗："櫩高砧响发，楹长杵声哀。"

⑨柯：斧子的柄。

⑩硌：即硌石，硌脚，本意为坚硬大石头。

⑪瞻眺：远望。宋朱熹《释奠斋居》诗："瞻眺庭宇肃，仰首但

秋旻。"

【释文】

张果老登真洞位于甘肃陇南两当县东南的灵官峡自然保护区，唐通玄先生张果修真之处。清道光德俊纂修《两当县新志·名迹篇》载："城东十五里鸑鹫山有"登真洞"，相传唐通玄先生张果修真处，洞高一丈深百尺，有水自顶注入石池中，旁石震之有声，又名石鼓洞。"1991年春在陕西凤县龙家坪出土的宋高宗绍兴元年（1131年）《宋故崔公墓志铭》又载："两当邑之东有鸑鹫山，一祠嵌深，流水泠然，唐张果先生隐居处也。提刑游师雄建祠洞侧，岁遇雨畅，祷之获应。然洞祠无额，公颇惜之。一日，公众乞于都，仗郭思闻奏，朝廷嘉其惠，封其洞曰'登真洞'，祠曰：'集休观'。更数岁再乞申，命先生为'冲妙真人'，敕诰具在本观，赏之其不忘神惠有如此者。"

张果老为"八仙"之一，在民间有广泛影响，在历史上真实存在过。是唐代武后、玄宗时期的著名道士，名张果，"老"字是后人对他的尊称。著作有《神仙得道灵药经》《丹砂诀》和《玉洞大神丹砂真要诀》等。关于张果老的身世，史书记载不详。但到清初，彭定求等在编纂的《全唐诗》中记载张果老是甘肃两当人。《全唐诗》第二十四册八百六十卷中载有张果老诗一首《题登真洞》曰："修成金骨炼归真，洞琐遗踪不计春。野草漫随青岭秀，闲花长对白云新。风摇翠条敲寒玉，水激丹砂走素鳞。自是神仙多变异，肯教踪迹掩红尘。"此诗前附有小传："张果，两当人。先隐中条山，后于鸑鹫山登真洞往来，天后召之，不起。明皇以礼致之，肩舆入宫，擢银青光禄大夫，赐号通玄先生。未几，还山。"

在《中国古今地名大词典》中载"鸑鹫山在甘肃两当县东"。清康熙二十七年（1688年）版《巩昌府志》载两当县东"两山秀耸，一名南岐，一名来仪，南有登真洞，相传唐张果登真处"。现存于两当县文化馆的两通石碑即《宋故崔公墓志铭》和《重修三清阁碑记》，都有关于张果老在两当鸑鹫山登真的历史事实记载，是"张果老为两当人"的有力证据。

附　录

附：宋故崔公墓志铭

康州文学时敏撰，进士仇禧朋书丹

公讳熙，字明远，环州方梁人也，三代不仕，以贸迁为业，父先娶张氏早亡，再娶赵氏别生三男，父寻亦丧迄。迄熙宁初，公以仲子之故，避居西岐未徙南岐，为两当邑书史，掌刑辟。常误用矜勿喜，克俭起家，有田十顷，屋百间，以给岁用，一朝顾刀笔曰："非我志也。"拂袖归田。他日母亡于乡，徒步奔丧，哀毁过甚。暨礼终，诸弟以产业为分，公独不取，诸弟疑且畏焉。公语之曰："吾不远千里而来，矣利为念？因感泣而誓，岂以尔辈前日之误，成吾今日之短。"诸弟愧受，乡间服其廉且义也，遂复两当邑。邑之东有鹭鹭山，一祠嵌深，流水泠然，唐张果先生隐居处也。提刑游师雄建祠洞侧，岁遇雨旸，祷之获应。然洞祠无额，公颇惜之。一日率众乞于都，仗郭思闻奏，朝廷嘉其惠，封其洞曰"登真洞"，祠曰"集休观"。更数岁再乞申，命先生为"冲妙真人"，敕诰具在本观，赏之其不忘神惠有如此者。公处田里，悠然自足以炎。宋绍兴元年十一月二日卒于家，享年八十有三，是岁十二月甲申卜葬于螺旋岗，以其室周氏配焉。周氏，西岐人也，柔惠治内，牧先公十有七年终，享年六十一，生子谷。别宅李氏，生子牧，牧长而谷季，牧先公九年卒，公不令二子绍吏业，教以诗书。谷虽未显仕，千里驹也，公性好德义，多藏经史、医药、卜筮之书，通其大义，常诫众曰："孝养和睦，畏法克家，此福身之要也。"公春秋高，子孙喜惧，语之曰："吾虽老犹可享数岁，汝曹勿虑。"至卒岁，果十余载，时以兵火乱离而横夭者亦多，公独以寿终于家，其可验之术，不诬于人。亦信于身也，盖棺之日，其子谷以信士仇禧朋所录行状，请愚为铭，辞之不获，乃铭之曰："十步之内，必有茂草，悴陵催公，毓粹边傲，不文而儒，不武而胜，幸来岐凤，刀笔史教。一朝翻然，谓非贤操。东皋南亩，分甘枯藁。静念神庥蔼，力图仰报。畏慎勤俭，德义攸好。勿宿怨恕，和睦友孝。故原财产，独逊诸少，不取一金。器识远到，知命有术，其骁亦妙。万此乱离，永终寿考。卜葬高岗，松楸不老。"呜呼！贤哉，为千古道。

《嘉峪关碣记》诗刻

明正德二年（1507年）

【碑右侧诗文】

承委边关创立修，庙宇官厅可完周。
磨砖砌就鱼鳞瓦，五彩装成碧玉楼。
东通山海①名威显，西阻羌戎②第一州。
感蒙圣朝从此建，永镇诸夷③几万秋。

【撰者】
王镇，时为肃州卫嘉峪关承信校尉。

【注释】
①山海：位于河北省秦皇岛市东北渤海之滨山海关区。山海关关城北依燕山，东临渤海，故称山海关。始建于明代，它是明初长城的东起点，在通往东北和内地的咽喉要道上，是历来兵家必争之地。以山海关为界，分为关内、关外。山海关与嘉峪关首尾遥相呼应，有"天下第一关"之美誉。山海关的修建，战略上是防御蒙古入侵，而嘉峪关则是抵御匈奴侵扰，为开拓西域疆土，保障丝路畅通，发展河西经济等而建。明长城途经辽宁、河北、天津、北京、内蒙古、山西、陕西、宁夏、甘肃九个省、市、自治区，全长7300多公里，号称万里长城。

②羌戎：泛指我国古代西北部的少数民族。

③诸夷：中国旧时泛指外国；我国古代称东方的民族，也统称周边民族。郭沫若《中国古代社会研究》第二篇序说："河北、山西的北部是所谓北狄，陕西的大部分是所谓西戎，黄河的下游是所谓东夷。"

【释文】
此碣现藏于甘肃嘉峪关长城博物馆，原存于甘肃省嘉峪关市关城内。该石碣高43厘米，宽22厘米，厚6厘米，为青石质。其正面、背面及右侧均刻有文字。碑碣正文记载的是明正德元年（1506年）肃州兵备道副使李端澄（河南武陟人，进士）重修玄帝庙，重建关城和东西二楼暨官厅、夷厂、仓库等情况。负责这项工程的肃州卫嘉峪关承信校尉王镇立碑，并题为"嘉峪关碣记"。在石碣的右侧刻七言律诗一首，诗曰："承委边关创立修，庙宇官厅可完周。磨砖砌就鱼鳞瓦，五彩装成碧玉楼。东通山海名威显，西阻羌戎第一州。感蒙圣朝从此建，永镇诸夷几万秋。"

明洪武五年（1372年），征西大将军宋国公冯胜到河西、嘉峪地区考察防务，认为此地是重要的咽喉之地，具有重要的战略地位，于是置关首筑土城，并以此地嘉峪山名命为嘉峪关。嘉峪关是明代万里长城西端起点，也是长城全线中规模最宏伟、保存最完好的关隘，这里曾经也是丝路文化和长城文化的重要融汇处。

在我国古代，关是"入境之要道，古今之险阨"，其目的是为盘查往来使者商贾及行人有没有违禁行为。而城墙以内的地方叫城，人口集中、文化发达、常驻重兵把守的城为城市；在险关要隘只是为防守而建的小城为城堡。嘉峪关由外城、内城和瓮城组成，与长城连为一体，形成了五里一燧，十里一墩，三十里一堡，一百里一城的严密国家军事防御体系。

附：《嘉峪关碣记》碑文
（碑正面文）
建修玄帝庙碣记

皇明肃州卫嘉峪山关内，居中第，旧有玄帝庙，岁戍官军百余，西域往来使旅祈仰，无不感应。正德改元丙寅秋八月，钦差整饬肃州等处兵备副宪李公端澄，遵成命起盖关东西二楼暨官厅、夷厂、仓库，推委镇董工，今年丁卯春二月落成。惕睹高真祠居下隘，恭虔叩请三卜俱吉，遂协心捐资移建于关南城上，向北筑基重建庙一所。中塑玄天上帝，两壁绘诸天神将，金饰辉煌，神威炫耀，凡有祷事必应。因立碣以记其颠末。

大明正德二年丁卯春二月望日，委修肃州嘉峪关承信校尉王镇立碣撰告。

（碑背面文）
（额刻）肃州卫

西楼壹座，伍间转柒，仓库玖间。玄帝庙壹所，官厅壹所，壹拾肆间，门楼壹座。管人夫指挥佥事丁玺；掌印指挥佥事夏忠；管理人夫百户邢来；领操把总都指挥芮宁；领操把总都指挥芮刚；董工总提督监造百户王镇管屯指挥同知李昊；收执木瓦百户孙刚；防守指挥同知李玉；守关指挥金事卢清。东楼壹座，叁间转伍。夷厂叁拾陆间。关城周围贰百丈。

（底部刻）

铁匠王表；油匠宗海；画匠冉惠；总作木匠赵升、武德、高谦；石匠李旌玉；瓦匠崔伏；石匠柴宣；书写司达。

图 139 "嘉峪关碣记"碑正面（拓片）

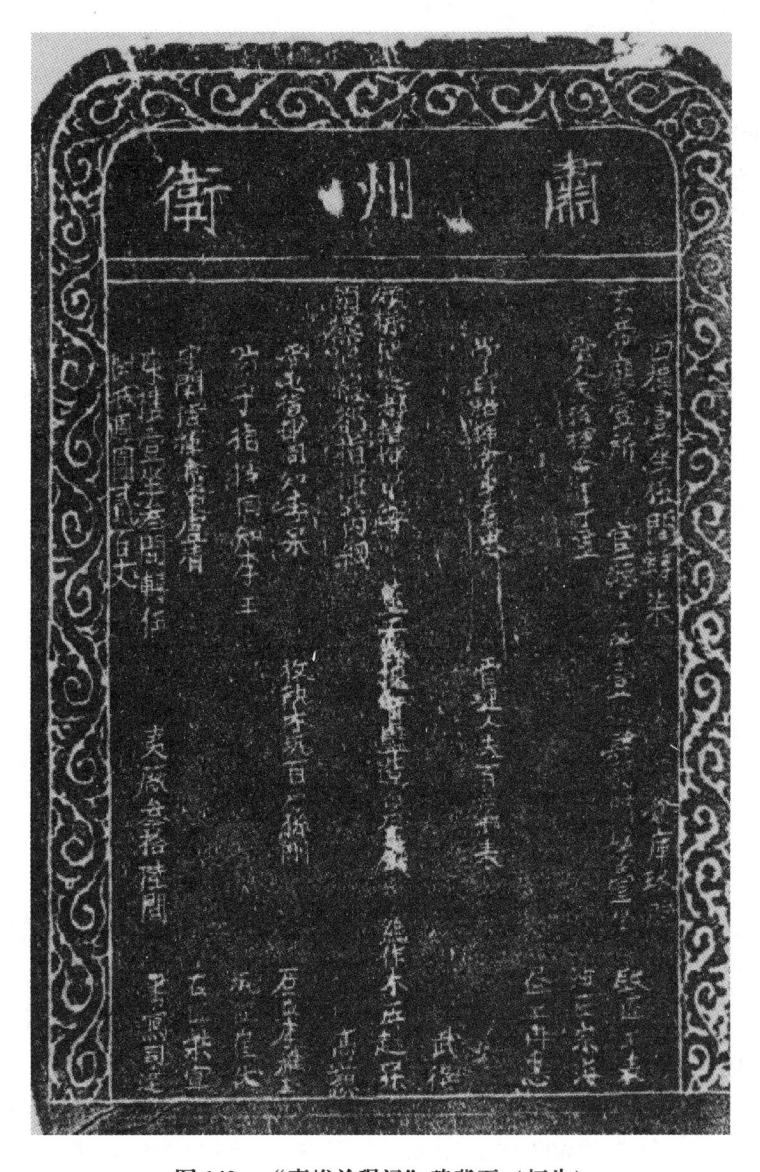

图140 "嘉峪关碣记"碑背面（拓片）

《嘉峪关漫记》诗碑

明万历四十年（1612年）

【碑文】

揽辔酒泉西①，纵横千□列。朝旭丽飞旌，凯风②□长戟。
行行招玉门③，迢迢扼沙碛。红泉④襟其南，黑水⑤障其北。

五月沟草黄，一带石烟白。屹然华夷⑥防，泂自鸿蒙⑦辟。
右臂断匈奴⑧，越裳献重译⑨。霜骏宴昆丘⑩，天马来西极⑪。

遐略⑫侈前闻，雄图载往册⑬。神祖⑭耀皇威，列圣⑮扬武烈。
疆年争荡除⑯，万里烽尘绝。东疆拓大松⑰，西埃斥邛僰⑱。

端拱望垂衣⑲，师边而臣力。远人⑳慕化来，款关㉑无虚夕。
爰阅对王庥㉒，舞干有苗格㉓。王者守四夷，天险亦空设。

班生掷柔翰㉔，所志在竹帛㉕。执讯俘尉犁㉖，臣服尽姑墨㉗。
从此入版图，五十余属国㉘。穷黩罢轮台㉙，无宁㉚夸汉□。
惠中绥万方㉛，文教广回纥㉜。咨诹嗟靡逮㉝，聊㉞为勒片石。

万历壬子六月朔　御史楚城阳徐养量书

【撰者】

徐养量（1568—1625年），字叔宏，号京咸。祖籍苏州东园人，明万历三十一年（1603年）中举，三十五年（1607年）进士，选庶常。徐养量在朝为官十八年，历任监察御史、督学北直（今北京、河北省）、太仆寺少卿，万历四十八年（1620年）晋升为都察院右佥都御史，巡抚甘肃，后升左侍郎、兵部尚书，赠少保。徐养量巡抚甘肃赞理军事，曾斩敌八百余人，五次告捷，平息了甘肃的匪患，以战功擢升为兵部左侍郎、兵部尚书，并获御颁"经纬名臣"坊表。徐养量忠厚正直，光明磊落，从谏如流，政绩丰硕。徐养量校刊了四库全书丛书《日涉编》十二卷本，目前此书收藏于台北国立中央图书馆。

【注释】

①揽辔：原意为挽住马缰。《后汉书·党锢传·范滂》："时冀州饥荒，盗贼群起，乃以滂为清诏使，案察之。滂登车揽辔，慨然有澄清天下之志"。南朝宋刘义庆《世说新语·德行》载为陈蕃事。后以"揽辔澄清"谓在乱世有革新政治、安定天下的抱负。酒泉西：指嘉峪关。

②凯风：南风，和暖的风。

③玉门：即玉门关。

④红泉：即红水①。祁连山北坡有红泉墩（今甘肃肃南堡子滩村西南）。

⑤黑水：即已干涸的额济纳河，"额济纳"为党项语"亦集乃"的音译，意为黑水或黑河。黑水也称黑水城，蒙古语为哈拉浩特。黑水城之所以被称为"黑水"，是因为在元之前有黑水河流到这里，形成内陆湖名居延海。汉朝时，赶走匈奴后就有屯田驻兵，现今额济纳成为居延遗址和黑水城保护基地。黑水城在元朝为亦集乃路，明以后城渐废。黑水城是西夏在西部地区重要的农牧业基地和边防要塞，是元代河西走廊通往岭北行省的驿站要道，西夏十二监军司之一黑山威福司治所。城为长方形，全城面积超过十八万平方米。城分为东西两部分，西城为军政官署和寺庙等宗教活动场所；东城则为吏民和军队居住区及仓库等；城外是居民的宅院。黑水城遗址曾出土过大量西夏文献资料。

⑥华夷：指汉族与少数民族，后亦指中国和外国。《晋书·元帝纪》："天地之际既交，华夷之情允洽。"

⑦鸿蒙：古人认为天地开辟前是一团混沌的元气，这种自然的元气叫鸿蒙。

---

① 据清张廷玉等撰《明史》卷四十二·志第十八·地理三记载："肃州卫元肃州路，属甘肃行省。洪武二十七年十一月置卫。西有嘉峪山，其西麓即嘉峪关也。弘治七年正月扁关曰镇西。西南有小昆仑山，亦曰雪山，与甘州山相接。北有讨来河，东汇于张掖河。西南有白水，又西北有黑水，东南有红水，俱流入白水，下流入西宁卫之西海。又东北有威虏卫，洪武中置，永乐三年三月省。东距行都司五百五十里。"

⑧右臂断匈奴：汉武帝时期为了彻底解决西北部边境问题，连续多次发起反击匈奴骚扰的军事行动，匈奴遭受汉军几度打击，远遁漠北，但是势力依然强大。其时，风俗与匈奴相近的乌孙国崛起于伊犁草原，成为西域诸国中的头等强国，俨然与汉、匈成鼎立之势。为了防止匈奴复起和遏制匈奴，汉武帝听取了张骞提出的联合乌孙"令东居中故地，妻以公主，与为兄弟"，以"断匈奴右臂"的建议，任命张骞为中郎将，率三百人再度出使西域。张骞到了乌孙，要求乌孙王昆莫东回故土（指敦煌祁连之间的地区），臣服于汉，以防匈奴，并答应把汉公主嫁给他，作为结盟的条件。张骞向汉武帝提出"断匈奴右臂"计划，使大汉与西域的强国乌孙结盟，汉帝国强势介入西域，并最终控制西域，从而斩断匈奴的后援。

⑨越裳献重译：重译即辗转翻译。《尚书大传》卷四："成王之时，越裳重译而来朝，曰道路悠远，山川阻深，恐使之不通，故重三译而朝也。"《汉书·平帝纪》："元始元年春正月，越裳氏重译献白雉一，黑雉二，诏使三公以荐宗庙。"颜师古注："译谓传言也。道路绝远，风俗殊隔，故累译而后乃通。"越裳亦作"越常""越尝"。为中国南方古老民族名称，其民族发源于中国金沙江流域一带。今承其古名之所为印度所辖的阿萨姆邦附近，包括缅甸北部和孟加拉国东南沿海的狭长地带。

⑩霜骏宴昆丘：霜骏即霜蹄千里骏。昆丘，即昆仑山。《隋书·音乐志下》："原载垂德，崐丘主神。阴坛吉礼，北至良辰。"

⑪西极：汉代乌孙国所产之良马。《史记·大宛列传》："（匈奴）得乌孙马好，名曰'天马'。及得大宛汗血马，益壮，更名乌孙马曰'西极'，名大宛马曰'天马'云。"

⑫遐略：远大的谋略。《宋书·南郡王义宣传》："鲁宗父子，世为国冤，太祖方弘遐略，故爽等均雍齿之封。"

⑬雄图：嘉猷宏图。载往册：都载入史册。

⑭神祖：指明太祖朱元璋。

⑮列圣：指明代各朝的贤明君主。

⑯疆年：终年。争荡除：勉力扫荡除恶。

⑰东疆：指嘉峪关以东。大松：指大通河和松山一带。此句意为，在

附　录

嘉峪关以东，早已开拓了大通河和松山一带地区。

⑱堠：古代瞭望敌情的土堡。邛僰：汉代临邛、僰道的并称。约当今四川邛崃、宜宾一带。后借指西南边远地区。唐骆宾王《畴昔篇》："脂车秣马辞乡国，策锵西南使邛僰。"清陈学洙《燕京杂咏》之三："碧鸡久说通邛僰，白雉初闻贡越裳。"

⑲端拱：正身拱手。指恭敬有礼，庄重不苟，意为君王无为而治，天下大治。《庄子·山木》："（孔子）左据槁木，右击槁枝，而歌焱氏之风……颜回端拱还目而窥之。"垂衣：即垂衣裳；谓定衣服之制，示天下以礼。后用以称颂帝王无为而治。韩康伯注："垂衣裳以辨贵贱，乾尊坤卑之义也。"

⑳远人：指边远地区的民族。

㉑款关：犹款塞，即叩塞门。谓外族前来通好。《史记·太史公自序》："海外殊俗，重译款塞。"裴骃集解引应劭曰："款，叩也。皆叩塞门来服从也。"

㉒庥：庇荫，保护。

㉓舞干：《书·大禹谟》："帝乃诞敷文德……舞干羽于两阶，七旬，有苗格。"格：来，至。七旬，故云太远。后遂以"舞干"指文德感化。

㉔班生：指汉班超。其以投笔从戎，立功异域著称。后为弃文就武之典。唐豆卢诜《岭南节度判官宗公神道碑》："不安颜子之贫，遂投班生之笔。"柔翰：指毛笔。《文选·左思〈咏史〉》："弱冠弄柔翰，卓荦观群书。"刘良注："柔翰，笔也。"

㉕竹帛：竹简和白绢。古代用竹帛书写文字。《墨子·天志中》："又书其事于竹帛，镂之金石，琢之盘盂，传遗后世子孙。"引申指书籍、史乘。

㉖执讯：谓对所获敌人加以讯问；古时掌通讯的官吏。《诗·小雅·出车》："执讯获丑，薄言还归。"尉犁：古西域之尉犁国、渠犁国。位于新疆中部，巴音郭楞蒙古自治州腹地。西汉尉犁国，亦称尉黎，隶西域都护府，东汉后为焉耆国所兼并。唐设渠犁都督府，元明时期称"罗布淖尔"（蒙语，意为汇入多水的湖），明末称"昆其"。

㉗姑墨：汉代西域国名。今新疆维吾尔自治区温宿、阿克苏一带。《汉书·西域传下·姑墨国》："姑墨国，王治南城，去长安八千一百五

十里。"

㉘从此入版图，五十余属国：嘉峪关修筑之后，西域不断前来朝贡者达七八十人之多。"远人熏化来，款关无虚夕"和"从敬人版图，五十涵属国"就是描述国家边境升平友好、民族大交流融合的景象。

㉙穷黩：亦为"穷兵黩武"，即滥用武力，肆意发动战争。三国魏曹丕《诏王朗等三公》："穷兵黩武，古有成戒。"轮台：泛指边塞。唐郑愔《秋闺》诗："征客向轮台，幽闺寂不开。"

㉚无宁：宁可，不如。《论语·子罕》："且予与其死于臣之手也，无宁死于二三子之手乎？"

㉛惠中：谓聪明。惠，通"慧"。唐韩愈《送李愿归盘谷序》："人之称大丈夫者，我知之矣……曲眉丰颊，清声而便体，秀外而惠中。"万方：万邦，各方诸侯。《书·汤诰》："王归自克夏，至于亳，诞告万方。"引申指天下各地，全国各地。

㉜回纥：古代民族名兼国名。为袁纥（我国古代部族——维吾尔族的别称）后裔，初受突厥统辖，唐天宝三年灭突厥后建立可汗政权，贞元四年改称回鹘，开成五年被黠戛斯所灭，余众分三支西迁：一迁吐鲁番盆地，称高昌回鹘或西州回鹘；一迁葱岭西楚河畔，称葱岭西回鹘；一迁河西走廊，称河西回鹘。后改称畏吾儿（即今维吾尔），也叫回回，亦叫回纥。《旧唐书·回纥传》："回纥，其先匈奴之裔也……在薛延陀北境，居娑陵水侧，去长安六千九百里，随逐水草，胜兵五万，人口十万人。"

㉝咨诹：访问商酌，谋划。《诗·小雅·皇皇者华》："载驰载驱，周爰咨诹。"靡遑：亦作"靡皇"。不忙，来得及；无暇，来不及。宋司马光《涑水记闻》卷九："伏愿以一垓之土地，建为万乘之邦家，于时再让靡遑，群情又迫，事不得已，顺而行之。"

㉞聊：姑且。

【释文】

诗碑现存于甘肃嘉峪关城楼仿古碑廊。碑为卧碑，高61厘米，长176厘米，厚16厘米，《嘉峪关漫记》碑是明万历四十年（1612年），时为巡按御史徐养量巡视肃州卫（今甘肃酒泉）时写的五言诗，并刻石。《嘉峪关漫记》碑身右下角有残缺，碑文竖写，共44句242字，书体为草书，书写流畅自如，一气呵成。诗歌描写和赞扬了戍守嘉峪关的将士，还提及关城周围的景致和嘉峪关的历史及其所起的作用，并抒发了作者个人的情感。

参照《嘉峪关漫记》诗碑原拓片与相关书籍，对照两处录文存在差异，可能是对少数不易辨认草体字认识有误，如："霜骏宴昆丘，天马来西极。遐略侈前闻，雄图载往册"，误为"霜骏寋昆丘，天高健西极。匪略侈前闻，雄图载往册"；"端拱望垂衣，师边而臣力"，误为"端拱坐垂衣，师武而臣力"；"爰阅对王庥，舞干有苗格"，误为"爵阅对王庥，舞干有苗格"；"执讯俘尉犁，臣服尽姑墨"，误为"执讯乎讨黎，臣服尽姑墨"；"从此入版图，五十余属国"，误为"从敬人版图，五十涵属国"；"穷黩罢轮台，无宁夸汉□"，误为"穷赎罢歌台，无宁夸汉液"。"惠中绥万方，文教庶广回纥。咨诹嗟靡遑，聊为勒片石"，误为"惠中绥万方，文教广（庶）四讫。咨诹嗟靡遑，聊为勒良石"等。

"揽辔酒泉西，纵横千□列。朝旭丽飞旌，凯风□长戟"。"纵横"句，第四字已剥落，疑为"帐"字，指军营。"凯风"句，第三字剥落，疑为"拂"字，吹拂、摆动之意。"穷黩罢轮台，无宁夸汉□"第五字剥落，疑为"仪"。"汉仪"指汉代的官制礼典制度。

嘉峪关，是古丝绸之路必经之地，自古是"番人入贡之要路，河西保障之咽喉。"举世闻名的明代万里长城西起点，自明洪武五年（1372年），先后经过168年的修建，成为万里长城沿线最为壮观的关城。嘉峪关关城1961年被国务院公布为第一批全国文物重点保护单位。1965年以关名建市。

图141 嘉峪关诗碑拓片（局部一）

附　录

图 142　嘉峪关诗碑拓片（局部二）

图 143　嘉峪关诗碑（拓片）

— 403 —

陇东南民间遗散诗碑辑释

武安会众信官军赞序

清乾隆十二年（1747年）

【碑文】

忆昔桃园会①，赤胆扶汉鼎②。
威服岩疆固③，荡荡德难名④。
徒慕无由报，以伸众凡情⑤。
再聚官军会，观听一时荣。
莫威分善恶，聊表会愚诚⑥。

敕封三十三天伏魔大帝关圣帝君（此句在诗与碑文之间）

当武安王⑦庙古刹者创自上世，时远人烟，诚难枚举，至万历十年重葺及后庙貌虽焕，寂寞时闻，屡岁善信君子聚众集会，虽岁时伏腊⑧敬服尊亲，亦或始勤终怠，暂合而不获恒久焉。于乾隆七年（1742年）有姑藏陶公千厅其地，目击心伤，以谓区冲地要士享安堵，民皆乐业，耕食凿饮不被羌恐者何？莫非圣帝之惠也。奈何以昭昭之灵，任寂寞而不为尊亲，是以凡有血气者之所憾也。于是一公倡于先，外委旗队兵丁和于后者六十余人，笼逻圣会。诚纳月艮银，菲饮食而恶衣服几为经营，积金百余，以为春祈、秋报、祭祀、蒸尝之费外，余半百治鸣锣二面，鼓板全付、垂簾⑨、案帏、供器、旗伞俱全，鸾驾⑩半付，肃圣容而壮观丽。于以庙貌辉煌，对越亦严，仰瞻生畏，福善祸淫之报起于此举焉。且除香火义田二石于石峡口之北，庶僧栖有赖⑪；暮鼓晨钟，邀惠福而祈灵佑乃有待也。致于残缺尚多，一代不能毕举，责以俟后之善信，继志而奋与焉。因以序。

署嘉峪关营游击王世魁
昌首会首嘉峪关营千总陶光言宁
众信弟子张义龙（后刻人姓名略）等七十三人
乾隆十二年五月十三日榖旦阖会众信勒石
高台县儒学庠弟子刘旺沐手撰书

富平县匠人杜天才、作雷刊

本庙主持禅僧性恺

【撰者】

刘旺沐，高台县儒学庠弟子。

【注释】

①桃园会：即桃园结义。

②汉鼎：汉代的鼎。为国之重器，亦用以指汉代社稷。唐司空图《杂题》诗之一："若使只凭三杰力，犹应汉鼎一毫轻。"

③威服：以威力慑服。《史记·秦始皇本纪》："先帝巡行郡县，以示疆，威服海内。"岩疆：边远险要之地。《明史·梁廷栋传》："廷栋疏辨，乞一岩疆自效，优诏慰留之。"

④荡荡：浩大貌；空旷貌。清王士禛《池北偶谈·谈故四·暹罗表》："巍巍莫测，荡荡难名。"难名：难以称述。

⑤凡情：凡人的情感欲望。

⑥聊：是"略微"。聊表是稍微，客气的说法。愚诚：谦指己之诚意、衷情。《汉书·刘向传》："欲竭愚诚，又恐越职。"

⑦武安王：关羽，俗称"关公"，字云长，山西解州常平村人。他忠义勇武，名播天下，历代帝王便把集"忠孝节义"于一身的关羽作为样板，大加吹捧和封赏，用来"教化"臣民。宋代封其为"义勇武安王"，明万历年间特加封为"三界伏魔大帝神威远镇天尊"，清顺治元年封为"关圣大帝"。

⑧伏腊：亦作"伏臘"。古代两种祭祀的名称。"伏"在夏季伏日，"腊"在农历十二月。亦指伏祭和腊祭之日，或泛指节日。汉杨恽《报孙会宗书》："田家作苦，岁时伏腊，烹羊炰羔，斗酒自劳。"

⑨垂簾：指垂下的帘子。

⑩鸾驾：天子的车驾。后亦为车驾之美称。

⑪有赖：犹言要依靠。

【释文】

此碑现存甘肃嘉峪关关城仿古碑廊。碑高1.27米，宽0.55米，碑额刻有装饰纹，为清乾隆十二年（1747年）立。碑前刻五言诗一首，中竖刻敕封三十三天伏魔大帝关圣帝君，后刻赞序文，末刻会首、众信弟子名录等。

登嘉峪关并序碑

清光绪十三年（1887年）

【碑文】

　　嘉峪关，中外咽喉，自来战守必争之地。圣清受命，奄一寰宇①，关西万里，胥衽席之②，今二百余年矣。依汉如天，罔有隔阙③。登斯楼也，能无今昔之感欤！光绪丙戌夏四月，偕幕僚集此，赋诗二章，聊自写胸臆云尔。

　　　　山河襟带④限西东，南挟黄流一径通。
　　　　塞上重楼空突兀⑤，道旁古冢半英雄。

　　　　远开国祚⑥推元盛，轻戮贤豪陋吕隆⑦。
　　　　往事不堪听鼓角，苍崖白日浩冥蒙⑧。

　　　　防边自古建雄关，圣代于今卧鼓⑨间。
　　　　万里胡天⑩皆赤子，千秋颉利入清班⑪。

　　　　风腾瀚海鲸鲵⑫吼，月冷荒城剑戟⑬环。
　　　　报国孤怀挥老泪，愁看雕卷阵云间。

　　　　　　　　　　　　宁乡周达武题，安化黄自元书。

　　渭臣军门⑭寄示嘉峪关诗，盖巡边所至，眺览言怀，寓兴一时。其诗闳深⑮雅健、苍凉边塞之声，称其雄才大略。寰宇记：酒泉有鸿鹭山⑯，引《穆天子传》⑰，西循黑水至璧玉之山，即此。《明一统志》谓之嘉峪山，其西麓即今嘉峪关也。自汉通西域⑱，皆出玉门关⑲，其南曰阳关⑳，谓之南道、北道。明初弃边外瓜沙地㉑，乃建置嘉峪关，间别中外，遂为河西边界之锁钥㉒。今西域万余里尽隶版图，往时玉门、阳关皆为内地，顾视嘉峪山雄扼戎羌之险要，犹衽席也。天下事变不常，控制中外，必先形胜。今时要害，又不在雍凉㉓，而在燕晋㉔，北边之藩卫㉕京师。军门干济㉖之才，必有预筹之。数十年之前，而制其胜。此诗老将临边之概，其为之先行乎？黄觐虞太守为书而勒之石，嵩焘因记其后，以告来者。时丁亥春正月，湘阴郭嵩焘谨记。

【撰者】

周达武（1827—1894年），字梦熊，号渭臣，湖南宁乡大屯营（原道林石家湾）人，卒年六十八岁。咸丰四年（1854年）投湘军，后为湘军名将，历任游击，副将，总兵，四川、贵州、甘肃提督等职，光绪二十年（1894年）封尚书；工诗，善书法。赠内阁学士，予骑都尉世职，谥"壮节"。著有《武军纪略》二卷。其子家纯，号吕生，后名朱剑凡，朱剑凡是中国著名教育家，孙女朱仲丽是王稼祥的夫人，曾为毛泽东的保健医生。周达武宗族本姓朱，传为明末吉王（朱慈煊）后裔，清兵入关后为躲避追杀改姓为周。周达武幼时家贫，未读书，功成后重教兴学。任甘肃提督期间，即光绪三年至二十年（1877—1894年），在张掖大力倡教，捐资办学，兴建觻得书院，广育人才，为地区文化教育事业做出了贡献。

郭嵩焘（1818—1891年），字伯琛，号筠仙、云仙、筠轩，别号玉池山农、玉池老人，湖南湘阴城西人，晚清名臣，政治家，湘军创建者之一，中国首位驻外使节。1847年进士，曾任苏松粮储道、两淮盐运使、署理广东巡抚、福建按察使、总理衙门大臣，驻英国、法国公使等职。驻英公使梁启超对李鸿章有"只知有洋务，不知有国务"的批评，而对郭嵩焘则称赞有加。1866年罢官回籍，在长沙城南书院及思贤讲舍讲学。1875年经军机大臣文祥举荐进入总理衙门，1877年出洋赴英。1878年兼任驻法使臣，次年迫于压力称病辞归。光绪十七年（1891年）病逝，终年73岁。著有《养知书屋遗集》《史记札记》《礼记质疑》《郭嵩涛日记》等。他主张学习西方科学技术，开办矿产，兴办铁路，整顿内务，以立富强之基，并注意西方的巴力门（议会）制度，是近代中国"走向世界"的代表性人物之一，在中西文化交流史上，特别是在"西学东渐"史上有其重要的功绩。

【注释】

①奄一：犹统一。《北齐书·文宣帝纪》："昔我宗祖应运，奄一区宇，历圣重光，暨于九叶。"寰宇：寰球、天下。

②胥：皆，都。衽席：睡觉用的席子。《周礼·天官·玉府》："掌王之燕衣服、衽席、床笫、凡亵器。"郑玄注引郑司农曰："衽席，单

席也。"

③罔：无，没有。阙：古代王宫、祠庙门前两边的高建筑物。

④襟带：衣襟和腰带。比喻山川环绕的险峻地势。

⑤突兀：高耸的样子。

⑥国祚：国运。《陈书·吴兴王胤传》："皇孙初诞，国祚方熙。"

⑦吕隆（？—416年），字永基，十六国时期略阳（今甘肃天水秦安东南）人，氐族，后凉国主，401—403年在位，史称后主。后凉太祖吕光之侄，晋隆安五年（401年）吕超杀吕纂后拥立他为帝，改年号为神鼎，在位3年。归降后秦，后又谋反而被姚兴杀死，葬处不明。吕隆，曾被封为建康公，任北部护军。吕隆即位后，"多杀豪望，以立威名，内外嚣然，人不自固"，他诛豪族，使内外扰攘不宁，人人不能自保。403年在南凉和北凉分别多次进攻后凉的情势下，吕隆被迫投降后秦，后凉灭亡。吕隆到了长安，被姚兴降封为散骑常侍，公爵照旧。之后，他和姚兴少子广平公姚弼图谋反叛，事情泄露，于416年被姚兴处死。

⑧冥蒙；幽暗不明。元贡师泰《拟古》诗之二："鄙哉叔孙氏，绵蕞变王风。寥寥数千载，伊谁启冥朦。"

⑨卧鼓：息鼓。常示无战争，或战事已息止。

⑩胡天：指胡人地域的天空，亦泛指胡人居住的地方。

⑪颉利：唐代东突厥可汗，姓阿史那氏，名咄苾。借指少数民族首领。清班：清贵的官班。多指文学侍从一类臣子。

⑫鲸鲵：即鲸。雄曰鲸，雌曰鲵。比喻凶恶的敌人。《左传·宣公十二年》："古者明王伐不敬，取其鲸鲵而封之，以为大戮。"杜预注："鲸鲵，大鱼名，以喻不义之人吞食小国。"

⑬剑戟：泛指武器。《国语·齐语五》："美金以铸剑戟，试诸狗马。"

⑭军门：明代称总督、巡抚为军门。

⑮闳深：广博深远；博大精深。宋曾巩《开府仪同三司制》："某材资桀异，识虑闳深。庄重足以镇浮，精明足以成务。"

⑯鸿鹭山：是由嘉峪关西端的一片岗峦与城西北七十里的黑山（古名金山，又曰鸿鹭山）相连接，中间构成石门，形成河西走廊西部的锁钥，是通往新疆的要塞，西汉置玉石障于此，是因其山古称玉石山，设关又称玉门关，今称为石关峡。

⑰穆天子传：又名《周穆王游行记》，是西周的历史神话典籍之一。《穆天子传》主要记载周穆王率领七萃之士，驾上赤骥、盗骊、白义、踰轮、山子、渠黄、骅骝、绿耳等骏马，由造父赶车，伯夭作向导，从宗周出发，越过漳水，经由河宗、阳纡之山、群玉山等地，西至于西王母之邦和西王母宴饮酬酢的神话故事。其中的宗周，经学者研究，认为是指洛邑（今河南洛阳）；穆王的西行路线，当是从洛邑出发，北行越太行山，经由河套然后折而向西，穿越今甘肃、青海、新疆到达帕米尔地区（西王母之邦）。《穆天子传》曰："天子循黑水至于群玉之山，谓此也。今名为鸿鹭山，以山多鸿鹭所栖得名也。"

⑱西域：汉以来对玉门关、阳关以西地区的总称。狭义专指葱岭以东而言，广义则凡通过狭义西域所能到达的地区，包括亚洲中、西部，印度半岛，欧洲东部和非洲北部都在内。后亦泛指我国西部地区。

⑲玉门关：汉武帝置。因西域输入玉石时取道于此而得名。汉时为通往西域各地的门户。故址在今甘肃敦煌西北小方盘城。

⑳阳关：在今甘肃省敦煌市西南古董滩附近，因位于玉门关以南，故称。

㉑瓜沙地：古代瓜州是现在甘肃省酒泉地区的瓜州县。瓜州县，原名安西县。瓜州县在历史上因其生产蜜瓜独具特色，在春秋时期就谓之瓜州。初唐时期，瓜州被作为行政建制的名称正式沿用。到明洪武五年（1372年）废瓜州。沙州即今甘肃省敦煌市，敦煌四周皆为沙漠戈壁包围，位处塔克拉玛干沙漠东端边缘。

㉒锁钥：开锁的器件，比喻成事的关键所在。此处喻军事重镇、出入要道。《宋史记事本末》卷四"准曰：'主上以朝廷无事，北门锁钥，非准不可耳。'"

㉓雍凉：雍州，一般是指现在陕西省中部北部、甘肃省（除去东南部）、青海省的东北部和宁夏回族自治区一带地方。凉州即甘肃省西北部的武威，地处河西走廊东端，是古丝绸之路上的重镇，史有"四凉古都，河西都会"之美称，素有"银武威"之称，自古以来就是"人烟扑地桑柘稠"的富饶之地，"通一线于广漠，控五郡之咽喉"的军事战略要地和"车马相交错，歌吹日纵横"的商埠重镇。

㉔燕晋：周代诸侯国。又称北燕。姬姓，周公奭之后，在今河北省北

部和辽宁省西端，建都蓟（今北京城西南隅）。战国时为七雄之一，后为秦所灭。亦旧时河北省的别称。亦指河北省北部。晋是山西省的简称，春秋时期，大部分地区为晋国所有，所以简称"晋"；战国初期，韩、赵、魏三家分晋，因而又称"三晋"。

㉕藩卫：屏障；捍卫；亦指诸侯。

㉖干济：谓办事干练而有成效。《梁书·刘坦传》："为南郡王国常侍……迁南中郎录事参军，所居以干济称。"

【释文】

此碑现存甘肃嘉峪关长城博物馆，碑分三块组成，均为石灰岩质，大小均相同，高36厘米，宽38厘米，厚11厘米。其中第三块是郭嵩焘后继刻。碑文记叙了作者登上雄伟壮观的嘉峪关时的感想。

"登嘉峪关并序"碑诗文是清光绪十三年（1887年）陕西提督周达武登上嘉峪关时所写，后记为郭嵩焘所写，碑文由太原太守黄自元书写。黄觐虞即黄自元（1837—1918年），字敬舆，号澹叟，湖南安化县人，清末书法家，实业家。清同治戊辰（1868年）进士，殿试列榜眼，授翰林院编修。工书法。历任顺天、江南乡试副主考，河南道、陕西道监察御史，甘肃宁夏知府等职。著有《间架结构九十二法》。史载黄自元"书名满天下，妇孺皆得知"。"数十年来，碑碣之文，祝颂之作，皆得以先生书为荣，零缣片纸，人争藏弃，或诡冒模龚以弋厚利，虽穷荒鲰孺，无不知有黄先生书者。然而其内行之纯笃，蹈履之谨严，识量之超明，天怀之元定，所以越流俗二资矜式者，世顾罕称之。盖世人徒震于先生之艺术，至含章隐曜而卓然有自立之道，非平日默窥潜视未易而得名也。"黄自元一生书法创作颇丰，尤以楷书名世。其传世代表作品有《柳公权玄秘塔碑》（临本）《张茂先励志诗》《楷书千字文》《欧阳询九成宫醴泉铭》（临本），《文天祥正气歌》等。此通嘉峪关周达武诗碑，正是黄自元楷书笔迹。

附　录

图144　登嘉峪关并序碑之一

图145　登嘉峪关并序碑

图146 登嘉峪关并序碑一（拓片）

图147 登嘉峪关并序碑二（拓片）

图148 登嘉峪关并序碑三（拓片）

遮阳山镌诗石题诗

【刻文】

南向石门北向开，愚人自此泪断怀①。
登临孤吊张芸叟②，石上题诗扫绿苔。

【撰者】
不详。

【注释】
①愚人：愚昧的人；浅陋的人。也自谦比喻自己。
②张芸叟：张舜民。

【释文】
此诗刻于甘肃漳县遮阳山镌诗石之上，此题刻内容是怀念宋朝名臣张舜民。

　　张舜民，生卒年不详，北宋文学家、画家。字芸叟，自号浮休居士，又号矴斋，邠县（今陕西彬县）人。英宗治平年间（1064—1067年）进士，历任襄乐令、监察御史、右谏议大夫、龙图阁待制定州知府、知同州等职。为人刚直敢言，曾因元祐党争事，牵连治罪，被贬为楚州团练副使，商州安置。后出任集贤殿修撰。张舜民晚年（很可能是他被贬彰县后受遮阳山的启悟）自号"芸叟"，常常留连于遮阳山，修建了一处供他休息、观景的亭子，一直到明朝还在。文集今存《画墁集》8卷，补遗1卷，有《知不足斋丛书》本及《丛书集成》本。清康熙二十六年《岷州卫志》载："张舜民，字芸叟，号浮休居士，邠县人，举进士第，为襄乐令。任终，持一砚去，寻悔之。"

图149　镌诗石题诗刻（摩崖）

附 录

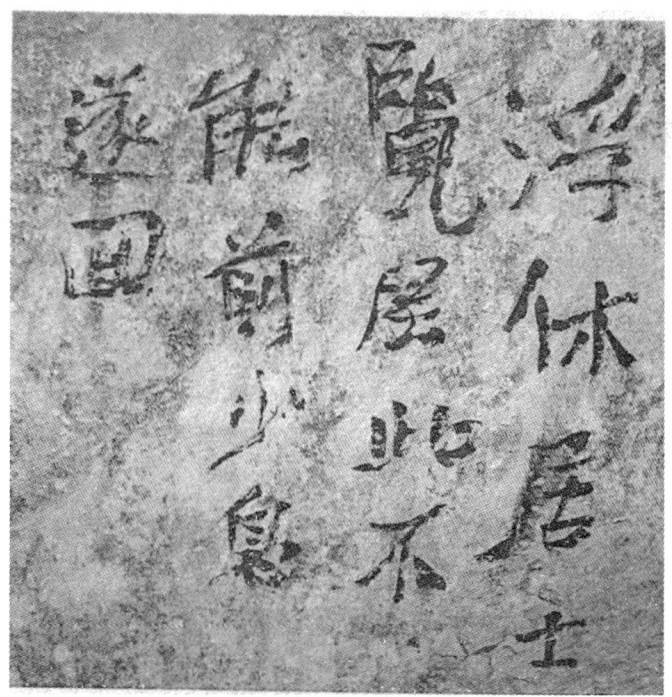

图 150 遮阳山浮休居士张舜民题刻（摩崖）

北沟寺明清家具木刻诗

【诗文】

人生百行孝为先，明义开宗①第一篇，
泣涕陈②情予借日，欢承萱草喜延年③。

【撰者】
不详。

【注释】

①明义：说明意思。开宗：阐发宗旨。开宗明义是《孝经》第一章的篇名，说明全书的宗旨，即表明五种孝道的义理，本历代的孝治法则，定万世的政教规范，列为一经的首章。

②借：借用，利用。"借"通"假"字。

③萱草：百合科单子叶植物，别名谖草、忘忧草、宜男等。花色淡黄、橘红等，六至十二朵，六七月开，呈喇叭状。传说是一种能使人忘忧的草。《诗经》有云"焉得谖草，言树之背"，意思是说在哪里能找到谖草，种在北堂上，以解忧思。古时传言，妇人佩之能生男子，故又谓宜男，后又以象征母亲，表示敬重。

【释文】

诗文刻于甘肃漳县北沟寺民间家具上。诗作内容为"人生百行孝为先，明义开宗第（疑似缺"一"）篇，泣涕陈情予借日，欢承萱草喜延年。"诗无年月，也无作者。

"百善孝为先"是中华传统美德之精髓，也是中华民族立国之本，更

图151 漳县北沟寺明清家具诗文（图片）

是炎黄子孙延绵不绝以及中华文化持久不衰的根基和命脉。在构建现代文明和谐社会中，孝是所有精神文明、上层建筑的基石。从人类自身的发展规律看，每个人都是先为人子女而后为人父母，为社会和家庭贡献了毕生精力的长辈、老人理应受到全社会的敬重，也应该得到优先的照顾。在这件收藏的家具上体现了孝道在平常老百姓心中的重要地位，也反映出朴素、善良、勤劳的陇右人民更注重孝文化在民间的传承与弘扬。

参考书目

1. （明）胡瓒宗纂修：《秦安志》，明嘉靖十四年刊本。
2. （明）孟鹏年修，郭从道纂：《徽郡志》，明嘉靖四十二年抄本。
3. （清）耿喻修，郭殿邦等纂：《金县志》，康熙二十六年抄本。
4. （清）赵世德纂修：《秦州志》，康熙二十六年刻本。
5. （清）黄泳第纂修：《成县新志》，乾隆六年刊本。
6. （清）张廷福纂修：《泾州志》，乾隆十八年抄本。
7. （清）陶曾纂修：《合水县志》，乾隆二十六年抄本。
8. （清）陶奕纂修：《秦州直隶州新志续编》，乾隆二十六年抄本。
9. （清）呼延华国纂修：《狄道州志》，乾隆二十八年修官报书局排印本。
10. （清）费廷珍纂修：《直隶秦州新志》，乾隆二十九年刊本。
11. （清）邵陆纂修：《庄浪县志》，乾隆三十四年抄本。
12. （清）周铣修、叶芝纂：《伏羌县志》，乾隆三十五年刊本。
13. （清）邱大英等纂修：《西和县志》，乾隆三十九年抄本。
14. （清）朱超纂修：《清水县志》，乾隆六十年抄本。
15. （清）张伯魁纂修：《徽县志》，嘉庆十四年刊本。
16. （清）张伯魁纂修：《崆峒山志》，嘉庆十四年刊本。
17. （清）徐敬等纂修：《会宁县志》，道光一十年刊本。
18. （清）陈士桢修：《兰州府志》，徐鸿仪编辑，道光十三年刊本。
19. （清）徐敬等纂修：《两当县志》，道光二十年抄本。
20. （清）高蔚霞修，苟廷诚纂：《通渭县新志》，光绪十九年刊本。
21. （清）张彦笃修，包永昌等纂：《洮州厅志》，光绪三十三年抄本。

22. （清）王学伊等纂修：《固原州志》，宣统元年刊本。

23. （民国）陈鸿宾等纂修：《渭源县志》，民国十五年抄本。

24. （民国）张明道等修，任瀛翰等纂：《崇信县志》，民国十五年重修手抄本。

25. （民国）王存德修，高增贵纂：《临泽县志》，民国二十一年铅印本。

26. （民国）郑震谷等修，幸邦隆总纂：《华亭县志》，民国二十二年石印本。

27. （民国）焦国理总纂，贾秉机总编：《重修镇远县志》，民国二十四年铅印本。

28. （民国）杨渠统等修，王朝俊等纂：《重修灵台县志》，民国二十四年铅印本。

29. （民国）桑丹桂修，陈国栋纂：《德隆县志》，民国二十四年石印本。

30. （民国）王士敏修，吕钟祥纂：《新纂康县县志》，民国二十五年石印本。

31. （清）王烜纂修：《静宁州志》，乾隆十一年修民国重印本。

32. （民国）马福祥等主修，王之臣等纂修：《民勤县志》，民国手抄本。

33. （民国）周树清等纂修：《永登县志》，民国手抄本。

34. （南朝宋）范晔：《后汉书》，文渊阁四库全书本。

35. （唐）欧阳询撰：《艺文类聚》，文渊阁四库全书本。

36. （唐）徐坚撰：《初学记》，文渊阁四库全书本。

37. （宋）祝穆撰：《方舆胜览》，文渊阁四库全书本。

38. （宋）李昉：《太平广记》，文渊阁四库全书本。

39. （宋）孙光宪：《北梦琐言》，文渊阁四库全书本。

40. （宋）欧阳忞编撰：《舆地广记》，文渊阁四库全书本。

41. （明）冯惟讷撰：《古诗纪》，文渊阁四库全书本。

42. （明）彭大翼撰：《山堂肆考》，文渊阁四库全书本。

43. 《御定全唐诗》，文渊阁四库全书本。

44. 《山西通志》，文渊阁四库全书本。

45. 《集千家注杜工部诗集》，文渊阁四库全书本。

46. 张维：《陇右金石录》，中国西北文献丛书第七辑，甘肃兰州1990年版。

47. 郭茂倩：《乐府诗集》，中华书局1979年版。

48. 杜甫撰，仇兆鳌注：《杜诗详注》，中华书局1979年版。

49. 徐仁甫：《杜诗注解商榷》，中华书局1979年版。

50. 谭其骧著：《中国历史地图集》，中国地图出版社1982年版。

51. 庆阳县志编撰委员会：《庆阳金石记》，1985年。

52. （明）张瀚：《松窗梦语》，上海古籍出版社1986年版。

53. （清）叶恩沛修，吕震南纂：《阶州直隶州续志》，兰州大学出版社1987年版。

54. 甘南州志办公室：《临潭县志稿》，1988年。

55. 路志霄、王干一：《陇右近代诗钞》，兰州大学出版社1988年版。

56. 徐化民：《莲峰山风土录》，渭源县文化局1993年版。

57. 徐娟主编：《平津馆鉴藏书画记》，中国大百科全书出版社1997年版。

58. 范三畏：《旷古逸史》，甘肃教育出版社1999年版。

59. 张思温：《张思温文集》，甘肃民族出版社1999年版。

60. 清顾祖禹：《读史方舆纪要》，中华书局2005年版。

61. 郭友实：《炳灵寺史话》，甘肃文化出版社2008年版。

62. 张俊立：《临潭金石文钞》，甘肃文化出版社2011年版。

63. 刘燕翔：《杜甫秦州诗别解》，甘肃教育出版社2012年版。

64. 天水杜甫研究会：《杜甫陇右诗注译与评析》，华夏艺术出版社2012年版。

65. （元）辛文房、孙映逵：《唐才子传校注》，中国社会科学出版社2013年版。

66. 《兰州古今碑刻》，兰州文史资料选辑第21辑。

67. 吴景山：《西北民族碑文》，甘肃人民出版社2001年版。

68. 刘燕翔：《伏羲庙志》，甘肃文化出版社2003年版。

69. 礼县博物馆编：《礼县金石集锦》，2000年。

70. 王耀：《南郭寺艺文录》，天水新华印刷厂，2000年。

71. 张锦绣：《麦积山石窟志》，甘肃人民出版社2002年版。

72. 流萤：《塔影河声》，敦煌文艺出版社2002年版。

后　记

　　杨义先生在《文学地图与文学地理学、民族学问题》一文中说:"文学和地图的互动,就是以文学生命特质的体验去激活和解放大量可开发、待开发的文学文化资源,又以丰厚的文学文化资源充分地展示和重塑文学生命的整体过程。"[①] 陇东南作为中华民族版图上的重要区域,孕育了灿烂的物质文明与精神文明。先秦时期为雍梁之地的核心区域,是周人先祖不窋教民稼穑的首善之区。汉唐以降,农业与畜牧业不断发展,丝绸之路横贯其中,东西文化频繁交流,陇东南成为陇右经济圈的重要一极,形成了独具特色的陇东南民间文化。这些因素汇聚在一起,不仅使陇东南拥有数量繁多的陶器文化、青铜文化遗址,也造就了内容丰富、种类繁多的碑刻史料。这些碑刻史料长期处于尘封和逐渐遗失的过程。历来对陇东南金石的著述不尽完善,如欧阳修《集古录》中载碑一通,郑樵《通志·金石略》载碑四通,于奕正《天下金石志》载二十五通,就是到了清代金石学鼎盛之时,对陇东南碑刻的载录少则五六通,多也不过十余通。大量的陇东南民间诗碑遗散民间,无人访求。在我们搜集整理陇东南遗散诗碑的同时,就发现大量的诗碑已经佚失,如:

　　明嘉靖《陕西通志》载:"泾州西五里王母宫内有唐崔立诗碑"。《陇右金石录》:"王母宫诗碑,在泾川回山,今佚。"

　　民国《陇右金石录》载:

[①] 杨义:《文学地理学》,中国社会科学出版社2013年版,第58页。

上之回诗碑，在泾川回山王母宫，今佚。
宋代临洮西坪祠诗刻，碣西坪祠。已佚。
董氏兄弟登科诗碑，已佚。
甘肃秦安石刻绝句四首，已佚。
兰州城隍庙诗碑，已佚。
兰州崇庆寺诗碑，已佚。
临洮超然台诗刻，已佚。
临洮九华观诗刻，已佚。
兰州镇边楼诗刻，已佚。
陇西天竺寺诗刻，已佚。
漳县鲈鱼关诗刻，已佚。
华亭杨谌墓诗碑，已佚。
庆阳临川阁诗刻，已佚。
永昌文庙诗碑，已佚。

宋元以降，随着我国政治中心与经济中心向东南转移，陇东南经济文化发展逐渐落后，形成了地处僻远的局面。《唐崔立诗碑》《王母宫诗碑》《上之回诗碑》《宋代临洮西坪祠诗刻》等大量保存了陇东南重要文化信息的诗碑佚失不存，对于中国文学地图的重绘、展示和重塑文学生命的整体过程都极为不利。

陇东南是历史上多民族聚居、融合的地方，也是西北连通西南的交通要道，这里遗存的金石文献具有重要的价值意义。有相当数量的文字资料通过石刻形式被记录保留下来，但分散、零乱、缺乏系统整理。为了挖掘这一重要文献资源，为研究西北历史文化提供重要的一手资料，我们对陇东南31个市县的金石进行了全面的调查、著录、整理和研究。其中所辑录的这些诗碑，对于研究该地区的经济、文化、文学都具有一定意义。尤其通过诗碑探寻该地区丰富的文学资源，弥足珍贵。陈寅恪先生说过："中国诗虽短，却包括时间、人事、地理三点。中国诗既有此三特点，故与历史发生关系。"[①] 就今所见陇东南诗碑中六朝以前的比较少，多为唐宋以后所

[①]《陈寅恪先生史学述略稿》，北京大学出版社1998年版，第178页。

后　　记

刻。诗文题咏最繁盛。根据陈寅恪先生的观点，我们还可以把所有分散的诗集合在一起，于时代人物之关系，地域之所在，按照一个观点去研究，连贯起来说明一个时代的关系，纠正一件事的发生及经过，也可以补充和纠正历史记载的不足。这些诗碑记述和呈现了陇东南历史上一度繁荣的文化盛况。

　　诗歌是文化生活繁盛的体现。诗歌类金石最繁盛的时期是唐宋，此时的诗歌艺术价值最高。陇东南留存下来的唐宋时期的诗刻，即是确证。薛逢于唐懿宗大中十三年（859年），入蜀出任从四品下阶的成都府少尹时所作的《题黄花驿》，正是他途经两当住宿黄花驿时的题壁诗。诗中表达出复杂的心情，既有对仕途渺茫的惆怅，也有对家乡的思念之情。题壁所在黄花驿位于今两当县秦岭南麓境内的鸟鸣山附近，是通往关中平原古陈仓道途经之地，西连古阴平道、北接天水，南经金牛道到成都，东南通古褒斜道至汉中再经古米仓道到巴中，素称"秦陇之捍蔽，巴蜀之襟喉"。由于驿站特殊的地理位置和朝廷边防的需要，往来军旅和商贾行人不断。黄花驿是陇东南最繁荣的地方之一。这首诗也见于《唐百家诗选》《万首唐人绝句》《御定全唐诗》《唐诗品汇》等，可见其思想、艺术性代表了时代的鉴赏标准。宋仁宗嘉祐五年（1060年）时任大理寺卿的《柴元谨题留诗》刻于凤凰山睡佛寺崖壁，延续了凤凰山自汉、唐以来诸朝官吏题记留名的传统，如唐乾元二年（759年）杜甫居住在凤凰山下的凤凰村，作《同谷七歌》与《凤凰台》《寄赞上人》等，《木皮岭》诗句中就有"首路栗亭西，尚想凤凰村"的佳句，又有"元祐二年正月九日武功游师雄登凤凰山寺"摩崖题记，可见凤凰山寺题留已成为文人墨客应景之作的绝佳之地。对于当时文学思想的传播起到了一定的推动作用。存于康县平洛镇中寨村的"独石山诗碣"末题"嘉祐庚子仲春望八日转运使尚书郎陈公题，将利县县令宋招勒石"。《全宋诗》未收此诗，是宋诗补遗的重要文献之一。位于麦积山东崖门的"李师中麦积山诗刻"为竖排九行，字体二十厘米见方，行楷，字迹已模糊，诗刻是原天章阁待制、河东转运使李师中罢使后，与陈琪、庞元直、吕大忠等同游麦积山时所作。诗中充满了李师中对自己仕途渺茫、牢骚世态，又带有"谢傅东归自有山""更有何人继谢安"的怀才不遇之感。

　　陇东南遗散诗碑中的宋代诗碑还有《水泉寺诗碑》《万象洞偶成诗刻》《南宋万钟诗刻》《秀石亭诗刻》《宋代石笋铭三篇》《玉绳泉摩崖题诗》

— 423 —

《寺坪诗竭》等大量代表地域文化价值的诗刻，是我们传统文学史所忽视和遮蔽的对象，也是有待大量开发的文学文化资源之一。这些民间文学文化资源对于我们充分认识陇东南民间地域文化，具有显著的价值意义。

杨义先生认为："这个地图还是中国这样一个文化千古一贯、又与时俱进的大国的国家地图，它应该展示我们领土的完整性和民族的多样性，以及在多样互动和整体发展中显示出来的全部的、显著的特征。"所以整理和研究这些诗碑文献很有必要。同时，杨先生认为："对文化精神的总体把握，对美之历程的深刻洞见，对文学魅力的深度参悟，应该成为我们有可能启示着和感动着一代又一代的读者的工作原则。"带着这种启发和引领，我们也看到"一种新的研究模式的创设，首先要解决研究者思维方式的变革和创设。必须超越某些隔靴挠痒的概念或成见的遮蔽，直至文学作为文学的本质，而进行文化意义、历史脉络、文学规律的还原，于原来被遮蔽的地方见人所未见的深义和新义，还中国文学与其身份、特征、经验、智慧相称的体系"。[1]

借助陇东南民间文艺研究中心经费支持，该书稿得以出版，在此表示感谢！

陇东南民间文艺研究中心是依托文艺学校级和省级重点学科和中央财政支持地方高校发展专项资金项目建设而成的人文社科研究基地。该中心立足陇东南民间文艺，主动适应甘肃华夏文明传承创新区建设需要，经过2008年以来文艺学校级重点学科和近年来省级重点学科建设的长期学术积淀和充分论证，逐渐凝练形成了陇东南民间文艺学与智慧美学研究、陇东南民间文学与红色文化研究、陇东南民间艺术与审美文化研究三个方向。今后将在这些领域不断开拓新的研究领域。

在此非常感谢中国社会科学出版社的编辑同志，该书稿的出版是和你们一起努力的结果。

因学养所限，书中不免有很多的问题和错误，还请方家指正！

邵郁

2016年正月于天水

---

[1] 杨义：《文学地理学》，中国社会科学出版社2013年版，第58页。